王国钦◎著

知时斋说诗

中原出版传媒集团
大地传媒
大象出版社
·郑州·

图书在版编目(CIP)数据

知时斋说诗／王国钦著.— 郑州：大象出版社，2016. 12

ISBN 978-7-5347-9059-1

Ⅰ. ①知… Ⅱ. ①王… Ⅲ. ①诗歌理论—中国②诗歌评论—中国 Ⅳ. ①I207. 2

中国版本图书馆 CIP 数据核字(2016)第 243834 号

知时斋说诗

王国钦 著

出 版 人 王刘纯

责任编辑 范 倩

责任校对 毛 路 安德华 张迎娟

装帧设计 刘 民

出版发行 大象出版社(郑州市开元路 16 号 邮政编码 450044)

发行科 0371-63863551 总编室 0371-65597936

网 址 www.daxiang.cn

印 刷 河南省瑞光印务股份有限公司

经 销 各地新华书店经销

开 本 787mm×1092mm 1/16

印 张 22.5

字 数 291 千字

版 次 2016 年 12 月第 1 版 2016 年 12 月第 1 次印刷

定 价 55.00 元

若发现印、装质量问题，影响阅读，请与承印厂联系调换。

印厂地址 郑州市二环支路 35 号

邮政编码 450012 电话 0371-63956290

向诗词创作的坚守者和开拓者致敬

——《知时斋说诗》序

何　弘

古人云：天下者，非一人之天下。王者，必得国人钦服始可为之。是谓王国钦。

前面的话，虽系调侃，说的其实是正理。当今诗词界，差不多就是一方自足的天下，众生芸芸，百业兴旺。在河南诗词界，国钦是名人、大家，有目共睹。而就度词新词来说，国钦是当然的“王者”，而且是“开国之王”。

我因受家庭影响，从小对旧体诗词就多一分喜爱。大学期间所选课程，诗词方面也多一些。比如宋词课，就是叶嘉莹先生亲自上的。毕业之后，一直从事当代文学评论和研究工作，与旧体诗词的缘分基本只剩一些亲朋间的应酬唱和。但这些年来，旧体诗词创作在民间却是日益红火，作者队伍也不是很多人主观臆测的以老干部为主，而是遍及老、中、青各年龄段各种职业各个阶层。诗词创作的这种状况，倒逼文艺主管部门（当然也包括我所在的文学评论界）必须对当下的诗词创作予以更多的关注。其中，国钦就是向我提意见最多的一个。他反复提出：当代文学评论不应该忽视诗词创作，当代文学史中关于诗词创作应该有相应的篇幅。我承认他讲得很有道理，我本人也对诗词创作情有独钟。只是旧体诗词创作相对而言作品分散，对评论者自身旧体诗词修养的要求较高，使我不敢轻易置喙。但无论如何，我对河南诗词界的活动开始逐渐参加得多了起来，对河南的诗词创作也有了更多的了解。2012 年当《河南当代诗词选》在河南文艺出版社出版之际，我曾愉快地应邀为之作序。

实际上不止我本人，其实文学界、文艺主管部门以至全社会，对旧体诗词创作的重视程度都在不断增强，比如鲁迅文学奖已经把诗词作品纳入了评奖范围。多年以前，河南省的文艺成果奖就把诗词纳入了评奖范围——印象中，国钦是唯一以旧体诗词创作得奖的诗人。

在河南诗词界，国钦是一位优秀的创作者，同时也是一位热心的组织者，还是一位慧眼独具的鉴赏者和评论者。更与众不同的，他还是度词新词的开创者。

作为创作者，国钦创作了大量优秀的诗词作品。国钦的创作，其实是从新诗开始的。"文革"结束之后，高校恢复招生，国钦于 1979 年考入了河南大学。河南大学有个文学社团"羽帆诗社"，至今仍在坚持活动，从中走出了很多有名的诗人。国钦正是"羽帆诗社"的创始人之一、第一任社长。新诗写作的训练，使国钦在转入诗词创作后，能够用新诗的意象把现代生活作为诗词表达的重要内容，而不只是把精力放在字、词、句的锤炼和平仄的推敲上，避免使诗词创作变成缺乏现实意义的文字游戏。同时，国钦的诗词创作又合乎诗律词律，讲平仄、守法度，更注意意境的营造。如此一来，读国钦的诗词就会发现，其作品包罗了当代生活各方面的内容，既具有现代精神，同时又有着中国古典诗词的韵味，确实是非常优秀的作品。

作为组织者，国钦是中国毛泽东诗词研究会和中华诗词学会的常务理事，河南诗词学会的副会长。他还曾经长期担任河南诗词学会的常务副会长兼秘书长，组织了大量全国性的诗词征文、评奖等活动，并主持编选了多种诗词选本。近些年来，我和国钦一起参加了很多诗词大赛的评审工作。国钦每次评选都非常认真，评出的作品都能得到社会和业内的认可。在参加这些活动的过程中，我也对国钦在河南诗词界的影响有了更进一步的认识。每到一地，总会有大量诗词爱好者对国钦赞不绝口。应该说,国钦和他的同道者对诗词活动不遗余力的组织,对推动河南的诗词创作确实发挥了非常重要的作用。

作为诗词鉴赏和评论者,国钦不仅具有深厚的理论素养,更有着创作的切身体会,因此对作品的分析评论能够准确到位——这也是不懂创作的评论者所不及的。在诗词的鉴赏、评论方面,我曾读到过国钦的不少文章,确有见地。他这方面的文章曾结集出版,有着很好的反响。他即将出版的《知时斋说诗》一书,就涵盖了当下诗词创作理论、经典诗词作品和名家诗词赏析、诗词作法、诗词创新问题及当代诗词创作入史问题等许多方面的内容。这些内容,对掌握诗词创作的基本规律、提高创作和鉴赏水平、理解当下诗词创作的状况,都相当有益。因而可以说,这是一部很有价值的著作,也是对河南诗词界诗词评论著作出版空白的一次填补。

作为诗词界大胆的创新者,国钦在近30年前就提出了度词新词的概念,不仅得到了许多创作者的响应,而且取得了相当的成就。由于语言自身的演变,现代汉语在音韵方面与古代汉语已经有了很大的差异。具体到诗词创作实践,关于用韵、平仄等问题,究竟该遵从古代的读音还是该依照当下的读音,诗词界争论不小。国钦在本书的"说诗法"部分给出了他的答案,其中不乏一些灼见。他认为:既要尊重中华诗词传统,不反对根据旧有格律进行创作,又须结合当下实际与时俱进。度词新词理念的提出,恰恰就是他对于适应新韵、旧韵"双轨并行"现实的一种创新实践。尽管这种理念目前还有一些人并不赞同,但作为一种有益的探索,它对拓展诗词创作的道路、寻找诗词创作新的可能,显然有着积极的意义。我们期待他更多脍炙人口的创新作品得到更多读者的认可!

在《知时斋说诗》即将付梓的时候,国钦嘱我为该书写几句话。我虽力有不逮,却义不容辞。因此,真诚地写下以上对国钦及其诗词创作和评论的一些看法。重要的不是一定要说些什么,而是要表达一份敬意。我认为,正是因为有国钦和他许多同道持续坚持的诗词创作实践，持续坚守着中国诗歌的优秀形式，中国伟大的诗歌传统才能一直绵延不绝。

借此机会，我要向国钦和他的同道致敬！向中国伟大的诗词传统致敬！

2016年7月22日于郑州

（何弘：中国作家协会全国委员会委员、理论批评委员会委员，河南省文联副主席，河南省作家协会副主席，河南省文学院院长）

感受知时斋的诗词创新力
——《知时斋说诗》序

杨景龙

正值当下"大众创业、万众创新"的大好时代,中华诗词界正经历着一个"求正容变、承旧创新"的黄金时期。著名诗人王国钦先生从20世纪80年代末开始进行的诗词创新活动,至今也已硕果累累了。

新世纪之初的2002年11月,笔者曾写过一篇《诗词阵营的双枪将——王国钦的诗词创作与理论探讨》,当时刊发在《中州诗词》杂志上。那时候,国钦先生还是一个刚过不惑之年的青年人。记得在2004年,他一次性出版了论文集《守望者说》、诗集《歌吟之旅》两本书,这篇文章被作为"任人评说"内容收进了他的论文集。

十多年时间匆匆过去了,年过半百的国钦先生,而今已是霜发满头。端午节刚过,他来电话说要再出版一本文集《知时斋说诗》,并且邀序于我。听口气不像开玩笑,笔者便郑重地答应下来。

诗言志与内容创新

创新是国钦先生生命的主题。在他的诗词创新理念中,内容创新应该是第一位的创新。《"诗言志"之言在"当下"》是他近年来的一篇代表性论文,其中就有这样一段比较"创新"的话:

在这里,笔者愿改用白居易的名言来表达对我们当下诗歌的热切期望：

文章合为国而著，歌诗当为民而作。

以上这段话，是2014年9月由中央文史研究馆、中国中央电视台主办，中华诗词研究院、中国中央电视台科教频道承办的第二届“雅韵山河”当代中华诗词学术研讨会上国钦先生发言论文的点睛之笔。无论是作为一个与会者，或是作为一个老朋友，我都为他的这个“创新”热烈点赞。白居易的原话，在《与元九书》中是这样说的：“自登朝来，年齿渐长，阅事渐多。每与人言，多询时务；每读书史，多求理道。始知文章合为时而著，歌诗合为事而作。”国钦先生虽仅仅改动了其中两个字，但其境界似已胜出许多。

胡适先生20世纪初在《文学改良刍议》一文中，曾就旧文学提出过“文学改良八事”：“一曰须言之有物；二曰不模仿古人；三曰须讲求文法；四曰不作无病之呻吟；五曰务去烂调套语；六曰不用典；七曰不讲对仗；八曰不避俗字俗语。”其实，这里所说的“八事”，大部分都是针对诗词创作而言的。其中的一些“改良”内容，至今仍具有重要的参考价值。1999年，国钦先生在《走向新世纪的中华青年诗词》一文中，曾将胡适的文学“改良八事”改造为指导当代创作的“诗词八事”：

一曰须言之有物；二曰不无病呻吟；三曰倡双规韵制；四曰敢承旧创新；五曰弃陈词僻典；六曰少模仿古人；七曰要走向社会；八曰对时代关心。

从1999年到2014年这十五年间，社会发生了巨大的变化。但仅就所见到的文字来看，始终贯穿着国钦先生关注国家、关注民生的一条红线，始终如一地表现了他心系“兴观群怨”、心系“内容创新”的诗家情怀。《知时斋说诗》把全书内容类分为九个专题，第一个专题就是“说言志”，由此即可见出作者对于“诗言志”这个问题的看重。“说言志”这个专题中的另一篇文章也十分值得珍视:《诗词:诉说不尽的“红色情结”》。在这篇文章中,作者深情回忆了从童年就开始濡染的“父辈精神”,真切述说了其大量作品中对党热切而自觉的情感渴望,诚挚揭示了至今萦绕于心的“红色情结”。以笔者十多年的观察,国钦先生不仅是个言行一致的君子,而且是个真正表里如一的“红色诗人”。他的作品里回荡着风雅“正声”,用比较时兴的词儿说就是充满了“正能量”。而且,无论别人怎么看待党在成长和执政过程中的不足或者错误,他都痴心不改地保持着对党的一腔挚爱深情。如他在七律《初访西柏坡中共中央旧址》中写道:

青山一座立丰碑,西柏坡前访翠微。
正气曾教天下折,新风再绽雨中梅。
游人影剪千秋画,旧址情留万里晖。
勿忘毛公双务必,征途望眼尽芳菲。

这一首七律的内容,完全是当代社会新人物、新事件、新情感的艺术表达,同时也是一个不太好表现的“重大题材”。作为一名中国民主同盟盟员,国钦先生的这首诗,既包含了对中共“曾教天下折”的无比钦仰,也寄寓了对中共“再绽雨中梅”的殷切期望。而“勿忘毛公双务必”一句,不知是否会让一些只在作品中纠结于个人小情调、小恩怨,或者经常在作品中发泄个人不满情绪的作者感到些许的触动。

探路者与理论创新

客观地说,国钦先生既不属于学院型的理论研究者,也不属于专业型的学术从业者,而是一个颇有见地、颇为执着的性情化的诗词探索者。从 1987 年创作出第一首度词开始,从 1990 年第一次正式提出“度词”概念至今,他一直默默无闻地致力于度词新词的创作实践与理论探索工作。

就《知时斋说诗》的"说创新"专题来看，作为国钦先生在度词新词方面的代表性理论成果——"度词新词问题答疑系列"来说，既是探索，更是创新。这组系列文章篇幅虽然不大，但却融入了作者近三十年的心血。从文章最后的时间标注说明中，即可分别梳理出作者创作、修订、定稿的大致轨迹。如在《度词：为"自度曲"正名的最佳选择》文尾，就有明确标注："本文乃1992年全国首届中华诗词表现艺术研讨会暨海南行吟会宣读论文，原题为《度词——一种值得倡导的新诗体》；2000年5月30日重新修改；2009年8月、2016年7月至10月分别再次修订。"又如《度词：当代诗词创新中的技术革命》文尾，亦明确标注曰："本文乃1993年全国首届中华青年诗词研讨会宣读论文，原题为《再论度词与创新》；2000年8月10日重新修改；2009年8月、2016年7月至10月分别再次修订。"再如《新词：一步到位的当代诗词新品牌》文尾，也标明了写作、修改的具体情况："本文专为'答疑系列'而写，2001年2月1日零时终稿于中州知时斋；2009年8月、2016年7月至10月分别再次修订。"在大跨度的时间过程中，不断修改完善，正见出作者对这些阐发自己创新理念的文章萦心系怀，高度重视。而本次收入《知时斋说诗》之际，读者仍可发现作者对这个系列文章的修订与完善。

曾有人称誉国钦先生为"度词新词之父"，据说被他莞尔一笑婉拒了。现在看来，这个称呼对他来说也可谓名副其实：首先，度词新词的创作实践，正是从国钦先生开始的（1987年）；第二，对度词新词的理论探索也是由他开始的（1990年），而且比较完善、系统；第三，固始、项城、开封、永城、商丘、洛阳、安阳、承德等地的"度词新词研究小组"，也是在他长期实践与探索的基础上先后成立的（1996—2013年）；第四，"全国度词新词大赛"是由他发起举办的（2008年），至今已满四届；第五，关于度词新词创新实践与理论探讨的第一本专著《春风着意出阳关》，是由他策划并正式出版的（2010年）；第六，中华诗词创新研究会是由他首倡成立的（2013年）；第七，中华诗词创新高峰论坛，是由他首倡举办的(2015年)。由此可知,“度词新词”本就是国钦先生的嫡亲“儿女”,称其为“度词新词之父”,有何不可?

关于什么是度词、什么是新词,二者有什么相同、有什么不同,为什么要探索度词新词,度词新词对当代诗词发展的意义何在,这一系列相互牵缠的问题,国钦先生在相关文章中阐释得非常清楚。在其他有关的文章中,国钦先生也分别谈到了一些理论创新的具体问题。至于这些文章的学术价值到底如何,笔者无须置喙,高明读者自会作出正确的判断。

其实,国钦先生关于度词新词的理论探索与创作实践,很早就受到了一些著名学者、诗人的充分肯定与高度赞扬。1997年11月,丁芒先生就曾撰文《谈诗词改革兼论王国钦先生之“度词”》,分上、下篇专门论述度词的开创性理论价值及度词作品的艺术成就。他在文章结尾这样写道:“中国诗歌的改革推进和新、旧诗接轨的尝试,已经在新、旧诗界分头进行……我相信其(王国钦先生)精力与才力,是可以担当这一列车的前驱重任的。”2002年5月,霍松林先生专门给国钦先生写信,非常明确地表态:“我支持你把这‘新体’搞下去!”林从龙先生也曾在2002年元月撰写了题为《“樊篱”要突破,自由度“新词”》的文章。在谈到度词的另一个新品种新词时,林先生写道:“新词的提出,不仅与中华诗词学会的纲要精神相吻合,实际上也是在中华诗词学会会长孙轶青的直接指导下开始的。”

现在看来,度词新词原本就是当代诗歌百花园中的一枝奇葩,早已赢得许多前辈学者和不少诗人的认可肯定。国钦先生多年的艰辛探索,其成果是宝贵的,其精神是可嘉的,理应得到更多的理解与支持。但令人不解的是,他这些纯粹艺术性的探索与试验,后来却遭遇了不少质疑、责难甚至挤压。许多人为此感到困惑,笔者也一样感到不解:为什么会出现这样的情况?偌大一个诗坛,本应该海纳百川、百花齐放,为什么就不能容许一个诗人进行一些创新的艺术求索?在中国诗歌史上,若没有形式上从二言、四言到五言、七言、杂言、长短句,从原始歌谣到《诗经》、楚辞、唐诗、宋词、元曲再到白话新诗的不断新变，若没有内容、风格上从写实到浪漫、从婉约到豪放、从阳刚到阴柔的种种嬗递，哪里会有三千年诗国的源远流长、丰富多彩呢？所以，我们应该以深邃的历史眼光，对国钦先生的创新探索实践投以嘉许和关注，多给一些理解和宽容，多给一些支持和鼓励，而不是相反。当然，国钦先生也要更大度一些，要善于从不同的意见中，吸取有益的营养来丰富、完善自己。退一步讲，即便度词新词被实践证明“开创”错了，那也可为后来者提供一个“此路不通”的教训和警醒，其价值同样是不容低估的。

令人欣慰的是，国钦先生并没有在责难、挤压面前退缩，反倒在长期的坎坷际遇与艰辛途程中站得更稳，走得更好！这有国钦先生的《度词·气如虹》为证：

……鼓掌何轻松？细说丹城。灵魂圣地自深情。腐鼠鹓雏身外事，大水总朝东。　　守望任从容。莫道苦衷。歌吟二九路重重。窗外依然红日照，雨过气如虹。

再看他在《度词·康桥惜别》中，是如何表达自己复杂心情并乐观坦荡地展望未来的：

……守望歌吟最不堪，只身唯有气如兰。知否风光凭手绘？康桥惜别再扬帆。乱云渡，情自安；心热热，意憨憨。把来鸿去雁千忧百虑捐。新词喜度更无前。寻芳草，出阳关。

诸君请注意：当一个人达到“把来鸿去雁千忧百虑捐”这种境界的时候，还有什么困难能够阻挡得住他前进的步伐呢？在这里，笔者衷心希望度词新词的理论研究及创作实践，能够取得更新、更大的成就，衷心祝愿国钦先生能够早日寻得“芳草”、走出“阳关”。

双枪将与多面创新

笔者曾在前面提到的一篇旧文中，称国钦先生为“双枪将”，主要是说他在诗词创作与诗词理论两个方面都颇有斩获。但后来发现，国钦先生同时还是多个方面的“双枪将”呢！

1983 年 3 月，作为大四学生的国钦先生，在距离毕业只有三个多月之际，与其他四位同学一起创办河南大学“羽帆诗社”，并且担任了首任社长。他在“羽帆诗社”成立大会上充满期待地说：“若干年之后，如果能够有一位、两位、三位诗友从我们的‘羽帆诗社’走出来，成为河南乃至全国的著名诗人，那就是我们的骄傲与自豪。”实际上，从“羽帆诗社”走出来的著名诗人远远不止一位、两位、三位，而是一批、一群，代表性的诗人名字就可以列出一长串：张鲜明、李暄、李霞、杨吉哲、董林、高金光、吴元成、萍子、刘静沙、西屿、史大观等。2013 年 12 月，纪念“羽帆诗社”成立三十周年暨十卷本《羽帆诗选》出版新闻发布会在河南大学新校区隆重举行。应邀与会的河南省诗歌学会会长马新朝深有感慨地说：“现在看来，如果没有‘羽帆诗社’，我省当代诗歌史是要重写的。”是的，在恢复高考之后的河南乃至全国大学里，由学生自己创办的诗歌社团比较普遍。但这些社团能够由学生一届接一届地传承三十多年仍然生机勃勃者，恐怕是凤毛麟角。正因为如此，国钦先生 2004 年出版的《歌吟之旅》中，就有“羽帆卷”“新诗卷”两部分内容。在河南诗词学会、河南省诗歌学会甚至河南省散文诗学会的活动上，经常能够见到国钦先生的身影。而他对于诗歌(词)的这些特殊贡献，则让我们充分感受到一个诗人令人惊叹的艺术创造创新能力。由此而产生的影响力，无疑是要更为广泛、更为持久地在当代诗坛发挥积极作用的。

不唯如此，国钦先生在诗词评论与诗词出版方面所取得的成果，也有着非常突出的特色与引人注目的亮点。除以上谈到的文章外，国钦先生在诗词理论方面还有《中华诗词当代创作之我见》、“中华诗词纵横谈系列”、《中国诗圣的襟怀》等文章先后面世。他这些文章表述的观点，大多卓有创见，令人耳目一新。

如《胡适和他的七首“白话词”》一文，在客观肯定胡适对白话新诗开创性贡献的同时，也着重评价了胡适在白话词方面的艺术成就。尤其是胡适在《尝试集》自序中，以《沁园春·誓诗》的词体形式来表达他“文章革命何疑”的信心与决心，确实是一个很生动、很有趣的例子，其他学者还真是很少言及。国钦先生对这个有趣现象的独特发现和巧妙诠释，给胡适在新、旧文学史上找到一个不言自明的合适位置。再如《诗词：该如何对待毛泽东？》一文，原为1993年“海内外纪念毛泽东诞辰100周年学术研讨会”论文，在会议开幕式上宣读时竟为八次掌声打断。当时，他还是一个三十来岁的年轻人。在十年后的2003年，他这篇文章又先后被《文艺报》《中华读书报》刊发。直至二十多年后的今天，其中的许多观点仍然令人信服，也仍然被很多研究者引用。又如《平仄人生“高大上”，“毛氏唱和”尽奇观》一文，条分缕析，层层推论，第一次明确地为毛泽东诗词确立了“高大上”的文学地位，也第一次提出了“毛氏唱和”的全新概念。正是这篇文章，为他在中华诗词学会常务理事的社会兼职之外，又赢得了中国毛泽东诗词研究会常务理事的社会兼职——至此，他既是两大学会分别在本埠的唯一常务理事，更是本埠两大学会“双常务”的唯一拥有者。这一殊荣的获得，确属名副其实、实至名归。另如《试论“诗词入史”及与新诗的和谐发展》一文，就当代诗词是否能够进入当代文学史的问题，与钱理群、王富仁、王泽龙、陈国恩等著名学者进行商榷。文章的基本观点，不仅深刻而且犀利，颇有独到之处。其求真务实的勇气及创新精神，更令人感佩。

按照国钦先生自己的说法，文学出版是他一生“安身立命”的职业。在长达三十多年的本职工作岗位上，他先后策划、编辑、出版了《毛泽东诗词鉴赏》（增订二版）及《毛泽东诗词唱和》《中华新韵府》《中州诗词精华》等相关诗词图书，主编或参与主编了《中华诗词十五年年鉴》《河南当代诗词选》《河南当代诗词选(续)》及“新纪元中华诗词艺术书库”(6辑60卷)、10卷本的《羽帆诗选》,编著出版了“唐宋诗词名家精品类编”之《云中谁寄锦书来:宋代合集》等诗词著作。笔者的《古典诗词曲与现当代新诗》一书,是国内首部尝试打通中国古典诗歌与20世纪新诗的著作,也是由国钦先生于2004年春天责编出版的。

应邀作序,不由得多说了几句实话、真话。一不小心,拙序显得有点长了。即便如此,笔者还是觉得有很多话要说。好在国钦先生的文章尽萃一书,并且对内容进行了精心的类分及安排,那还是请各位读者直接从他的著述里寻找自己的答案吧!

是为序。

2016年10月写于扬子居

(杨景龙:中国古代文学重点学科带头人,河南省高等学校哲学社会科学优秀学者、年度人物、创新团队首席专家)

目　录

说言志

"诗言志"之言在"当下" …… 002
诗词:诉说不尽的"红色情结" …… 008
"不学《诗》,无以言"
——漫谈"以诗反腐"及提高个人诗词素养之途径 …… 016
中华诗词是汉唐民族语言文学的艺术英华
——中华诗词纵横谈系列之一 …… 028
中华诗词是社会主义精神文明建设的重要力量
——中华诗词纵横谈系列之二 …… 036
走向新世纪的中华青年诗词
——中华诗词纵横谈系列之三 …… 044

说经典

《离骚》导读 …… 056
千古一唱:《胡笳十八拍》的双重艺术主题 …… 076
中国诗圣的襟怀
——从杜甫《茅屋为秋风所破歌》说起 …… 080

感受重阳
——读王维《九月九日忆山东兄弟》 …………………… 085

说毛诗

诗词:该如何对待毛泽东? …………………………… 088
平仄人生"高大上","毛氏唱和"尽奇观
——从策划编辑《毛泽东诗词唱和》说起 …………… 095
人间至爱,荡气回肠
——毛泽东《贺新郎·别友》欣赏 …………………… 108
可叹的幼稚,可贵的真诚
——重读毛泽东写于1958年的《七绝·刘蕡》……… 110
《毛泽东诗词》副编八首作品介绍 ……………………… 114

说名家

胡适和他的七首"白话词" ……………………………… 122
透过时光隧道,复活历史瞬间
——读《行中吟·马凯诗词选》 ……………………… 128
一支公仆生花笔,多少诗人未了情
——陈奎元《蓝天白雪集》读后 ……………………… 134
珠联璧合传佳话,樵韵龙吟柳影双
——序蔡厚示、刘庆云教授合著《双柳居诗词》……… 140
令人惊讶不已的《丑牛集》
——读郑欣淼作品《丑牛集》 ………………………… 147
爱国情怀军旅意,正声雅韵最悠扬
——略论李文朝将军诗词风格 ……………………… 149

说鉴赏

倾听地震中诗歌的声音

——感读《让我们不要遗忘》及其他地震诗文 …………………… 152

行走在官员和诗人之间

——热荐尹宏隽诗词和他的《寸心集》 ………………………… 157

今古满江“第一红”

——序路尚挺先生专题唱和集《满江红》 ……………………… 160

序《诗路花雨》 …………………………………………………… 164

序《鹿岗花雨》 …………………………………………………… 166

序《悟金集》 ……………………………………………………… 169

序宗礼兄《曹雨诗文选》 ………………………………………… 171

序《半空斋吟草》 ………………………………………………… 174

旧体新声解意多

——赏读陈廷佑先生绝句《看爹娘遗像》 ……………………… 178

追梦,我们共同的人生目标

——序孔祥敬先生最新诗集《追梦》 ………………………… 180

我想和朋友一起行走

——序张僧诗集《十月的行走》 ……………………………… 182

《河南当代诗词选》导读 ………………………………………… 185

说创新

度词:为“自度曲”正名的最佳选择

——度词新词问题答疑系列之一 ……………………………… 190

度词:当代诗词创新中的技术革命

——度词新词问题答疑系列之二 ……………………………… 196

新词:一步到位的当代诗词新品牌
——度词新词问题答疑系列之三 …… 201
衣宽终不悔,精彩理新妆
——序宋斌先生《衣宽堂诗联书印》 …… 206
诗词创新:自编"教材"第一人
——序刘鸿岐先生《学习诗词快捷门》 …… 209
关于新词是否"去格律化"问题给齐遂林先生的复函 …… 211

说入史

试论"诗词入史"及与新诗的和谐发展
——兼与钱理群、王富仁、王泽龙、陈国恩等教授商榷(修订稿)
…… 216
大名穿越来千古,广厦当归老杜魂
——"诗圣杯"纪念杜甫诞生1300周年海内外诗词
大赛筹备、征稿、评选工作报告 …… 233

说诗话

让当代诗词更具艺术尊严 …… 240
"推敲"元旦 …… 245
戊子桃花诗话 …… 250
春风又绿大河南
——特别关注:"大河之南"论坛倡导"大河诗风" …… 254
通许一醉 …… 257
以诗歌的名义记住今天 …… 262
《河南诗人》周岁华诞纪念 …… 265
胸怀·胆识·眼光 …… 268

诗人和诗 …… 270
优秀男人在手中 …… 271

说诗法

“诗词”与“书画”
——说写诗 …… 274
“三大要素”与“一诗两制”
——说平仄之一 …… 277
“平上去入”与“阴阳上去”
——说平仄之二 …… 280
“声韵”与“押韵”
——说声韵之一 …… 284
“新华诗韵”已呼之欲出
——说声韵之二 …… 287
“入韵”“不入韵”的四种句式
——说律绝之一 …… 289
从律到绝的四种“截取”句式
——说律绝之二 …… 295
“变通”“拗救”及“避忌”
——说律绝之三 …… 299
常见的“语法”与“修辞”
——说对仗之一 …… 302
特殊的“形式”与“避忌”
——说对仗之二 …… 305
“古绝”“古风”与“歌行”
——说古诗 …… 308

“词牌”“词谱”与“填词”
——说诗余 …………………………………………………………… 312

附　录

雅颂重辉千古事，风骚更上一层楼
——“新纪元中华诗词艺术书库”总序 …………… 王国钦　318
“知时斋丛稿”自序 ………………………………………… 王国钦　321
《羽帆诗选》序 ……………………………………………… 王国钦　323
羽帆诗社的擎旗者，度词新词的开创人
——20 世纪 80 年代大学生诗歌运动参与者、羽帆诗社
第一任社长王国钦访谈录 ……………………… 姜红伟　328

后　记 ……………………………………………………………… 337

说 言志

什么是『诗』？诗是一个时代的不死灵魂。什么是『诗人』？诗人是其所处时代的社会良心。……有了灵魂，有了良心，这个社会才能够充满朝气和希望！

“诗言志”之言在“当下”

“诗”是什么？能“干”什么？学诗、写诗到底有什么作用？《论语·季氏篇》曾记载这样一个故事：

陈亢问于伯鱼曰：“子亦有异闻乎？”对曰：“未也。尝独立，鲤趋而过庭。曰：‘学《诗》乎？’对曰：‘未也。’‘不学《诗》，无以言。’鲤退而学《诗》。他日，又独立，鲤趋而过庭。曰：‘学《礼》乎？’对曰：‘未也。’‘不学《礼》，无以立。’鲤退而学《礼》。闻斯二者。”

《论语·阳货篇》还记载着另一段言论：

子曰：“小子何莫学夫《诗》？《诗》，可以兴，可以观，可以群，可以怨。迩之事父，远之事君，多识于鸟兽草木之名。”

这里所说的“兴”“观”“群”“怨”，其实质就是“诗言志”中各不相同的“情志、感慨”。但是，在我们以经济建设为中心的“当下”，这个原本看似十分简单的问题，却又成了非常迫切的重要问题，成了“当下”社会正在面临的重大问题之一。

一

“诗言志”作为我国古代最经典的诗学命题，最早出现于《尚书·尧典》之中。《尚书》自春秋以来就成为经典，汉唐以来又成为儒家经典，这三个字在春秋时期“赋诗言志”和“借诗言志”的文化思潮运动中产生了重要作用。故而，“诗言志”就成了我国不仅著名而且权威的一种诗学思想。

对于“诗言志”的阐释，不仅代有其人而且代有其说，因为这三个字的内涵确实非常丰富。于是，也就出现了关于“诗言志”的“**同**”与“**不同**”。

所谓的“**同**”，就是历史上许多学者“**同样看重**”，在他们的诗学或文论著作中分别进行了阐述。如先秦的孔子、庄子、荀子，汉代的贾谊、董仲舒、班固、郑玄和《毛诗序》的作者，魏晋的刘勰、萧统，唐代的孔颖达，宋代的邵雍，明代的王守仁、李攀龙、顾炎武，清代的刘熙载，现代的朱自清、闻一多，当代的朱光潜、叶嘉莹等。正是这许许多多的“同样看重”，才充分说明了“诗言志”在诗学理论上的重要性。

所谓“**不同**”，就是诸多学者对其内涵的“**不同理解**”。汉代《毛诗序》的阐释颇有代表性：“诗者，志之所之也。在心为志，发言为诗。情动于中而形于言，言之不足故嗟叹之，嗟叹之不足故咏歌之，咏歌之不足，不知手之舞之足之蹈之也。”至于其他学者们的阐述，由于各自身份的差异、所处时期或所站角度的不同而各有心得。正因为这些学人的不断继承、弘扬和发展，才更彰显出“诗言志”至今仍然不可替代的时代意义。

二

其实，“诗言志”三个字从语法上看倒是非常简单的“主、谓、宾”结构：

诗（诗歌）言（表达）志（心志、情趣）。

那么，我们是否可以对“诗言志”这个简单的主谓宾句子，就历史上的种种阐述进行删繁就简的理解呢？

主语“诗”，有广义的“诗歌”与狭义的《诗经》两种解释。如“小子何莫学夫《诗》”“不学《诗》，无以言”中的“诗”，就特指《诗经》，而《诗经》则是我国诗歌的滥觞与经典。所以，就“诗言志”的意义来说，无论是具体的《诗经》还是宽泛的“诗歌”，都可以从广义的层面来理解。

谓语“言”，也可以有名词“语言”与动词“言说”两种解释。不过从《尚书·尧典》中“诗言志，歌永言，声依永，律和声”的原文来看，这里的第一个“言”主要还是“表达、表述、传递”之意。司马光在其《赵朝议文稿序》中写道：“在心为志，发口为言。言之美者为文，文之美者为诗。”由此来说，“诗言志”的“言”就是作者一种诗化的语言表达。而这种诗化表达的过程，在传统诗歌来说就是一种对语言、声韵、情采、意象的审美化过程。

宾语“志”，是这三个字中的重点。但这个“志”到底是什么呢？《毛诗序》说的“在心为志”，是一种心理状态。而“诗言志”的过程，就是“志之所之”的运动过程，就是一个由志而言、由内到外的表达过程。《毛诗序》之后，学者们对于“志”的阐释，或者在心理学层面，或者在社会学层面。“志”不仅与诗人自己的生活经历有关，同时也与其所处社会的兴废治乱有关。

荀悦在《申鉴·杂言》中说，有天下之志，有众人之志，有君子之志，有大人之志，有小人之志；叶燮在《原诗·外篇》中说，有高志，有卑志，有大志，有小志，有远志，有近志。如此来看，这个“志”肯定是有着大小、高下、雅俗、远近、宏微之分的。如“路曼曼其修远兮，吾将上下而求索”（《离骚》），是屈原胸怀天下的家国之志；“老骥伏枥，志在千里。烈士暮年，壮心不已”（《龟虽寿》），是曹操身当晚年的鸿鹄之志；“采菊东篱下，悠然见南山”（《饮酒·其五》），是陶渊明既蕴理隽永又耐人咀嚼的超然之志；“但使龙城飞将在，不教胡马度阴山”（《出塞》），是王昌龄为国戍边的军人之志；“长风破浪会有时，直挂云帆济沧海”（《行路难·其一》），是李白倔强、自信和对自己理想执着追求的高情大志;“安得广厦千万间,大庇天下寒士俱欢颜,风雨不动安如山”(《茅屋为秋风所破歌》),是杜甫疾声表达的忧国忧民之情志和迫切改变不合理现实的崇高理想;“千磨万击还坚劲,任尔东西南北风”(《竹石》),是郑板桥刚正不阿、正直不屈的铮铮之志;“横眉冷对千夫指,俯首甘为孺子牛”(《自嘲》),是鲁迅爱憎分明的情志表露及情感表达;“为有牺牲多壮志,敢教日月换新天”(《到韶山》),则是一代伟人毛泽东对新中国建设充满信心的雄心壮志……让我们再看看诗人的作品,如艾青在《我爱这土地》这首诗中写道:“为什么我的眼里常含泪水?因为我对这土地爱得深沉。”如顾城在只有两句的短诗《一代人》中写道:“黑夜给了我黑色的眼睛,我却用它来寻找光明。”

这些诗人为什么能够走进社会、走进历史?是因为他们真实记录了自己生活的那个时代!这些诗句为什么再也走不出读者的视野?是因为它们深深地触动了我们每个人的心灵!

三

从《尚书》的诗以言志到周敦颐的“文以载道”,其间虽然经历了从诗到文的形式变化,但其本质内容很明显是一以贯之的。如白居易在《与元九书》中写道:

> 自登朝来,年齿渐长,阅事渐多。每与人言,多询时务;每读书史,多求理道。始知文章合为时而著,歌诗合为事而作。

再从我国诗歌发展的繁荣历史而言,无论是《诗经》、《离骚》、乐府,还是唐诗、宋词、元曲,无论是“操南音,不忘本”的南社,还是“洒泪祭雄杰,扬眉剑出鞘”的天安门诗歌运动,无论是苏联卫国战争中“我们还有普希金”的自信,还是吉鸿昌在刑场上从容写下《就义诗》的凛然,无不令人信服地说明了诗歌与当时生活、当时社会那种千丝万缕的兴观群怨关系。

那么,历史发展到21世纪的今天,我们的诗歌与时代到底是一种什么样的关系呢?有人说“这个时代已经不是诗歌的时代”,有人说“诗歌只是个人情感的抒发”。如果谁在自己的作品中涉及或表现了有关时代或者政治的话题,就可能会被揶揄、被讥笑甚至被呵斥。

笔者认为:诗人当然可以并且应该抒发自己的真情实感,当然可以并且应该歌吟大自然的花鸟虫鱼、春夏秋冬。但从中华诗歌煌煌数千年的发展来看,诗歌从来没有远离过时政。诗人,天生就是时代的歌者而绝不是旁观者。诗歌的存在,肯定是与时代之命运、与人民之生活息息相关的。比如聂绀弩之所以是我们当代诗人共同敬仰的一位著名诗家,之所以成为当代诗词发展历史上的一块里程碑,不仅仅是他在形式上成就了一种“绀弩体”,更重要的是其内容在口语化、幽默化、生活化的基础上记录了那个特殊时代令人扼腕、令人泪下的辛酸史。又比如,河南文艺出版社策划、编辑类分为14卷31册的大型套书《焦裕禄精神文献典藏》,其中的诗歌卷之四,就包括了旧诗、新诗、散文诗等各种体裁的诗歌。也许,有人认为当下学习焦裕禄仅仅是一种形式上的政治需要,很少会有人去真正地学习了。毋庸讳言,当下社会确实存在着焦裕禄精神严重缺失的现象,并造成了某些程度的社会精神滑坡、官员道德沦丧的严重后果。但正因为如此,才更需要诗人去呼唤正能量。如果说连诗人都“万马齐喑”了,那才真正是我们这个时代的最大悲哀!

什么是“诗”?诗是一个时代的不死灵魂。

什么是“诗人”?诗人是其所处时代的社会良心。

在“当下”,诗的灵魂就是社会主义核心价值观;诗人的良知就是弘扬真善美、针砭假恶丑,就是倡廉反腐,就是从我做起,用诗歌重新唤醒已渐渐泯灭了的世道人心。

有了灵魂,有了良心,这个社会才能够充满朝气和希望!习总书记在我国第30个教师节看望北京师范大学师生时明确表示:

我很不赞成把古代经典诗词和散文从课本中去掉,“去中国化”是很悲哀的。应该把这些经典嵌在学生脑子里,成为中华民族文化的基因。

习总书记的这番话,不仅一针见血地指出了当下社会文化教育的严重缺失,而且深刻道出了诗歌在我国人民精神生活中的重要作用!

在这里,笔者愿改用白居易的名言来表达对我们当下诗歌的热切期望:

文章合为**国**而著,歌诗当为**民**而作。

而这里所说的“国”,具体而言就是我们正在为民族复兴而灿烂绽放的中国梦;而这里所说的“民”,具体而言就是我国各族人民久久呼唤的公平和公正、幸福与安康!

2014年9月9日夜初稿于中州知时斋
2014年9月14日凌晨再稿于淇县鸿源大酒店
2014年9月22日三稿于郑州
2014年10月10日定稿于武汉保利大酒店

诗词：诉说不尽的“红色情结”

在我心中，一直有个久久萦绕的“红色情结”。

这个“红色情结”的形成，直接缘于我的父辈，贯穿于我的童年与学生岁月，也一直体现在持续不断的诗词创作中。我最早记得的一件大事，是在我四五岁时就能背诵许多毛主席语录，还曾骑在父亲的脖子上兴高采烈地去参加当时在公社举行的毛主席语录背诵比赛。

一个人能力有大小，但只要有这点精神，就是一个高尚的人，一个纯粹的人，一个有道德的人，一个脱离了低级趣味的人，一个有益于人民的人。

毛主席在《纪念白求恩》一文中的这段话，从小就深深地印在了我的脑海中，同时我也希望自己能够成为一个“有益于人民的人”。

从上学开始，每当填写各种学生表格时，自豪之情便会油然而生——因为我的父亲、母亲、三伯父、四伯父等，他们都是光荣的共产党员。三伯父在解放初期曾任尉氏县土改小组组长，焦裕禄同志就在这个小组里工作过。再后来，就开始耳濡目染于毛泽东诗词。比如他老人家的《沁园春·雪》《沁园春·长沙》《水调歌头·重上井冈山》《念奴娇·鸟儿问答》《采桑子·重阳》《忆秦娥·娄山关》及《七律·长征》等。

记得有一次，偶然在胞兄王国领的笔记本上看到他写的一首《沁园春》，喜欢得很。他当时就读于百年名校洧川三中，是我最早崇拜的对象。遗憾的是，他这首《沁园春》所写的内容已不记得了，而他作为家中长子却未能在高中毕业后继续读书。否则，他肯定是一个很有成就的诗人了。

这些，也许就是我喜欢诗词并长期从事诗词创作的直接原因。

从1979年至1983年，经过四年大学的学习，我对党的认识也上了一个新台阶。尽管最终未能圆梦入党，但我对党的热爱却从来没有降温、减弱过。1991年7月1日，恰逢中国共产党诞生七十周年，我抑制不住自己的激动之情，创作了一首发自内心的《沁园春·贺中国共产党七十寿辰》：

七十春秋，历尽沧桑，赤帜飘飘。记星星之火，烽焉烨烨；漫漫风雨，情也滔滔。重整河山，又开新宇，东亚一轮红日高。庆华诞，共松涛阵阵，喜奏箫韶。　　三山五岳千娇。即禹舜何曾使富饶？把秦砖汉瓦，古为今用；唐声宋韵，再振风骚。鼎革经年，万邦瞩目，丹凤蟠龙着意雕。凭轩者，望云飞云集，且看明朝。

这是一个年轻人对党、对革命最淳朴的心语流露，也是我对党最真诚的情感向往。到2001年7月1日，为纪念党的八十大寿，我又完成了一首《度词·忆母亲·纪念中国共产党建党八十周年》：

序曰：每逢建党纪念日，我都不禁忆念起多少次引起自己无比骄傲的党员母亲。作为新中国成立初期的农村基层干部，她既无轿车也无自行车，全靠一双溅满泥浆的双腿来往于乡村土路。下乡工作总是自带粮票吃派饭，从无大吃大喝现象，披星戴月更是家常便饭。在我的记忆中，母亲从来不因家事而误公事，数十年如一日，邻里干群有口皆碑。当此之际，我以纪念母亲来表达自己对建党节日的纪念之情……

思雨露，泪纷纷。滴乳情深忆母亲。芳龄十七已宣誓，从此党旗红到心。东风喝彩，看妇联主任靓丽好青春。迈泥腿、寻访到千村。派饭进柴门。弯弯小路心中画，迢迢杨柳识红巾。　　挺身板，为姐妹,向晨昏。瘦影慈怀,竟勇肩家国两昆仑。公事当先家事累,高风务要世风淳。粒粒盘中米,珍如万两金。相夫教子,孝公婆、妯娌乡邻鱼水亲。党员清范在,怀想普通人。

身为农村基层党员、基层干部的母亲,因身体长期劳累有病,当时已经离世五年之久。为纪念心目中最伟大的党员母亲,我创作这首作品使用了大约半年的时间。作品在《河南日报》发表后,赢得了诸多诗友的赞誉。

时光如水,日月如梭。转眼又到2011年的7月,二十年的光阴简直就是弹指一挥间!这二十年,不仅是我国改革开放取得卓越成就的二十年,而且也是我国在思想、文化观念上比较混乱的二十年。经济发展、科技进步的同时,"一切向钱看"的现实和"贪腐已成灾"的现象,无时无刻不在考验着每一个共产党员的理想、意志和信念。而这样的考验,比起革命战争时期的"抛头颅、洒热血"来说,在某种程度上或许是更深刻、更困难了!于是,一首题为《贺中国共产党九十华诞》的七律便成为我又一份真诚的生日礼物:

天下情怀百姓心,高擎镰斧为人民。
年方九十春风度,松已万千甘露匀。
景仰尤钦夏明翰,云倾更忆白求恩。
清廉一曲同声唤,德满中华福满门。

当然,我心中的"红色情结"并不仅仅表现在这些方面,还表现在心中平时对党所保持的一份热切而自觉的情感渴望。2002年10月,在黄继光烈士牺牲五十周年之际,有感于当时社会上的一些不正之风和不良现象,我写下了《黄继光烈士牺牲五十周年祭》这样一首绝句:

半纪沧桑万事新,英雄长忆堵枪人。

我将君血比甘露，浴罢皮囊浴素心。

因十分向往革命圣地井冈山，我虽然至今还没有前往瞻仰，但也充满向往地写下过《咏井冈山红旗雕塑》这样一首绝句：

圣地旗飘看井冈，黄洋界上好风光。
我来敬奠三杯酒，细品当年岁月香。

2007年春天，单位派我带队到重庆参加全国书市。书市空闲期间，其他同志想借此机会看看山城重庆的秀美风光，而我则独自冒雨跑到红岩广场凭吊当年那些为革命而英勇献身的先烈们：

丁亥重庆书市期间，暇时沐雨前往红岩广场并纪念馆参观，颇有感慨

擎荷孤影访红岩，广场情归半纪前。
馆外台高人仰望，心头树绿鸟飞还。
追贤步步思英烈，听雨声声泣杜鹃。
浩气雄风沛然在，群山兀立画飞泉。

为配合上级单位——中原出版传媒集团的"讲正气、树新风"活动，我单位专门组织职工到西柏坡等地进行红色革命传统教育。其间，我先后创作了这样一组作品：

初访西柏坡中共中央旧址

青山一座立丰碑，西柏坡前访翠微。
正气曾教天下折，新风再绽雨中梅。
游人影剪千秋画，旧址情留万里晖。
勿忘毛公双务必，征途望眼尽芳菲。

题西柏坡广场五大书记雕像

西柏坡前举步轻，春风又绿五粱丰。
向君三致鞠躬礼，昂首心朝北斗星。

虎头山俯瞰大寨新村

虎头山上景观新，追忆当年大寨人。
恶水穷坡何处觅？残锹断镐世间珍。
商经市场鱼游水，轨转人文鹊报春。
邦欲富强家欲贵，要凭正气长精神。

2013 年 3 月，我在七律《纪念毛泽东“向雷锋同志学习”题词发表五十周年》中这样写道：

我是雷锋老粉丝，望城遥望望旌旗。
行高百姓甘称傻，品惠千家未足奇。
榜样人生虽有限，螺钉情结却无期。
毛公七字醒天下，梅占东风第一枝。

也许是因为三伯与焦裕禄的工作关系，我对焦裕禄精神有着一种天然的崇拜。比如，我最早曾一次性写下过四首关于焦裕禄的绝句：

观电影《焦裕禄》（三首）

其一

银幕久违正气歌，铿然一曲万心和。
黎民代代青天梦，每见桐花思绿波。

其二

裕国禄民忘自己，封沙治碱说焦桐。
丹心一片无私许，不爱乌纱爱众生。

其三

中原有幸埋忠骨，岁月无情葬伪魂。
唯愿清廉从我起，先忧后乐为黎民。

谒焦裕禄陵园

迢迢百里羡梧桐，旧貌新颜换未穷。
唯有棵棵陵下柏，对天默默忆焦公。

由河南文艺出版社策划的长篇小说《焦裕禄》出版之后，在2012年荣获了全国第十二届“五个一工程”奖，一首七律便自然而然地写了出来：

长篇小说《焦裕禄》读后抒感

人民书记今何在？开卷重寻到豫东。
百姓依门思雨露，八方秀厦掩焦桐。
庙堂习习春风里，岁月茫茫霜雪中。
花落花开终有日，乾坤处处太阳红。

2014年4月，县委书记的好榜样焦裕禄同志逝世五十周年前夕，习近平同志再次发表了他创作于1990年的《念奴娇·追思焦裕禄》。抑制不住内心的激动与仰慕之情，我创作了一首《念奴娇·元韵敬和习近平词〈追思焦裕禄〉》：

大河千里，忆兰考，曾是不毛之地。赖有桐花，间粉紫，赢得春风化雨。志在青天，根盘碱土，蕾叶生民系。魔降林网，黯然收尽邪气。
知否公仆情怀？呕心沥血，把贫穷湔洗。任重双肩举鹏翔，孰料英魂仙去。两袖清风，寸心慈爱，大写焦公意。龙腾华夏，报君江海澄碧。

2014 年清明节前夕，中华诗词研究院组织全国三十多位诗词家到尉氏、开封、兰考等地寻访焦裕禄生活与工作过的足迹。我有幸参加了本次活动的策划与采风活动，其间创作了多首相关作品。如：

谒焦裕禄烈士墓

桐花朵朵溢香开，岁岁清明去又回。
为济苍生心上愿，春风春雨拜公来。

瞻焦裕禄手植泡桐

风落高枝舞碧空，泡桐手植忆焦公。
缘何密叶林成海？大树扎根百姓中。

2014 年 5 月，县委书记的好榜样焦裕禄同志逝世五十周年，我又主要策划并参与主编了一套《焦裕禄精神文献典藏》。在我社编辑经过一年半时间的努力终于竣工之际，我以一首七律为这套书代跋云：

《焦裕禄精神文献典藏》竣编感怀

为纪念焦裕禄同志逝世五十周年，由河南文艺出版社即将出版的套书《焦裕禄精神文献典藏》，总约 1200 万字，类分为 14 卷 31 册，诚可谓卷帙浩繁、洋洋大观。自 2014 年 3 月初旬开始策划至 2015 年 9 月 10 日最终付印，前后历时一年又半。作为该典藏的主要参与者，当此之际难免万千感慨、情动于衷，不禁赋诗抒怀并附骥尾以作"代跋"云云……

风雨沧桑五十年，泪飞谁不忆前贤？
曾教兰考绝三害，争仰焦桐立九天。
百道沙丘生死系，万民疾苦往来牵。
韦编成典藏心底，留得春秋种玉田。

说句心里话，以上的这些作品，有些人可能是要给打上“应时应景”甚至“马屁诗”标签的。但我也知道：这些作品是我长期深藏于心中的“红色情结”。毋庸讳言，中国共产党在其近百年的成长过程中，在其半个多世纪的执政过程中，不可避免地走过一些弯路、受到过一些挫折，甚至犯下了一些严重错误。面对长江、黄河的水质污染，我们该持什么样的态度呢？个人认为：我们首先要从自己开始，不再向长江、黄河排污，要监督大家都不再继续排污，要像爱护自己的身体一样爱护长江、黄河，那么我们所期望的“河清海晏”一定会早日实现的。

2016 年 7 月，是中共建党九十五周年的重要纪念的日子。我在最新创作的一首七绝中，这样表达发自内心的诚挚纪念与期待之情：

中共“九五”至尊志贺（宽韵）

华诞欣逢万众尊，雄姿英发又青春。
江河百折东流日，总要回归百姓心。

我不是一名中国共产党党员，而是一名中国民主同盟盟员。2008 年，我曾帮助一位作家出版了一部报告文学集《找党，昨天与今天的红色记忆》，并且应邀为之作序：《找党，我们久远的理想追寻》。也许，这种理想的坚守和信念的执着还要继续付出一定代价。但我依然相信：共产党一定能够真诚地把“为人民服务”继续作为自己思想的宗旨和行动的指南。

这是一种希望，也是一种坚守，更是一种信念。

2016 年 6 月 10 日于中州知时斋

“不学《诗》，无以言”
——漫谈“以诗反腐”及提高个人诗词素养之途径

为广泛传播优秀而源远流长的中国文化，中国政府近年来已在世界各地建设了一百多座“孔子学院”。正是孔子这位古代中国的圣人，早在《论语》中就意味深长地说：“不学《诗》，无以言。”此前的《尚书·尧典》曾云：“诗言志，歌永言，声依永，律和声。”此后的《毛诗序》也说：“诗者，志之所之也。在心为志，发言为诗，情动于中而形于言。”

在这里，《尚书》和《毛诗序》所称之“诗”泛指“诗歌”，孔圣人所说之“诗”特指《诗经》。他既是对《诗经》的实用价值进行了高度概括，也是对春秋时期四百年赋诗言志风尚的一种总结。在春秋时期的外交活动中，外交官们利用《诗经》所产生的特殊作用，也许是今人所不能理解的。首先，能够及时有效地参与、推动外交活动，具有很强的艺术感染力和现场说服力；其次，以《诗经》为外交语言，能充分表现个人乃至国家的文化修养，可以含蓄地展示国家的软实力，包括君臣、君主之间的关系。当时的上层社会，往往开口“诗曰”闭口“诗云”，在含蓄、文雅的谈吐中显示着说话人的文化品位。这种赋诗言志的风尚，对我国后来的整个文化史都产生了重大影响，比如仅《左传》就记录引用《诗经》二百多条，《孟子》《荀子》也常以《诗经》中的章句作为论据。所以孔子又说：“诗可以兴，可以观，可以群，可以怨。”“《诗》三百，一言以蔽之，曰：‘思无邪。’”

诗词是历代廉政文化建设的一个重要内容

所谓“思无邪”,对孔子来说是他对《诗经》在文艺理论意义上的基本评价。鲁迅在《汉文学史纲要》中曾说:“忿而不戾,哀而不伤,乐而不淫。虽诗歌,亦教训也。”但我更为认同南怀瑾先生的解释:“人不能没有思想。只要思想不走歪曲的路,引导走上正路就好。”(《论语别裁》)那么,在我国历代数不胜数的优秀诗词作品中,历代诗人们是如何教人“不走邪路走正路”的呢?

包拯在我国的老百姓心中是一位真正的“青天”。在他60寿辰期间,他曾专门嘱咐儿子包贵一概不准收受任何寿礼。但没有想到的是,第一个带头送礼的却是仁宗皇上。如此则让包贵颇感无奈:上为当朝皇上,下为自己父亲,接收拒收两难,便请代皇上送礼的公公写几句话,以劝说包拯收下这份特殊的礼物。公公觉得有理,提笔写下一首七言诗:“德高望重一品卿,日夜操劳似魏徵。今日皇上把礼送,拒之门外理不通。”包贵拿着这首诗和皇上的礼物送给父亲,包拯则在这首诗后续写了一首七言诗:“铁面无私丹心忠,做官不可念叨功。操劳本是分内事,拒礼为开廉洁风。”随即派人将皇礼退了回去。包公这种崇高的节操和无私的品格,让仁宗皇帝也是感慨不已。

于谦是明代著名的廉吏清官,他在《石灰吟》中这样写道:“千锤百炼出深山,烈火焚烧若等闲。粉身碎骨全不怕,要留清白在人间。”这首诗既咏石灰却又不拘于石灰,以石灰在生产过程中的千锤百炼、烈火焚烧、粉身碎骨,比喻人们在坎坷生活中的种种磨难。文字虽然浅白,但是寓意深远,令人回味无穷。他还在另一首《入京》诗中写道:“手帕蘑菇与线香,本资民用反为殃。清风两袖朝天去,免得闾阎话短长。”于是,“一身正气,两袖清风”的高洁形象与境界,便使读者充分感受到于谦那清廉耿直的浩然正气!

郑板桥也是一位清明耿直的著名廉吏。他的五绝《潍县署中画竹呈年伯包大中丞括》(简称《画竹》)历来家喻户晓:“衙斋卧听萧萧竹,疑是民间疾苦声。些小吾曹州县吏,一枝一叶总关情。”而他的《燕京杂诗》也同样脍炙人口:“不烧铅汞不逃禅,不爱乌纱不爱钱。但愿清秋长夏日,江湖常放米家船。”从其不参道、不学佛、不爱功名、不喜利禄的说明中,不是已经委婉地表达了作者高超的见识、旷达的胸怀?唯有严于律己,方可成为清官;唯有真正清官,才能如此爱民!唯有爱民如此,才见个人情怀!

陈毅将军也是一位著名的诗人。他在作品《手莫伸》中写道:“手莫伸,伸手必被捉。党与人民在监督,万目睽睽难逃脱……岂不爱权位,权位高高耸山岳。岂不爱粉黛,爱河饮尽犹饥渴……第一想到不忘本,来自人民莫作恶。第二想到党培养,无党岂能有所作?第三想到衣食住,若无人民岂能活?第四想到虽有功,岂无过失应惭怍。吁嗟乎,九牛一毫莫自夸,骄傲自满必翻车。历览古今多少事,成由谦逊败由奢。”将军诗人在作品中所表现出来的责任、思考、警诫,希望能够成为某些贪腐干部常思常想的良药与警钟。

多少年来,包括以上这些优秀作品在内的诗词,不知激励多少仁人志士为祖国的繁荣昌盛与公正清廉而奋斗终生。在当下,我们倡导“以诗反腐”,或许也是一种很好的廉政文化建设渠道。当然,“以诗反腐”只是反腐倡廉的一个间接手段,能够增加一些官员的精神自律意识——但意识决定行动,如果在诗坛上多一位诗人,那么在仕途上也许将少一个贪官!当我们的官员们都懂得用自律意识来约束自己的行动之时,也必将使我们的反腐倡廉工作进入一个新的层面,进入一个更高的精神发展阶段!

诗词是历代爱国主义思想的一个重要载体

中华诗词是世界上独一无二的文学艺术形式,爱国爱民是其与生俱来的优秀传统。从《诗经》开始,在我国历代不同时期、不同题材、不同作者的不同作品中，尤其在屈原、杜甫、高适、岳飞、陆游、辛弃疾、文天祥、秋瑾、鲁迅、毛泽东、陈毅等诗人们的伟大诗篇中，无不昂扬着爱国主义的高亢旋律。

“长太息以掩涕兮，哀民生之多艰。”“路曼曼其修远兮，吾将上下而求索。”(《离骚》)——屈原这些闪耀着哲人光辉的不朽诗句，至今仍在激励着我们为祖国、为事业而奋斗不息！

“朱门酒肉臭，路有冻死骨。”(《自京赴奉先县咏怀五百字》)——诗圣杜甫这著名的血泪之吟，贬刺豪门，同情人民，把一腔忧国忧民的挚切深情镌刻在碧海青天；而“安得广厦千万间，大庇天下寒士俱欢颜，风雨不动安如山”(《茅屋为秋风所破歌》)的真切咏唱，又表现了他先忧后乐、情系百姓的高尚情怀！

“烟笼寒水月笼沙，夜泊秦淮近酒家。商女不知亡国恨，隔江犹唱后庭花。”——晚唐著名诗人杜牧在他的这首《泊秦淮》中，抒发了对亡国之势、亡国之危、亡国之音的无限感慨，何其委婉又何其深切！

南宋著名诗人陆游，在《十一月四日风雨大作》这首绝句中写道：“僵卧孤村不自哀，尚思为国戍轮台。夜阑卧听风吹雨，铁马冰河入梦来。”不仅仅在“僵卧孤村”的梦里“尚思为国戍轮台”，即便在奄奄一息之际，他还在殷殷叮嘱自己的儿子：“死去元知万事空，但悲不见九州同。王师北定中原日，家祭无忘告乃翁。”这种生生死死要报效国家、报效父老的深切情感，应该是每一个中国人都应该具备的基本精神。

“辛苦遭逢起一经，干戈寥落四周星。山河破碎风飘絮，身世浮沉雨打萍。惶恐滩头说惶恐，零丁洋里叹零丁。人生自古谁无死，留取丹心照汗青。”——北宋宰相文天祥这首著名的《过零丁洋》，就是一曲响彻云霄的千古绝唱，曾经并将继续激荡着无数炎黄子孙的爱国情怀。

历史发展到近代，中国逐渐沦为帝国主义列强奴役下的半殖民地半封建社会，无数觉醒了的仁人志士和革命党人，为寻求救国救民的真理留下了无数慷慨激昂的战斗诗篇。而他们作品所表现的思想情操和艺术境界,则已远非古代诗人们所能比的了。比如民主革命的先驱孙中山,他那“顶天立地奇男子,要把乾坤扭转来”(《无题》)的抱负和气概是何等伟大;比如辛亥革命烈士徐锡麟,他那“只解沙场为国死,何须马革裹尸还”(《出塞》)的精神与决心又是何其豪迈!

热爱祖国,是每一个中华儿女的义务和责任。我国历史上巾帼英雄所表现出的爱国精神,丝毫不让须眉。著名诗人李清照的“生当作人杰,死亦为鬼雄。至今思项羽,不肯过江东”(《夏日绝句》),一改其缠绵婉约的艺术风格,雄语朗朗,豪气凛凛,爱国之情之义宛然千古耳!革命女杰秋瑾的“休言女子非英物,夜夜龙泉壁上鸣”,充分表达了她在民族沉沦、祖国危难之际的壮志与雄心。革命老人何香凝曾赠诗丈夫廖仲恺曰:“国仇未报心难死,忍作寻常泣别声。劝君莫惜头颅贵,留得中华史上名。”(《赠别廖仲恺》)以如此壮语激励自己丈夫,其精神岂不令人肃然起敬!

诗词是老一辈革命家的一个重要抒情形式

以毛泽东、周恩来、朱德、董必武、叶剑英、陈毅为代表的老一辈无产阶级革命家,多是娴熟驾驭中华诗词艺术的行家里手。他们曾得心应手地运用这种艺术形式,赞颂祖国,讴歌人民,鞭挞敌人,在中国现代革命史和文学史上留下了无数光辉的篇章。

“红军不怕远征难,万水千山只等闲。”——毛泽东曾以一首《七律·长征》艺术地概括举世闻名的长征壮举,气魄何其阔大,形象何其壮美,气象何其壮观!“宜将剩勇追穷寇,不可沽名学霸王。”——在《人民解放军占领南京》这首七律中,这两句诗足以抵得上一篇洋洋洒洒的万字宣言,言简意赅,概括凝练,具有强烈的革命感召力与影响力,也充分展示了中华诗词的艺术感染力!其他如《沁园春·长沙》《沁园春·雪》《忆秦娥·娄山关》《贺新郎·读史》《卜算子·咏梅》等作品,无不成为一首首字字珠玑的名篇佳作。毛泽东的诗人桂冠,就是以其一生才五十余首的诗词作品赢得的。而仅仅这五十余首的诗词,不是已足以树起一座难以逾越的诗歌艺术丰碑吗?

“大江歌罢掉头东,邃密群科济世穷。面壁十年图破壁,难酬蹈海亦英雄。”(《赠张鸿诰》)周恩来总理一生留诗不多,但这首少见的七绝,却已表达了他救民于水火的牺牲精神和豪迈决心。

朱德总司令也有许多脍炙人口的诗句。如“自信挥戈能退日,河山依旧战旗红”(《赠友人》)、“锦绣河山收拾好,万民尽作主人翁”(《寄南征诸将》)等,昂扬豪放,表现了诗人坚决驱逐日本侵略者、让人民当家做主的英雄气概和必胜信心!

其他如李大钊的“何当痛饮黄龙府,高筑神州风雨楼”(《口占一绝》)、陈毅元帅的“此去泉台招旧部,旌旗十万斩阎罗”(《梅岭三章》)、夏明翰烈士的“砍头不要紧,只要主义真。杀了夏明翰,还有后来人”(《就义诗》)、吉鸿昌将军的“恨不抗日死,留作今日羞。国破尚如此,我何惜此头”(《就义诗》)等诗句,早已广泛传诵为中国现代革命史上的浩然正气之歌。再如叶剑英的“老夫喜作黄昏颂,满目青山夕照明”(《八十抒怀》)等,很好地体现出这位从战火中走出来的老帅深厚的诗词文化修养及高尚的人文情怀。而如续范亭的“窃恐民气摧残尽,愿把身躯易自由”(《绝命诗》)、董必武的“遵从马列无不胜,深信前途会伐柯”(《九十初度》)、吴玉章的“一息尚存须努力,留作青年好范畴”(《辛亥革命五十周年》)、陶铸的“如烟往事俱忘却,心底无私天地宽”(《赠曾志》)等,也都从不同侧面反映了老一辈无产阶级革命家的高尚情操和爱国情怀,同样是值得我们永远学习的光辉榜样。

诗词是党和国家领导人文化素质的一种良好体现

加拿大皇家学会院士、著名学者叶嘉莹先生说:“读诗的好处,就在于可以培养我们有一颗美好的活泼不死的心灵。尤其是读中国的古典诗歌,是果然可以有一种兴发感动足以变化人之气质的作用的。”所谓“腹有诗书气自华”者,就是这个道理。

在我国党和国家的领导人中,热爱诗歌、学习诗歌并把诗歌运用到日常的工作中,已成为一个新的政治时尚。如温家宝总理在答记者问中,总能情不自禁、十分恰切地引用古人诗文来言简意赅地阐述一些深刻的道理。

2003年,温总理上任伊始,在表达自己心声时首先就引用了林则徐的两句诗:“苟利国家生死以,岂因祸福避趋之。”(《赴戍登程口占示家人》)还特别说:“这就是我今后工作的态度。”当记者问到台湾问题时,总理很动情地谈到了于右任在临终前写过的一首哀歌:“……故乡不可见兮,永不能忘。天苍苍,野茫茫。山之上,国有殇。”这是多么恰切而又多么令人震撼的最佳答案。

2004年,温总理在回答“能不能用一两句诗概括一下你今年和今后的工作”这个问题时,立即想起了两位伟大诗人的诗句:一是毛泽东主席的“雄关漫道真如铁,而今迈步从头越”;另就是屈原的“路曼曼其修远兮,吾将上下而求索”。如果没有相当深厚的文化(文学)素养,在这样的场合下怎么能作出如此机敏、深刻、含蓄、巧妙的回答呢?

2005年,温总理在回答有关台湾问题时,使用了中国的一句古话:“‘一尺布,尚可缝;一斗粟,尚可舂。’同胞兄弟何不容?”真切的同胞之情溢于言表。这使我们很自然地想起了曹植的那首诗:“煮豆燃豆萁,豆在釜中泣。本是同根生,相煎何太急?”那些一直热衷于“台独”的政客们,在我们先祖如此深情、动情的诗句面前,难道就不感到无地自容吗?

2006年,温总理在回答中外记者问关于当前形势问题时,引用了《新唐书·魏徵传》中的一句话:“思所以危则安,思所以乱则治,思所以亡则存。”2007年,温总理在回答有关解决民生问题时,借用了诗人艾青的一句话“请问开化的大地,请问解冻的河流”;在谈到中日关系时引用了管子的一句话:“召远在修近,避祸在除怨。”

2008 年，温总理在回答台湾问题时，引用了两位诗人的诗句。一个是宋代郑思肖《德佑二年岁旦》中的两句："一心中国梦，万古下泉诗。"另一个是鲁迅《题三义塔》中的"度尽劫波兄弟在，相逢一笑泯恩仇"。

2009 年，温总理引用唐代杜审言《春日京中有怀》中的"明年春色倍还人"，来表达自己对中国和世界经济的信心；化用刘安《淮南子》中的话说"取火莫若取燧，汲水莫若凿井"，希望全体中国人都要以自己的暖心来"暖"中国经济；还引用"山重水复疑无路，柳暗花明又一村"（陆游《游山西村》），来引导人们正确面对当前我国经济面临的巨大挑战和发展机遇。

2007 年 9 月 4 日，《人民日报》发表了温总理的一首新诗《仰望星空》：

我仰望星空，/它是那样寥廓而深邃；/那无穷的真理，/让我苦苦地求索、追随。/我仰望星空，/它是那样庄严而圣洁；/那凛然的正义，/让我充满热爱、感到敬畏。/我仰望星空，/它是那样自由而宁静；/那博大的胸怀，/让我的心灵栖息、依偎。/我仰望星空，/它是那样壮丽而光辉；/那永恒的炽热，/让我心中燃起希望的烈焰、响起春雷。

是啊，温总理不仅具有广博的传统诗歌文化知识，而且具有高雅的诗歌创作才能。每当我们想起总理在特殊场合所引用的特殊诗文，每当我们读起温总理这首《仰望星空》，谁不感觉到一种特殊的亲切、感动和温暖？还有贺敬之、马凯、李肇星及国家发改委诗词协会的领导同志，也经常以诗歌的形式来抒发自己的情感与情怀。

2014 年 3 月 18 日，习近平总书记重新发表了他写于 1990 年 7 月 15 日的《念奴娇 · 追思焦裕禄》，标志着焦裕禄精神在神州大地上得以进一步光大发扬。"为官一任，造福一方，遂了平生意。绿我涓滴，会它千顷澄碧。"习总书记的这些词句，绝不仅仅是他心血来潮的情感,而是他从政数十年来的理想追求与他意志坚韧的执政理念!

诗词是做好民族统战工作的一种特殊方式

对于伟大的中华民族来说,诗词具有特殊的艺术影响力和感情凝聚力。每当祖国受到外来入侵或暂时处于分裂状态之时,诗歌(诗词)便成了人民传达心声、呼唤统一的特殊的文学形式。

唐玄宗天宝十五载(756)六月,安史叛军攻陷长安。至德二载(757),诗人杜甫写下了传之千古的五绝《春望》:"国破山河在,城春草木深。感时花溅泪,恨别鸟惊心。烽火连三月,家书抵万金。白头搔更短,浑欲不胜簪。"唐代宗广德元年(763)春天,史思明的儿子史朝义兵败自缢。头年冬天,唐军在洛阳附近打了一个大胜仗,收复了洛阳和郑(今河南郑州)、汴(今河南开封)等州。已经流寓梓州(今四川三台)的杜甫听到这些消息,以饱含激情的笔墨写下了一首脍炙人口的名作《闻官军收河南河北》:"剑外忽传收蓟北,初闻涕泪满衣裳。却看妻子愁何在,漫卷诗书喜欲狂。白日放歌须纵酒,青春作伴好还乡。即从巴峡穿巫峡,便下襄阳向洛阳。"这是诗人长期处于漂泊不定生存境况下的"平生第一快诗"。这两首从两个不同时期、不同侧面而创作的诗篇,虽然在内容上判若天壤,但在本质上却都真切表现了诗人对祖国结束战乱、安定繁荣的殷切期盼。

南宋著名诗人范成大有一首《州桥》诗:"州桥南北是天街,父老年年等驾回。忍泪失声询使者,几时真有六军来。"真切地表现了当时百姓祈盼收复失地、统一祖国的强烈愿望!其情其意,与陆游的诗句"王师北定中原日,家祭无忘告乃翁"一样感人至深!

"北国风光,千里冰封,万里雪飘……"1945 年国共两党重庆谈判期间,民主人士柳亚子向毛泽东索诗,毛泽东就抄了一首《沁园春·雪》给他。当时在《新民报·晚刊》发表后,立即震动山城重庆。其所产生的统战作用和广泛影响,堪胜一支勇猛无比的常胜雄师。诗人在这首词的煞拍抚今追昔、指点豪杰,“俱往矣,数风流人物,还看今朝”,直将人民革命的历史作用置于历代帝王之上,显示出无产阶级革命家的远见与卓识。

美丽宝岛台湾,是祖国神圣不可侵犯的一个重要组成部分,然而历史上也是一个容易被异族入侵、被败类出卖的所在。1895 年,谭嗣同痛感于此曾挥笔写道:“四万万人齐下泪,天涯何处是神州!”1896 年,丘逢甲也满怀义愤地写道:“四百万人同一哭,去年今日割台湾。”一个是四万万中国人民的哀痛,一个是四百万台湾同胞的哭声,今日读之,依然不觉涕泪沾襟矣!作为国民党资深元老的于右任先生,在他的生命即将走到终点之际,以一首《望大陆》代表了台湾同胞思念祖国、渴念故乡的共同心声:“葬我于高山之上兮,望我大陆……葬我于高山之上兮,望我故乡!”民族感情、爱国深情、故土乡情已同时跃然纸上!著名诗人余光中的著名诗篇《乡愁》,不仅牵动着台湾人民的故乡心弦,同时也深深地感动了大陆的千百万同胞们:“……而现在/乡愁是一湾浅浅的海峡/我在这头/大陆在那头。”此诗作所产生的艺术感染力量,应该是多少“政治思想”工作也难以达到的!

客观来说,最令海外华裔华侨们难以割舍的,正是具有无限艺术魅力的中华诗词和具有中国特色的中国文化。如 1997 年香港回归祖国之际,著名诗人熊东遨以一首《香港回归喜赋》,获得了全国“回归颂”中华诗词大赛的一等奖:“漫说英伦日不西,城头终降百年旗。前仇到此应全泯,积弱何时可尽医?两制风开红紫蕊,一川波释弟兄疑。澳台放眼情无限,共插茱萸信有期。”他正是使用我国最传统的诗词形式,及时而艺术地表现了当时最大的统战主题。从某种意义而言,我国每年大量开展的寻根问祖活动,恰恰正是借重了传统文化(包括中华诗词)对于旅居世界各地华夏儿女们特殊有效并持续久远的文化凝聚力与文化吸引力。

诗歌是弘扬祖国先进文化的一种最佳选择

诗运关乎国运。正当祖国百业俱兴、改革深入、经济繁荣的今天，中华诗词（诗歌）事业的复兴和发展，正符合社会主义精神文明建设的迫切需要，并正在成为提高我国当代干部素养的一个重要途径。同时，诗词这一优秀的传统艺术形式，也必将成为建设我国当代先进文化的重要形式！

“一个伟大民族的过去、现在和未来，都会有文艺的发展和繁荣相伴随。文艺是民族精神的火炬，是人民奋进的号角。中华民族，是以《诗经》、楚辞、唐诗、宋词、元曲和明清小说为人类文明画廊增加辉煌的民族，是产生了屈原、李白、杜甫、关汉卿、曹雪芹这些世界文化名人的民族，是产生了伟大的文学家、思想家、革命家鲁迅，产生了郭沫若、茅盾、聂耳、冼星海、梅兰芳、齐白石、徐悲鸿等现代大文学家、大艺术家的民族。无比丰厚的精神遗产，与先驱们的英名连在一起的民族文化的优秀传统特别是革命传统，是中国社会主义文艺的巨大宝藏。”（江泽民在全国六次文代会和五次作代会上的重要讲话）这是一个英明的论断！它不仅对数千年来以诗词为主的民族传统文化作了高度的概括，而且也充分肯定了诗歌（诗词）在社会主义精神文明、先进文化建设和提高领导干部文化素养上的地位和作用。

党的第十六次代表大会报告，明确提出并充分阐述了“先进文化”的概念：“在当代中国，发展先进文化，就是发展面向现代化、面向世界、面向未来的，民族的科学的大众的社会主义文化”，就是要“坚持以科学的理论武装人，以正确的舆论引导人，以高尚的精神塑造人，以优秀的作品鼓舞人”。“具体说来，还是要发展我们能够融入时代精神的传统文化。”这里所说的“传统文化”，就是在剔除糟粕之后具有优秀特质的“传统文化”。而中华诗词中所体现出来的优秀文化，恰恰就是传统文化中先进文化的典型代表。

“先进文化”是一种合力，也是一种活力，而“与时俱进”正是符合先进文化自身发展规律的“规律”。历史已经证明了诗歌（诗词）的艺术力量，时代仍将证明诗歌（诗词）的艺术生命。“明珠缀海实堪夸，改革征程未有涯。泯却零丁千古泪，要从蛇口看中华。”——袁第锐的这首《赠蛇口工业区》，化用文天祥《过零丁洋》的诗意，借助深圳特区之改革业绩，将近百年来帝国主义强加于中华民族的屈辱一“泯”而去，实乃快诗快语快心矣！

在焦裕禄逝世五十周年前夕，习近平同志重新发表了他的一首词《念奴娇·追思焦裕禄》。这一首词，如一颗精神原子弹一样，瞬间引爆了重新学习焦裕禄的巨大能量。神州大地的无数诗人，相继创作出无数学习焦裕禄及弘扬其正能量的诗词作品。在这里，如果说一首词的作用不亚于千百个红头文件的精神作用，肯定会有许多读者表示赞同的。

中华诗词是汉唐民族语言文学的艺术英华

——中华诗词纵横谈系列之一

中国是一个伟大的文明古国，是一个举世公认的诗的国度。那么，是谁为我们赢来了这些伟大的荣耀呢？是令人百读不厌的《红楼梦》《西游记》《三国演义》《水浒传》吗？不是！尽管这辉煌无比的四大名著与诗有着千丝万缕的文化联系，尽管它们具有诗化的标题、诗化的语言、诗化的人物和内容，甚至每个章回都以"词曰"入题或者以"有诗为证"收尾，但它们的作者却只能被认为是具有诗词修养的小说家而不是诗人。是令人回味无穷的《桃花扇》《西厢记》《长生殿》《牡丹亭》吗？也不是！尽管这千古不朽的四大名剧自身就是一部充满诗情画意的诗剧，尽管它们的每一段唱词、每一句台词都堪称一首或一句优美的诗，但它们在我国文学史上毕竟是以戏剧形式来奠定其艺术地位的！所以，真正为我们赢得"诗国"这一光荣称号的，还是数千年来灿若群星且魅力永存的中华诗词！

所谓"中华诗词"，是一个在文化意义上相对宽泛的文学概念。它并不单指某一种诗歌体裁，而是指包蕴着运用四言、五言、七言、杂言等古风、律绝、词曲等所有体裁的古典诗词形式。

巍巍哉中国文化辉煌灿烂，泱泱乎中华诗词源远流长。煌煌几千年的中国文学发展史，在很大程度上就是中华诗词的发展史。从诗骚、乐府、古风，到唐诗、宋词、元曲以至明清诗歌，中华诗词以其谨严规范的形式美、凝练工稳的语言美、抑扬顿挫的音乐美、声情并茂的韵律美和造象奇妙的境界美，通过数不胜数的美篇佳构，铸就了独一无二的艺术之树，郁郁苍苍，枝繁叶茂，在深深地根植于丰厚的民族文化沃土的同时，也高高地耸立于丰富的世界文化之林。（“新纪元中华诗词艺术书库”总序）

1987年端阳诗人节，中华诗词学会在北京正式成立。许多年来，神州大地无处没有中华诗词运动的蓬勃发展。其参加人员之广，其创作热情之高，其活动影响之大，其书刊出版之多，已经形成人数最多、组织最广、影响最深的当代中国第一大民间社团。

那么，已经沉寂将近一个世纪的中华诗词，何以还有如此巨大的艺术魅力呢？

诗者，语言艺术也；中华诗词者，我汉唐民族语言艺术之英华也。相比而言，中国汉语的方块文字，就像一个个奇妙无比的语言魔方，它所具备的文化特质和艺术功能，是世界上任何语言都无法比拟的；而中华诗词的艺术生命，也正是得益于这些特质和功能并将之发展到了极致的境界。

（一）汉字大都是由单音、单形、多义组成的复合体；而音、形、义三要素，也便构成了中华诗词最基本的格律内容。

音者，汉字本身固有之读音也。每一个汉字，大多有一个单独的读音；每一个读音，就是一个最小的词素单位。汉字的特定读音在某些方面大多是其与生俱来并在长期的演化进程中约定俗成的。读音的轻重缓急、高低长短、抑扬顿挫，不仅区别了每个汉字的不同意义，而且规定了每个汉字的不同声调——古代的平水韵分平、上、去、入，当代的普通话分阴、阳、上、去。那么这四种清浊不同的声调，也就是中华诗词所谓的平仄——平水韵中的平声和普通话中的阴平、阳平为“平”；平水韵中的上声、去声、入声和普通话中的上声、去声为“仄”；平水韵中的入声，在普通话中因分别派入其他三声而消失。

其实，平仄并不神秘。凡是会说汉语的人，只要自己略加体悟，就能够轻而易举地掌握并运用它。汉语中的单音词，是中华诗词句式结构中平仄转换的基本条件。南朝沈约所谓的“一简之内,音韵尽殊;两句之中,轻重悉异”者,准确地说明了因声调不同而产生抑扬亢坠、回环往复的音乐美和旋律感的艺术功能。诗之有平仄,犹如乐之有音阶。“声依永,律和声。八音克谐,无相夺伦,神人以和。”(《尚书·尧典》)这段记录,就是华夏远祖对中华诗词功能的最好概括。

形者,汉字音义之形式体现也。或为“象形”或为“形声”或为“会意”的方块汉字,单个看来横平竖直,规规整整,犹如一块块建筑方砖。对于诗词而言,正是通过对这些“方砖”的“咬”文“嚼”字、列队成行,才使之显示出一种方阵的视觉和建筑的美感。也由于它组成方式的特殊性和书写形式的独立性,作者更便于进行各种因素的对应与协调。久而久之,就形成了中华诗词独一无二的存在状态——平仄之对立、词义之对应、句式之对仗及章法之对称等。对称是人类心目中最古老、最普遍、最自然、最实用、最智慧的审美存在,它不仅包含着万事万物中阴阳相互依存、正反相互转化、优劣相较而显、色彩相配而明的对应关系,而且体现在社会实践的美术构图、建筑设计、思维方式、行为表现及日常生活中,即使是汉字的音、形、义本身,也无处不在地反映出这种种的对称美和对应美。

为了便于进行诗词创作,古人著有许多韵语类工具书。如《声律启蒙·卷上·一东》:“云对雨,雪对风,晚照对晴空。来鸿对去燕,宿鸟对鸣虫。三尺剑,六钧弓,岭北对江东。人间清暑殿,天上广寒宫。两岸晓烟杨柳绿,一园春雨杏花红。两鬓风霜,途次早行之客;一蓑烟雨,溪边晚钓之翁。”请君细加体悟,这一小段纯粹的韵语本身,不就是一幅工笔的人物山水画和一首绝妙的自然风景诗吗?所谓“山川人物皆双对,天上人间有仄平”者,信否?而这种艺术效果的获得,缺少了汉语音、形、义三要素中的任何一个,都是不可想象的。

纯粹的韵语尚美如此,中华诗词何能不妙?

义者,汉字音形所代表的内容也。由于数千年来历史的积淀和语言的演化,在几乎每一个方块汉字中,均贮藏着丰富的文化信息并生长着多重的思想意义，使得它的诗词表达手段和诗意联想功能显得尤为富有弹性与活力。例如我们经常使用的“楼”字，无论在何时何地，只要你一听到“lóu”的发音，眼前便立即会显现出它“木”旁“娄”音的形体，会于心中联想起它古代多为木质结构、而今多为混凝土结构的种种楼房建筑，进而会有“红楼”“书楼”“城楼”“酒楼”“琼楼”“高楼”“钟鼓楼”“楼外楼”“摩天楼”“秦楼月”“近水楼台”“空中楼阁”“海市蜃楼”“百货大楼”及种种有关“楼”的人物、故事、成语、诗篇、风景、历史等信息，各种大量“楼”的信息将会源源不断地涌现到你的眼前、口边、笔下、心头。所谓“望文生义”“闻声知事”“一见钟情”者，即此之谓也。当此之际，你已经是一个关于“楼”的语汇富翁，而关于“楼”的诗篇还能不激情难抑地破口而出、出口成章吗？

（二）汉语的丰富语汇大多是十分稳固的双音搭配或四音组合，为中华诗词基本句式的双平双仄创造了先决条件。

从我国最早的民歌“断竹，续竹，飞土，逐肉”，就已经开始了双音节词汇在口头文学中的运用。中国最早的元典文学《诗经》，则已经将双音节词汇运用得令人叹为观止：“关关雎鸠，在河之洲；窈窕淑女，君子好逑。”“蒹葭苍苍，白露为霜；所谓伊人，在水一方。”尽管这些诗篇创作在两千多年之前，但它两字一顿、四言一隔的句读结构和双双相对、似对非对的语法特征，却已确立了中华诗词音顿节奏方面的基本模式。至于它所创造的艺术境界和美丽意象，更是至今无法替代或超越的。

正是汉语词汇的这一基本特点，才使得中华诗词的句法格式一脉相承、生生不息地相沿至今。虽然中华诗词已历经了《诗经》、楚辞、乐府、唐诗、宋词、元曲等许多朝代、多种体裁的流转变化，虽然除四言、五言、七言等基本句式外还有杂言诗的一顿、三顿节奏，但是其内部结构的实质内容，却是仍以二字顿为主或者为二字顿服务的。如：“挥手从兹去。更那堪凄然相向，苦情重诉。眼角眉梢都似恨，热泪欲零还住。知误会前番书语。过眼滔滔云共雾，算人间知己吾和汝。人有病，天知否？”毛泽东《贺新郎·别友》这首词的上阕，一共十句五十七个字，其中双音节词十七组三十四字，几占总字数的三分之二；另外，“更那堪”“都似恨”“知误会”“算人间”四处三字顿的十二个字，“更”与“都”为副词，作用在于分别加强其后双音词“那堪”“似恨”之程度，“知”与“算”为动词，作用在于分别加重其后双音节词“误会”“人间”之语气，均属为二字顿服务性质；而剩余九处一字顿，“云共雾”与“吾和汝”两处的“共”“和”二字，却又桥梁般连接着“云”“雾”和“吾”“汝”，其联系作用是不言而喻的。所以说，真正具有独立意义的单音节词只有三个：“去”“人”“天”。

在中国汉语中，还有一个特殊的语汇现象，那便是成千上万个固定不变、独立存在、高频使用、流布极广的四言词组——成语。所谓成语，由中国社科院语言研究所编纂、商务印书馆出版的《现代汉语词典》(第6版)是这样解释的：“人们长期以来习用的、简洁精辟的定型词组或短句。汉语的成语大多由四个字组成，一般都有出处。”而由湖北大学出版社出版的《汉语成语大词典》一书，共收入成语一万七千余条。更为神奇的是，在每一个成语中，几乎都有一个丰富的文化背景，都是一个生动的历史故事，都已成为一个生活实践的高度凝结。比如成语“买椟还珠”，据《韩非子·外储说》载：“楚人有卖其珠于郑者，为木兰之柜，熏以桂椒，缀以珠玉，饰以玫瑰，辑以羽翠。郑人买其椟而还其珠。”从字面上来看，不过是说有人把装珍珠的椟匣买下却把匣中的珍珠还给了卖者，后人便常常以此比喻舍本求末，取舍不当——而《韩非子》就是成语“买椟还珠”这个典故的出处。又如成语“青梅竹马”最早的出处，是李白《长干行》中的诗句“郎骑竹马来，绕床弄青梅”。晏殊在《浣溪沙》中的流水对仗句“无可奈何花落去，似曾相识燕归来”，则因巧妙而自然地嵌用成语“无可奈何”与“似曾相识”而成为脍炙人口的千古名句。

尤为令人惊叹的是，我国这些相当稳固的定型成语，大部分属于平仄相间、词性相当、意义相关、形式相称的律化成语，如“千军万马”

"万水千山""朝三暮四""晨钟暮鼓""姹紫嫣红""卧薪尝胆""闻鸡起舞""杯弓蛇影""瓦缶雷鸣""乘风破浪""披荆斩棘""如饥似渴""大刀阔斧""旁征博引""引经据典""抛砖引玉"等。而当这些成语被援用、拆用、化用、嵌用、借用、暗用、活用在诗篇之中时,便会立即产生诗人所想要达到的或凝练,或典雅,或活泼,或风趣,或流畅,或简明,或丰富等特殊的艺术效果。其以一当十、委婉含蓄的艺术功能,是颇为令人惊诧和深感奇妙的!

丰富的成语给诗词创作带来了取之不尽、用之不竭的语汇源泉;而成功的诗词创作,则又不断地创造出意境更妙、意义更新的成语来。且以鲁迅先生的诗词为例,他"横眉冷对千夫指,俯首甘为孺子牛"(《自嘲》)的诗句,曾被郭沫若先生称为"前无古人,后启来者"(《鲁迅诗稿序》),早已成为人所共赏的联式成语;他"心事浩茫连广宇,于无声处听惊雷"(《无题》)的诗句,不是也定型为成语"于无声处"而广为流传吗?又如他另一首《无题》中"血沃中原肥劲草,寒凝大地发春华"两句,既化用了"疾风知劲草"的五字旧成语,又创造了"血沃中原"的四字新成语,岂能不令读者为之折腰——这就是中国汉语的英华之象,这就是中华诗词的妙不可言!

本人在对中华诗词的学习和创作过程中,也有在这些方面的尝试:"缘何红杏出墙来?小雀无端枉嫉猜。墙内樊篱墙外骨,闹春且作路边开。"(《杏花吟》)首句借用四字成语"红杏出墙",尾句化用七字诗句"红杏枝头春意闹",并演化成了"路边闹春"的新意象。又如"红星喜伴紫荆舞,两制金瓯分外圆"(《度词·春风着意》)两句,试图将"一国两制"的政治术语诗化为生动的艺术形象,不知读者以为然否?

(三)诗词篇章在音乐性、旋律感和声韵美方面的艺术体现,彰显出汉语深厚的文化含量与特殊的审美感觉。

中华诗词之所以能够得心应手、左右逢源、恰到好处地将汉唐语言之优势发挥得淋漓尽致,还有一个不可或缺的重要因素,那就是汉语在诗词篇章上的音乐性、旋律感和声韵美。"情发于声,声成文谓之音。”(《毛诗序》)声者何也？郑玄注曰：“声为宫、商、角、徵、羽。”何为“宫、商、角、徵、羽”？即中国五级音阶之名称也，唐代又称之为“合、四、乙、尺、工”。而现在则相当于七级音阶之1、2、3、5、6。若从音韵学的意义解之，则分别为喉音、牙音、舌音、齿音、唇音也。

汉语之妙，在于其字有定声，声有定音；音分清浊，声分平仄。而其更妙的，还在于每个字的平仄清浊本身，已蕴含着这个字意义上的感情色彩。比如平声：“东”“冬”二韵，宜于表达宽宏、超迈、雄浑、高远之情；“江”“阳”二韵，宜于传达昂扬、流畅、激赏、放达之感；“支”“尤”二韵，宜于揣悟细腻、清奇、优柔、惆怅之意；“寒”“先”二韵，则宜于体味恬静、淡然、沧桑、轻健之趣。又如仄声：“屑”“叶”二韵，宜于悲壮、激烈、孤傲、清高感情之抒发；“啸”“号”二韵，宜于阔远、哀伤、苍莽、慷慨景象之描画……如杜甫的平韵《绝句》：

两个黄鹂鸣翠柳，一行白鹭上青天。
窗含西岭千秋雪，门泊东吴万里船。

又如柳宗元的仄韵《江雪》：

千山鸟飞绝，万径人踪灭。
孤舟蓑笠翁，独钓寒江雪。

若我们细加玩味，即可感觉出它们在数字、色彩、情感、思想、节奏、平仄等方面的微妙之处。

刘勰在《文心雕龙》中说：“异音相从谓之和，同声相应谓之韵。”我们知道，汉语大多单字的读音，都是由两个或两个以上的音素组成的复合音节。如“光明”二字的发音“guāngmíng”，就分别由声母“g”“m”和韵母“uang”“ing”拼读而成。又如“理想”二字的发音“lǐxiǎng”，就分别由声母“l”“x”和韵母“i”“iang”拼读而成。所谓的

“押韵”之说，也就是两个或两个以上同韵母字在诗词作品规定位置上的前后呼应（诗之偶句尾字、词之固定尾字为韵位）。

押韵是中华诗词这种文学样式区别于其他文体的突出特征，也是汉字平仄韵律、音乐特性、单词音素的自觉运用。中华诗词对于汉字规律的运用，在唐代以前还处于不自觉的状态。而当沈约发现了四声的存在并被唐代的诗人们用以创造了近体律绝之后，诗的发展才真正从其技术上的朦胧自然状态，进入到一个艺术上的自由王国。

总而言之，在世界上所有的语言系统中，唯有我们汉唐民族的语言集音、形、义三者为一体，以其丰富的信息贮藏、深厚的文化含量、悠久的演化历史、稳固的语汇构成和独特的审美感觉，成为承载人类历史、表达思想感情、描述理想追求的最佳记录工具。而中华诗词这一优秀的艺术样式，正是能够借助汉语自身优势、发挥汉语多种特性、展示汉语艺术魅力的最佳文学形式。自《诗经》以来绵延不绝的中华诗歌史说明了这一点，自屈原以来数不胜数的杰出诗词家证明了这一点，而自“四五”运动以来中华诗词在社会主义新时期顽强不息的艺术生命力也表明了这一点。

伟大的先行者孙中山先生，曾在他《与友人谈诗》的信中指出：“中国诗之美，逾越各国。如《三百篇》以逮唐宋名家，有一韵数句，可演为彼方数千百言而不尽者。或以格律为束缚，不知能者以是益见工巧。”此所以一语抵千言矣！

随着现代科学技术的飞速发展，汉字电脑化运用的实现为中华诗词的发展增添了无限的生机，更为之走向世界创造了新的机遇。我们完全可以相信，中华诗词艺术必将在21世纪再现新的辉煌！

中华诗词是社会主义精神文明建设的重要力量

——中华诗词纵横谈系列之二

社会主义精神文明的建设，应该是一种高品位、多层次、全方位的建设。因而，具有优秀民族文化传统的中华诗词，也应该是运用民族形式、弘扬民族文化、振奋民族精神的一支重要方面军！不仅如此，中华诗词在中国文艺走向世界的过程中，已经并且仍在发挥着重要作用。“我们的文艺只有首先赢得中国人民的喜爱，具有中国风格、中国气派，才能堂堂正正地走向世界和屹立于世界文化之林。”（江泽民在全国第六次文代会和第五次作代会上的讲话）

事实也正是这样：不仅在古代，即使在今天，我们民族被世界认同、认定和接受最多、最广也最便捷的文学形式，正是中华诗词。单就我们的几次诗词大赛来说，海外华裔、国际友人们的参赛范围与参赛热情，即已充分说明了他们对中华诗词这一艺术形式的钟爱和向往。第十一届全国政协副主席马万祺先生，在著名学者蔡厚示先生应邀到澳门作诗词艺术讲学之时，两人在这个问题上所达成的共识是具有代表意义的：无论在世界上的什么地方，凡是有华人的地方，就有中国传统的唐音宋韵在回荡，就有我们当代优秀的诗人在歌唱！在日本，在泰国，在马来西亚、新加坡，中华诗词的创作活动和吟唱艺术十分活跃和广泛。那里的诗词家们不仅进行个人创作、集体活动，而且出版大量诗集、诗刊，在有关报纸上整版整版刊登诗词作品。所有这一切，都对中国文化的广泛传播产生了重要影响。

一

1997年7月1日,我国政府正式恢复对香港行使主权。香港,这个光华夺目的东方明珠,终于回到亲爱的祖国母亲的怀抱!

为迎接香港回归祖国这一伟大的历史时刻,中华诗词学会、中华诗词社、中央电视台及河南诗词学会等二十余家学术机构和新闻单位,于1996年10月至1997年3月,共同主办、联办了一次“回归颂”中华诗词大赛。

这次大赛在海内外炎黄子孙中产生了异乎寻常的强烈反响。在短短一百多天的征稿期内,雪片似的参赛诗稿,每天都从祖国的大江南北、雪域高原,从世界的东西半球、异土他乡,接连不断地飞到设在北京的大赛办公室:两万四千余名参赛者,地域遍及国内各个省区、海外二十多个国家和地区,有效作品达五万余首。其中,参赛年龄最大者已是一百零三岁的老人,最小者尚是年方七岁的低幼学童。更为令人感动的是,各地还出现祖孙三代同堂赋诗参赛、夫妻儿媳一并推敲联句、村长带头全村集体参赛的动人场面;还有正在大墙之内服刑的劳教犯人,也寄来了经过特殊批准参赛的动人诗篇……

我们试问:是一种什么力量竟有如此之大、如此之广、如此之深的感召力和凝聚力呢?是经济社会所谓的物质观念吗?是实用主义所谓的名利思想吗?抑或是其他的什么庸俗效应吗?不!我们可以胆壮气豪地回答:是诗,是诗词,是千百年来支撑起中国文学殿堂和文化精神的中华诗词!是千百万个中华儿女经久不息、不同凡响的爱国情感!是香港回归这一历史事件在神州大地之上、在千百万人民心中所激起的伟大情怀!

二

让我们首先欣赏一首七律《香港回归喜赋》:

漫说英伦日不西,城头终降百年旗。
前仇到此应全泯,积弱何时可尽医?
两制风开红紫蕊,一川波释弟兄疑。
澳台放眼情无限,共插茱萸信有期。

这是“回归颂”中华诗词大赛一等奖获得者之一熊东遨先生的获奖作品。全诗以议论胜,高度概括地将香港回归的政治历史事件,聚焦于八句五十六字之中,诚不凡也。首联破题,从容道起;颔联承述,展示情怀;颈联两句,别开生面;尾联展望,“无限”“有期”。尤其“共插茱萸信有期”一句,化用王维《九月九日忆山东兄弟》中“遥知兄弟登高处,遍插茱萸少一人”之诗意,表现了对澳门及台湾必将回归祖国的自信与自豪。

本次大赛年龄最小者,是河南某地的一位七岁学童,其参赛作品已被评委会特评为“诗苗奖”。其诗曰:“打跑小老鼠,莫教吱吱响。响时惊了梦,不得到香港。”真是诗情、诗趣皆妙!其实,它与千年以前的一首诗,不能不说有一种形式与内容上的直接联系:“打起黄莺儿,莫教枝上啼。啼时惊妾梦,不得到辽西。”然而二者所表达的,却是两种完全不同的思想感情:后者以丈夫远征长期未归为前提,因思而梦,因“啼”而惊,因惊而怨——对无休无止的战乱给他们夫妻带来的别离闺怨;前者以香港终将回归祖国为背景,因盼而梦,因“响”而惊,因惊而怨——对侵略者给中国人民造成的失地之怨,同时也表达了对香港回归迫不及待的急切之情。两相比较,其立意、其境界之高下自不待言。由此可知:中华诗词之艺术影响力是超越时空的,中华诗词之生活表现力也是超越时空的！

香港回归是全体中国人民的大喜事，本人也创作了一首作品《度词·春风着意》，以纪念这一伟大的历史事件：

港岛归航热泪潸，春风着意挂云帆。红星喜伴紫荆舞，两制金瓯分外圆。扯旗山上米旗落——米旗落，落寒烟。　　十二亿人同一庆，扬眉雪耻共婵娟。举杯痛饮黄河水，慈母怀中梦也甜。神州更向瀛洲望——瀛洲望，望台湾。

三

“回归颂”中华诗词大赛是由中华诗词学会主办的第四届大规模海内外诗词大赛。此前三届大赛的基本情况是：

A.首届中华诗词大赛，1992 年 6 月至 8 月在北京举行，参赛者 2 万多人，地域遍及国内所有省区、海外 16 个国家和地区，作品达 10 万余首。

B.“李杜杯”中华诗词大赛，1993 年 11 月至 1994 年 7 月在广州举行，参赛者 2 万多人，地域遍及国内所有省区、海外 10 余个国家和地区，作品达 3 万余首。

C.“鹿鸣杯”中华诗词大赛，1994 年 9 月至 1995 年 1 月在浙江温州举行，参赛者近万人，地域遍及国内所有省区、海外 8 个国家和地区，作品达 3 万余首。

从应征作品体裁来看，各次大赛所收作品，从古风、律绝，到长调、中调、套数、小令及自由曲、度词、自度词等，众体咸备，各竞其长。

从参赛作者身份和年龄而言，各次大赛参赛者，均有工人、农民、战士、教师、学者、将军、华侨华裔、国际友人、科技专家、企业家、个体户等各阶层、各行业之诗词爱好者参加，均有海内外老、中、青、少几代诗人热情参加；从大赛组织形式来说，各次大赛均由海内外著名诗词专家组成组委会和评委会，以"铁面、公心、法眼、热怀"为总原则，密封来稿，隐名评卷，体现出严密的组织程序和公正的评选方法。各次大赛一律不收参赛费。

我们且不说其他的大型诗词活动，仅仅这几次海内外诗词大赛，不已充分说明中华诗词在当代的群众基础和广泛影响了吗？

四

让我们重读一下前三次大赛的主要获奖作品：

久蛰思高举，同怀捧日心。
曾教鳞爪露，终乏水云深。
天鼓挝南国，春旗荡邓林。
者番堪破壁，昂首上千寻。

王巨农这首《壬申春日观北海九龙壁有作》，获首届中华诗词大赛一等奖第一名。霍松林教授评之曰："壬申春日，乃小平同志南方谈话之时……凭此重大主题，却以'观九龙壁'表现之，举重若轻，浑化无迹，确是佳作。宜其鳌头独占也。"

舒展云中翼，冲开水底天。波心荡漾影翩翩，疑是姣宫龙女学飞仙。　台上亭亭立，胸前闪闪悬。金牌玉貌两争妍，赢得人间万目仰婵娟。

戴兰斋这首《南歌子·女跳水员》，获首届中华诗词大赛三等奖。刘人寿先生评之曰："以传统格律诗词，写当代风流人物，文辞妍茂，神采飞扬。"

在“李杜杯”中华诗词大赛中，获奖作品多为长篇古风，在这里不便多加引证，我们只能管中窥豹了：“神州桑海惊千变，舆图换稿开新面。劫火曾哀宝玉焚，融冰倍惜春光暖……风雷待辟新世纪，腾飞华夏云中龙……仙灵归来跨黄鹤，掀髯一笑吟天风。掀髯一笑兮吟天风！”刘梦芙的这首《登采石矶翠螺峰瞻太白塑像，浩然作歌》，获一等奖第一名。诗篇通过对诗仙李白的描述与歌颂，形象艺术地表现了我们时代的建设新貌和文明伟业。

在“鹿鸣杯”中华诗词大赛中获二等奖第一名的，是符乃若的《中日〈马关条约〉百周年感赋》一诗：

烟尘甲午黯玄黄，昏聩清廷失主张。
片纸百年民有恨，一人万寿国无疆。
铜驼荆棘灾黎泪，铁马关河志士枪。
莫笑书生歌当哭，好从青史悟兴亡。

蔡厚示教授评之曰：“主题深刻，律对工巧。”张桂生先生评之曰：“思想性、艺术性俱佳，堪称上品。”

在“鹿鸣杯”中华诗词大赛三等奖中，有两首表现农村新貌的作品，充满了一种清新的泥土气息。如后锡龄的《赠农村外侄》：

外侄堪称泥秀才，瓜甜原自苦中栽。
父兄早弃红尘去，家业都从白手来。
联产促成模范户，造林培出栋梁材。
如今不但门庭旺，领导全村笑口开！

林白先生评曰：“全是白描，不加粉饰，也没有一句陈年典故；但是一位思想好、作风正的农村干部形象，已活脱脱地呈现在读者面前。”

又如李太安的《农民技校》：

新月含羞柳上藏，农民技校夜辉煌。
阿娇卖菜归来晚，一嘴馒头进课堂。

杨嘉仁先生评曰："新人新事，新景新情；亦雅亦俗，生动活泼。"

当然，还有许许多多优秀的诗篇无法一一进行引证。但是，我们已完全可以从中感受到这些诗作从题材到体裁、从内容到艺术诸方面所表现出来的时代精神。全国人大原副委员长、时任中华诗词学会会长周谷城先生，在致"鹿鸣杯"中华诗词大赛评委会的专函中指出："我看了部分参赛作品，又听了评选情况的汇报，觉得大赛突出了爱国主义主旋律，体现了题材、体裁的多样化。政治导向和艺术导向都是正确的！"

五

1996年4月至1997年4月，在郑州市市委、市政府的主持下，在郑州老年诗词学会和河南诗词学会的协助之下，一个以歌颂郑州风景名胜为主题的"嵩山杯"全国诗词大赛成功地在中原大地举行。这次大赛前后经历了整整一年的时间，并得到中华诗词学会及诸多诗词专家的大力支持，得到了国内和海外近十个国家、地区广大诗人的热烈响应。大赛共收到4000多人的近8000首参赛作品，共评选出一、二、三等奖，佳作奖和特别奖108名，多角度、立体化地表现了郑州改革开放的新面貌。

其中获二等奖的《题黄河〈哺育〉巨雕》一诗，其思想意义已远远超越了对郑州名胜的赞誉，其艺术价值也已远远超越了这次大赛的平均水准：

哺育恩如海，春晖未可忘。
三湘千里客，双泪一声娘。

陶杰先生的这首五绝，很容易让人想起唐代孟郊的《游子吟》："慈母手中线，游子身上衣。临行密密缝，意恐迟迟归。谁言寸草心，报得三春晖。"然而，这首五绝却写得形象更鲜明、感情更浓烈、诗意更凝练，表现了海内外炎黄儿女对中原大地、对祖国母亲、对中华民族共同的依恋深情。

令人感到十分欣慰的是：中华诗词正在全国乃至世界范围内卷起振兴的浪潮，目前已受到党和政府的大力支持，已在更广泛的意义上产生了积极的艺术影响；同时，她也正在社会主义精神文明事业中，发挥出越来越重要的宣传和建设作用。从 1994 年起，时任中华诗词学会常务副会长兼秘书长孙轶青，已在全国政协八届二次、三次、四次和五次会议上，连续四年单独或联合发言，为中华诗词事业的现状、发展及前途而大声呼吁、高声喝彩，并已引起有关领导的高度重视。所以，我们有充分的理由相信，具有悠久优秀传统的中华诗词艺术，必将在社会主义现代化的宏伟大业中再创新的成就。具有"兴、观、群、怨"等多种社会功能的中华诗词事业，也必将在社会主义精神文明建设中作出更大的贡献！

走向新世纪的中华青年诗词

——中华诗词纵横谈系列之三

“勒马回缰写旧诗”

中国是一个诗的国度，中华民族是世界上具有数千年悠久诗歌传统的伟大民族。这是我们的光荣和骄傲，也是我们中华文化自立于世界民族文化之林的基石和根本。

然而，自五四运动以来，由于历史发展和社会进步的原因，由于白话文学和白话诗对传统文化和中华诗词的过度冲击，也由于“诗词不宜在青年中提倡”的无意误导，致使中华诗词在20世纪80年代之前的现当代文学史上，处于一种十分尴尬的地位，并且使中华诗词曾被称为“死亡文学”。但是，只要对中国现代文学史稍具基本常识，就能发现一个十分有趣的现象：正是那些在有意无意间要让诗词走向“死亡”的“倡导者”，他们自己却恰恰是诗词创作的行家里手。如第一个倡导新诗并出版第一本新诗集《尝试集》的胡适博士，他在新诗领域所付出的心血和他所取得的成就，却远远逊色于他偶一为之的诗词领域；而他在为《尝试集》所作的长篇序言中，不仅大量引用旧体诗却没有引用一首白话诗，而且即便是自称为“一篇文学革命宣言书”的“誓诗”，也是一首非常地道的《沁园春》：

更不伤春，更不悲秋，以此誓诗。任花开也好，花飞也好；月圆固好，日落何悲！我闻之曰：“从天而颂，孰为制天而用之？”更安用，为苍天歌哭,作彼奴为!　　文章革命何疑!且准备搴旗作健儿。要前空千古,下开百世;收他腐朽,还我神奇!为大中华,造新文学,此业吾曹欲让谁?诗材料,有簇新世界,供我驱驰!

又如声言"一切好诗,到唐已被做完"的鲁迅,他自己却创作出了无论在思想上还是艺术上都能媲美唐宋甚或超出唐宋的千古佳句:"寄意寒星荃不察,我以我血荐轩辕"(《自题小像》),"心事浩茫连广宇,于无声处听惊雷"(《无题》),"横眉冷对千夫指,俯首甘为孺子牛"(《自嘲》),"血沃中原肥劲草,寒凝大地发春华"(《无题》),等等。再如大家熟知的闻一多,更是在文学革命多年之后,又发出了"唐贤读破三千纸,勒马回缰写旧诗"的慨叹。而在回答"为什么'五四'前后很多大胆写新诗的人又转向写旧诗"的提问时,在新诗、旧诗两个方面都取得了巨大成就的郭沫若曾经这样说:"旧诗词的……语法和韵律,在民族的语言规律和生活情绪上,是有它的根蒂的。"既然这样,很多问题也就迎刃而解了。

毛泽东对于诗词的创作实践,则更加有力地说明:中华诗词不仅可以适应现代生活、可以运用现代语言、可以深入当代人心,而且可以创造出一个当代诗词的艺术高峰。又一个不容忽视的事实是:正是这位曾经说过诗词"不宜在青年中提倡"者,他在自己几十年的政治、军事生涯中,甚至在他的书法艺术中,都表现出一种大气磅礴的"革命风格",但却独独从未对在诗词方面的文学创作进行过任何主观的"改革"。恰恰相反,他还在《给陈毅同志谈诗的一封信》中强调:"不讲平仄,即非律诗。"也正是他的《沁园春·雪》《蝶恋花·答李淑一》《七律·长征》《卜算子·咏梅》《沁园春·长沙》《忆秦娥·娄山关》《七律·人民解放军占领南京》《贺新郎·别友》等著名诗(词)篇,为那一代的青年人树立了优秀的学习典范。而此后无数的青年学子们,不也大多正是在鲁迅、毛泽东及其他老一辈革命家诗词的艺术熏陶之下开始认识诗词、熟悉诗词并最终热爱诗词的吗?

有这样一个故事：当年，嗜书如命的毛泽东，因患老年性白内障不能读书，就委托有关方面在北京大学中文系选中芦荻，进中南海做了他的“侍讲学士”。在一次闲谈中，毛泽东突然问芦荻：“北大开不开诗词课？”又问：“《宋词选》为什么只有一部注释简单的胡云翼选注本？”并且还颇有兴趣地说：“我们一起来搞一部《宋词选》好吗？搞一部《诗词曲选》好吗？这样的书出版社给出吗？”此时的毛泽东，可能早已忘记了他自己在“文革”中曾经说过的话：“大学还是要办的！我这里主要说的是理工科大学还是要办的……”毛泽东当时为什么没有强调要办文科大学，我们已经无须再加考证。而他老人家对于诗词的关注，却绝对不能理解为“随心所欲”的偶然。

半个多世纪过去了。当历史的尘埃落定，当我们回眸20世纪时，人们才蓦然发现：历史，原来并不是可以人为割断的！我们应当感谢中华诗词学会，应该感谢著名诗人林从龙先生。多年来，他为了中华诗词事业的振兴和发展而奔走呼号，不遗余力。我们还应该感谢霍松林、刘征、梁东等所有关心、支持诗词事业发展的人们……我们还应当感谢中国科学院的杨叔子院士。他高瞻远瞩，振臂一呼，并以一篇宏文《让中华诗词大步走进大学校园》表达了历史及所有诗人和学子们的共同心声：

中华诗词以其超常而不俗的想象、新奇而巧妙的构思，启迪着、开拓着人们的思维，呼唤着人们的创新意识……影响着人们感情的陶冶、精神境界的升华、思维的活跃、创新能力的加强，势必引导大学生对人、对事、对社会、对自然的深入思考，引导大学生乐于献身、勇于开拓，引导大学生对祖国与民族及其优秀传统、历史、文化、语言、文字的深刻了解和无比热爱。而这一切，又势必直接引导大学生素质的提高，民族根的加深加固，爱国情的加强加厚……加强大学生的人文教育，高度重视民族优秀传统文化与中华诗词的功能，一定会为社会主义祖国的强大、中华民族的繁荣与人类社会的进步作出功德无量的贡献！

诗词喜看百花鲜

1993 年,首届中华青年诗词研讨会在郑州黄河游览区隆重举行。参加这次盛会的八十多位代表,来自全国二十多个省、市、自治区及印尼、美国、中国香港、中国台湾等国家和地区,其中大部分是年龄在四十岁以下的青年诗人,最年轻者只有二十多岁。当时的中华诗词副会长兼秘书长孙轶青,在大会的开幕式上指出:“我们今天在青年中提倡爱好、阅读、研究和创作中华诗词,这符合广大青年尤其是知识青年的要求,符合社会主义精神文明的整体需要……从这个意义上来讲,我们今天的首届中华青年诗词研讨会,就是中国诗歌运动史上的一个创举。这对于中华诗词事业的繁荣昌盛,具有极大的积极意义和促进作用。”(好雨《黄河高唱摇篮曲,慈母欣看雏凤飞》,见 1993 年第 17 期《中华诗词通讯》)就是在这次会议上,正式成立了中华青年诗词学会筹委会,并于 1994 年在广东清远召开了第二次青年诗词研讨会。自此以后,作为全国青年诗词运动蓬勃兴起重要标志的青年诗社,如雨后春笋般在各地迅速出现,极大地推动了中华诗词在全国青年中广泛而深入的发展。

为了更多、更全面地掌握青年诗人的基本情况,笔者作为筹委会副主任,曾于 1995 年在向全国五十多位筹委会理事发出的登记表中,设计了五项内容,有意进行了一次“社会调查”。通过这次调查,我发现当时的全国青年诗词界具备这样几个特点:

第一,大家对于世纪之末出现的青年诗词运动,表现出极大的渴盼和极高的热情。在论述自己对当前青年诗词工作的意见和建议时,普遍要求尽快成立中华青年诗词学会,积极发展会员,壮大新生力量;要求尽快创办《中华青年诗词》,定期举办青年诗词研讨会,筹措奖励基金并开展青年诗词的经常性评奖活动,让当代青年能够向社会展示诗人的风采和才华。当时只有二十岁的江西女诗人徐晖说:“要编辑出版《中华青年诗词选》,不是每人一至二首,而是每人一至二辑,力争全面展现青年诗人的创作风貌。我们要让历史证明:中华诗词后继有人,永远不会断层!”北京的董澍则高屋建瓴地说,青年诗词要“吸收传统精华,以继承固根基;扩大内外联系,以团结为力量;打破思维定式,以创新求发展;发扬创业精神,尽快收复诗词在文化市场的失地”。而香港诗人朱自强则清醒地告诫说,当代的青年诗词“目前仍以普及为主,同时要推动诗词改革”。诗人们的这些共识,其实就是我国青年诗词运动发展的前提与条件、兴盛的土壤和基础,同时也是中华诗词的明天和未来。

第二,关于个人的诗词观,几乎每一个人都发表了与众不同的见解。综合来看,重要的有以下几项。湖北赖海雄简明而深刻的表述,代表了绝大多数青年诗人的心声:“当代诗词应该反映时代精神,表现人民生活,抒发真情实感……追求健康深刻的思想内容和尽可能完美的艺术形式的统一,民族性与时代性的统一。承前启后,继往开来,为社会主义精神文明和物质文明建设服务。”而浙江黄心培从另一个角度阐述了同样的道理:“感情须真,开拓须深;探索须广,创意须新;格调须高,陈言须除;人品须端,辞义须曲。”海南诗人周济夫谈道:“学诗不专主一家,大抵以为须有寄托,能见情怀,尤推崇意境之说。诗风则追求清新自然,不主张过多用典。用韵不妨古今并行。”这与浙江高利华的“诗词是一种古老而精致的艺术样式”,“无论如何变化,她那独特的文字意境所蕴含的艺术魅力和约定俗成的美听音律缺一不可”的识见,具有异曲同工之妙。大家还不约而同地谈到了诗词的继承与创新问题。甘肃柳芸说:“继承传统、弘扬传统、光大传统,更要突破传统、发展传统、超越传统。”甘肃胡喜成说:“继承是创新的基础,创新是继承的归宿。”而湖南伍锡学则说:“当代诗词应力求题材新、感情新、意境新、语言新;须用现代意识、现代语言来反映现代生活。”澳门冯倾城、河南胡秋萍和江西段晓华三位女诗人,分别表达了自己诚恳的心声:“诗词创作应具有时代气息,不要陈腔滥调、无病呻吟,每个诗人都应该有自己独特的风格。”“诗词要用最简洁的语言，道出最真挚的情感和最深刻的人生真谛。”“诗词乃性灵之物，不必负载，自在自呈；虽为小道，却与人类终极关怀相契。”“百花齐放、百家争鸣的良好氛围，将为诗词创作的多样化和健康发展提供可靠的理论保证。”

第三，中华青年诗词学会筹委会的50多位理事，大部分年龄在40岁以下，他们多为全国各地诗词组织的骨干力量。仅就个人创作而言，曾公开发表诗词作品在100首以上者有32人，其中创作作品在1000首以上者有6人，在省级以上获得过重要诗奖的有18人；就工作素质而言，有24人现任当地诗社常务理事以上职务，有12人为当地诗刊编委、副主编，有17人出版诗论10篇以上或诗词专著1部以上；就具体分工而言，他们工作在全国各条战线上，其中从事文化宣传者有16人，在大专院校任教者有8人，在中小学任教者有5人。这是一支多么精干、强劲的青年诗词队伍啊！尤其是在文化宣传部门和在大专院校任教的诗人们，他们独具优势地进行着中华诗词薪火传承的神圣事业。而更多的青年诗社、更为年轻的诗人，不是一直在全国各地、在各大院校层出不穷吗？基于此，我们才更有理由向世界郑重宣告：中华诗词真正百花盛开的春天就要来到了！

路曼曼其修远兮

1987年，在我国20世纪中华诗词的发展历史上，注定是非常具有纪念意义的：

第一届全国诗词研讨会于这一年5月在湖南岳阳隆重举行；中华诗词学会于这一年的端阳诗人节在北京正式成立；第一盘中华诗词吟诵名家集锦录像带在语文音像出版社正式出版；全国各省、市、自治区的诗词学（协）会，大部分在这一年先后成立……

于是，由于各种原因而沉寂了六十多年的中华诗词，在改革开放春风的吹拂之下，便从此开始了她艰难但却是历史性的重要复兴。而今，整整三十年的时间即将过去，我们中华诗词的发展已经取得了有目共睹的、鼓舞人心的巨大成就。无论是参加创作人员的数量或质量，也无论是创办诗词报刊的广度或深度，都达到了20世纪甚或历史上从未有过的新境界。

1999年，在世纪之交的历史坐标上，中华诗词的发展又树起一座座具有重要纪念意义的里程碑：由文化部在春节期间组织举办的“唐宋名篇音乐朗诵会”取得巨大成功，在国内外产生广泛而积极的影响；由团中央青少年基金会组织的“中小学生古典诗文背诵工程”在北京正式开始实施；中华诗词学会新一届年富力强的领导班子正式履行职责；中华诗词学会第一次正式设立了青年部……

2011年9月，由国务院参事室主管的中华诗词研究院在北京钓鱼台国宾馆正式成立。在数千年中华诗词发展史上，这是一个更具重要意义的里程碑。本人应邀参加并见证了中华诗词研究院的成立盛典，可谓三生有幸！从此，中华诗词研究院与中华诗词学会两大机构（团体），在中华诗词的理论研究与创作实践、精品提高与创作普及等方面，有了一个比较明晰的分工，必将使中华诗词这一古老的艺术之树，焕发出新的艺术青春。

当然，对于诗词本身而言，我们还必须具有十分清醒的认识。过去，我们没有妄自菲薄，在无编制、无资金、无办公地点的“三无”情况下艰苦创业，终于取得了今天这样来之不易的大好局面；现在，我们则不能妄自尊大，还有许多地方仍处于“三无”的困惑之中，而诗词还远远未被社会承认，其影响也仅仅局限于诗词圈内的“孤芳自赏”……尤其是在一些青年诗人当中，还存在着一些可怕的创作倾向：或者将自己“画地为牢”地约束在个人的恩恩怨怨，斤斤计较于个人的荣辱得失；或者把“置之唐宋而乱真”作为自己孜孜追求的创作目标，满足于作品“得某某之真传”“承某某之衣钵”并以此为骄傲；或者使作品“字字有据、句句有典”，借以显示自己功力深厚、学问高深；等等。

其实，这是一种十分令人担忧的现象。如果不对此有所警觉，今后制约中华诗词发展命运的因素，将不再来自社会外部，很可能就将因此而“自毁长城”。这绝不是危言耸听！请想一想：诗圣杜甫即便在自顾不暇的多年战乱中，不是还时时在忧国忧民吗？诗仙李白无拘无束的豪放情感，有多少是借助于前人的“典范”而抒发的呢？有几首艰涩难懂、堆砌典故的作品能够在诗歌史上广泛流传呢？

温故而知新。如果我们对当年的五四运动略加理性的辩证分析就不难发现：胡适先生八十多年前在《文学改良刍议》中所提出的“文学改良八事”，至今仍然具有重要的参考价值：

一曰须言之有物；二曰不模仿古人；三曰须讲求文法；四曰不作无病之呻吟；五曰务去烂调套语；六曰不用典；七曰不讲对仗；八曰不避俗字俗语。

尽管已经属于近百年前的“刍议”了，但是除去“三曰”“七曰”另当别论，又有谁能够否认其余“六事”的现实意义呢？就“不模仿古人”一事，胡先生又具体解释说：“一时代有一时代之文学。”“今日之中国，当造今日之文学，不必模仿唐宋，亦不必模仿周秦也。”“即令神似古人，亦不过为博物院中添几许逼真赝鼎而已。文学云乎哉？”（《回眸〈新青年〉·语言文学卷》）

“路曼曼其修远兮，吾将上下而求索！”在中华诗词“上下求索”的发展进程中，其状况很大程度将取决于中华青年诗词的发展状况。如果说胡适的“改良八事”是针对整个新文学而言，并且也确有“矫枉过正”之嫌的话，那么，将胡适当年的“文学八事”改良成为我们当代的“诗词八事”，情况将会怎么样呢？

一曰须言之有物；二曰不无病呻吟；三曰倡双轨韵制；四曰敢承旧创新；五曰弃陈词僻典；六曰少模仿古人；七曰要走向社会；八曰对时代关心。

实际上,这些在“五四”时期就曾争论不休的“焦点”,在中华诗词学会成立以来也已经是讨论多少年的“老问题”了。而今,之所以还要再次提出,是因为它仍然属于妨碍和干扰诗词创作的“新问题”。比如“倡双轨韵制”,当年的先驱们甚至制定了具体的实施方案:“(一)作者各就土音押韵……(二)以京音为标准……(三)希望于国语研究会诸君,以调查所得,撰一定谱,行之于世,则尽善尽美矣。”(刘半农《我之文学改良观》,见《回眸〈新青年〉·语言文学卷》)而关于“承旧创新”的问题,已是很多有识之士的共识,也应该是当代青年诗词的发展方向和最终归宿。所谓“承旧创新”,当然首先以“承旧”为前提,但必须以“创新”为目的。在当代诗词的创作中,如果还一味地沉醉于唐诗宋词的“辉煌光环”里,那么即便再过五十年、五百年,我们或许仍然是在“原地踏步”!

中国的诗歌,历来具有优秀的教化传统,也历来与学校和学生有着千丝万缕的联系。从孔夫子的“不学《诗》,无以言”,到数千年封建社会的“以诗取仕”;从中国普通百姓代代相传的《蒙读千家诗》,到我们最近出版的《新编千家诗》,这其中不就贯穿着“学”与“诗”的丰富内涵吗?已故著名学者、诗人华钟彦教授,在刚刚恢复高考的 1977 年,就在河南大学开办“诗词选修课”并坚持多年;已故著名诗人李允久先生,则长期坚持在河南大学中文系和“羽帆诗社”等学生社团中开办诗词讲座——本人就是在他们的直接传授和影响之下,逐步由兴趣、爱好而开始迷恋上诗词创作活动的。湖南师范大学的陶先淮教授,多年来一直坚持鼓励和培养了一大批青年诗词作者,并且编选出版了《麓山雏唱》,这是一个了不起的成就!江苏徐州的黄新铭先生,则在培养中小学生的诗词创作方面,取得了令人瞩目的成绩。还有林从龙先生和许多的专家学者,多年以来应邀在全国各地大学讲授中华诗词,不知影响了多少大学因此成立了诗词社团,更不知引发了多少学生的诗词兴趣……

令人感到欣慰的是，我们不仅迎来了中华诗词发展的真正的春天，而且诗词的创新也早已经处于尝试、探索和试验的过程中。比如已经在全国产生广泛影响的“自由曲”“度词”“新词”“新曲子词”“俳句”“巷中体”“新古体诗”“六行诗”及一些同类的“新品种”等。尽管它们还不可避免地存在一些这样那样的缺憾并有待进一步完善和修整，但是毕竟已经开始“生根”“发芽”。例如“度词”“新词”，已经编选出版了多集作品选并受到了有关诗人、专家的高度评价。我们有理由相信：在不久的将来，必定会有更多的诗体形式、更好的诗词作品在中华大地上“开花”“结果”的！

我们有理由相信：中华诗词是中华民族非常宝贵的文化遗产和精神财富，是中国汉语最佳的诗歌表达形式；中华诗词的艺术魅力是永恒的，她与千百万中国人民血脉相连的传承联系，也不是可以以任何人的主观意志为转移的。通过中华诗词学会及各级诗词组织和各位诗人们的共同努力，中华诗词必将名正言顺地、大踏步地走进我们的大学校园！而当代的大学生们，21世纪是你们的，你们肩负着发扬光大中华诗词光荣传统的历史任务。你们任重而道远，因为你们的明天就是中华诗词的明天，同时也就是祖国诗歌艺术的明天！

说经典

人间要好诗，诗品即人品！……学习杜诗，不仅要学习他娴熟高超的艺术技巧，更重要的是要学习和继承他忧国忧民、爱国爱民、疾恶如仇、包容天地的伟大情怀。

《离骚》导读

《离骚》作者简介：屈原（约公元前340年—前278年），名平，字原，战国时代楚国著名的政治家，是我国历史上第一个伟大的爱国主义诗人，并以其杰出的创作肇启了我国浪漫主义的诗歌传统。他少年立志，才识卓越，二十多岁便由于“明于治乱、娴于辞令”而被楚王委以“左徒”之职。据《史记·屈原列传》记载，他“入则与王图议国事，以出号令；出则接遇、应对诸侯”。在楚国受到威胁之时，他不仅奉命出使齐国订立了“齐楚联盟”，一度有效地遏止了强秦的政治、军事进攻，而且又为楚王起草了将使“国富强而法立”的改革诏令。但是，他的才能却受到当时反对势力的嫉妒、讥谗、排挤和打击。此后，楚王开始疏远屈原，削其职为“三闾大夫”，并先后多次将他放逐于江北、江南一带。最后，当秦国攻破楚国郢都之时，屈原激愤于国家衰亡、理想破灭，在当年的农历五月五日自沉于汨罗江中。

据民间传说：我国农历五月五日端午节吃粽子的习俗，就是为了纪念屈原这位投江的“以身殉国”者。

《离骚》是屈原重要的代表作，也是楚辞代表作之一。经历代楚辞专家考证，“离骚”首先是楚国时兴的一种乐曲，同时它通过作者的转声、借用、叠韵等艺术手法，又具有了抒发“（别）离（之）忧”、释放家国“牢骚”、述说抑郁“牢愁”等多重意义。屈原其他的主要作品，还有《九歌》《天问》《远游》《渔父》等。

帝高阳之苗裔兮，朕皇考曰伯庸。摄提贞于孟陬兮，惟庚寅吾以降。皇览揆余初度兮，肇锡余以嘉名。名余曰正则兮，字余曰灵均。

纷吾既有此内美兮，又重之以修能。扈江离与辟芷兮，纫秋兰以为佩。汩余若将不及兮，恐年岁之不吾与。朝搴阰之木兰兮，夕揽洲之宿莽。日月忽其不淹兮，春与秋其代序。惟草木之零落兮，恐美人之迟暮。不抚壮而弃秽兮，何不改乎此度？乘骐骥以驰骋兮，来吾道夫先路！

【帝高阳之苗裔兮】二句　帝高阳：指远古时代的颛顼帝；苗裔(yì)：指后代子孙；兮：语气词，是楚辞区别于其他文学形式的主要特征之一；朕(zhèn)：古代人们通用的第一人称代词，秦始皇以后演化为皇帝的专用自称；皇考：对逝世父亲的专用尊称；伯庸：屈原父亲的表字。【摄提贞于孟陬兮】二句　摄提：一种纪年方式"摄提格"的简称，指寅年；贞：正当；孟陬(zōu)：即"孟春正月"；惟：助词，用在年月日时间概念之前；庚寅：干支纪日，这里指屈原的生日；降：降生。【皇览揆余初度兮】二句　皇考观察了我降生之初的时节，就赐我一个美好的名字。览：观察；揆：衡量；肇，开始；锡：赐也。【名余曰正则兮】二句　给我取名叫正则，取字叫灵均。【纷吾既有此内美兮】二句　纷：盛多的样子；吾：即我，与"余"同；内美：指美好的心灵；重：读 zhòng，"着重"之义；修能：指学习、培养(多方面的)才能。【扈江离与辟芷兮】二句　扈(hù)：披；江离、辟芷、秋兰及下文的木兰、秋菊、宿莽等：均为香草，在本文中喻指美好的事物和自己的志行；纫：连缀；佩：佩饰。【汩余若将不及兮】二句　流水汩汩而去，岁月时不我待。不吾与："不与吾"之倒文。【朝搴阰之木兰兮】二句　搴(qiān)：摘取；阰(pí)：较大的土坡；揽：采摘。【日月忽其不淹兮】二句　忽：倏忽；淹：淹留；代序：轮换更替。【惟草木之零落兮】二句　惟：思也；美人：作者自喻；迟暮：指年老。【不抚壮而弃秽兮】二句　抚壮：养护、珍惜壮盛而美好的事物；弃秽：与"抚壮"对举，意为远离、扬弃污秽而卑劣的事物；此度：指现行的准则、法度。【乘骐骥以驰骋兮】二句　犹言快些任用贤能之才以治理国家吧！来，让我在前面为您带头开路！骐骥(qíjì)：骏马，这里喻指有才能者；道：通"导"，引导；夫：在本诗中，除诗尾“仆夫悲余马怀兮”的“夫”字之外，其余均为语气词。

【导读】第一段：诗人首先追溯并强调自己的帝王家世、吉祥生日、名字嘉美及天然禀赋，流露出“天生我材必有用”的壮志豪情。不仅如此，诗人更加着重进行优良品德的自我完善和卓越才能的修养提高。而所有这一切，都是为了实现自己辅佐楚王、振兴楚国的伟大理想。“乘骐骥以驰骋兮，来吾道夫先路！”表现了诗人愿为祖国前途命运而做开路先锋的一片赤诚之心。

昔三后之纯粹兮，固众芳之所在。杂申椒与菌桂兮，岂维纫夫蕙茝？彼尧舜之耿介兮，既遵道而得路。何桀纣之猖披兮，夫唯捷径以窘步。惟夫党人之偷乐兮，路幽昧以险隘。岂余身之惮殃兮，恐皇舆之败绩。忽奔走以先后兮，及前王之踵武。荃不察余之中情兮，反信谗而齌怒。余固知謇謇之为患兮，忍而不能舍也。指九天以为正兮，夫唯灵修之故也。曰黄昏以为期兮，羌中道而改路。初既与余成言兮，后悔遁而有他。余既不难夫离别兮，伤灵修之数化。

【昔三后之纯粹兮】二句　昔：从前；三后：指夏禹、商汤、周文王三代贤君；纯粹：言品德纯正无疵；固：凝聚；众芳：指众多贤能之人。【杂申椒与菌桂兮】二句　申椒、菌桂、蕙茝（chǎi）：均为香草名，这里喻指各种贤臣。【彼尧舜之耿介兮】二句　耿介：光明正大；道、路：指治理国家的正确道路。【何桀纣之猖披兮】二句　桀纣：指夏桀、商纣两位昏君；猖披：狂妄、偏邪；捷径：这里喻指一种简单而邪恶的路径；窘步：窘困，指无法摆脱的困境。【惟夫党人之偷乐兮】二句　惟夫：语气词；党人：指结党营私之人；偷乐：苟安享乐；幽昧、险隘：阴暗、危险、狭隘。【岂余身之惮殃兮】二句　岂：哪里；惮（dàn）殃：害怕祸映；皇舆：此处以“皇帝的车舆”代指国家。【忽奔走以先后兮】二句　奔走：奔忙效力；踵武：足迹，犹言沿着先王的道路前进。【荃不察余之中情兮】二句荃：香草，此处喻指国君；不察：不了解；中情：内心真情；齌(jì)怒：盛怒。【余固知謇謇之为患兮】二句　謇(jiǎn)謇：正直敢言；患：祸患；忍而不能舍：犹言“不忍不说”。【指九天以为正兮】二句　九天：苍天；为正：作证；灵修：灵为神灵，修乃修能，这里喻指楚王。【初既与余成言兮】二句　犹言当初既然与我有言在先，后来却又改变主意反悔推脱。【余既不难夫离别兮】二句　犹言我并不以离别君王感到为难，只是为他的数次变化而伤心。

【导读】第二段：诗人“述三后以诫今王”，“陈尧舜以示典范”，通过正反史证而阐明治乱成败的道理。因为屈原要实现自己的政治理想就必须取得楚王的信任与合作，而楚王却又听信谗言改变了对他的支持态度，所以说他与“党人”的斗争就成为一种不可避免的事实。于是，“伤灵修之数化”的诗人，不得不开始他无比艰辛曲折的抗争与苦口婆心的说服历程。

余既滋兰之九畹兮，又树蕙之百亩。畦留夷与揭车兮，杂杜衡与芳芷。冀枝叶之峻茂兮，愿俟时乎吾将刈。虽萎绝其亦何伤兮，哀众芳之芜秽。众皆竞进以贪婪兮，凭不厌乎求索。羌内恕己以量人兮，各兴心而嫉妒。忽驰骛以追逐兮，非余心之所急。老冉冉其将至兮，恐修名之不立。朝饮木兰之坠露兮，夕餐秋菊之落英。苟余情其信姱以练要兮，长顑颔亦何伤？揽木根以结茝兮，贯薜荔之落蕊。矫菌桂以纫蕙兮，索胡绳之纚纚。謇吾法夫前修兮，非世俗之所服。虽不周于今之人兮，愿依彭咸之遗则。

【余既滋兰之九畹兮】二句　滋兰、树蕙：栽种、培植香草，这里喻指为实现理想而苦心培养了许多有志之才。【畦留夷与揭车兮】二句　畦(qí)：由土埂围出的一块块田地，这里做动词，即按畦种植之意；留夷、揭车、杜衡、芳芷：均为香草，这里喻指屈原所培养的不同人才。

【冀枝叶之峻茂兮】二句　冀(jì):希望;峻茂:高大、茂盛;俟(sì)时:等待时机;刈(yì):收割。【虽萎绝其亦何伤兮】二句　犹言虽说他们可能会枯萎凋零,但我却仍为其变质而哀伤。芜秽:指群芳荒芜、变质。【众皆竞进以贪婪兮】二句　竞进:竞相为权力而争逐;凭:凭依;厌:满足;求索:哀求。【羌内恕己以量人兮】二句　羌:楚地方言发语词;内恕己:自己宽恕自己;量人:度量他人;兴心嫉妒:产生嫉妒之心。【忽驰骛以追逐兮】二句　忽:来往仓促状;驰骛(wù):纵横奔驰;追逐:追逐名利;所急:急于要做。【老冉冉其将至兮】二句　冉冉:渐渐;修名:美名。【朝饮木兰之坠露兮】二句　坠露:欲坠之露;落:始也,下文"落蕊"同此;落英:将绽之蕾。【苟余情其信姱以练要兮】二句　苟:如果;信姱(kuā):确实美好;练要:精诚专一;颇颔(kǎnhàn):因饥饿而憔悴;何伤:有什么可伤心?【揽木根以结茝兮】二句　揽:用;木根:香木根干;结:系结;贯:串联;薜荔:藤蔓植物。【矫菌桂以纫蕙兮】二句　矫:托举;索胡绳:将一种蔓生香草搓成绳索;纚(lí)纚:纠结缭绕的样子。【謇吾法夫前修兮】二句　謇:楚地方言发语词;法:效法;前修:前贤;所服:所信服。【虽不周于今之人兮】二句　不周于:不合于;彭咸:殷代贤臣,因谏君不听,投水而死;遗则:犹言留下的榜样。

【导读】第三段:为了实现自己的理想,诗人高瞻远瞩地苦心培养了一批学生,希望他们能够成为国家的栋梁之材;然而令人伤心的是,这批学生却最终在世俗之中变质了。诗人在谴责"贪婪""嫉妒"等世俗之可恶的同时,表示了继续特立独行的决心。"朝饮木兰之坠露兮,夕餐秋菊之落英"两句,早已成为历代仁人志士所追求和尊崇的修身法则。

长太息以掩涕兮,哀民生之多艰。余虽好修姱以鞿羁兮,謇朝谇而夕替。既替余以蕙纕兮,又申之以揽茝。亦余心之所善兮,虽九死其犹未悔。怨灵修之浩荡兮,终不察夫民心。众女嫉余之蛾眉兮,谣诼谓余以善淫。固时俗之工巧兮，偭规矩而改错。背绳墨以追曲兮，竞周容以为度。忳郁邑余侘傺兮，吾独穷困乎此时也。宁溘死以流亡兮，余不忍为此态也。鸷鸟之不群兮，自前世而固然。何方圆之能周兮，夫孰异道而相安？屈心而抑志兮，忍尤而攘诟。伏清白以死直兮，固前圣之所厚。

【长太息以掩涕兮】二句　太息：叹息；掩涕：掩泣；哀：哀叹；民生：国计民生；艰：艰辛。【余虽好修姱以鞿羁兮】二句　犹言我虽然爱好修饰并规范自己的言行，但是我早上诤谏到晚上却已受到谗毁。鞿羁(jījī)：指马缰绳和马络头；谇(suì)：谏诤；替：谗毁。【既替余以蕙纕兮】二句　犹言(他们)既谗毁我美丽的佩饰，更谗毁我培育人才的举措。申：重申，着重；揽茝：犹言滋兰树蕙。【亦余心之所善兮】二句　亦：转折语气词；所善：所追求的善行；九死：犹言很多的挫折。【怨灵修之浩荡兮】二句　浩荡：犹言(君王)糊涂；民心：国人之心。【众女嫉余之蛾眉兮】二句　众女：喻指一群小人；蛾眉：喻指自己"修姱"的美貌和品行；谣诼(zhuó)：造谣污蔑；善淫：善于谄媚。【固时俗之工巧兮】二句　固：原本；时俗：世俗；工巧：善于取巧；偭(miǎn)：违背；规、矩：木工衡量圆、方的必备工具。【背绳墨以追曲兮】二句　绳墨：木工引画直线的工具；周容：苟合取容；度：指世俗的法度。【忳郁邑余侘傺兮】二句　忳(tún)：忧愁深沉的样子；郁邑：苦闷郁结；侘傺(chàchì)：楚方言，失意、不得志的样子；穷困：走投无路。【宁溘死以流亡兮】二句　溘(kè)：忽然；此态：现在苟合求容的状态。【鸷鸟之不群兮】二句　鸷(zhì)鸟：指鹰隼一类的烈鸟；不群：不与凡鸟为群。【何方圆之能周兮】二句　犹言方与圆不能苟合，不同道无法相安。【屈心而抑志兮】二句　屈心、抑志：心理上委屈、郁悒；忍尤、攘诟：精神上忍让取辱。【伏清白以死直兮】二句　伏：即保持；死直：死于正直之道；厚：推崇。

【导读】第四段:“民生多艰”使得诗人叹息而掩涕,“心之所善”不为楚王所明察,“众女谣诼”则更将诗人逼向孤独穷困之境地。然而,如“鸷鸟不群”的诗人,却进一步表达出“宁溘死以流亡”和“虽九死其犹未悔”的坚定决心。善与恶、美与丑、崇高与卑鄙、光明与黑暗的较量,在这里达到高峰。

悔相道之不察兮,延伫乎吾将反。回朕车以复路兮,及行迷之未远。步余马于兰皋兮,驰椒丘且焉止息。进不入以离尤兮,退将复修吾初服。制芰荷以为衣兮,集芙蓉以为裳。不吾知其亦已兮,苟余情其信芳。高余冠之岌岌兮,长余佩之陆离。芳与泽其杂糅兮,唯昭质其犹未亏。忽反顾以游目兮,将往观乎四荒。佩缤纷其繁饰兮,芳菲菲其弥章。民生各有所乐兮,余独好修以为常。虽体解吾犹未变兮,岂余心之可惩?

【悔相道之不察兮】二句　相道:犹言辅佐;不察:不为(楚王)所察;延:引颈遥望;伫:久立等待;反:同“返”。【回朕车以复路兮】二句　犹言趁着行人迷途未远,回复到正确的道路上。【步余马于兰皋兮】二句　步余马:解驾使马慢行;兰皋:水边长有兰草的高地;椒丘:生长着椒草的小山。【进不入以离尤兮】二句　进、退:进仕、退隐;不入:不得志;离:同“罹”;“离尤”即遭受怨尤;复修:继续修饰;初服:犹言最初的志趣。【制芰荷以为衣兮】二句　制:裁制;芰、荷:即菱、荷;集:汇聚;衣、裳:上身曰衣,下身曰裳。【不吾知其亦已兮】二句　不吾知:“不知吾”之倒装;亦已:犹言也罢;信芳:确实美好。【高余冠之岌岌兮】二句　高、长:使动词,使之高、使之长;冠:帽子;岌(jí)岌:高耸的样子;佩:佩饰;陆离:色彩缤纷。【芳与泽其杂糅兮】二句　芳、泽:香洁、污垢,分别指自己和奸佞之人,泽由汗垢引申而来;杂糅:即混杂;昭质:清白纯洁的品质;犹未亏:指没有受到损害。【忽反顾以游目兮】二句　游目:纵目四眺;往观:犹言前往考察;四荒:四方荒远之地。【佩缤纷其繁饰兮】二句　佩:

动词，即佩带；繁饰：指繁盛的装饰；芳菲菲：犹言香气勃郁；弥章：愈加彰显。【民生各有所乐兮】二句　民生：泛指人生；各有所乐：各有所好；好修：犹言爱美；常：习以为常。【虽体解吾犹未变兮】二句　体解：即肢解，古代的一种刑罚；岂：岂是；惩：惩戒。

【导读】第五段：政治斗争失败，理想付诸东流。于是，“进不入以离尤兮，退将复修吾初服”的信条，又在诗人内心产生了不可调和的矛盾——为了个人，这何尝不失为一种人生结局；为了国家，又怎能容忍自己逃避现实？最后，诗人毅然坚持“常以好修”“体解未变”的选择，并决定“反顾游目”“往观四荒”。同时代的孟子，也曾在《孟子·尽心上》中表达了几乎相同的心情：“穷则独善其身，达则兼济天下。”

就全诗而言，作品到这里结束了作者进行自我回顾和自我展示的第一部分。

女媭之蝉媛兮，申申其詈予。曰：鲧婞直以亡身兮，终然夭乎羽之野。汝何博謇而好修兮，纷独有此姱节。薋菉葹以盈室兮，判独离而不服。众不可户说兮，孰云察余之中情？世并举而好朋兮，夫何茕独而不予听？

【女媭之婵媛兮】二句　女媭（xū）：楚地对女性的统称，这里是屈原在本诗中塑造的一个女性人物形象；婵媛（chányuán）：形容女子妩媚多姿；申申：反复、絮叨；詈（lì）：这里指婉曲地劝诫。【鲧婞直以亡身兮】二句　鲧（gǔn）：夏禹的父亲；婞（xìng）直：刚愎自用；夭乎：死于；羽之野：传说中羽山的荒野。【汝何博謇而好修兮】二句　博謇：犹言过于正直、忠贞；独：孤单；姱节：美好的节操。【薋菉葹以盈室兮】二句　薋（zī）：草多的样子，这里作动词用，使很多草堆积起来；菉（lù）、葹（shī）：两种恶草，喻指小人；盈室：充塞满室；判：判别、区分；离：动词，远离；不服：不佩带。【众不可户说兮】二句　户说：一家一户地说服；

孰：谁；云：助词。【世并举而好朋兮】二句　并举：相互托举；好朋：习惯于结朋为党；茕(qióng)独：孤单无靠；不予听："不听予"的倒装句，即不听我(的话)。

【导读】第六段：女媭是本诗中唯一一个女性形象，可能是诗人的姊妹、夫人或者妻妾。但无论是谁，她衷心的劝诫都在诗人的心中引起了一阵波澜——在一个没有是非曲直的社会里，一味地耿直孤忠是不容于世的。女媭的这些话，既指出了当时社会的症结，也曲折地反映了屈原的心理矛盾。

依前圣以节中兮，喟凭心而历兹。济沅湘以南征兮，就重华而陈词。启九辩与九歌兮，夏康娱以自纵。不顾难以图后兮，五子用失乎家巷。羿淫游以佚畋兮，又好射夫封狐。固乱流其鲜终兮，浞又贪夫厥家。浇身被服强圉兮，纵欲而不忍。日康娱而自忘兮，厥首用夫颠陨。夏桀之常违兮，乃遂焉而逢殃。后辛之菹醢兮，殷宗用而不长。汤禹俨而祗敬兮，周论道而莫差。举贤而授能兮，循绳墨而不颇。皇天无私阿兮，览民德焉错辅。夫维圣哲以茂行兮，苟得用此下土。瞻前而顾后兮，相观民之计极。夫孰非义而可用兮，孰非善而可服？阽余身而危死兮，览余初其犹未悔。不量凿而正枘兮，固前修以菹醢。曾歔欷余郁邑兮，哀朕时之不当。揽茹蕙以掩涕兮，沾余襟之浪浪。

【依前圣以节中兮】二句　前圣：前朝圣王；节中：犹言公平、折中地判断；喟(kuì)：叹息；凭心：倚仗着自己的忠心；历兹：至于此境。【济沅湘以南征兮】二句　济：渡；沅、湘：沅水和湘水；南征：南行；就：就近；重华：即舜帝；陈词：陈说。【启九辩与九歌兮】二句　启：动词，开启，开始(在人间传唱)；九辩、九歌：皆传说中天上的乐章，由大禹之子夏启偷带到人间；夏：以夏朝代指夏启；康娱：安逸享乐；纵：放纵。【不顾难以图后兮】二句　犹言看不到困难、不图谋未来，因而招致

"五子家巷(叛乱)"的后果。五子:即夏启的第五个儿子武观;用失乎:失乎用,即失于使用;家巷:内讧。【羿淫游以佚畋兮】二句 羿(yì):后羿;淫游:无节制地游玩;佚(yì)畋(tián):放纵打猎;封狐:大狐,泛指较大的野兽。【固乱流其鲜终兮】二句 乱流:指政局混乱;鲜(xiǎn):少;终:结果;浞(zhuó):寒浞,后羿所宠信之相;贪:贪恋;厥(jué):代词,指后羿;家:指妻室。【浇身被服强圉兮】二句 浇:过浇,寒浞之子;被服强圉:犹言自恃强暴;不忍:不节制。【日康娱而自忘兮】二句 日:每日;自忘:忘记自身的责任和危险;首:脑袋;用夫颠陨:因而坠落。【夏桀之常违兮】二句 夏桀:即夏朝的亡国暴君;常违:"违常"之倒文,指违背常现;乃:于是;遂:就;逢殃:遭逢祸殃。【后辛之菹醢兮】二句 后辛:即商纣王;菹醢(zūhǎi):指把人剁成肉酱;殷宗:殷商宗祠。【汤禹俨而祗敬兮】二句 犹言商汤、夏禹及周文王等明君,皆俨然而恭敬,在把握政治道路上从没有差错。祗(zhī):恭敬。【举贤而授能兮】二句 举贤、授能:举荐和使用贤能之才;循:遵循;绳墨:法度;颇:偏差。【皇天无私阿兮】二句 犹言苍天公正,从无偏袒,它根据人们有无德行而分别辅助。阿:偏袒;错:交错、分别。【夫维圣哲以茂行兮】二句 维:同"惟",只有;圣哲:特指汤、禹等圣君;茂行:繁盛的德行;苟得:才能;用:统辖;下土:与皇天对举,指天下国土。【瞻前而顾后兮】二句 犹言纵览古今历史兴亡,可以从中观察到人们衡量事物的标准。相(xiāng)观:察看;民:人民;计:计策、法则;极:终极,犹言最好标志。【夫孰非义而可用兮】二句 非义、非善:指不义不善之人;用、服:任用、信服。犹言这些人不可任用、不被信服。【阽余身而危死兮】二句 阽(diàn):濒临危险;初:初衷。【不量凿而正枘兮】二句 量凿:度量木器上的卯孔;正枘(ruì):修整木器上的插榫,犹言这就是前代圣哲们不为世俗所容并被"菹醢"的原因。【曾唏嘘余郁悒兮】二句 唏嘘(xīxū):抽噎;时之不当:犹言生不逢时。【揽茹蕙以掩涕兮】二句 茹、蕙:两种香草;沾:浸湿;浪浪:水流不止。

【导读】第七段：诗人感到不为女媭理解尤为痛苦而无法解脱，便展开自己的艺术想象，“济沅湘以南征兮，就重华而陈词”。通过与古代圣王的对话和对佞臣暴君的剖析，屈原对理想更加充满信心，对真理更加坚定不渝。

跪敷衽以陈辞兮，耿吾既得此中正。驷玉虬以乘鹥兮，溘埃风余上征。朝发轫于苍梧兮，夕余至乎县圃。欲少留此灵琐兮，日忽忽其将暮。吾令羲和弭节兮，望崦嵫而勿迫。路曼曼其修远兮，吾将上下而求索。饮余马于咸池兮，总余辔乎扶桑。折若木以拂日兮，聊逍遥以相羊。前望舒使先驱兮，后飞廉使奔属。鸾皇为余先戒兮，雷师告余以未具。吾令凤鸟飞腾兮，继之以日夜。飘风屯其相离兮，帅云霓而来御。纷总总其离合兮，斑陆离其上下。吾令帝阍开关兮，倚阊阖而望予。时暧暧其将罢兮，结幽兰而延伫。世溷浊而不分兮，好蔽美而嫉妒。

【跪敷衽以陈辞兮】二句　敷：铺开；衽（rèn）：古代男子服装的前襟；陈辞：同“陈词”；耿：耿直；中正：中正之道理。【驷玉虬以乘鹥兮】二句　驷（sì）：名词，本指一套马车上的四匹马，这里做动词，即驾驭马车；玉虬（qiú）：即配有玉饰的龙，虬指一种没有角的龙；鹥（yī）：凤凰一类的祥鸟；埃风：夹杂着尘埃的风；上征：即上文之“往观乎四荒”。【朝发轫于苍梧兮】二句　发轫（rèn）：启程，“轫”指停车时垫于轮下的木块；苍梧：即九嶷山；县（xuán）圃：指昆仑山三级中的中级，“县”同“悬”。【欲少留此灵琐兮】二句　灵琐：犹言传说中神灵的所在，琐即门窗上雕刻的花纹，代指门；暮：傍晚。【吾令羲和弭节兮】二句　羲（xī）和：太阳神；弭（mǐ）：停止；节：速度；崦嵫（yānzī）：西方神山，是太阳归宿之处；勿迫：不要太急。【路曼曼其修远兮】二句　犹言无论道路多么漫长、遥远，我都将矢志不移地探求所追索的真理。曼曼：同

“漫漫”；修远：长远；上下：上天入地。【饮余马于咸池兮】二句　咸池：神话中太阳洗澡的地方；总：系结；辔：马缰；扶桑：一种神树，传说是太阳升起的地方。【折若木以拂日兮】二句　若木：一种神树；拂日：轻轻地擦拭太阳，以使其重新放射光华；聊：姑且；逍遥、相羊：从容的样子。【前望舒使先驱兮】二句　望舒：月神；飞廉：风神；奔属(zhǔ)：与先驱对举，犹言随后奔驰。【鸾皇为余先戒兮】二句　鸾、皇：两种神鸟；戒：警卫；雷师：雷神；未具：(行装)没有准备，犹婉言拒行。【吾令凤鸟飞腾兮】四句　凤鸟：即凤凰；飘风：旋风；屯：屯聚；相离：游离而至；帅：同“率”；云霓：云霞，这里泛指奸佞小人；御：抵御，犹言这些反对势力前来阻止我的前行。【纷总总其离合兮】二句　犹言云霞们纷纷涌现，五光十色地聚拢在我前行的道路上(阻止前进)。【吾令帝阍开关兮】二句　帝阍(hūn)：天庭上的守门人；阊阖(chānghé)：即天门。【时暧暧其将罢兮】二句　暧(ài)暧：日光昏暗的样子；罢(pí)：这里指昏暗已至极；结：结系；延伫：犹言等待时机。【世溷浊而不分兮】二句　溷浊(hùnzhuó)：混乱污浊；蔽美：掩蔽美好的事物。

【导读】第八段：为了实现自己的理想，诗人又开始了新的追求。屈原借助丰富的神话故事，在想象中为我们展示了一幅幅绚丽无比、神奇无比的浪漫图景。他驷玉虬而乘鹥鸟，令羲和以望崦嵫。饮马咸池，总辔扶桑；折木拂日，逍遥相羊；前使望舒，后属飞廉；飘风相离，云霓来御——这是一种怎样的壮观景象啊！尽管“世溷浊而不分兮，好蔽美而嫉妒”，但我们的诗人却以“路曼曼其修远兮，吾将上下而求索”的豪情自励励人，洵为高尚而宝贵。

朝吾将济于白水兮，登阆风而绁马。忽反顾以流涕兮，哀高丘之无女。溘吾游此春宫兮，折琼枝以继佩。及荣华之未落兮，相下女之可诒。吾令丰隆乘云兮，求宓妃之所在。解佩纕以结言兮，吾令蹇修以为理。纷总总其离合兮，忽纬繣其难迁。夕归次于穷石兮，朝濯发乎洧盘。保厥美以骄傲兮，日康娱以淫游。虽信美而无礼兮，来违弃而改求。览相观于四极兮，周流乎天余乃下。望瑶台之偃蹇兮，见有娀之佚女。吾令鸩为媒兮，鸩告余以不好。雄鸠之鸣逝兮，余犹恶其佻巧。心犹豫而狐疑兮，欲自适而不可。凤皇既受诒兮，恐高辛之先我。欲远集而无所止兮，聊浮游以逍遥。及少康之未家兮，留有虞之二姚。理弱而媒拙兮，恐导言之不固。世溷浊而嫉贤兮，好蔽美而称恶。闺中既已邃远兮，哲王又不寤。怀朕情而不发兮，余焉能忍与此终古？

【朝吾将济于白水兮】二句　白水：神话中发源于昆仑山的一条河流；阆（làng）风：神话中的山名；绁（xiè）马：系马。【忽反顾以流涕兮】二句　涕：涕泪；高丘：指高丘山；女：指神女。【溘吾游此春宫兮】二句　春宫：东方青帝所居宫殿；琼枝：琼树之枝；继佩：指在自己的佩饰上续加香物。【及荣华之未落兮】二句　荣、华：草本植物之花曰荣，木本植物之花曰华；相：相看；下女：指民女；诒（yí）：同“贻”，赠予。【吾令丰隆乘云兮】二句　丰隆：云神；宓（fú）妃：传说是伏羲之女，溺死之后成为洛神。【解佩纕以结言兮】二句　佩纕：佩饰上的丝带；结言：以佩纕为情物定约；蹇修：传说为伏羲之臣；理：代理，即媒人。【纷总总其离合兮】二句　犹言心情悠忽不定，若即若离。纬繣（wěihuà）：乖戾不合；难迁：（宓妃）难以迁就。【夕归次于穷石兮】二句　归次：住宿；穷石：神话中的地名；濯（zhuó）：洗；洧（wěi）盘：神话中的水名。【保厥美以骄傲兮】二句　保：仗恃；骄傲：自以为了不起；淫游：恣意游乐。【虽信美而无礼兮】二句　信：确实；无礼：无有情意；来：乃；围弃：犹言放弃；改求：改变追求。【览相观于四极兮】二句　览、相、观：皆为看的意思；四极：四方极远的地方；周流：回环、观察。【望瑶台之偃蹇兮】二句　瑶台：以美玉堆砌成的高台；偃（yǎn）蹇：高耸的样子；有娀（sōng）：古代部落名；佚女：美女，即后为帝喾之妃的简狄，是为商代始祖。【吾令鸩为媒兮】二句　鸩（zhèn）：恶鸟名；不好：犹言不添好言。【雄鸠之鸣逝兮】二句　雄鸠：斑鸠；鸣逝：飞鸣远逝；恶(wù)：讨嫌；佻巧：巧言、轻佻。【心犹豫而狐疑兮】二句　狐疑：犹疑不决；自适：亲自前往。【凤皇既受诒兮】二句　受诒：指受托；高辛：即帝喾；先我：先于我之前。【欲远集而无所止兮】二句　犹言想去远方却又无处可去，就暂且徘徊复彷徨吧。浮游：没有目的地漫游。【及少康之未家兮】二句　及：乘着；少康：夏代的中兴之主；未家：没有成家，"家"作动词用；有虞：夏朝的一个姚姓部落；二姚：即有虞国君的两个女儿。【理弱而媒拙兮】二句　犹言求婚理由不足而且媒人笨拙，可能传话也不十分牢靠。【世溷浊而嫉贤兮】二句　嫉贤：嫉贤妒能；蔽美、称恶：犹言颠倒是非。【闺中既已邃远兮】二句　闺中：代指美人；邃远：望而不见；哲王：圣哲之王，这里特指楚怀王。【怀朕情而不发兮】二句　犹言我的理想无可抒发，又怎么能够忍受并长此以往下去？

【导读】第九段：在"上天"无门之后，诗人又以"求女"为象征，在"下界"寻求德能兼备的志同道合者。他相下女，求宓妃；见有娀，济白水；登阆风，折琼枝；望瑶台，游春宫……"周流乎天余乃下"。然而，"告余以不好"的鸩，"余恶其佻巧"的雄鸠，使他真正认识了"世溷浊而嫉贤兮，好蔽美而称恶"。在这期间，他经历了说不尽的艰难曲折……满腔炽烈的感情，在幻灭和空虚之后陷入极度的惆怅与彷徨——"怀朕情而不发兮，余焉能忍与此终古？"

在作品结构上，以上为全诗的第二部分：政治理想破灭之后的屈原，不得不在艺术的幻想之中忍受心灵的煎熬。

索藑茅以筳篿兮，命灵氛为余占之。曰：两美其必合兮，孰信修而慕之？思九州之博大兮，岂唯是其有女？曰：勉远逝而无狐疑兮，孰求美而释女？何所独无芳草兮，尔何怀乎故宇？世幽昧以眩曜兮，孰云察余之善恶？民好恶其不同兮，惟此党人其独异。户服艾以盈要兮，谓幽兰其不可佩。览察草木其犹未得兮，岂珵美之能当？苏粪壤以充帏兮,谓申椒其不芳。欲从灵氛之吉占兮,心犹豫而狐疑。巫咸将夕降兮,怀椒糈而要之。百神翳其备降兮,九疑缤其并迎。皇剡剡其扬灵兮,告余以吉故。曰:勉升降以上下兮,求矩矱之所同。汤禹严而求合兮,挚咎繇而能调。苟中情其好修兮,又何必用夫行媒?说操筑于傅岩兮,武丁用而不疑。吕望之鼓刀兮,遭周文而得举。宁戚之讴歌兮,齐桓闻以该辅。及年岁之未晏兮,时亦犹其未央。恐鹈鴂之先鸣兮,使夫百草为之不芳。何琼佩之偃蹇兮,众薆然而蔽之。惟此党人之不谅兮,恐嫉妒而折之。时缤纷其变易兮,又何可以淹留?兰芷变而不芳兮,荃蕙化而为茅。何昔日之芳草兮,今直为此萧艾也?岂其有他故兮,莫好修之害也。余以兰为可恃兮,羌无实而容长。委厥美以从俗兮,苟得列乎众芳。椒专佞以慢慆兮,樧又欲充夫佩帏。既干进而务入兮,又何芳之能祗?固时俗之流从兮,又孰能无变化?览椒兰其若兹兮,又况揭车与江离?惟兹佩之可贵兮,委厥美而历兹。芳菲菲而难亏兮,芬至今犹未沬。和调度以自娱兮,聊浮游而求女。及余饰之方壮兮,周流观乎上下。

【索藑茅以筳篿兮】二句　索:取来;藑(qióng)茅:一种占卜用的茅草;筳(tíng):占卜用的小竹片;篿(zhuān):楚人结草编筳曰篿;灵氛:传说中的卜师。【两美其必合兮】二句　两美必合:意为两个修洁之人一定能够完美地结合;信修:真正美好;慕:值得倾慕。【思九州之博大兮】二句　犹言天下之大,哪里没有值得倾慕的美女?九州:古代中国分为九个州划,习惯上“九州”也常常代指天下。【勉远逝而无狐疑兮】二句　犹言努力到远方去吧,谁为了理想会放弃对美好的追求呢?勉:勤勉自励之辞。【何所独无芳草兮】二句　犹言天下何处无芳草,你何必一定要眷恋着故乡?【世幽昧以眩曜兮】二句　犹言这个世道昏暗而迷乱,有谁来查看我心中的善恶呢?眩曜(xuànyào):迷乱的样子。【民好恶其不同兮】二句　犹言世人基本的好恶并没有什么不同之处,只是这帮小人的嫉贤妒能与众不同。【户服艾以盈要兮】二

句　犹言户户人人都在腰间佩满了艾草，说香草不能作为大家的佩饰。艾：一种怪味野草；盈：满；要：同“腰”。【览察草木其犹未得兮】二句　犹未得：指（党人）对于草木的评价还不能得出正确的结论；珵（chéng）：一种美玉；当：承受。【苏粪壤以充帏兮】二句　犹言（他们）将粪壤填满自己的香袋，却仍说申椒的气味不香。苏：取也；充：填满；帏：香囊。【欲从灵氛之吉占兮】二句　犹言想听从灵氛那吉祥的占卜，心中却仍然犹疑而不决。【巫咸将夕降兮】二句　巫咸：古代著名的神巫；夕降：指晚上的降神仪式；怀：将（椒糈）揣在怀里；椒、糈（xǔ）：降神所要使用的香草和精米；要：同“邀”。【百神翳其备降兮】二句　犹言天上诸神遮天蔽日地降临，九疑山上的神祇也列队迎接。【皇剡剡其扬灵兮】二句　皇：指百神之中最尊贵的主神；剡（yǎn）剡：光芒闪耀的样子；扬灵：即显灵；吉故：吉祥的缘故。【勉升降以上下兮】二句　犹言神灵劝屈原能够随高就低，委曲求全，适应环境，以寻求志同道合者。矩（jǔ）、矱（huò）：木工使用的两种工具。【汤禹严而求合兮】二句　犹言汤、禹二君严正律己以访求志同道合的贤臣，伊尹和皋陶则能够和谐相处。俨：严正律己；挚（zhì）：伊尹字挚，商汤贤相；咎繇（gāoyáo）：即皋陶；调：和谐，协调。【苟中情其好修兮】二句　犹言如果能够像男女那样两情倾爱，又何必借助媒人的说合？【说操筑于傅岩兮】二句　说（yuè）：指傅说；操：手持；筑：大杵，古代建房主要是以大杵击土；傅岩：地名；武丁：即殷高宗；用：指高宗访得贤人傅说，用而为相，殷室大兴。【吕望之鼓刀兮】二句　吕望：即姜太公，姓吕字望；鼓刀：指其曾在朝歌以屠夫为生；遭：遇到；周文：周文王；得举：得到举用。【宁戚之讴歌兮】二句　宁戚：春秋时齐国贤士；讴歌：传说宁戚曾在贩牛时夜宿东门，扣牛角而歌，齐桓公听后以其贤而举为卿相；该辅：位列辅佐大臣。【及年岁之未晏兮】二句　犹言神灵劝慰屈原，趁着现在正当盛年，一切也还都来得及。晏：晚；犹其：“其犹”之倒文；未央：未尽。【恐鹈鴂之先鸣兮】二句　鹈鴂（tíjué）：鸟名，又名子规、杜鹃、布谷等；百草不芳：鹈鴂多鸣于春末夏初，正是花落草长季节，但如果鹈鴂提前（先）鸣，则意味着百花无色、百草不芳。【何琼佩之偃蹇兮】二句　琼佩：美玉佩饰，这里为屈原自喻；偃蹇：繁盛的样子；薆（ài）然：隐蔽遮盖的样子。【惟此党人之不谅兮】二句　犹言党人不一定能够谅察、理解我的品德，恐怕还会因为嫉妒而加害于我。谅：谅察；折：摧折（琼佩）。【时缤纷其变易兮】二句　犹言政局混乱、世事无常，又如何能够让人再留（楚国）？淹留：延留。【兰芷变而不芳兮】四句　犹言痛斥自己的学生禁不住利诱而投入小人怀抱。兰芷不芳、荃蕙化茅：喻指学生从本质上发生了变化；萧、艾：皆为贱草，喻指不肖之人。【岂其有他故兮】二句　犹言学生变质没有其他原因，主要是因为不自重、不自爱。修：好修，自我完善。【余以兰为可恃兮】二句　兰：滋兰树蕙之兰，喻指其学生；可恃：可以信赖；无实而容长：华而不实。【委厥美以从俗兮】二句　犹言放弃希望使之回到世俗去吧，他们无缘与那些高贵的芳草相媲美。委：委弃；苟：怎能够。【椒专佞以慢慆兮】二句　专佞（nìng）：专横谄媚；慢慆（tāo）：傲慢的样子；榝（shā）：一种茱萸类的植物。【既干进而务入兮】四句　犹言既然他们如此热衷于钻营，又如何能够保持人格的独立？世俗原本就是随波逐流，谁又能不随之而变化呢？干进、务入：钻营；祗：只、单，独立之意。【览椒兰其若兹兮】二句　犹言兰、椒这样名贵的香草尚且如此，更何况揭车与江离？若兹：像这样。【惟兹佩之可贵兮】四句　犹言只有自己的佩饰真正名贵，但它的品质却一直不被认知而委弃；然而其芬芳的香气不会受到污损，至今仍然没有消失。犹未沬：尚未消失。【和调度以自娱兮】四句　犹言谐和佩饰之音以调节自己之言行有度，暂且没有目的地寻求所爱吧。正当自己年盛之际，到各国周游考察一番。求女：这里指寻求“所爱”。

【导读】第十段：战国时代，许多如张仪、苏秦等政治家并不仅仅服务于本国，而是随时为能够展示自己才能的国家所重用。于是，诗人现在也遇到了一个去留的问题。他首先取藑茅以问卜于灵氛。灵氛曰："何所独无芳草兮，尔何怀乎故宇？"接着又怀椒以求降于巫咸，巫咸则告之："勉升降以上下兮，求矩矱之所同。"一个问题的两个不同答案，促使诗人对楚国的现实有了更深刻的认识。他准备同时接受两种意见：既要继续保持自己固有的美德，又开始了另一个"浮游求女""周流上下"的计划。

灵氛既告余以吉占兮，历吉日乎吾将行。折琼枝以为羞兮，精琼爢以为粻。为余驾飞龙兮，杂瑶象以为车。何离心之可同兮，吾将远逝以自疏。邅吾道夫昆仑兮，路修远以周流。扬云霓之晻蔼兮，鸣玉鸾之啾啾。朝发轫于天津兮，夕余至乎西极。凤皇翼其承旂兮，高翱翔之翼翼。忽吾行此流沙兮，遵赤水而容与。麾蛟龙使梁津兮，诏西皇使涉予。路修远以多艰兮，腾众车使径待。路不周以左转兮，指西海以为期。屯余车其千乘兮，齐玉轪而并驰；驾八龙之婉婉兮，载云旗之委蛇。

【灵氛既告余以吉占兮】二句　犹言既然灵氛已经告诉我吉利的卜辞，我就选择一个吉利的日子准备远行了。历：遴选。【折琼枝以为羞兮】二句　羞：美食；精：使动词，使琼爢更精细；琼爢（mí）：玉屑；粻（zhāng）：同"粮"。【为余驾飞龙兮】二句　杂：兼杂；瑶、象：玉石、象牙。【何离心之可同兮】二句　离心：离心离德；自疏：自求疏远。【邅吾道夫昆仑兮】二句　邅（zhān）：楚国方言，转道之意；周流：从客周游。【扬云霓之晻蔼兮】二句　云霓：以云霓为旌旗；晻蔼（yǎn'ǎi）：旌旗遮天蔽日的样子；玉鸾：马铃；啾啾（jiū）：象声词，形容马铃鸣响的声音。【朝发轫于天津兮】二句　天津：即天河；西极：西天尽头。【凤皇翼其承旂兮】二句　承旂：擎旗；翱翔：鸟翅上下摆动曰"翱"，鸟翅舒展不动曰"翔"；翼翼：整齐有序的样子。【忽吾行此流沙兮】二句　流沙、赤水：神话中的两个地名；容与：从容而行。【麾蛟龙使梁津兮】二句　麾（huī）：指挥；梁津：使动词，让蛟龙在渡口上架桥；诏：诏令；

西皇:指西方之神少昊;涉予:渡我过河。【路修远以多艰兮】二句　犹言路远多艰,传言让众多的车驾在所经路途上等待。腾:吩咐。【路不周以左转兮】二句　路:路过、途经;不周:神话中的不周山;左转:喻指向着西北方向的秦国而行;期:期待(之地)。【屯余车其千乘兮】二句　屯:屯集;齐:使动词,使玉轪排列整齐;轪:车轮。【驾八龙之蜿蜿兮】二句　八龙:即飞龙;蜿蜿:蜿蜒;委蛇(wěiyí):同"逶迤",绵延不绝的样子。

【导读】第十一段:这是本诗中屈原的最后一次精神旅行。诗人充分发挥自己的艺术才能:"折琼枝以为羞兮,精琼靡以为粻。为余驾飞龙兮,杂瑶象以为车。"——想象何其之美!"扬云霓之晻蔼兮,鸣玉鸾之啾啾。""凤皇翼其承旂兮,高翱翔之翼翼。"——气派何其之大!"邅吾道夫昆仑兮,路修远以周流。""朝发轫于天津兮,夕余至乎西极。"——范围何其之广!在我国数千年的文学史上,如此华丽、浪漫、宏伟、精彩的描写,是为仅见!

抑志而弭节兮,神高驰之邈邈。奏九歌而舞韶兮,聊假日以愉乐。陟升皇之赫戏兮,忽临睨夫旧乡。仆夫悲余马怀兮,蜷局顾而不行。

【抑志而弭节兮】二句　犹言屈原掩旗停车,思想却依然神往远方。志:同"帜";邈(miǎo)邈:遥远无际的样子。【奏九歌而舞韶兮】二句　犹言借歌舞以长时间地娱天。韶:即九韶,相传是帝舜时的歌舞;假:借也;日:时日;愉乐:即娱乐。【陟升皇之赫戏兮】二句　犹言当皇天被娱乐至非常高兴时,屈原忽然又想到、看见了难以忘怀的故乡。陟(zhì):同"升",达至;皇:即皇天;赫(hè):显赫,非常;戏:游戏,高兴;临睨(nì):俯瞰。【仆夫悲余马怀兮】二句　仆夫:仆从;悲、怀:悲伤、怀恋;蜷(quán)局:蜷缩不前;顾:回头而看。

【导读】第十二段：正当诗人神采飞扬地沉醉于自己的幻想之时，无情的现实却轻易地击碎了他的好梦。“陟升皇之赫戏兮，忽临睨夫旧乡。仆夫悲余马怀兮，蜷局顾而不行。”至此，随着去留矛盾的最后激化，屈原内心强烈而执着的爱国情感也在全诗感情的尖锐矛盾中达到了高潮。

乱曰：已矣哉！国无人莫我知兮，又何怀乎故都？既莫足与为美政兮，吾将从彭咸之所居！

【乱曰：已矣哉】　乱曰：尾声；已矣哉：犹言算了吧！【国无人莫我知兮】二句　犹言祖国没有人能够理解我，我又何必怀恋祖国？莫我知：“莫知我”的倒文；故都：指郢都，这里代指楚国。【既莫足与为美政兮】二句　莫足：不可能；美政：（实现）美好的理想；彭咸：即彭祖（祝融），传说中的日神，神话中居住在大海之上；从彭咸之所居：表面字义是追随彭祖，但却暗示了作者最后投水而终的人生结局。

【导读】尾声：远游的幻想终服从爱国的情感，美政的理想更为社会的现实破灭。血泪凝结成生命的挽歌，艺术创造出文学的绝唱——屈原“浪漫主义爱国诗人”的伟大称号，由此得以奠定。

以上作为全诗的第三部分，充分地展示了诗人一层层的心理矛盾和重重的心灵痛苦。而诗人最终的悲剧，也正是屈原爱国情感的必然体现。

千古一唱:《胡笳十八拍》的双重艺术主题

胡笳,汉代一种流行于塞北和西域的管乐器,其音悲凉。蔡琰的《胡笳十八拍》,实际上是一首古乐府琴曲歌辞。唐代诗人刘商在《胡笳曲序》中说:“胡人思慕文姬,乃卷芦叶为吹笳,奏哀怨之音,后董生以琴写胡笳声为十八拍。”所谓“十八拍”,在乐曲中即十八乐章,在歌辞就是十八段辞。第一拍中的“笳一会兮琴一拍”,应当是胡笳吹到一个段落响起合奏声时琴曲的一个乐章。

《胡笳十八拍》的艺术价值很高,是感人肺腑的千古绝唱,其形式兼有骚体与“柏梁体”双重特征,或可称之为准骚体与准柏梁体。从内容结构来说,启篇一拍总述动乱异常的时代背景与个人所受的屈辱,如曹操《蒿里行》中所写的“铠甲生虮虱,万姓以死亡。白骨露于野,千里无鸡鸣”、王粲《七哀诗》中“出门无所见,白骨蔽平原”等,都是当时动乱社会的真实写照。煞尾一拍呼应篇首,结出怨情,曲虽终而情未尽。中间的十六拍(段)为本诗的主体,而这十六拍又可分为前后两个时期中“思乡”和“念儿”两个主题。“回归故土”与“母子团聚”原本都是十分美好的,应该是人人都能享有的,但是在她蔡文姬这里却变得令人痛苦不堪!

痛苦!痛苦!痛苦!痛苦是作者在这首诗中所强烈表现的真挚感情!作为一位汉代名门之后、学者诗人之爱女,蔡琰青少年时期所获得的精神滋养和被掳匈奴时期的身心折磨,形成了一种强烈的反差,使她在被强留南匈奴的十二年间,生活与精神承受着无法想象的巨大痛苦。既不能适应遐域胡风浩浩、原野萧条、冰霜凛凛的自然环境,也无法适应胡人毡裘为裳、奶肉为食的特殊风俗,而居无定所、羊粪垒窝、兴奋时击鼓狂欢喧声聒耳通宵达旦的生活习惯，尤使她难以忍受。如作者所写："殊俗心异兮身难处，嗜欲不同兮谁可与语。"

其实，作者在精神上所经受的双重屈辱，才是她最大、最难以忍受的折磨。第一，作为汉人她成了胡人的俘虏；第二，作为女人她被迫嫁给了胡人。第一拍所谓"志意乖兮节义亏"，其内涵正是基于这双重屈辱而言的。于是，在身心受到双重煎熬的情况下，忆念故国、思返故乡就成了支持她坚强地活下去的最重要的精神力量。从第二拍至第十一拍，主要内容便是描写她的思乡之情。如第四拍的"无日无夜兮不思我乡土"，第十拍的"故乡隔兮音尘绝，器无声兮气将咽"，第十一拍的"生仍冀得兮归桑梓"等。而诉说乡情最为感人的要数第五拍："雁南征兮欲寄边心，雁北归兮为得汉音。雁飞高兮邈难寻，空肠断兮思愔愔……"在春日里，她希望南飞的大雁捎去她边地的心声；当秋天时，她企盼北归的大雁带来故土的乡音。但是，南来北往的大雁还是高高地飞走了，渐渐地杳邈难寻，使她不由得心痛肠断，黯然销魂……在第十一拍中，她甚至揭开了自己忍辱偷生的内心隐秘："我非贪生而恶死，不能捐身兮心有以。生仍冀得兮归桑梓，死当埋骨兮长已矣。"

终于，十二年的漫漫长夜过去了，她那还乡的夙愿终于得偿："忽遇汉使兮称近诏，遗千金兮赎妾身。"（第十二拍）据《后汉书·蔡琰传》记载："曹操素与邕善，痛其无嗣，乃遣使者以金璧赎之。"但是，这长期等来的喜悦却是转瞬即逝的。在喜上心头的同时，却又飘来了一片新的愁云：自己的生还之日，也正是与两个亲生儿子的诀别之时。"喜得生还兮逢圣君，嗟别稚子兮会无因。十有二拍兮哀乐均，去住两情兮难具陈。"这里正是她这种矛盾心理的坦率表白。正是从第十二拍起，全诗便转入了不忍与儿子分离的描写，出语哽咽，沉哀入骨。第十三拍写别子、第十四拍写思儿成梦，都有极尽缠绵、令人涕下、感人肺腑的精彩段落。如"抚抱胡儿兮泣下沾衣……一步一远兮足难移，魂消影绝兮恩爱遗"，如"山高地阔兮见汝无期，更深夜阑兮梦汝来斯。梦中执手兮一喜一悲，觉后痛吾心兮无休歇"。宋人范晞文在《对床夜话·卷一》中评论第十三拍说："此将归别也。时身历其苦，词宣乎心，怨而怒，哀而思，千载如新；使经圣笔，亦必不忍删之也。"诗中女主人公的别离之痛，一直陪伴着她离开胡地、重入长安……但是，自己屈辱的生活结束了，而新的思念亲子的痛苦则刚刚开始。"胡与汉兮异域殊风，天与地隔兮子西母东。苦我怨气兮浩于长空，六合虽广兮受之应不容。"全诗在此感情如狂潮般涌动处曲终罢弹，完成了蔡琰这一悲剧形象的真实描写与艺术塑造。

《胡笳十八拍》既体现了蔡文姬的命薄，也反映出她的才高。本诗主人公艺术形象塑造的最大特色，是强烈的主观抒情色彩。诗人摒弃了纯客观的叙述方法，叙事之时总是饱含着强烈而鲜明的个人情感。抒情主人公艺术形象的塑造成功，还得力于深入细腻的心理描写。如女主人公在"志意乖兮节义亏"的情况下，为什么不以一死以全节气呢？第十一拍披露了隐衷，说明她是在深厚乡土之思的精神支撑下才偷生苟活下来的。这一剖白不仅消除了读者对这一人物形象可能引起的误解，而且使她变得可亲可敬起来。其他如抒别子之痛、诉思子之苦，或借助于想象，或寄情于梦幻，在展示特定情况下的人物的心理变化这一点上，无不惟妙惟肖，生动传神。

诗中最引人瞩目的心理描写，就是对"归国"与"别儿"一喜一悲的感情纠葛的描写。诗人深深体会到"去住两情兮难再陈"，因而不惮其烦，三复斯言，如"愿得归来兮天从欲，再还汉国兮欢心足。心有怀兮愁转深，日月无私兮曾不照临，子母分离兮意难任"（第十五拍），"今别子兮归故乡，旧怨平兮新怨长"（第十六拍）。通过不断的重复，对于矛盾心理的表现，起到了强调与深化的作用，从而更加突出了人物进退维谷、痛苦难禁的情状。

总而言之，我们所说的"双重"，是指全诗在结构形式上兼具骚体与"柏梁体"的特点，主人公身体与精神上的双重折磨及她精神上所受的双重屈辱，贯穿全诗始终的"忆念故乡"与"惜别儿子"的双重痛苦等。此诗通过富于特色的艺术表现，成功地塑造出了抒情主人公蔡琰这一悲剧性的艺术形象。

有文章这样写道：我们欣赏此诗，不能只作为一般的书面文学来阅读，而应联想到蔡琰这位不幸的女子在自弹自唱，琴声正随着她的意象在流走。随着琴声、歌声，我们好像看见她正行走在一条十二年由屈辱与痛苦铺成的长路上……

中国诗圣的襟怀

——从杜甫《茅屋为秋风所破歌》说起

杜甫，是我国唐代伟大的现实主义诗人，千百年来一直被中国人民尊称为“诗圣”。诗圣，诗歌之圣！多么崇高的称号！那么，杜甫为什么会被推崇为“诗圣”呢？是因为他的诗写得多、写得好吗？是因为他的诗诸体咸备、登峰造极吗？是因为他的诗记录了大唐王朝由盛转衰的真实历史吗？当然，这些都是他所固有和具备的！但是，仅仅具备这些还远远不够。从其《茅屋为秋风所破歌》及许多脍炙人口的诗篇中可以得知：杜甫之所以成为一代诗圣的关键，正是他无比宽厚、无比伟大的“诗圣的襟怀”！

首先让我们谈一下《望岳》：

《望岳》是一首山水诗，也是杜甫现存一千四百余首诗中最早的一篇。“岱宗夫如何？齐鲁青未了。造化钟神秀，阴阳割昏晓。荡胸生层云，决眦入归鸟。”当诗人漫游东岳泰山写下这篇千古绝唱时，年仅二十四岁。全诗在对泰山的钟灵神秀进行出神入化的描写之后，以“会当凌绝顶，一览众山小”结尾，洋溢着一种积极向上、奋发有为的进取精神。雄奇壮美的河山胜景，激发了诗人“登泰山而小天下”的壮志豪情——诗圣在青年时期的襟怀，在这里表现为对祖国美好河山的无比热爱和敢于藐视一切艰难困苦的凛然气概！

为了实现自己的远大志向，年轻的诗人曾参加过两次科举考试，但却都落第了。尤其是第二次参加的制举，本来就是奸相李林甫所搞的一次所谓“野无遗贤”的骗局，也难怪像杜甫这样的人才考而不中了。后来，他还曾旅居京华长安十年，交结权贵，投诗赠文，企望能被引荐从仕。在《奉赠韦左丞丈二十二韵》中诗人写道："自谓颇挺出，立登要路津。致君尧舜上，再使风俗淳。"——诗圣在壮年时期的襟怀，在这里表现为踌躇满志、一展宏图的政治抱负。尽管时代的局限使其抱负中难免存在"忠君"的成分，但他并非一味盲目地"愚忠"，而是决心要实现辅佐朝廷、重整纲纪、"再使风俗淳"的伟大理想。这是十分可贵的！"三月三日天气新，长安水边多丽人。态浓意远淑且真，肌理细腻骨肉匀……炙手可热势绝伦，慎莫近前丞相嗔！"《丽人行》有意以大量赡美华丽的语言，来渲染唐玄宗、杨贵妃、杨国忠等人的骄奢淫逸，以反衬出他们的种种丑恶行径。声声慨叹，字字悲愤，诗人对当朝统治者们的荒淫生活进行了辛辣讥刺。若是"愚忠"，诗人是不会如此以诗"犯上"的，这也正表现了诗圣不凡的胆识和无畏的品格！

安史之乱前夕，唐王朝内部尖锐的政治斗争，已反映为突出的社会矛盾："朱门酒肉臭，路有冻死骨。荣枯咫尺异，惆怅难再述。"(《自京赴奉先县咏怀五百字》)就是在这样的历史背景下，诗人先被任命为河西县尉，后又被改任右卫率府兵曹，职责是看守兵甲器仗，管理门禁锁钥。"不作河西尉，凄凉为折腰。老夫怕趋走，率府且逍遥。"(《官定后戏作》)杜甫当真是"怕趋走"、想"逍遥"吗？非也！安史之乱发生时，诗人正自长安赴奉先县探亲。谁知回家团聚的他却刚好遇上自己的小儿子被饥饿夺去幼小的生命，其家庭境况是可想而知的。然而，即使这样，诗人得知安、史叛乱后，毅然决然地满怀爱国热情，投奔刚在灵武即位的太子李亨而去。路上被捕，后又逃出长安再奔凤翔，"麻鞋见天子，衣袖露两肘。"(《述怀》)其间的艰险与痛苦是可想而知的。就在凤翔，诗人被授予左拾遗之职，虽只八品，但却清要。然而，也只不过几个月，杜甫即被唐肃宗打发回家了。诗人一腔的忧国忧民之情、报效国家之志终于未能得以充分展示。此后，八年的安史之乱，腥风血雨更给社会的经济发展和人民的生产生活带来了无穷无尽的灾难。"国破山河在，城春草木深"(《春望》)的严酷现实，使得"穷年忧黎元，叹息肠内热"《自京赴奉先县咏怀五百字》)的诗人，发出了

“感时花溅泪，恨别鸟惊心”(《春望》)的感叹——面对如此破败的江山，诗圣在中年时期的襟怀表现为忧时忧国、厌战爱民的复杂情感。“乾坤含疮痍，忧虞何时毕。”(《北征》)“安得壮士挽天河，净洗甲兵长不用。”(《洗兵马》)正是怀着这样强烈的忧患意识，诗人写下了大量控诉内战苦难和反映爱国精神的不朽史诗，如《兵车行》、“三吏”、“三别”、《秋兴八首》等。而当战乱终于结束，朝廷平叛胜利之时，诗人立即咏出了“剑外忽传收蓟北，初闻涕泪满衣裳。却看妻子愁何在？漫卷诗书喜欲狂”(《闻官军收河南河北》)的“生平第一快诗”，爱国精神和喜悦之情跃然纸上。于今读来，仍觉令人情感激荡，似乎自己的青春也要“鼓翼而飞”了(霍松林语)。

热爱人民，关心人民，亲近人民，在杜甫那“诗圣的襟怀”中始终占据着一个特殊的位置——“南国旱无雨，今朝江出云”(《喜雨》)，若非关心农民和农事者，是不会如此渴望甘霖的；“好雨知时节，当春乃发生。随风潜入夜，润物细无声”(《春夜喜雨》)，不言喜而喜雨之情溢于言表；“肯与邻翁相对饮，隔篱呼取尽余杯”(《客至》)两句，表现了诗人与普通邻翁的友善关系；而《又呈吴郎》，则是诗人煞费苦心写出的一首劝言诗，“堂前扑枣任西邻，无食无儿一妇人……已诉征求贫到骨，正思戎马泪盈巾”，为了寡妇打枣这样一个看似平淡的小事，诗人却于平凡中深刻地揭示了陷人民于水火的社会根源，这不是杜甫忧国爱民伟大怀情的自然流露吗？

为了躲避战乱，早已遭贬罢职的杜甫，带领全家历尽千难万险来到了远离中原的蜀都平原。在许多亲友的资助之下，诗人在风景秀丽的浣花溪畔，营建了一座著名的杜甫草堂：“背郭堂成荫白茅，缘江路熟俯青郊。”(《堂成》)不料，次年秋天的一个傍晚，一场秋风裹着秋雨，无情地将茅屋吹破，同时也催成了杜甫一首表现诗人崇高理想和博大胸怀的《茅屋为秋风所破歌》：

八月秋高风怒号，卷我屋上三重茅。茅飞渡江洒江郊：高者挂罥长林梢，下者飘转沉塘坳。南村群童欺我老无力，忍能对面为盗贼，公然抱茅入竹去。唇焦口燥呼不得，归来倚仗自叹息。俄顷风定云墨色，秋天漠漠向昏黑。布衾多年冷似铁，娇儿恶卧踏里裂。床头屋漏无干处，雨脚如麻未断绝。自经丧乱少睡眠，长夜沾湿何由彻？安得广厦千万间，大庇天下寒士俱欢颜，风雨不动安如山！呜呼！何时眼前突兀见此屋，吾庐独破受冻死亦足！

“八月秋高风怒号，卷我屋上三重茅。”诗一开始便单刀直入、劈空而来，写肆虐的秋风咆哮着卷起草堂上一重又一重的茅草，飞飘过江，又零乱地抛撒在树林或水塘。惨淡经营的草堂正在遭受着严重的破坏，诗人的心情该是如何痛惜而焦急啊！

不仅如此，被秋风吹散的茅草，更被南村的群童“公然抱茅入竹去”；即便是唇焦舌燥的严词呼喊，他们却也毫不理会。在这里，诗人并非真正将孩子们指斥为盗，而是以其特殊的幽默之笔，为全诗的主旨打下了一条伏线：诗人的心急如焚和群童的“对面为盗贼”，都是因了生活的穷困。否则，孩子们是不会这样“公然抱茅入竹去”的，而诗人则更不会为此而“唇焦舌燥”并“倚仗叹息”的！于是，诗人的“归来倚仗自叹息”，便不仅仅是诗人对自己不幸遭遇的悲叹，而且是对普天之下无数贫困者的“同病相怜”了。

事情的糟糕还不仅仅如此：“俄顷风定云墨色，秋天漠漠向昏黑。”可想而知：“布衾多年冷似铁，娇儿恶卧踏里裂。床头屋漏无干处，雨脚如麻未断绝”的秋雨之夜，对于“自经丧乱少睡眠”的诗人来说，该是如何的长夜难眠啊！

那么，在这样一个屋破雨漏的不眠之秋夜，诗人该会想些什么呢？“安得广厦千万间，大庇天下寒士俱欢颜，风雨不动安如山！”诗人的思绪，并没有局限在自己个人的恩怨得失，也没有拘泥于一座茅屋的残破漏雨，而是推己及人，由自己的不幸遭遇联想到了处于同样境况中的“天下寒士”。诗人从个人切身痛苦中体验出来的这种思想感情，伟大而宝贵，真诚而热切："呜呼！何时眼前突兀见此屋，吾庐独破受冻死亦足！"——正是因为这样改变现状和济世救人的崇高理想，正是因为这样牺牲个人和幸福他人的思想境界，晚年的诗圣才更由衷地显示出他感人至深的博大胸怀，这首诗也才具有了更为广泛而深刻的社会意义！

当然，在我国数千年的文化历史上，能够"先天下之忧而忧，后天下之乐而乐"的忧国忧民之士并非少数。但是，能够像杜甫这样无论"居庙堂之高"还是"处江湖之远"都能始终如一地忧国忧民者却不很多。尤其是在个人命运多舛、朝不保夕的困苦境况之下，尚能够设身处地地为国为民而忧乐，则使人尤感敬佩之至！

人间要好诗，诗品即人品！综观诗圣杜甫的全部诗歌，其作品如串串珍珠般闪耀在我国古典诗歌的宝库中。我们认为：学习杜诗，不仅要学习他娴熟高超的艺术技巧，更重要的是要学习和继承他忧国忧民、爱国爱民、疾恶如仇、包容天地的伟大情怀。

感受重阳

——读王维《九月九日忆山东兄弟》

独在异乡为异客,每逢佳节倍思亲。
遥知兄弟登高处,遍插茱萸少一人。

写这首七绝时,王维才十七岁,正所谓“少年不识愁滋味”的花季年龄。而此时,他却已独闯京都,写下了如此脍炙人口的诗篇。于是,人们不能不为之惊异!

惊异之一:流风千古,诗短情长。

每年农历的九月九日,是我国民间传统的重阳节。汉末曹丕曾在其《九日与钟繇书》中说:“岁往月来,忽复九月九日。九为阳数,而日月并应。俗嘉其名,以为宜于长久,故以享宴高会。”而所谓“享宴高会”,即“佩茱萸囊而登高、饮菊花酒以避邪”之习俗也。少年王维,才学颇高,为谋取功名而来到了京都长安。然而,长安虽好但毕竟不是故乡,都市繁华却益加显其孤独——“独在异乡为异客”,诗之首句即单刀直入,破空而来,以一“独”字领起“异乡”“异客”,达到一种强烈的艺术效果:作者于孤寂、沉郁、少知音的异域他乡客居,其情其景,该当何如?“每逢佳节倍思亲”一句的深切感受,便高度概括而又生动凝练地成了无处不在、人皆有之的感情格言——于是,“每逢佳节倍思亲”的诗句,便又成了我国各种佳节习俗文化中一个重要的组成部分并千古流传。

诗之后两句,则完全采取曲折有致的手法,从“遥知兄弟登高处”来推想“遍插茱萸少一人”,艺术上出乎常理,而实际上又合乎常情。少年王维在短短二十八个字的绝句中所表现出的艺术才华,是令人惊异的。

惊异之二:重阳佳节,竟不饮酒。

诗人爱酒,李白为最。王维亦爱酒,有酒便有佳句:“下马饮君酒,问君何所之?”为朋友《送别》,下马先饮酒,再问“何所之”,已见王维对酒是如何之钟爱!再有:“新丰美酒斗十千,咸阳游侠多少年。相逢意气为君饮,系马高楼垂柳边。”若是没有切实的生活体验,他又何能写出这等豪迈浪漫的《少年行》来?还有《送元二使安西》中的佳句“劝君更尽一杯酒,西出阳关无故人”……由此可见,王维不仅能喝酒,而且喝酒常能写出好诗来。

但是,王维在应该“采菊饮酒”的重阳节却没有举杯。既然如此,为什么诗人无酒却也能够写出这样的好诗妙句呢?让我们再看他别的无酒之诗:“红豆生南国,春来发几枝。愿君多采撷,此物最相思。”(《相思》)“唯有相思似春色,江南江北送君归。”(《送沈子福之江东》)“清风明月苦相思,荡子从戎十载余。”(《伊州歌》)看来,王维是一个很重感情的人:缠绵的恋人之情、深切的朋友之情或真挚的手足之情,都足以使他无酒而诗。那么,“情浓于酒”也正是重阳无酒的最好说明。

当然,也并不是说喝酒的人无情,只能说这是王维不同于一般人的感情表达方式。“走走走走走啊走,走到九月九……亲人和朋友,举起杯,斟满酒。饮尽这乡愁,醉倒在家门口。”无论何时何地,也无论谁人的耳畔响起这首《九月九的酒》的旋律,不是都会联想起“每逢佳节倍思亲”,也都会产生自己特殊的重阳感受吗?

附记:王维的这首诗,有三处需要说明:①山东是指华山以东他蒲州家乡的所在,并非指今山东省。②兄弟是指他家中之亲兄弟,并非泛指一般的把兄弟。③遍插茱萸与佩带茱萸当非相同:“佩”者为茱萸囊,是将茱萸叶用布缝制为囊以佩带;而“插”者当为茱萸茎,是如清明插柳、端午插艾一样,将茱萸茎折下直插于地上。因为有鉴赏者将“遍插茱萸”理解为佩带香囊,故而特此说明。

毛诗说

毛泽东又对梅白说："……旧体诗词要发展，要改造，一万年也打不倒。因为这种东西最能反映中华民族和中国人民的特性和风尚，可以兴观群怨嘛！怨而不伤，温柔敦厚嘛！"

诗词：该如何对待毛泽东？

作为一代开国领袖，毛泽东不仅是我国当代伟大的政治家、军事家和理论家，而且是我国当代伟大的文学家——这是举世公认的不争事实。毛泽东诗词，包括他生前校订后正式发表的“正编”和他身后才以各种形式发表的“副编”，加起来刚好是半百之数。至于在臧克家先生主编的《毛泽东诗词鉴赏》(增订二版)中将总数增加为67首，则又另当别论了。也正是这看起来数量不多、实际上能量无穷的50首诗词作品，不仅构成了一部形象的现代中国革命史，而且形成了中国诗歌史上的又一座艺术高峰。

综观毛泽东全部的五十首诗词作品，从时间上来分，新中国成立前的31年(1918—1949)创作了27首，新中国成立后的15年(1950—1965)创作了23首。比较而言，创作率明显是后期高于前期。而从创作第一首《七古·送纵宇一郎东行》的1918年，到他“正编”中收录的最后发表《贺新郎·别友》《七律·吊罗荣桓同志》《贺新郎·读史》三首诗词的1978年，前后刚好是60年的历史跨度。而这60年，却正好是中华诗词逐渐走向衰落的60年。在1919年五四运动之前，我国有古典诗词的悠久传统；在1978年十一届三中全会之后，则又有中华诗词的复苏和振兴。毛泽东的诗词，恰恰在这60年中独树一帜，顽强不息，以量少而质高的50首诗词作品，用革命浪漫主义和革命现实主义相结合的创作方法，无论在思想上还是内容上，都为我国当代的诗歌艺术史增添了无与伦比的光辉篇章。

党的十一届三中全会之后，对于毛泽东晚年所犯的政治错误，历史已经给出了一定的结论。然而，对于他在诗词艺术上的成就却未必能够给以公论——但这又是一个不可回避的、必须回答的问题。加以澄清,势所必然!

表象:谬种与矛盾

1957年元月,刚刚创办的《诗刊》准备发表毛泽东的几首诗词,主编臧克家向毛泽东写信征求意见。毛泽东就给臧克家回信道:“这些东西,我历来不愿意正式发表。因为是旧体,怕谬种流传,贻误青年……”又说:“诗当然应以新诗为主体。旧诗可以写一些,但是不宜在青年中提倡。因为这种体裁束缚思想,又不易学。”就是这样一封本来非常正常的私人信件,却因为它的发表产生了意想不到的副作用,于是就有了所谓的“谬种”之说。而这封信,恐怕就是我们所知道的毛泽东最早也最具影响的诗歌理论了。当时,由于毛泽东的特殊地位和特殊影响,此信被一些人奉为圭臬也就不足为怪了。

令人遗憾的是,毛泽东一生没有自己系统的诗歌理论——这一点谁也不能求全责备。也许正因为如此,他写给臧克家等人的几封信,后来才会被人误解甚至歧解,以致招来不少人的疑虑和责难。尤其是他在信中所表达的一些“诗词理论”,更使一些人把“五四”以来中华诗词的逐渐衰落,自觉不自觉地与毛泽东的名字联系在一起。

然而,由这封信引起的严重后果,恐怕是毛泽东本人或其他人根本始料不及的!

那么,我们首先需要搞清的一个问题是:毛泽东当时写信的真正意图是什么?他还有没有更多、更全面的“诗词理论”呢?

错位:参考与谦逊

先让我们注意一下毛泽东的另外两封私人信件:

“诗两首,请你送给郭沫若同志一阅,看有什么毛病没有。加以笔削，是为至要。”（1959年《致胡乔木》）“你叫我改诗，我不能改。因为我对五言律，从来没有学习过，也没有发表过一首五言律……我偶尔写过几首七律，没有一首是我自己满意的。如同你会写自由诗一样，我则对于长短句的词学稍懂一点。剑英善七律，董老善五律，你要学律诗，可向他们请教。”（1965年《致陈毅》）

无须多言，我们从这两封信中读出了什么呢？谦逊！作为一代伟人，毛泽东能够如此虚怀若谷，坦诚相见，岂不正应了“是真名士自风流”的古话？回头再读他给臧克家的信，正如人们习惯在信件中称自己的作品为“拙作”但谁也不会真的理解为“拙劣之作”一样，“谬种”之意，不正是毛泽东风格的自我谦辞吗？更何况，这句话的下边，还有一句“再则诗味不多，没有什么特色”的补充呢！同时，毛泽东还在信尾特别注明：“这些话仅供你们参考。”意义已是如此明确，怎么偏偏还会被人误解呢？

再让我们参考一下毛泽东自己的解释吧：

1965年夏的一个夜晚，武汉市文联主席梅白曾在武昌特别向毛泽东请教：“主席为什么怕‘谬种流传，贻误青年’呢？”当时，毛泽东躺在一个藤椅里，仰望着夜空上的点点繁星回答：“那是针对当时的青少年说的。旧体诗有许多讲究，音韵、格律很不易学，又容易束缚人们的思想，不如新诗那样自由。”“我不劝青年人学它，是因为青年人要学的东西，在格律之外还多得很。”这里需要研究的，就只有“不宜在青年中提倡”的问题了。从今天看来，以当时的实际情况而言，毛泽东的说法确有一定的道理：第一，国家初创，百废待兴，广大青年需要学习的新生事物实在太多了。第二，从诗歌发展的情况来说，摆脱了格律束缚的“五四”新诗，与破旧立新的时代精神相呼应，自然成为一种新的社会时尚。第三，作为一种特殊的诗歌体裁，诗词难以直接为国家的经济建设服务。第四，诗词本身确实也存在一定的技术难度。所以，毛泽东在给胡乔木的信中又谈道：“诗难，不易写。经历者如鱼饮水，冷暖自知，不足为外人道也。”这不能不是诗人内心甘苦的自白。如此观之，倘若毛泽东当时大力倡导青年人去学写旧体诗词，这对于一个开国领袖来说，岂不有悖于轻、重、缓、急的情理？而且，正是因为毛泽东自己的谦逊胸怀，他更不会不顾大局而倡导个人无比喜爱的诗词了。

相对而言，关于现实主义的创作方法，应该是党和国家更为重要、更为严肃的文艺政策问题吧？1956年，当时的宣传部部长陆定一，在经过毛泽东审阅的《百花齐放，百家争鸣》的讲话中，就有一段话是这样说的："社会主义现实主义，我们认为是最好的创作方法，但不是唯一的创作方法；在为工农兵服务的前提下，任何作家都可以用任何自己认为最好的方法来创作，互相竞赛。"1958年，毛泽东在文化部部长周扬《文艺战线上的一场大辩论》一文中，还特别加上这样一句话：鼓励某一种创作方法，"而不是向作家下一道强制执行的命令"（宋贵仑《毛泽东与中国文艺》）。

这样，人们不禁要问：对于有关整个文艺政策的创作方法，毛泽东尚能公开表明可以自由竞赛的态度，而对于所谓的新诗、旧诗之争，又有他在通信中暧昧不清的必要吗？但是，问题的关键却不仅在此，还在于他仅仅说"不宜提倡"，并没有说"不准提倡"；仅仅说"不宜在青年中提倡"，并没有说"不宜在所有人中提倡"；仅仅是诗人之间的一封私人通信，绝不是他所倡导的文艺政策……所以，毛泽东又对梅白说："但另一方面，旧体诗词源远流长，不仅像我们这样的老年人喜欢，而且像你们这样的中年人也喜欢。我冒叫一声：旧体诗词要发展，要改造，一万年也打不倒。因为这种东西最能反映中华民族和中国人民的特性和风尚，可以兴观群怨嘛！怨而不伤，温柔敦厚嘛！"甚至非常不屑地说："谁看那个新诗？除非给我一万元大洋。"（梅白《回忆毛泽东论诗》）

毛泽东个人的文艺兴趣无可非议，他从来也没有强加于人；毛泽东所倡导的"百花齐放"政策颇受广泛欢迎，但未见得已被贯彻执行；而毛泽东在个人通信中的自我谦辞，却被人意外地误解和放大了——问题是如此简单却又如此复杂，这才是真正令人深思的症结之所在。

改造：新诗与旧诗

毛泽东非常喜爱中华(古典)诗词,并且用自己的伟大实践继承并发展了这种优秀的传统诗歌形式。但是,他却从不因为自己的个人爱好去影响别人的爱好。臧克家在《毛泽东同志与诗》一文中论述说:“他(即毛泽东)自己写旧诗,但不主张青年人学写旧诗。他对新诗看得不多,也从来没写过,但他主张现在写诗应以新诗为主。这种不凭个人意志与偏好的科学态度,大大值得我们学习。”从这一点来说,恰恰又反证了问题的另一方面:毛泽东对自己不感兴趣的新诗尚能如此宽容地提倡,那么对于自己极感兴趣的旧诗却要大加限制吗?很显然,在毛泽东的内心深处,他对旧体诗词的依恋情结还是十分强烈的。这不仅表现在他自己几乎贯穿一生的创作实践中,而且也反映在他的多次谈话中。

还是在与梅白谈话时,毛泽东曾经这样说:“把诗分成新旧,是不科学的。”“就我的兴趣说,则偏爱格律诗……我不喜欢新诗,也不反对人家写新诗。豆腐炒青菜,各人心里爱嘛。”他还特别强调说:“格律诗和新诗,都应该在发展中改造。”“格律诗是打不倒的,除非有更好的东西代替它。至于新诗,也打不倒,青年人喜欢嘛。”于是,这就又有了毛泽东“新旧诗并存”和“都应该改造”的理论。

那么,到底应该如何改造呢?对此,毛泽东又多次这样阐述:“用白话写诗,几十年来,迄无成功。民歌中倒是有一些好的。将来趋势,很可能从民歌中吸引养料和形式,发展成为一套吸引广大读者的新体诗歌。”(《致陈毅》)“新诗的作者,要学习格律诗的含蓄、凝练……格律诗要学习民歌的时代色彩、乡土气息和人民情感……新诗、格律诗、民歌,会不会取长补短,发展成为中国式的真正的新诗?我希望有那么一天!”(梅白《回忆毛泽东论诗》)1958 年 3 月,毛泽东在成都会议上还曾发表这样的讲话:“我看中国诗的出路恐怕是两条:第一条是民歌，第二条是古典。这两方面都要提倡学习，结果要产生一个新诗。现在的新诗不成型，不引人注意，谁去读那个新诗？将来我看是古典同民歌这两个东西结婚，产生第三个东西。形式是民族的形式，内容应该是现实主义与浪漫主义的统一。”（宋贵仑《毛泽东与中国文艺》）

还需要再争论吗？毛泽东的诗词理论还不够明确吗？

结论：辩证与继承

历史就是这样，往往好像有意与人开玩笑。中华诗词在 20 世纪七八十年间的发展历程，就是这样一个不该出现的玩笑。所谓的“谬种”之说，本来是毛泽东式的幽默与谦逊，却被人误解以致发展成为一场游戏般的灾难！当然，这不是毛泽东本人的责任，首先还是五四运动某些幼稚和过激的后遗症。如中国的中医、京剧、文言文等传统的文化精粹，不是也都遭受到了同样的厄运？其次，这还应该归咎于当时某些文艺界领导和他们制定政策时所犯的“左”倾病，即便是毛泽东的话，宁肯误解也不求甚解。再次，现代社会生活的发展、语言的变化及艺术形式的多元化等，也是其中不容忽视的客观现实，对中华诗词的发展无时无刻不产生着威胁与影响。尤其是小说、散文、新诗、电影、电视以至卡拉 OK、DVD、电脑、手机、游戏的出现或崛起，一方面逐渐动摇了中华诗词几千年来一统文坛的格局，另一方面也是社会正常进步的象征和历史发展的必要。否则，仅仅就中华诗词界而言，如果谁的生活中忽然被取消了电影或者电视，突然没有了电脑或手机，那么他肯定会提出最强烈的抗议的。

不过，各种文艺形式的发展，必须是并行不悖和自由竞争的，绝不能以这种形式的牺牲来换取另一种形式的繁荣！社会生活的本身是丰富多彩的，正需要各种各样的艺术形式去表现；千差万别的读者对象，也需要各具特色的文艺形式。那种有意肯定或否定某种形式的做法，只能破坏百花齐放、百家争鸣的社会主义文艺发展，最终也必将为读者所唾弃。

在相当长的一段时间里，总有人自觉不自觉地将新中国成立以来诗词发展逐渐衰落的责任，归咎于毛泽东的"不宜提倡"，甚至对毛泽东的诗词作品也进行随意的臧否，把他晚年的政治错误与他的诗词艺术混为一谈。这不是我们需要的文艺批评作风！换言之，即便毛泽东当年的"不宜提倡"曾经被人误解，那么反过来否定毛泽东的诗词艺术又有什么益处呢？政治上的教训必须记取，而艺术上的成就也需要继承嘛！

承前启后，继往开来；亡羊补牢，时犹未晚。我们在澄清是非的基础上，重新认识毛泽东的诗词观和他在现当代中国诗歌史上的地位，充分肯定他所取得的艺术成就，这对于真正地继承和发展中华诗词事业具有一定的认识价值，对于客观公正地评价毛泽东和他的诗词艺术，也具有重要的社会和历史意义。

1993 年 9 月 20 日于中州知时斋
2016 年 10 月 15 日修订于中州知时斋

平仄人生“高大上”，“毛氏唱和”尽奇观
——从策划编辑《毛泽东诗词唱和》说起

毛泽东诗词在我国现当代诗歌发展史上的艺术成就，已经具有毫无争议的历史地位。但关于毛泽东诗词“首唱”与“和唱”的“唱和”情况，却因资料缺失使很多读者不甚了解。

笔者是一个中华诗词的爱好者，更是一个毛泽东诗词的爱好者。2003年春夏之交，笔者曾通过李捷先生完成了一个心愿：编辑出版了由臧克家先生主编的《毛泽东诗词鉴赏》(增订二版)。据李捷先生说，在《毛泽东诗词鉴赏》(增订二版)出版的同时，也完成了臧克家先生同样一个出版心愿。十年之后的2013年春夏之交，笔者又策划了一个“毛泽东诗词唱和”选题，并希望何火任先生能够领衔担任主编。由于何先生工作繁忙，便帮助邀请到季世昌先生担当此任，而季先生又邀约到徐四海先生共同担任主编。由于种种原因，当本书正式付梓之际，已经是2014年的深冬季节了。

通过对两本有关毛泽东诗词图书前后十年的深度编辑，尤其是对《毛泽东诗词唱和》一书长达一年多时间的反复学习，笔者深感书中有关毛泽东诗词“唱和”文献的丰富与珍贵。这对于填补有关的文献及研究空白，必将产生重要而广泛的积极影响。

“唱和”形式及其规则

在我国历代诗歌发展史上，“唱和”既是一种诗人词家普遍参与的诗词创作方式，也是一种文人之间的高雅娱乐活动，具有悠久的传统

和历史。至于诗词“唱和”形成一种有严格规则的创作方式,当然与格律诗的定型有着重要关系。从本质上说,诗词“唱和”其实就是格律诗词的一种“限韵”创作,包含了限韵部、限韵字、限韵位等要素的种种限制。

这种带有一定限制性的诗词“唱和”,特指在两人或多人之间所进行的集体创作行为及作品。其中某位诗人最先创作的作品为“首唱”,而其他诗人据此单独或集体创作的作品为“和唱”。无论“首唱”或“和唱”,都是针对特定事物、特别事件的同题创作,或者是朋友之间特殊情谊、特别关联的艺术表达。

为便于表述,我们把创作“首唱”作品的行为称为“自选动作”(以下简称“选动”),把创作“和唱”作品的行为称为“规定动作”(以下简称“规动”)。大部分“规动”作品,都直接对应于“选动”作品的内容和形式。这些由“选动”而“首唱”、由“规动”而“和唱”的活动,对于特殊群体之间相互的思想交流、感情增强、技艺切磋及诗词活动的活跃与发展,长期产生着十分积极的促进作用。

就整个“唱和”过程来说,“选动”及“首唱”是主动的、自由的,“规动”及“和唱”是被动的、受约束的。其约定俗成的“约束”,根据“和唱”作品韵字的韵部、韵序、韵位等因素,其要求各不相同。其主要分为六种形式:

其一是“次韵”,又称“步韵”。习惯而言,“首唱”又称“原唱”或“领唱”,也称“元玉”。这种“规动”创作,要求使用与“原唱”完全相同的韵字。之所以称为“次韵”“步韵”,是因为“和唱”行为必须按照“原唱”作品韵字的次第顺序而亦步亦趋地进行。作品标题常常使用“次(步)某某诗人元韵(原唱、元玉)”等标识性文字。

其二是“用韵”,又称“原韵”。这种“规动”创作,要求使用与“原唱”相同韵部的相同韵字,但并不要求韵字在韵序、韵位上完全一致。作品标题常常使用“用某某人诗韵”等标识性文字。

其三是“依韵”,又称“同韵”。这种“规动”创作,只要求使用与

“原唱”在同一韵部的韵字。而对韵字的选用,可以部分相同也可以完全不同。作品标题常常使用“依某某人诗韵”或“同韵和某某人诗”等标识性文字。

其四是“叠韵”。这种“规动”创作,是两首以上作品的“次韵”创作,具有“次韵”作品的连续性创作特点,实际上也是“选动”作者的自作自和行为。一般创作有“叠韵”“再叠”“三叠”等多首作品。

其五是“分韵”,也称“拈韵”“赋韵”。这种“规动”创作,需要提前约定若干韵字,由参加者各人依次分韵作诗或联句。作品标题常常使用“分韵某某诗”“分韵得某字”等标识性文字。

其六是“和诗”。这种“规动”创作,只在内容上对“原唱”进行酬和而不使用“原唱”原韵。如“原唱”所用是“上平一东”韵,而“和诗”则可以是“上平三江”韵或者“下平七阳”韵或者其他韵字。还有一种“和诗”,既不针对“原唱”体裁也不正面针对“原唱”内容,只是“和唱”与“原唱”有一定的基本关联。作品标题常常使用“和某某人诗”“答某某人诗”等标识性文字。

“三应”现象及其思考

诗词“唱和”活动的特点,主要是在诗人或友人之间通过你唱我和、我赠你答的方式进行诗词创作。在创作形式上,既可以是诗也可以是词。

顾名思义,诗词“唱和”带有某种应酬性质,因而又称“酬”“酬唱”“酬和”或“唱酬”。所以,“唱和”往往被列为“三应”(即应景、应制、应酬)作品之列,也曾受到过一定程度的批评。笔者以为:正像各种形式的文学作品都必然有水平高下、质量优劣之分一样,应景、应制之作也同样产生过许多优秀作品。

每逢我国传统的节日(或节气)来临,往往能够引发诗人相对集中的应景创作高峰。元日是我国最重要的传统节日,也是诗人们咏唱最多的节日之一。如王安石的《元日》：

爆竹声中一岁除，春风送暖入屠苏。
千门万户曈曈日，总把新桃换旧符。

传统的寒食节，也产生过许多脍炙人口的应景之作。如韩翃的《寒食》：

春城无处不飞花，寒食东风御柳斜。
日暮汉宫传蜡烛，轻烟散入五侯家。

再如李白、宋之问、崔融、苏轼、杨万里及其他诗人，都曾有过关于寒食、清明、中秋和其他节气的诗词"唱和"作品，同样也是广受欢迎的优秀之作。而有些应制作品，说不定会产生出完全不同的社会效果。如曹植的《七步诗》：

煮豆燃豆萁，豆在釜中泣。
本是同根生，相煎何太急？

这首诗并非一般意义上的考场应制。但作者在那个特殊的场合下，不仅充分表现了过人的机敏、智慧和艺术才华，而且因此在魏文帝曹丕面前拯救了自己的性命，可以说是更具特殊意义的政治应制。又如钱起的《省试湘灵鼓瑟》，就是他身临考场之际的应制之作。其结尾"曲终人不见，江上数峰青"两句，也为自己赢得了名列"大历十才子"的美名。但著名诗人孟浩然，却因直接面对皇帝的特殊应制之作《岁暮归南山》而彻底断送了自己的仕途之望：

北阙休上书，南山归敝庐。

不才明主弃，多病故人疏。
白发催年老，青阳逼岁除。
永怀愁不寐，松月夜窗虚。

尤其是诗中颔联"不才明主弃，多病故人疏"两句，即便是雄才大略的唐玄宗，读了之后也不得不感叹道："卿自不求仕，朕未尝弃卿。奈何诬我？"因而只能将其放还民间。

我们再来看一看应酬之作。唐敬宗宝历二年(826)，白居易和刘禹锡在扬州久别重逢。鉴于两位著名诗人的相同命运、相同情感，白居易在筵席上以一首七律《醉赠刘二十八使君》即兴"选动"相赠：

为我引杯添酒饮，与君把箸击盘歌。
诗称国手徒为尔，命压人头不奈何。
举眼风光长寂寞，满朝官职独蹉跎。
亦知合被才名折，二十三年折太多。

作为"诗称国手"的刘禹锡，在情绪激动之下也即兴"规动"创作了一首七律《酬乐天扬州初逢席上见赠》：

巴山楚水凄凉地，二十三年弃置身。
怀旧空吟闻笛赋，到乡翻似烂柯人。
沉舟侧畔千帆过，病树前头万木春。
今日听君歌一曲，暂凭杯酒长精神。

在这种你"唱"我"和"的过程中，"原唱"与"和唱"之间自然形成一种艺术才华的客观"比拼"。而著名诗句"沉舟侧畔千帆过，病树前头万木春"，就是在这种"唱和比拼"中诞生的。若是没有这种"比拼"，中国文学史上怎能会有至今仍然被津津乐道的"唱和"佳话？

其实，由于在诗歌观念方面的意气相投，白居易与元稹在十三卷的《元白唱酬集》内外，甚至留下了千余首的“唱和”作品，其数量之多令人瞠目。同时，刘禹锡不仅与白居易有《刘白唱和集》传世，还与令狐楚有《彭阳唱和集》印行。在宋代诗坛上，更因为《西昆酬唱集》而出现了西昆体、西昆诗派。西昆体的创作特点，多以律诗进行酬唱创作，并且刻意模拟李商隐的作品风格。虽然其题材大多以“太平诗”为主，但却因《西昆酬唱集》的刊行而风靡一时。

当然，诗词“唱和”也不仅限于相识、相熟、相交者之间进行。“和唱者”对于“原唱者”，或许并不认识甚至并不生活在同一个时期、同一个朝代。但只要“原唱”作品能够引起“和唱者”的兴趣或共鸣，便会使“和唱者”进行远距离的异地“唱和”甚至穿越时空的隔代“唱和”。如北宋的苏东坡，晚年曾在海南儋州为东晋的陶渊明写了一百多首“和唱”诗。苏轼这些风格与陶渊明作品风格十分近似的“唱和”，曾被人评价为苏诗艺术的高峰。

作为诗圣杜甫千年之后的小老乡，笔者特别喜欢他老人家的那首《春夜喜雨》。大学时期，笔者为自己所选的笔名“好雨”二字，就来自这首诗的首联“好雨知时节，当春乃发生”。后来还选用“好雨当春”作为自己的网名。因此，笔者曾不揣浅陋地写过一首五律《恭步杜甫〈春夜喜雨〉元玉》：

好风吹好雨，沧海济苍生。
飘洒灵犀影，行吟布谷声。
稻香澄气爽，芳草赏心明。
回首人间世，烟霞绕凤城。

诗好不好是次要的，而自己对诗圣的真诚崇拜之情才是首要的。

针对“首唱”的“和唱”作品，除在形式上一致、内容上相关之外，也有情感相近但意义相悖或形式不同的情况。如白居易曾为元稹（字微之)写了一首七律《梦微之》,诗中极写自己对于好友元稹的梦中思念之情。而元稹则以一首七绝相和:"山水万重书断绝,念君怜我梦相闻。我今因病魂颠倒,唯梦闲人不梦君。"这两首作品的"唱""和"形式虽不相同,其艺术手法也各有所异,但却同样都是对于自己朋友的真切关心。这样的"一唱一和",非但妙趣天成,而且感人至深!

从以上这些诗例来看,评判某一首诗或某一首词质量优劣、水平高下的标准,最主要的问题肯定不是形式而是内容了。

"毛式唱和"及其奇观

在由河南文艺出版社出版的《毛泽东诗词唱和》中,包括了毛泽东同志的"首唱"作品与"和唱"作品,但"和唱"数量明显多于"首唱"作品。从形式而言,既有针对诗的"唱和"也有针对词的"唱和",并且运用了"和×××先生""和×××同志""答×××""仿××诗""改××诗"等多种"唱和"形式。笔者以为:这不仅说明毛泽东很好地扮演了"选动"与"规动"的双重角色,并且在"唱"与"和"两方面都具备深厚的艺术修养。同时,也艺术地印证了毛泽东历来为人所道的君子胸怀与领袖风范。

集政治家、军事家、战略家、哲学家、书法家、诗词家等多重身份于一身,毛泽东所有的"唱和"作品,"情不由己"地成就了当代诗词创作的"大家手笔"。因此,笔者在认真地编辑和研读本书之后认为:毛泽东自觉继承了我国数千年优秀的诗词传统,并将诗词传统中的优秀部分发扬光大。除具有"革命浪漫主义与革命现实主义相结合"的一贯风格外,另外还别具一种"毛式唱和"的突出特色,自然形成了一个当代诗词的艺术奇观,并且耸峙成为一座至今无人能够逾越的艺术高峰。

何谓"毛式唱和"?"毛式唱和"就是毛泽东式的诗词唱和。那么其主要特点有哪些?

第一,无论是以"选动"而"首唱"或者是以"规动"而"和唱",毛泽东总是能够自觉不自觉地在深度、气度、情怀、格调、境界上“棋高一着”“技高一筹”。“首唱”如《沁园春·雪》《七律·登庐山》等作品。其中的《沁园春·雪》,早已成为经典的不朽之作而脍炙人口,自不待言。“和唱”如《蝶恋花·答李淑一》《浣溪沙·和柳亚子先生》《七律·和柳亚子先生》《七律·答友人》等作品。其中的《蝶恋花·答李淑一》,更是开创性地运用浪漫主义艺术方法表现革命同志在现实生活中的伟大爱情及真挚友情,诚可谓“感天地而泣鬼神”。

第二,就一般“唱和”而言,针对“选动”的“规动”创作难度较大。因为“和唱”不仅是在规则方面的形式选择,而且还要避开“首唱”在内容、造语、意象、境界等方面的重复。而伟大如毛泽东,则尤其善于在“规动”中后发制人、后来居上,尤其善于通过“和唱”展示其杰出诗人卓越的艺术才华。

让我们对比欣赏一下陆游与毛泽东的两首隔代《卜算子·咏梅》:

驿外断桥边,寂寞开无主。已是黄昏独自愁,更著风和雨。
无意苦争春,一任群芳妒。零落成泥碾作尘,只有香如故。

陆游的这首《卜算子·咏梅》以梅喻人,上阕写梅花的逆境遭际,下阕写梅花的气节操守。1961 年 12 月 27 日,毛泽东批示内部印发其《卜算子·咏梅》时,曾在陆游的原词之后加注说明:“作者北伐主张失败,皇帝不信任他,卖国分子打击他。自己陷于孤立,感到苍凉寂寞,因作此词。”后代读者从梅花的命运与品格中,在看到陆游那无可奈何之落寞身影的同时,也自然从中意会了词人那“零落成泥碾作尘”之后的玉洁冰清的精神世界。而毛泽东在其“和唱”《卜算子·咏梅》小序中,则开宗明义地说明要“反其意而用之”:

风雨送春归,飞雪迎春到。已是悬崖百丈冰,犹有花枝俏。
俏也不争春,只把春来报。待到山花烂漫时,她在丛中笑。

同样是以梅喻人。梅花美丽、积极、勇敢、坚贞的艺术形象，通过上阕的一个“俏”字表露无遗，更通过下阕的一个“笑”字令人耳目全新。从某种意义而言，毛泽东的《卜算子·咏梅》在艺术成就上丝毫不输于陆游；而陆游的《卜算子·咏梅》，在思想境界上相对于毛泽东的作品就只能自叹不如了。这其中虽有时代局限的因素，却也不无境界之差异。至于毛泽东的“和唱”《满江红·和郭沫若同志》，与郭沫若的“原唱”《满江红·领袖颂》相较，仅在艺术方面就高下自见了。

第三，由于毛泽东本人身份的特殊性，有机缘、有能力、有水平与之进行诗词“唱和”者，多是政治界、军事界、文化界、教育界的一些著名人物，如杨开慧、罗章龙、朱德、董必武、叶剑英、陈毅、柳亚子、林伯渠、郭沫若、郭化若、李淑一、赵朴初、周世钊、孙俍工、陶铸、邓拓等。因而，毛泽东的这些“唱和”之作，更多地体现出“以诗言志”的突出特征。在一般的体裁形式上，他往往能艺术地融进一些相关的时事内容。如《七律·和郭沫若同志》：

一从大地起风雷，便有精生白骨堆。
僧是愚氓犹可训，妖为鬼蜮必成灾。
金猴奋起千钧棒，玉宇澄清万里埃。
今日欢呼孙大圣，只缘妖雾又重来。

毛泽东的这首“和唱”作品，创作于当时复杂的国际背景之下，是一首针对性很强的政论诗。在“金猴奋起千钧棒”的鲜明艺术形象中，作者既高屋建瓴又循循善诱，准确地分析出《孙悟空三打白骨精》在“妖雾”现象之后那“玉宇澄清万里埃”的精神实质，让振聋发聩的思想在令人深思的诗句中得以充分的艺术展示。

又如《满江红·和郭沫若同志》，起句就表现出一种超越时空的豪气：“小小寰球，有几个苍蝇碰壁。嗡嗡叫，几声凄厉，几声抽泣。”这些词句对当时国际上反共反华逆流中的某些事件,进行了无情嘲弄和辛辣讽刺。再如他早期的《七古·送纵宇一郎东行》:“丈夫何事足萦怀,要将宇宙看稊米。沧海横流安足虑,世事纷纭从君理。”写给罗章龙的这些诗句,真诚地袒露出那一代革命青年的远大志向与宽广情怀。即便是早期给夫人杨开慧的《贺新郎·别友》,毛泽东也写下了“要似昆仑崩绝壁,又恰像台风扫寰宇。重比翼,和云翥”这样激情豪迈的词句。其中所深深表现的,不是一般青年人的儿女情长,而是两人一并献身革命、同心勇往直前的情感约定。

第四,毛泽东之所以成为毛泽东,是其身上具有一种他人所无的、超乎寻常的人格魅力,而这种魅力在他的“和唱”作品中表现得尤其淋漓尽致。如在《毛泽东诗词唱和》一书中,我们就能够尤为强烈地感受到毛泽东作为革命领袖的特殊凝聚力。通过“唱和”,毛泽东能够迅速引领“唱和者”既心甘情愿又心情舒畅地转变观念,从而使自己在思想上成为一个大“赢”家,使对方在意识上成为一个同“路”人。

从现有的毛泽东的“唱和”作品来看,与之“唱和”最多的无疑是南社主要发起人柳亚子。作为一位著名的民主人士,柳亚子在热爱民主、倾向革命的同时,肯定也有着自己思想的发展轨迹。比如他的《七律·感事呈毛主席》:

开天辟地君真健,说项依刘我大难。
夺席谈经非五鹿,无车弹铗怨冯驩。
头颅早悔平生贱,肝胆宁忘一寸丹。
安得南征驰捷报,分湖便是子陵滩。

这分明是作者在对某些事件不明白、不理解时的情绪性“牢骚”。为了更好地建立广泛的民主统一战线,毛泽东很快就非常友善、非常有策略地给柳亚子“和”了一首《七律·和柳亚子先生》:

饮茶粤海未能忘，索句渝州叶正黄。
三十一年还旧国，落花时节读华章。
牢骚太盛防肠断，风物长宜放眼量。
莫道昆明池水浅，观鱼胜过富春江。

毛泽东在这首诗中，首先回忆了与柳亚子之间数十年的深情厚谊，委婉地劝他留在北京共商国是，使柳亚子从内心真切地感受到一代领袖对友人的深挚感情和博大胸怀。颈联“牢骚太盛防肠断，风物长宜放眼量”两句，充满了既真切关爱又深入浅出的思辨哲理。柳亚子读过毛泽东的这首和诗之后，则不禁又感慨万千地一连写下61首步韵“和唱”，对毛泽东的胸怀及风范给予了高度的肯定与赞扬。

郭沫若也是与毛泽东“唱和”较多的文化名家之一。而他在每一次的“唱和”过程中，都由衷地表现出对毛泽东的无比钦佩与尊敬之情。如他的《满江红·领袖颂》，一起句就写道：“沧海横流，方显出英雄本色。”又如他在《满江红·读毛主席诗词》中写道：“经纶外，诗词余事，泰山北斗。”在不同时期的不同作品中，反复表达了对毛泽东在政治和艺术上心悦诚服的崇拜。而这些，无疑都是因为毛泽东在人格、胸怀、气质、风度、艺术等方面魅力的综合影响所致。

第五，最能够代表毛泽东“唱和”风采和艺术特点的，还是他那首千古绝唱《沁园春·雪》。通过平平仄仄的艺术表达，通过对北国之雪的深情描写，通过对祖国壮丽河山的独特感悟，词人在作品中充分抒发了他雄视百代的远大抱负与革命豪情。这首词当时在《新民报·晚刊》发表之后，整个山城重庆完全被震撼了、被折服了。一时之间，围绕这首词立刻出现了一个喷涌般竞相“和唱”的文化奇观，国民党更是组织许多御用文人对此进行针对性“围剿”。但是，在数十首甚至上百首的诗词“和唱”中，尽管柳亚子曾写出了“才华信美多娇，看千古词人共折腰”这样的佳句，但无论在内容方面还是艺术方面，却依然无人能够“和唱”出一首与毛泽东“原唱”相比肩、相媲美的《沁园春》。

为什么？因为毛泽东这首词的画面之壮阔雄伟、景象之壮观雄浑、意境之壮美高远，是任何一首"和唱"都不具备的。因为这首词不仅在艺术上"唱"出了风格，在思想上"唱"出了风采，而且在一个特殊的政治氛围中"唱"出了前无古人的风度，"唱"出了即便千军万马也不可能达到的文化影响。也因为这首词不仅在思想上创造了一个空前的艺术境界，在美学上成就了一座新的艺术高峰，而且在诗词"唱和"领域完成了一个不可复制的艺术奇迹。从这一点来说，毛泽东《沁园春·雪》这首词的煞拍，既表达了他对中国革命未来的充分自信，也表达了他对中国人民的高度赞扬。若以之用于笔者对毛泽东诗词"唱和"的一种情感表达，是再也合适不过的：

俱往矣，数风流人物，还看今朝。

"掌上千秋史，胸中百万兵。眼底六洲风雨，笔下有雷声……细检诗坛李杜，词苑苏辛佳什，未有此奇雄。携卷登高唱，流韵壮东风。"著名学者高亨先生的《水调歌头·读毛主席诗词》，高度概括了他自己和千百万读者对毛泽东的景仰之情。作为综合性"和唱"毛泽东的作品，主编也收录了这首词，应该是有其深刻用意的。

早在 1993 年，笔者就曾写过一首纪念毛泽东 100 周年诞辰的《度词·太阳红》。用在这里，借以表达对毛泽东诗词的尊崇之情：

横江酹酒莫人龙，仰望彤云万象崇。骤雨奔雷摧腐朽，瑰词远韵气如虹。四海归心心向北，一江春水水朝东。勋业自峥嵘。　　扬马列，举鲲鹏；星星火，赫赫功。觉醒雄狮昂首立，宇开新境伟人生。骄妻英子，舞忠魂直上九霄重。万民同一曲，华夏太阳红。　　奈十年"文革"起悲风。故国梦魂惊。万言书洒将军泪，六字冤沉紫禁城。苦情何堪？浪漫诗心落碧穹。瑕瑜凭月旦，谁不忆毛公！

笔者浅陋，这篇文字只是自己在编辑《毛泽东诗词唱和》等相关图书过程中的一点体会。在季世昌先生的积极鼓励和热情邀请之下，笔者有机会将自己的点滴心得写出来作为附录编入本书，深感一种莫大的荣幸。尤其是关于“毛式唱和”及“选动”“规动”等概念首次提出，希望能够借此机会向各位毛泽东诗词研究专家和诗词创作方家请教并得到批评和指正。

2014 年 12 月 12 日于中州知时斋

2016 年 10 月 16 日修订于中州知时斋

人间至爱，荡气回肠

——毛泽东《贺新郎·别友》欣赏

挥手从兹去。更那堪凄然相向，苦情重诉。眼角眉梢都似恨，热泪欲零还住。知误会前番书语。过眼滔滔云共雾，算人间知己吾和汝。人有病，天知否？　今朝霜重东门路。照横塘半天残月，凄清如许。汽笛一声肠已断，从此天涯孤旅。凭割断愁丝恨缕。要似昆仑崩绝壁，又恰像台风扫寰宇。重比翼，和云翥。

朋友，你读过毛泽东诗词吗？那是一幅瑰丽雄奇的中国革命画卷，又是一部充满激情的伟大英雄史诗。作为一代杰出政治家的毛泽东，就是以他数量不多但却能量无穷的五十余首诗词佳作，而赢得当代伟大文学家这个不朽称号的。

毛泽东生前，曾同意公开发表了四十二首诗词。写于 1923 年 12 月的这首《贺新郎·别友》，就是其创作最早的一篇，也是他唯一一首直接表现情爱之作。当时，他不仅已与杨开慧结婚，已是岸英、岸青兄弟的父亲，而且已是全国三次党代会的中央执行委员。此作所写，就是毛泽东又奉党中央之命远行前与杨开慧的缠绵别离之情。

“挥手从兹去。”全词开篇，即点明这是一首别离之作。但又不是一般的别离之作：“更那堪凄然相向，苦情重诉”便显出了夫妻间感情的深沉与分量。“眼角眉梢都似恨，热泪欲零还住。”此情此景，何人不为之动容呢？毛泽东肩负重任去从事革命活动，并曾被反动派下令通缉，杨开慧能不为之担心吗？然而，杨开慧毕竟是位坚强的革命女性，在这令人揪心的时刻，她既有贤妻的一腔无限柔情，又要承受生离的痛苦煎熬，还须支持丈夫的革命工作——这该具有何等的勇气！难怪毛泽东痴情地写道："算人间知己吾和汝。"不过，如若把毛泽东的"痴情"仅仅理解为他与杨开慧之间的儿女私情，那便错了！这其中不仅有他们生死不渝的恩爱之情，而且还包含了他们对劳动大众所受疾苦的眷念之情："人有病，天知否？"上阕这歇拍六字照应开篇，便使作者的那一"挥手"，在潇洒断情丝、昂首更远行的魄力之中，更具有了胸怀天下、救国救民的志向与胆识！

过片是作者惜别的感情高潮：月残霜重，肠断横塘；一声汽笛，天涯孤旅。即便是铁人，也会被这缱绻的离情别意感染的。"无情未必真豪杰"——毛泽东正是这种真正具有铁骨柔肠的革命豪杰！也正是这种纯洁高尚的夫妻之情，激励着年轻的毛泽东再次踏上充满风险的革命征途。不仅如此，他还语重心长地对妻子说："凭割断愁丝恨缕。"——这又该是何等的境界——割断个人愁丝，服从革命需要。"要似昆仑崩绝壁，又恰像台风扫寰宇"两句，颇具气势，既是改天宣言，又是换地决心，也预示了人民必胜的未来！"重比翼，和云翥"之结句，热情地鼓励杨开慧：暂时的别离，必将迎来永久的重逢。到那时，我们就能为革命事业而比翼高翔了！

《贺新郎·别友》一词，既充满了回肠荡气的夫妻情爱，更蕴藏着系怀民众的人间至爱，堪称冠绝古今的爱之颂歌。就历代著名的惜别情诗而言，无论孟郊的《古怨别》、白居易的《长恨歌》、李商隐的《无题》和《夜雨寄北》，或是牛希济的《生查子》、柳永的《雨霖铃》、秦观的《鹊桥仙》，以及李清照的《一剪梅》等，拿来一比便全都黯然失色了。毛泽东以其卓越的艺术实践和博大的革命胸怀，创造了中华诗词和中国文学的又一高峰。

可叹的幼稚，可贵的真诚

——重读毛泽东写于1958年的《七绝·刘蕡》

千载长天起大云，中唐俊伟有刘蕡。
孤鸿铩羽悲鸣镝，万马齐喑叫一声。

毛泽东的这首绝句写于1958年，最早发表于1996年中央文献出版社出版的《毛泽东诗词集》，属于“根据作者修改件刊印”和毛泽东生前不同意公开发表的作品。

就新中国的历史来说，1958年不是一个普通的年份，而是一个具有非常重要历史意义的年份。当时，远挟新中国成立前28年的革命成功之威，近乘新中国成立后第一个五年计划的顺利完成之势，随着三年经济好转、三大改造完成等一系列客观形势的积极发展，全国上下不仅正兴奋于总路线、“大跃进”、人民公社“三面红旗”的迎风飘扬，而且更高唱着《东方红》虔诚地沉浸在对毛泽东个人的空前崇拜之中。就全国来说，从高指标到浮夸风，从强迫命令到共产风，直至各地高产“卫星”一个个地冲天而起——1958年的中国人民，无不被这种“绝妙”的景象所鼓舞、所激励、所振奋，无不尽情地享受着“共产主义”的“天堂”生活。有史家评论说：“党与个人的威信空前提高……使得毛泽东开始不谦虚谨慎了，个人的独断专行日渐发展起来。”（李锐《庐山会议实录》）尽管这些话确实有着一定的道理，但是却也并不尽然。

让我们共同讨论一下毛泽东的这首绝句，或许对他会有一个更为客观的认识。

毛泽东一生喜欢读史，因而对中国历史和中国历史人物很有研究。如他的名篇《贺新郎·读史》早已为读者所熟悉："人猿相揖别。只几个石头磨过，小儿时节……"字里行间，显示出作为一代伟人不同一般的豪气与胸襟。如果把这首词与他自己那首更为著名的词《沁园春·雪》对读更可以发现：能够在毛泽东诗词中出现的人物，不是历代的帝王将相，就是历代的起义领袖。而无论是哪一种人物，他均以一种"俱往矣"的态度待之。即便是屈原、贾谊这样的文化名人，他也只是带有一种扼腕与叹息。

据有关史料记载，刘蕡，字去华，唐幽州昌平（今北京市昌平区）人，敬宗宝应二年（826）进士，文宗大和二年（828）举贤良方正。他在对策中猛烈抨击宦官乱政，公开揭示出唐朝"宫闱将变，社稷将危""天下将倾，海内将乱"的社会危机，痛斥"阍寺持废立之权"，并要求朝廷"揭国柄以归于相，持兵柄以归于将"。因而，他理所当然地受到当权宦官的刻骨嫉恨并被黜不取。后来，令狐楚、牛僧孺在节度山南东、西道时，曾征召他为幕府，授秘书郎。但因为宦官诬陷，他终被贬为柳州司户参军，最后客死他乡。

同时代诗人李商隐，曾在牛僧孺任山南西道节度使时与刘蕡同为幕僚，先后为刘蕡写过《赠刘司户蕡》《哭刘蕡》《哭刘司户二首》《哭刘司户蕡》等多首诗。其中《哭刘蕡》诗的尾联这样写道："平生风义兼师友，不敢同君哭寝门。"按照《礼记·檀弓》所载礼仪，如果与死者为友，则当在寝门之外哭吊；如果称死者为师，则当在寝门之内哭吊。李商隐自述与刘蕡兼有师友双谊，不敢自居同辈而哭吊于寝门之外，可见他对刘蕡是多么敬佩与尊重。

那么，作为一千多年之后新中国的开国领袖，毛泽东为什么也在诗中对刘蕡如此赞赏有加呢？"千载长天起大云，中唐俊伟有刘蕡。"本诗首句就用一个精彩的比喻，说刘蕡就像在数千年历史天空上乘风而起的磅礴大云，气势恢宏而气象万千。"长天"二字，典出王勃《滕王阁序》中的名句："落霞与孤鹜齐飞，秋水共长天一色。"在这里，毛泽东将具体的“万里长天”虚化为想象中的“千载长天”，可谓运笔如神，不经意间已将刘蕡的历史地位提高了许多。次句直接铺陈，说刘蕡是唐代中兴时期一位才识卓著的俊杰。尤其像毛泽东这样绝不轻易赞扬历史人物的伟大诗人，如果没有非常特别的理由，是决然不会在本诗中如此评价刘蕡的。以下两句，则形象而简明地表现了刘蕡的悲剧色彩和功绩所在：“孤鸿铩羽悲鸣镝，万马齐喑叫一声。”说他因为受了宦官的暗算和中伤，既如孤雁失群，又似孤掌难鸣，终于铩羽而归。而刘蕡的伟大之处也正在这里——知不可为而为之，在万马齐喑之时而振鬣长鸣，即便是遭嫉被黜也在所不惜。

按照一般的情况，诗人的咏事咏物之作，一定与自己的身份和所处的时代、地位有关联。但是，当时的唐代不是今天的新中国，今天的毛泽东也绝不是当时的刘蕡——二者之间似乎没有什么相同的可比之处。毛泽东写《刘蕡》这首诗之时，又正值 1958 年这样一个特殊的年份。他在这一年一共写了四首诗：《七律·送瘟神（二首）》《七绝·仿陆放翁〈示儿〉诗》一首和这首《七绝·刘蕡》。其中，《七律·送瘟神（二首）》属于感事抒怀之作，通过读报闻知血吸虫病因时代变化得以根除而“浮想联翩”“欣然命笔”；《七绝·仿陆放翁〈示儿〉诗》属于感时抒情之作，通过人造卫星的发射上天而表达自己“五洲大同”的共产主义理想。而唯有《七绝·刘蕡》这首咏史之作，从表面上却与时代没有任何的联系。

其实不然。按照毛泽东的身份和性格，他绝不是闲来无事夜读书时偶然读到了《旧唐书·刘蕡传》，更不会无缘无故地去对一个距他已经千年之久的刘蕡随意感慨。我们是否可以这样设想一下：经过了 1957 年的反右运动，在经济上虚假繁荣背后，政治高压使得原本百家争鸣的思想文化界，突然一下陷入了百花凋零、万马齐喑的可怕局面。而农民出身又非常敏锐的毛泽东，既不可能相信那些可怕“卫星”的真实性，也不可能对此“众口一词”的颂扬之声毫无察觉，但是却又不想生硬地打击广大人民群众一浪高过一浪的建设热情。于是，此时此刻的他，只好把打破这种局面的希望寄托在党内的不同声音上，希望能够出现一个当代的刘蕡来“万马齐喑叫一声”。

让毛泽东没有想到的，却正是1957年的反右运动，早已使得人们心有余悸而噤若寒蝉，再也没有人敢于“犯颜直谏”了……而他这种可贵的愿望，就只能成为个人的一厢情愿而已——智慧如毛泽东、伟大如毛泽东者，却不能避免这样幼稚的错误，也许才是他自己真诚而不自觉的可悲之处。

不过，仅仅从毛泽东本人的主观愿望来说，尽管他在1959年的庐山会议上，以揪出“彭（德怀）、黄（克诚）、张（闻天）、周（小舟）右倾机会主义反党集团”为标志，亲手扼杀了自己这个可贵的愿望，并将历史的车轮拉入一条错误的道路，但是，本诗毕竟确实记录了他的这样一个思想火花。虽然这个火花转瞬即逝了，虽然历史是不可能重来的，而我们仍可从本诗中感悟出一些道理和教训吧。

《毛泽东诗词》副编八首作品介绍

毛泽东不仅是伟大的革命家、军事家、理论家，同时还是一位杰出的诗人。目前出版的《毛泽东诗词》中，收入他生前已发表和准备发表的正编四十二首，多为广大读者所熟知。但他不拟公开发表和未曾发表的副编八首却往往鲜为人知，也有待人们的进一步认识和学习。

七古·送纵宇一郎东行

云开衡岳积阴止，天马凤凰春树里。年少峥嵘屈贾才，山川奇气曾钟此。君行吾为发浩歌，鲲鹏击浪从兹始。洞庭湘水涨连天，艟艨巨舰直东指。无端散出一天愁，幸被东风吹万里。丈夫何事足萦怀，要将宇宙看稊米。沧海横流安足虑，世事纷纭从君理。管却自家身与心，胸中日月常新美。名世于今五百年，诸公碌碌皆余子。平浪宫前友谊多，崇明对马衣带水。东瀛濯剑有书还，我返自崖君去矣。

这首作于1918年的七言古诗，是目前确认的毛泽东创作时间最早的一首诗。1979年发表在《党史研究资料》(内刊)第10期，是罗章龙在一篇文章中提供的。“纵宇一郎”即罗章龙当时的化名，“东行”指赴日留学一事。

早在1915年，毛泽东曾以二十八画生的化名，向长沙各校发出“征友启事”，首先得到罗章龙的响应。从此二人互引为志同道合的挚友。“五四”前夕，新民学会派罗章龙到日本留学，去辛亥革命的策源地接受新的科学技术及思想的影响。行前，毛泽东为罗章龙饯行，并书赠了这首七古。当时，毛泽东只有二十五岁。

七古，即七言古诗的简称，不限句数，也不像七律那样严格讲究平仄、对偶和声韵。但在这首诗里，毛泽东所用的四纸和八荠仄韵，是一般人所罕用的险韵。而他却运用得十分自如，这首先就表现了他广博的文学功底和娴熟的诗词技巧。在内容上，一如他多数诗词中所反映出的雄健豪迈之气一样，展示了毛泽东的早年壮志和广阔胸怀。周恩来1917年东渡日本时也曾赋诗道："大江歌罢掉头东，邃密群科济世穷。面壁十年图破壁，难酬蹈海亦英雄。"现在，我们将两诗对读，不是依然恍见老一辈无产阶级革命家当年为寻求真理、救国救民而抱定的必胜信心吗？

西江月·秋收起义

军叫工农革命，旗号镰刀斧头。匡庐一带不停留，要向潇湘直进。

地主重重压迫，农民个个同仇。秋收时节暮云愁，霹雳一声暴动。

根据现有材料可知，毛泽东一共填过两阕《西江月》，另一首就是人人熟知的《西江月·井冈山》了。很明显，这首写于1927年的《西江月》，在艺术上与那首写于1928年的《西江月》相比，是要逊色一些的。然而，这首记述秋收起义前后史实的作品，却是毛泽东以诗词表现革命历史画卷中不可或缺的一个重要组成部分。

1927年党的八七会议后，党中央坚决地纠正和结束了陈独秀的右倾投降主义路线，并委托毛泽东以党中央特派员的身份回湖南领导秋收起义。上阕开头两句，概括地说明了参加起义的工农革命军及其军旗的特征（需要说明的是，当时旗帜上的图案一般人多误解为"镰刀斧头"，其实应该是"镰刀锤头"。这是一种历史的误解，不宜看作一般的技术性差错）。而"匡庐"和"潇湘"两处，则简略地勾勒出这次起义的进军路线，成为宝贵的革命业绩的形象记载。下阕转写秋收起义的历史背景和人民基础，"霹雳一声暴动"一句，艺术地再现了起义巨大的革命意义和历史效应。至今读来，犹觉枪声在耳，地动山摇。这次湘赣边区的秋收起义和随后的进军井冈山,成功地创立了中国第一个农村革命根据地。这是中国共产党武装革命胜利的起点,也是中国革命走农村包围城市道路的开始。因而,这首未曾公开发表的《西江月·秋收起义》,同样是一座具有革命历史意义的艺术丰碑。

六言诗·给彭德怀同志

山高路远坑深,大军纵横驰奔。
谁敢横刀立马?惟我彭大将军!

六言诗,也是一种少见的古诗形式,同时也是毛泽东诗词中仅见的一首。

1935年10月,当中央主力红军完成长征到达陕北吴起镇之时,宁夏马家骑兵团立即跟踪而来。毛泽东拟电报给彭德怀:必须给马家骑兵一个迎头痛击,以防止把敌人带进根据地。战斗取得大捷后,毛泽东挥笔写下了这首六言诗。彭德怀收到这首诗后,把末句"惟我彭大将军"改为"惟我工农红军"又奉还了毛泽东,表现出他无比谦逊的高尚品德。

彭德怀1928年加入中国共产党。在红军长征期间,一直率领他的红三军团,英勇出色地完成了许多次前锋或后卫任务,并在同张国焘右倾分裂主义做斗争中起到了主要作用。毛泽东的这首诗,不事雕琢,感情真挚,字里行间充盈着对彭德怀同志的赞誉和信赖,不仅是对他打击敌人骑兵一事的称颂,而且也是对他于革命战争中所建业绩的褒扬。"谁敢横刀立马?惟我彭大将军"两句,一问一答,戛然而止,而全诗亦如一尊凝固的雕塑,使彭大将军英武雄奇的形象跃然纸上,威风凛凛!

临江仙·给丁玲同志

壁上红旗飘落照,西风漫卷孤城。保安人物一时新。洞中开宴会，招待出牢人。　　纤笔一枝谁与似？三千毛瑟精兵。阵图开向陇山东。昨天文小姐，今日武将军。

丁玲是著名的左翼女作家，1932 年入党，1933 年即被国民党秘密绑架。直到 1936 年才在宋庆龄、鲁迅、罗曼·罗兰等著名人士的营救和帮助下逃离南京，随即辗转来到了陕北保安。在一个较大的窑洞里，中共中央宣传部、文化界、妇女界和毛泽东、周恩来、林伯渠、张闻天、徐特立等领导同志，设宴欢迎丁玲。宴会后，毛泽东问丁玲："你打算做什么呀？"丁玲干脆地说："当红军！"毛泽东高兴地说："好呀！可能还有最后一仗，正赶得上。你就跟杨尚昆他们领导的前方总政治部上前线去吧！"于是，丁玲很快便到了陇东前线，从"昨天文小姐"一变而成"今日武将军"。不久，毛泽东在发给聂荣臻将军的电报中，附了这首词。因当时丁玲未及时读到，在后来她陪史沫莱特回延安时，毛泽东又亲自抄录送她。

这首词最早发表在 1980 年第 7 期的《新观察》上。上阕记录了当年丁玲到达陕北时所受热烈欢迎的盛况："保安人物一时新"一句，令人想见丁玲成为保安风流人物、轰动一时的情景；而"洞中开宴会，招待出牢人"两句，蕴含着党和人民对她的多少安慰和赞许！下阕是毛泽东对丁玲文学才华和携笔从戎的肯定与鼓励。作为在我国现代文学史上享有盛誉的丁玲，也的确是无愧于毛泽东当年的赞语的！

七律·和周世钊同志

春江浩荡暂徘徊，又踏层峰望眼开。
风起绿洲吹浪去，雨从青野上山来。
尊前谈笑人依旧，域外鸡虫事可哀。
莫叹韶华容易逝，卅年仍到赫曦台。

1955 年，毛泽东南巡到长沙，先在湘江畅游，后又由周世钊陪同登上了岳麓山。此后,周世钊写了一首《七律·从毛主席登岳麓山至云麓宫》:"滚滚江声走白沙,飘飘旗影卷红霞。直登云麓三千丈,来看星沙百万家。故国几年空兕虎,东风遍地绿桑麻。南巡喜见升平乐,何用书生颂物华。"并连同另几首诗词一并寄给了毛泽东。毛泽东回赠了这首《七律·和周世钊同志》,并云:"读大作各首,甚有兴趣。奉和一律,尚祈指政(正)。"

周世钊,湖南宁乡人,是毛泽东当年在湖南省立第一师范学校的同学,新中国成立后与毛泽东有书信来往和诗词酬答。这首律诗随周世钊的信最早公之于1983年版《毛泽东书信选集》,首联写春日登高,层峰远望;颔联道远望所见,对仗工巧;颈联忆尊前谈笑,域外风云;尾联论珍视韶华,重约旧谊。在毛泽东的诗词中,这是一首并不多见的友情诗,更难得写得如此抒情、洒脱。"风起绿洲吹浪去,雨从青野上山来"两句,流畅自然,舒展自如,是难得的工对妙句。这首诗,或许是"走下神坛的毛泽东"的另一侧面,在艺术上毫不逊色于他公开发表过的诗作。至于毛泽东生前为何未发表,也有可能这是"遗珠"吧。这首诗对人们全面正确地学习、研究毛泽东的诗词艺术,具有十分重要的认识意义。

杂言诗·八连颂

好八连,天下传。为什么?意志坚。为人民,几十年。拒腐蚀,永不沾。因此叫,好八连。解放军,要学习。全军民,要自立。不怕压,不怕迫。不怕刀,不怕戟。不怕鬼,不怕魅。不怕帝,不怕贼。奇儿女,如松柏。上参天,傲霜雪。纪律好,如坚壁。军事好,如霹雳。政治好,称第一。思想好,能分析。分析好,大有益。益在哪?团结力。军民团结如一人,试看天下谁能敌!

1963年4月,国防部发布命令,授予人民解放军驻上海某部八连"南京路上好八连"的光荣称号,并号召全国官兵向他们学习。当年八一建军节之际,毛泽东兴奋地挥笔写下了这首杂言诗。时隔二十年后的 1982 年,《解放军报》首次发表了这首诗。

好八连之所以名扬天下,主要就是这个连队的官兵,虽然进驻在繁华的上海南京路上,但他们身居闹市,一尘不染,克己奉公,友爱团结,勇敢地顶住了“糖衣炮弹”的袭击,保持了人民军队为人民的英雄本色。如果说雷锋是值得全国人民学习的英雄个人的话,那么好八连就是值得全国人民学习的英雄集体。毛泽东的这首诗,全诗四十句,仅两句七言。与其称为“杂言诗”,倒不如称为“三言诗”更确切。全诗明白如话,不事雕琢,篇章铺排,一气呵成,易记易解,颇有政治鼓动性。最后的“军民团结如一人,试看天下谁能敌”两句,也早已成为家喻户晓、激励人民团结奋进的名言。在党中央重新号召反腐倡廉的今天,此诗读来,当具有非常重要的现实意义。

浣溪沙·和柳(亚子)先生

颜斶齐王各命前。多年矛盾廓无边。而今一扫纪新元。　　最喜诗人高唱至,正和前线捷音联。妙香山上战旗妍。

据现有资料,毛泽东与柳亚子的诗词交往计有四次:第一次是 1945 年,毛泽东率中共代表团赴重庆与国民党谈判时,柳亚子索句得到毛泽东的《沁园春·雪》并次韵奉和,轰动当时的山城重庆,已成为一段广为流传的佳话;第二次是 1949 年 4 月,柳亚子作《七律·感事呈毛主席》一首,毛泽东和诗一首,“牢骚太盛防肠断,风物长宜放眼量”等名句即出于此;第三次是 1950 年 10 月庆祝中华人民共和国成立一周年期间,柳亚子在怀仁堂观看民族歌舞晚会后,填《浣溪沙》词一阕,毛泽东很快次韵奉和一首;第四次就是这首从未发表过的《浣溪沙》了,时间就在同期的两日之后。其原词是:“白鸽连翩奋舞前。工农大众力无边。推翻原子更金圆。　　战贩集团仇美帝,和平堡垒拥苏联。天安门上万红妍!”

首句“颜斶齐王各命前”典出《战国策·齐策四》。有一次齐宣王召颜斶说：“你到我前边来！”颜斶也对齐宣王说：“大王到我前边来！”他解释说：“我如果到大王面前去，说明是趋炎附势；而大王若到我面前来，则是礼贤下士。”毛泽东在这里是借指柳亚子和蒋介石互相坚持己见、各不相让的多年矛盾。

念奴娇·井冈山

参天万木，千百里，飞上南天奇岳。故地重来何所见，多了楼台亭阁。五井碑前，黄洋界上，车子飞如跃。江山如画，古代曾云海绿。

弹指三十八年，人间变了，似天渊翻覆。犹记当时烽火里，九死一生如昨。独有豪情，天际悬明月，风雷磅礴。一声鸡唱，万怪烟消云落。

1965年5月，毛泽东从湖南长沙驱车前往江西井冈山——他1927年亲自创立的第一个革命根据地。在前后七天的视察中，毛泽东连续填了两首词，即人们熟知的《水调歌头·重上井冈山》和这首《念奴娇·井冈山》。相比而言，后一首侧重写实，但结尾的“一声鸡唱，万怪烟消云落”两句，则堪称词家妙笔：近承故地重来之所见，远忆当年革命之业绩，含不尽之意于言外，颇得形象、含蓄之真谛！这首词收入《毛泽东诗词》，是直接根据手稿原件编发的。

井冈山是中国革命的圣地和摇篮，毛泽东先后三次以“井冈山”为题填词，史诗般地记录了我党我军在这里所从事的伟大革命斗争和井冈山发生的翻天覆地的巨变。这些诗篇，必将和井冈山的名字一道，载入中国革命的辉煌史册，也必将在中国文学史上留下灿烂的一笔。

1993年12月28日终稿于中州知时斋

2016年7月26日修订于中州知时斋

名家说

我只要知道他是一位诗人就够了。在这个物欲横流、铜臭熏天的社会里，能够钟情于旧体诗词的人不多，能够称得上真正诗人者更少见。因此，我对这位马凯先生不能不充满由衷的敬意。

胡适和他的七首“白话词”

自1996年10月至1998年4月，我因为编辑《回眸〈新青年〉》套书，较系统地查阅了创办于20世纪之初的一代名刊《新青年》。我从《新青年》中得知：一、胡适首倡“文学改良”运动；二、胡适首树新诗创作大旗；三、胡适首开新诗结集出版之风。本文所述之“白话词”，就是胡适当年新诗尝试中的重要组成部分。

如果仅从数量而言，胡适公开发表于《新青年》上的白话词一共七首，实在无法以“丰富”称之。但就是这难得的七首杰作，却已足以体现出胡适对新诗与白话词的理论诠释和创作实践。

“要那么收果，先那么栽”

胡适在《新青年》所发表的白话词，主要分为两次两组共六首。第一组四首即明确冠名的《白话词(四首)》(见《回眸〈新青年〉·语言文学卷》第74页)：

采桑子·江上雪

正嫌江上山低小，多谢天工，教银雾重重，收向空濛(蒙)雪海中。江楼此夜知何梦？不梦骑虹，也不梦屠龙，梦化尘寰做玉宫。

生查子

前度月来时，仔细思量过。今夜月重来，独自临江坐。　风打没遮楼，月照无眠我。从来没见他，梦也如何做？

沁园春·生日自寿

弃我去者，二十五年，不可重来。看江明雪霁，吾当寿我；且须高咏，不用衔杯。种种从前，都成今我，莫更思量更莫哀。从今后，要那么收果，先那么栽。　　宵来一梦奇哉，似天上诸仙采药回。有丹能却老，鞭能缩地；芝能点石，触处金堆。我笑诸仙，诸仙笑我，敬谢诸仙我不才。葫芦里，也有些微物，试与君猜。

沁园春·“新俄万岁”（有序）

俄京革命时，报记其事，有云“俄京之大学学生杂众兵中巷战，其蓝帽乌衣，易识别也”。吾喜其语，因为作词，仅成半阕而意已尽。遂弃置之，以为将俟柏林革命时再作下半阕耳。后读报记革命后政府大赦党人，其自西伯利亚赦归者，盖十万人云。夫放逐十万男女志士于西伯利亚，此俄之所以不振而“沙”之所以终倒也。然爱自由、谋革命者乃至十万人之多，囚拘流徙、挫折惨杀而无悔，此革命之所以终成、而新俄之未来所以正未可量也。遂续成前词以颂之。不更待柏林之革命消息矣。

客子何思？冻雪春冰，北国名都。有乌衣蓝帽，轩昂年少；指挥杀贼，万众欢呼。去独夫“沙”，张自由帜，此意于今果不虚。论代价，有百年文字，多少头颅。　　冰天十万囚徒，一万里飞来大赦书。本为自由来，今同他去；与民贼战，毕竟谁输？拍手高歌，“新俄万岁”，狂态君休笑老胡。从今后，看这般快事，后起谁欤？

若从艺术而言，本组第三首词堪称妙笔奇作：上阕抒情，既“莫更思量更莫哀”于“种种从前”，又“要那么收果，先那么栽”于“从今后”，表现了作者达观向上朝前看的处世态度，也可能代表了作者从此投身“文学改良”事业的决心和信心。尤其下阕写梦，“我笑诸仙，诸仙笑我”，分明“我”的形象已与“诸仙”融而为一了。而结尾“葫芦里，也有些微物，试与君猜”一句，则充分体现了作者腹藏经纶、成竹在胸的骄傲与自信！让我们试猜一下：胡君之葫芦里装的，莫非即“文学改良”之八事乎？

再从内容来看，本组第四首词当是一首非常重要的作品。包括词前小序在内，本词形象地记述了当年俄国革命之概况及对作者思想之重要影响。“拍手高歌，‘新俄万岁’，狂态君休笑老胡。”读此词句，与作者后来之思想状态相比，直可以判为二人矣。

第二组两首《如梦令》虽然未冠“白话词”之称，但读来仍是“白话词”无疑（见《回眸〈新青年〉·语言文学卷》第87页）：

六年八月作

几次曾看小像，几度传书来往。见见又何妨？休做女孩儿相。凝想，——凝想：——想是这般模样！

七年八月作

天上风吹云破，照见我们两个。问你去年时，为甚闭门深躲？“谁躲，谁躲？那是去年的我！”

此两首词是胡适并不多见的言情之作。第一首写未识恋人时的想象：“想是这般模样！”细腻传神地表达出欲见恋人的心理活动。第二首写已见恋人时的情话，惟妙惟肖地描摹出了双方当时的言语情态。

《尝试集》序中的“誓诗”

还有一首词，并不是独立发表的，而是胡适作为其《尝试集·自序》之一部分刊登在《新青年》上的。他在序文中写道：“我填了一首《沁园春》词，题目就叫做“誓诗”，其实是一篇文学革命的宣言书。”全词如下（见《回眸〈新青年〉·语言文学卷》第407页）：

更不伤春，更不悲秋，以此誓诗。任花开也好，花飞也好；月圆固好，日落何悲！我闻之曰："从天而颂，孰与制天而用之？"更安用，为苍天歌哭，作彼奴为！　　文章革命何疑！且准备搴旗作健儿。要前空千古，下开百世；收他臭腐，还我神奇！为大中华，造新文学，此业吾曹欲让谁？诗材料，有簇新世界，供我驱驰！

胡适在对此《誓诗》作说明时写道：

这首词上半首所攻击的是中国文学"无病而呻"的恶习惯。我是主张乐观、主张进取的人，故极力攻击这种卑弱的根性。下半首是《去国集》的尾声，是《尝试集》的先声。

请读者注意：《尝试集》就是胡适尝试新诗的首次结集，同时也是中国现代文学史上的第一部新诗集。但作为白话新诗的"誓诗"，胡适却采用了旧体诗词的形式——这是一个非常有趣的现象。再读本篇序文我们仍可以发现，胡适在这里所引用的诗作，竟没有一首是严格意义上的"新诗"！就是本诗集名称的"尝试"二字，也取自陆游"尝试成功自古无"一句诗。在本篇序末，胡适作为结论所引用的《尝试篇》云："'尝试成功自古无'，放翁这话未必是。我今为下一转语：'自古成功在尝试！'……我生求师二十年，今得'尝试'两个字。作诗做事要如此，虽未能到颇有志。作'尝试'歌颂吾师，愿吾师寿千万岁！"（见《回眸〈新青年〉·语言文学卷》第412页）

这到底是怎么一回事呢？我们且看胡适在本序文的开头是怎么写的："我这三年以来做的白话诗若干首，分做两集，总名为《尝试集》。民国六年九月我到北京以前的诗为第一集，以后的诗为第二集。民国五年七月以前，我在美国做的文言诗词删剩若干首，合为《去国集》，印在后面作一个附录。"（见《回眸〈新青年〉·语言文学卷》第404页）

白话文学的旧与新

那么,该如何看待胡适当年对白话词与新诗的关系呢?

第一,我们从胡适的散文《旅京杂记·记张九成的白话诗》中,可以寻到一些蛛丝马迹(见《回眸〈新青年〉·语言文学卷》第55页):

近来因搜求古代的白话文学,颇发见了许多材料。去年在家时,见《艺海珠尘》内有南宋张九成的《论语绝句》一百首,多是白话诗……这一百首《论语绝句》,为题目所限,颇有许多迂腐的话。但是其中也有几首好诗,因为他是专意作白话诗的一位老辈,所以我把他的诗抄几首在此:

辞达而已矣

扬雄苦作艰深语,曹操空嗟"幼妇"词。
晚悟师言"达而已",不须此外更支离。

这一首是作者作白话诗的宣言书,可以当作他这一百首诗的题词读。

同时,胡适又在《旅京杂记·记石鹤舫的白话词》中,抄录了石鹤舫的词作六首,如《步蟾宫》一首:

晓风料峭鸣窗纸。乍睡醒,乳鸦声里。思量幽梦忒匆匆,只恋却枕儿不起。　　春花秋月如流水,怕回首愁罗恨绮。别时言语在心头,那一句依他到底!

而在此词之后,胡适还略加点评曰,即如"别时言语在心头,那一句依他到底”这两句，岂是文言能表达得出吗？由此观之，胡适对于白话词的喜好，原来是早有渊源所本的。

第二，据《胡适留学日记》载，胡适的白话词创作多在其新诗创作之前，应当视其为新诗创作之先声，同时也是胡适深厚诗词功底和娴熟诗词技巧的自然体现；而其新诗的创作，也当是其文学改良思想由萌芽、发展到娴熟的必然结果。读胡适的第一首新诗《朋友》（见《回眸〈新青年〉·语言文学卷》第73页），可以明显看出他由传统向新体转化的痕迹：

两个黄蝴蝶，双双飞上天。
不知为什么，一个忽飞远。
剩下那一个，孤单怪可怜。
也无心上天，天上太孤单。

第三，对比胡适的白话词与石鹤舫的白话词，略加考察即可发现：胡适提出的“文学改良八事”，已开始在这些作品中体现出来。尤其是精神、内容方面，胡适敢将时事入诗，敢将口语入诗，确已表现出他改革旧文学的实践风范。即便题材较易浮泛的“情诗”，也绝无陈辞套语或庸俗之态，而写得活泼清新，生动形象；即便偶有用典，也绝无艰涩难解之感，而表现得天衣无缝、通俗自然。

综上所述，我们可以这样认为：胡适在《新青年》中所载的七首白话诗词，是中国古代白话文学向现代白话文学发展中不可多得的“转折”之作，其承前启后的艺术价值是不可低估的！从形式而言，尽管这些作品几乎均是按谱填写的旧体词作，但是在思想内容或语言运用方面的成就，都为20世纪乃至21世纪的诗词革新运动起到难得的率先垂范作用。

透过时光隧道，复活历史瞬间

——读《行中吟·马凯诗词选》

友人荐我一本《行中吟·马凯诗词选》。匆匆阅过,很想荐给更多的朋友。

马凯何许人也?笔者不得而知。但我只要知道他是一位诗人就够了。在这个物欲横流、铜臭熏天的社会里,能够钟情于旧体诗词的人不多,能够称得上真正诗人者更少见。因此,我对这位马凯先生不能不充满由衷的敬意。

《行中吟》印刷精美,装帧别致,用纸考究。封面上一幅素净朴雅的古代山水,使人立即感觉到一种超然恬淡的诗情画意,产生那种一读为快的欲望。

作者的自序很短,极精练,却极准确地表明了他的许多意思。"余自幼喜唐诗宋词,当代首崇毛诗毛词"——言学诗之因由也。"习作,言志、言情、自娱、自乐也"——述个人之诗观也。"自选五十题六十一首,按时间由近及远排序。因多为途中所思所哼,故名曰《行中吟》"——真正之内容"简"介也。"倘若,或一首,或一句,于人有裨,于世有益,不废纸墨,不枉人时,足矣"——马公似乎不会自我"包装"也。然而,通过这不满百字的《自序》,我却窥一斑而知全豹,看出了作者那简洁明快的事业风格和虚怀若谷的胸怀!

诗录重大历史事件,是《行中吟》在内容上的一个突出特点。由于作品排列属于"倒卷帘",本书的开卷之作《减字木兰花·千年交替夜》所表现的,正是刚刚过去的、真正"千年等一回"的历史云烟。毛泽东曾经写过一首《贺新郎·读史》,以"人猿相揖别。只几个石头磨过，小儿时节”寥寥数语，高度概括而又凝练形象地表现了人类发展进程中数千年“劳动创造历史”的深刻哲理。而马凯先生表现“千年交替夜”这一特定时间背景下的转瞬间，也可谓得心应手，举重若轻：

暮云送日，一页翻过千岁史；
朝旭惊宵，几缕迎来世纪交。

所谓“暮云”，实乃旧千年之最后辉煌，因而“送日”之后，“一页翻过千岁史”便顺理成章；所谓“朝旭”，诚为新世纪之最初灿烂，故而“惊宵”之举，已确实是“几缕迎来世纪交”。词的下阕云：

花开花败，尽阅沧桑天未改；
钟抑钟扬，再换人间路正长。

上下阕自然形成两副对联。其中，读者可明显感觉到毛泽东“天若有情天亦老，人间正道是沧桑”等诗句的无形影响。看来，作者自谓的“首崇毛诗毛词”并非虚言。同时，作者自己的艺术功力，也已由此略见一斑。

本书的第二首作品《出席澳门回归庆典》，虽是一首五绝，却也是一个重大历史事件的亲历诗录：

莲花竞怒发，旗海入云霞。
泪眼心中唤，妈妈我到家。

一般来说，凡重大历史题材是不易成功表现的，往往会因流于概念化、一般化而索然无味。而作者在这里，仅仅用二十个字就将自己出席澳门回归庆典的历史感受表达得生动形象而又淋漓尽致。首句借助澳门的象征“莲花”起兴，次句描写区旗云海的欢乐景象。三句转写诗人的特殊感受：四百多年了，当澳门终于回到祖国怀抱之际，作为中国政府代表团成员之一出席回归庆典的作者，此时此地能不心潮起伏、感慨万千？结句化用闻一多先生《七子之歌》的意象，用一句“妈妈我到家”表达了普天下炎黄子孙的共同心声。澳门回归前后，海内外诗人词家纷纷挥毫填词、赋诗。但是，本诗语言通俗流畅，感情深切真挚，形象生动丰满，实乃笔者所见同类题材中比较成功的一首佳作。

当然，“新中国五十华诞”“参观世博会”“九八抗洪”及周恩来、毛泽东逝世等重大历史事件也都有所反映。但本书内容相对更多的，还是作者个人生活经历的大量诗录，这也构成了《行中吟》在内容上的另一个突出特点。

由于作者采用“按时间由近及远”的编排方式，使得全书无意间形成了一个天然的“时光隧道”。通过这个“隧道”，读者不仅可以回听历史的脚步声声，也可以在溯流而上之时发现作者在生活中的匆匆身影。1999 年 12 月 29 日，是作者与夫人结婚二十五周年的银婚纪念日。作者有感于陆游的著名词章《钗头凤》，反其意填写了纪念自己银婚的同调词作：

同携手。共进酒。嫩芽银絮轻杨柳。花吐蕊。松含翠。一朝相许，百年无悔。对，对，对。　情依旧。容未瘦。小舍清馨当窗透。春江水。好愿遂。待到金秋，硕果争坠。美，美，美。

还需要说什么呢？陆游词中上、下阕结尾的三字顿是“错，错，错”和“莫，莫，莫”，而作者仅在本词上、下阕结尾相对应的“对，对，对”和“美，美，美”中，不是已经充分表现了他那“百年无悔”“硕果争坠”的真挚爱情吗？陆游有知，岂不羡煞！

让我们细读作者的一首七绝《难眠》：

头虽落枕且翻身，总有竹声绕在心。

但助难题得破解，何妨晓镜又添银。

作者为何会深夜难眠呢？起句交代说偶有“落枕”。虽属微疾，却自然令人辗转反侧，当在情理之中。承句却言“总有竹声绕在心”，看来“疾”不在“头”而在“心”。并且，“总有竹声绕在心”，此“竹声”“难脱干系”无疑。那么，这“竹声”为何如此萦绕于心呢？清人郑板桥有诗云：“衙斋卧听萧萧竹，疑是民间疾苦声。”作者所“绕在心”的“竹声”，岂非此“疾苦之声”？唐人李商隐也有诗云：“晓镜但愁云鬓改，夜吟应觉月光寒。”1998年，我国遭受了20世纪最大的洪涝灾害，作者曾随同国家防汛总指挥部走南上北，亲临抗洪前线。这里令人难以入眠的，不正是他对人民生命、国家财产和祖国前途命运的重重忧虑吗？转、合两句，更进一步表明了作者愿为“难题得破解”而殚精竭虑、晓镜添银的决心。如此，作者必是一位有着深厚文化修养的好干部，应该值得我们引为典范的！

再向下读，五绝《小女恬睡》表现了一位年轻父亲对幼女的一片关爱，而《苏幕遮·初约》，则描写了作者与夫人婚前第一次约会的生动情景——在1973年那样的年月，作者似乎也不介意被送给一个“小资产阶级情调”的帽子。组诗《百里运肥》，通过对一次运肥到北京西城区五七干校活动的诗化记录，真实地再现了“专拣重担挑在肩”“排难方知苦中甜”的时代烙印。而“一声‘下定’过大渠”，更不禁让人回想起“下定决心，不怕牺牲”的“最高指示”。至今想来，这种行为似乎非常可笑，但在当时却是一种十分虔诚而且确实有效的精神鼓励。如果从精神的意义上来理解，今天是否恰恰缺少了一种自励励人的勇气？

在马凯先生的《行中吟》中，有部分作品是注明或未注明的“步韵”之作。数量虽然不多，质量却比较好。除了以上谈到的《钗头凤·银婚》，还有步陆游原韵的《卜算子·咏梅》、步白居易原韵的《长相思·无题》、步白居易原韵的七律《和白居易放言五首(之二)》及仿李白《蜀道难》体式的《望东方》等。写于20世纪60年代末期的《望

东方》,是本书的压卷之作,按照时间顺序也就成为收入本书最早的一首作品。同时,它也是本书承载容量最大的一首作品:

浪大难拦鱼穿水,风狂何妨鹰击空?雪压霜打冰封日,然后苍松愈青梅更红。雄翅千翕千展仍高翔,大江九曲九注复向东。……

这首歌行体长诗,起势伟岸,神完气足,成功地刻画出一个血气方刚、志向高远的青年诗人形象。不仅如此,这个青年诗人并不像当时一般青年那样“头脑发烧”说胡话,而是具有比较清醒的和辩证的思考:

庭院难养千里马,花盆岂栽万年松。得来真知由实践,扫去空谈借东风。……说千也道万,千古治国大计何为第一宗?得人心者得天下,道循脚底,民立心中。……

也许,李白这位诗仙怎么也没有料到:一千多年后的今天,能有一位名叫马凯的诗人仿其《蜀道难》之体式创作出融诗情、哲理、雄心、志向为一体的如此篇章。即便数十年后的我们,也不能不为作者在当时那种特殊历史条件下写出“得来真知由实践,扫去空谈借东风”的诗句而惊叹、而折服!

自20世纪80年代以来,有着数千年悠久历史的中华诗词,开始从近一个世纪的蛰伏状态中全面苏醒。而马凯先生的《行中吟》,是在诗词“苏醒”前二十年就已经开始悄悄“蠢蠢欲动”的。当时,全国人民只能有“毛诗毛词”可读可吟,恐怕马先生本人也不一定料到自己能够出版诗词选。如果说作者“首崇毛诗毛词”当在情理之中的话,那么令我们感到尤为可贵的是,马先生竟然能在“毛诗毛词”的耳濡目染中依然保持自己诗词的艺术特点和思想品格。这一点,希望今天的诗人词家们都能够引为榜样。

后来，马凯的名字为全国诗人所熟知，主要是他在《行中吟》之后又发表的《南方大雪组诗》《抗震组诗》等作品，还有他关于当代诗词要"求正容变"的系列文章。尤其是他的这些文章，不仅在全国诗词界产生了巨大影响，而且为当代诗词的创新与发展指明了一条正确的艺术道路。

现在来看，他在这些文章中的思考，与他以《行中吟》为主的诗词创作实践是有着直接联系的！

2001 年 3 月 25 日于中州知时斋

2016 年 7 月 26 日修订于中州知时斋

一支公仆生花笔，多少诗人未了情

——陈奎元《蓝天白雪集》读后

《蓝天白雪集》是陈奎元同志主政西藏八年期间所写的一部诗词作品集。在今天市场经济的社会条件下，一位高级领导干部能够写出如此纯粹的诗词作品集，不能不使读者在感到惊奇的同时产生一种强烈的阅读欲望。客观来说，陈奎元同志的诗词作品，在艺术上还确有自己一定的独特之处。

以诗记史写西藏

从1992年到2000年，西藏经历了一个重要的历史发展时期。在《蓝天白雪集》中，诗人以其主政者的特殊身份，日记般记录了这些事件的发生与发展。从藏北高原到沃卡峡谷，从布达拉宫到鲁朗林场，从日喀则到下司马，作者不仅留下了他考察工作、指导工作的足迹，同时也留下了他了解民情、实地采风的身影。“晨曦弦月正如弓，北往南来如转蓬。”——这首《归途经工布江达、错高湖》诗中所描述的情景，正是诗人披星戴月、走南访北生活的真实写照。于是，作者怀抱着“国运攸关唯谨守，经营莫论费艰难”（《边关行》）的一腔热血，写下了“登途驽马无回首，哪管山重水又复”（《月夜春风》）的慷慨诗句，表达出诗人为了党事、国事而不畏任何艰难困苦的壮志雄心。

唐代诗人杜甫的诗歌作品，曾被后人称为“一代史诗”，其原因主要在于他对当时历史的客观描写、深刻批判和对封建统治的无情揭露。而陈奎元的诗词作品，则主要是对西藏当代历史，尤其是这八年历史的忠实记录。诗人在本书后记中意味深长地写道:“作为西藏这一段历史的参与者,将某些经历和感知留个印象,雪泥鸿爪,也许将来的有心人会从中找到一点线索。”其实,诗人不仅是很多事件的参与者,同时也是一些重大事件的决策者。如对拉萨“五二四”严重骚乱事件的正确处理,如对十一世班禅转世“金瓶掣签”“坐床”及“受戒仪式”的主持等。当时,由于达赖集团阴谋借此机会对此进行非法的捣乱活动,所以,一系列与此有关的事件都在诗人的笔下得以及时的艺术表现。如《班禅转世教训》:

佛教由来岁月长,释迦悯众设慈航。
诸佛慧种从缘起,转世原非旧法章。
暗室阴谋夺废立,金瓶法断定圆方。
铭记教训应须记,重事轻托必为殃。

诗人在这首诗中,就艺术地记录了他从生活事实中得出的教训与结论。

多年以来,用小说、散文、新诗、电视、电影等形式反映西藏文化风情的文学作品已经相当普遍,但是运用诗词这种传统文学形式对当代西藏进行比较集中的艺术表现却还十分罕见——因此,在一定的思想意义上,《蓝天白雪集》首先就具有了“当代西藏诗史”的特殊认识价值。

公仆情怀赤子心

“公仆情怀”是《蓝天白雪集》的一个重要主题。诗人在开篇第一首《半百感怀》中就写道:“年华似水来中去,沧海曾经几风波?为政常恐一念草,修身宁忍百事磨……”笔者认为:这首诗就像作者特意安排的一首序诗,不仅抒发了自己五十年风雨人生的无限感慨,并且揭示出诗人数十年忠诚不变的公仆情怀。而《西藏行》一诗的短序，更是较为客观地写出了诗人"受命入藏"时的真实感受："……身为公仆，唯有见义勇为、奋不顾身而已，别无他途。"正因为如此，这本诗集才珍珠般连续不断地闪耀出诗人"公仆情怀"的感情火花。

1996年6月的一首《病中吟》，可以作为诗人表现这种"公仆情怀赤子心"的典型之作：

悬瓶吸氧抗熬煎，气塞心疲夜少眠。
早泯闲情吟日落，更无逸兴望月圆。
娘亲万里频询问，但将平安报耄年。
若是边疆传警讯，病夫跃起亦无前。

初入西藏，产生严重的高原反应是普遍现象。本诗首联所写，就是诗人不得不"悬瓶吸氧"、病卧在床的情景。颔联承写诗人既不再有"闲情"也不复有"逸兴"——这一方面是因为身体有病，另一方面也是因为工作上日渐繁忙。颈联则表现了诗人与母亲之间相互关爱的母子深情。尾联堪称点睛之笔，使诗人时刻牢记民族重任、不忘人民嘱托、听从祖国召唤的信心与决心得以充分的展现。

《公仆》一诗更是生动地塑造了一个老黄牛般的"公仆"形象："公仆恰似牛耕田，奋颈埋头轭在肩。只管牵犁莫问草，应知背后早扬鞭。"与著名诗人臧克家的诗句"老牛亦解韶光贵，不待扬鞭自奋蹄"相比，本诗同样可以作为"名言警句"来策己励人。其他如"民瘼根除国长治，公仆无悔作马前"（《转经行》）、"僧求正果心无染，人到无求品自高"（《秋思》）、"丹心不泯唯精进，敬业埋头饷渔樵"（《七夕望月》）、"艰难感赴身无悔，横断山外国为家"（《惠老送别有感》）等诗句，在《蓝天白雪集》中俯拾皆是，也都各具特点地表现了诗人同样的意志和同样的胸怀。

边塞诗篇创新声

陈奎元在《蓝天白雪集》后记中情有独钟地写道:“半路学诗,我常以一千多年前在边疆做军政长官的高适作楷模。”高适是唐代边塞诗派的主要开创者,和岑参并称“高岑”,在中国的诗歌史上留下了许多重要的边塞诗篇。

诗人之所以以高适“作楷模”,其主要原因应该是:高适曾经客游河西担任哥舒翰书记,历任淮南、西川节度使。而陈奎元作为西藏的党政最高领导,与高适同为总揽边塞一方军民财政的军政长官——作者身份和边塞地域的基本相同,使得两个相距千年之久的“长官诗人”,有了一个非常近似的共同点。于是,陈奎元的诗词也就很自然地与“边塞诗派”有了一种特殊的背景联系。当然,除了两个上文已经阐明的思想内容特征,由于时代和经历的不同,陈奎元的“当代边塞诗”已经没有了高适诗歌中有关建功立业、杀敌报国及壮志难酬等内容,即便是对于边塞风光和民族风情的描写,也明显地表现了自己的突出特点。

首先,正是由于主政西藏的特殊身份,诗人在考察工作的同时也将这里无比壮美的山山水水摄入了自己“诗”的镜头。在这些诗篇中,既有《赴藏北那曲》中“藏北秋高天路阔,花鲜草绿斗芳菲……潭影悠然鹰北望,闲云寂寞雁东飞”的高远之望,也有《樟木行》中“雾起长峡遮古寺,云横绝岭掩荒村”的壮丽之景;既有《错高湖》中“天池荡漾五湖水,琼岛漂浮十里烟”的朦胧之美,也有《夜宿下司马》中“云开犬吠月,树动鸟啼风”和《雪域春秋》中“春雨小桃红后绿,秋风老树叶先黄”的细腻之情……诗人的一支生花妙笔,写出了西藏边塞兼具壮美与妩媚的无限风光。

其次,作为从内地入藏的高级领导,诗人不仅以其艺术欣赏的眼光对西藏社会的民风、民俗进行审美,而且以健康和现代的眼光对西藏现存或传承的不良习俗进行“审丑”——“审美”和“审丑”的结合，从而构成了《蓝天白雪集》中具有双重价值的又一个艺术特色。如《出拉萨》中“粪火烧茶帐幕熏”“牛背顽童应最乐，赤足背篓入山村”和《赴藏北那曲》中“炊烟帐外小儿女，笑看牦牛络绎归”，写出了当代西藏一片百姓祥和、人民安乐的景象。而如长诗《乞儿行》《一妻多夫杂咏》等，则对这里“不鄙乞讨”、乞儿成群的旧俗和“一女多夫”的陋俗进行了分析与批判。诗人深情地写道：“天长地久万事改，沧海桑田更几番……陋俗除尽换新色，世上无高不可攀。”（《一夫多妻杂咏》）我们有理由相信：通过诗人这些深情的呼唤，西藏从精神上“旧貌换新颜”的明天一定会早日来到！

再次，念家思乡是“边塞诗篇”一个尤其重要的组成部分——陈奎元的作品也不例外。当诗人入藏不久而“心燥体冷”时，就以“眼望山头雪，心思小火炉”（《山城晓雾》）的诗句表现了他对温馨家园和友朋亲人的无限想念。在《病中吟》里，诗人又以“娘亲万里频询问，但将平安报耄年”之句，反映了自己与母亲之间的关爱亲情。而当“夜雨淅沥”、辗转难寐之际，诗句“高原日近家山远，雪域风轻月色凉”（《雨夜》）更描写出因为地域距离之遥远所造成的心理感受之凄凉。《杂诗》比较突出地表现了诗人的“思乡怀旧之念”，同时也深知“身荷重任，肩担道义，不敢以私废公”——诗人“身疲担重任，未老不还乡”的信念，不能不使读者肃然起敬。

“诗者，志之所之也。”笔者非常赞同刘云山同志在序中的一段高度评价：“奎元的诗作，总是显露着一种肩负国家重托和百姓厚望的忧国忧民的深切情怀……掩卷深思，不禁有‘高怀观世、壮气横天’之感。”而笔者也由此想到：《蓝天白雪集》在思想和艺术上所体现的，不正是一个时代所倡导的“先进文化的代表”吗！

当然，本书的遗憾也是需要指出来的。（1）个别作品的立意虽好，但在谋篇布局上似乎却疏于谨严。如《克西闹事》的尾联，结意在“得意凶徒夸海口”上，使作品显得缺乏一些篇章的完整性，缺乏干警们的积极主动和浩然正气。(2)某些篇章如《返拉萨》《班禅转世教训》等,由于过分的"理性化",从而使作品的想象力和形象性受到一定局限。

中原乃人文荟萃之地,不仅产生过蔡邕、蔡琰父女,产生过阮籍、杜甫、韩愈、白居易、刘禹锡、李贺、李商隐等著名诗人,而且也是李白、苏轼、王安石、欧阳修等许多诗家从事文学活动的主要场所。陈奎元同志生于内蒙古广袤的大草原上,后在西藏生活工作八年之久,又来到了文化积淀非常丰厚的中原大地,一定能够重新激发其心中的澎湃激情,创作出更多更好的诗词作品来。如果再对"平仄""对仗""押韵"等基本规则略加推敲,必将在诗词艺术的创作上再迈一个新台阶。

2001 年 8 月初稿于北京北兵马司十七号

2002 年 8 月定稿于中州知时斋

珠联璧合传佳话，樵韵龙吟柳影双

——序蔡厚示、刘庆云教授合著《双柳居诗词》

恰逢戊寅年中秋佳节，天高云淡，金桂飘香。在武汉华中理工大学举行的全国第十二届中华诗词研讨会上，蔡厚示、刘庆云两位著名的教授诗人喜结良缘，一时被传为当代诗坛之佳话。正是在那个中秋佳节的中午，有200多名代表喜气洋洋地簇拥着两位新人，在宽大而洁净的大礼堂参加了他们气氛热烈的婚礼。当时，作为他们学生的我，还当场为他们撰写了一副贺联：

烟柳婆娑八闽龙，雄谈意厚；
卿云灿烂三湘凤，雅调情深。

蔡教授祖籍江西，工作在福建省社会科学院并长期从事中国古典文学教学。他不仅风流儒雅，学识渊博，风趣开朗，而且恰恰属相为“龙”，岂不早就成为夭矫飞舞的“八闽云龙”？刘教授则是学富五车的三湘才女，歌喉婉转既如一只祥鸣之“凤”，讲学四方又像一朵播瑞之“云”。此正如舜歌中所唱：“卿云烂兮，糺缦缦兮；日月光华，旦复旦兮。”而“龙”吟相偕“凤”翥，岂非人间最美、最好之姻缘？

蔡教授一直自称书斋为“独柳居”。也许，他就是从那时开始将书斋更名为“双柳居”的。《独柳居诗词》是蔡教授的个人诗词作品集，而《双柳居诗词》则是刘庆云、蔡厚示两位教授的诗词作品合集。从“独柳居”到“双柳居”，这其中不仅包含着两位教授琴瑟和谐的爱情故事，而且也是当代中华诗坛上学者兼诗人夫妇联合出版作品集的第一次。如他们的这样两首诗：

长是车声转辘轳，居家终日未观书。
梦中犹逐潇湘雁，得饮长沙沙水无？

飞渡关山转辘轳，锦笺时展玩君书。
照人长是娟娟月，欲梦榕楼梦亦无。

前一首《芸子归湘前夕梦中有作》，是蔡教授对刘教授无时无刻不萦绕心头的深情思念；后一首《列车向西，步艾特韵答之》，则是刘教授对蔡教授更为含蓄委婉的脉脉含情——情感信息自然十分丰富。而“梦中犹逐潇湘雁”之句，也许早已成为蔡教授对刘教授表达种种思念之情的“名言佳句”了。

就诗词艺术本身而言，《双柳居诗词》具体体现出了哪些艺术特色呢？

第一，蔡、刘两位教授各有自己的学术建树，也各有自己的学生和追随者，所以他们经常为讲学而来往于全国各地。数十年来，天南海北处处留下了他们讲学的身影。雪泥鸿爪，游踪所至，体现出他们乐与自然相亲近、与自然相融合的精神境界。如：

列车西向故园行，水水山山引旧情。
风物无边争入目，林花是处笑相迎。
徐孺常卧陈蕃榻，子固深钦永叔名。
莫计光阴相迫促，滕王阁外大江横。

这首七律《自长沙至南昌》，不仅叙写山水之迷人、人迷于山水，而且抒发了仰怀古贤、重谊崇文的高风，诗人胸襟自然寓于其中。又如《重访永州》：

芙蓉惊目万千红，十载重来访旧踪。
杨柳同呈新态度，清秋时节觉春浓。

1981年冬，全国首届柳宗元学术讨论会在永州举行；1991年深秋，首届“全国杨万里学术讨论会”又在这里举行。作者这首“重访”之作，用“惊目红”以写“芙蓉”，用“新态度”以状“杨柳”，遣词带有学者色彩，表现出对诗词艺术高度娴熟的运用能力。而“杨柳”一词，因为有下句中“觉春浓”三字的呼应，就在喻指“杨万里、柳宗元”的同时，说明永州深秋自然界的“杨柳”同样也感受到了人间浓浓的“春意”。

再如《减兰·鸽子窝海湾》：

浪峰层叠，偏逗弄潮热。奋力推舟图跨越。遥望横斜数叶。
随波久与低昂，红裳祝捷飘扬。飞桨渐行渐远，片时没入汪洋。

本词表面上是在描写海湾所见，而实际上却蕴含着对于一种迎难而上的奋斗精神的衷心礼赞。此类作品，或参悟生活之哲理，或爱赏江山之绮丽，或领略造化之神奇，“登山则情满于山，观海则意溢于海”（刘勰《文心雕龙·神思》）。证之古人所云诗非凭空而作，与诗人的实地游览、得江山之助大有关系，可知此言不虚矣。

第二，诗人耽于山水并非意味着他们置身世外。恰恰相反，家国安危、人民忧乐却时时系于作者之心头。而这种对于民情、民瘼的描写，正表现了一个知识分子最基本但却十分可贵的良知。如绝句《路上吟》：

又向江西路上行，丘陵起伏树纵横。
乡民冤苦谁申诉？贪黩成风梦不清。

“又向江西路上行”这句诗，曾被蔡教授用于多首诗中，体现了他对故乡江西的深深依恋之情。而诗人在这首绝句中，于山水之外又写到了“乡民冤苦”和“贪黩成风”，令人一下忆起唐人杜荀鹤的《再经胡城县》：“去岁曾经此县城，县民无口不冤声。今来县宰加朱绂，便是生灵血染成。”充分表现了教授诗人对现实生活中尚存的不合理社会现象的深切关注。再如绝句《廉泉》：

松亭覆井石为栏，引得游人肃穆看。
倘使廉泉源不断，而今自必少闻贪。

当然，此处所说的“廉泉”并不仅是包孝肃公祠里的“廉雨轩”，而且还喻指人民欢迎、贪官惧怕的党纪国法。从本质上讲，诗人在作品中所高扬的，正是我们时代所倡导的一个重要主题——反腐倡廉。

第三，正因为两位诗人均系教授，既从事古典诗词的理论研究，又努力于当代诗词的创作实践，因而其作品才能各具会心，不落俗套，各有孤诣，自成高格。如七绝《咏张志新》：

千般惨酷总成空，笑对弓刀剑戟丛。
血溅郊原终不悔，头颅掷罢鬼犹雄。

李清照曾有一首《咏项羽》：“生当作人杰，死亦为鬼雄。至今思项羽，不肯过江东。”就艺术而言，刘教授的这首诗简直就是《咏项羽》的现代版。但就思想而言，张志新烈士的为真理而死，比项羽的自刎乌江却不知要高出多少个层次与境界。又如绝句《题将军石》：

百战归来勋业在，凌烟阁上未能图。
天公铸就千秋像，何必封侯入帝都？

这首诗昂然带有睥睨世俗之气——仅仅是一块名为“将军”的石头，但在诗人的笔下似乎已经成为一个真正具有傲骨和灵性的“百战将军”。若非襟怀坦荡者，焉能及此？

第四，就中国传统的文学审美情趣来说，更偏重于含蓄、蕴藉，更强调味外之旨、言外之意，或者要求作品提供尽可能多的信息。而蔡、刘两位教授的作品，往往能够义含比兴且具韵外之旨、弦外之音。如《题波息村》：

波息何曾息？层澜动远空。
元知积厚力，况是趁长风。

这首五绝既昭示着一种自然力的雄厚，又蕴含着一种情感的激荡，也暗寓着某种事物发展中一种不可遏止的态势，可谓令人联想无穷。又如《温泉》一诗：

初试汤池浴，凉温各在心。
惯看浅深态，一意任浮沉。

不仅包蕴了种种人生的阅历、体验，而且流露出波澜不惊、顺其自然的人生态度。至若本书景中含情、寓情于景之作，则更比比皆是。如“森森古木发新枝，日照玉阶琼殿影参差……平庐旧雨杳无痕，倚株拈花微笑看飞云”（《虞美人》）等诗（词）句，在景物、人事的对比描写中，更透露出诗人对于时世了悟之后的愉悦。

第五，虽然蔡、刘两位教授皆工诗词，但却依然各擅胜场：刘教授更长于倚声，其词作于轻灵深婉的本色之外，也不乏沉郁俊迈之作——如“我裁湘水罗裙，行吟远访西秦。欲倩清流稍驻，为侬涤尽征尘”（《清平乐》）、“黄花瘦句出深闺，文采风流岂肯让须眉”（《虞美人》）等；蔡教授更长于作诗，其诗作则以厚重俊逸、警拔清新为主，亦不乏旖旎灵秀之作——如“秋风辞故国，新雨过雄关”（《访越吟》）、“未死吴蚕甘作茧，重生蜀鸟苦啼春”（《次韵酬常兄振励》）、“叮咚溪似喁喁语，蓦忆临行未画眉”（《怀内》）等。

作为学生和读者的我，先睹为快地反复拜读了两位教授的精选之作，更增加了我对老师的景仰之情。作为他们共同奉献给读者的最新诗词作品集，《双柳居诗词》从形式上共分三个部分：“绿烟樵韵”是刘庆云教授的个人作品，“于中偶发歌吟，记所历所感”；“玉雪龙吟”是蔡厚示教授的个人作品，“或能振聋警顽，或能感应人心”；而“杨柳依依”则是两位教授“互相唱答、遥递诗简”和“偕游塞北江南各自创作”的佳章杰构——仅此一点，已经在诗词作品之外增加了他们浓浓的伉俪深情，也就足以令当代诗词界耳目一新了。

另外，本书所采用的“编年”形式，则使作品在某种程度上具有了“史”的意味。全书大体记录了两位诗人各自的心路历程，也隐然透露出时代的变化、风会的转移。读者可以从中重温历史、品味人生百态，或探视诗人灵府、领略异域风情——于是，这也自然形成了本书所独有的编著特色。

相对而言，我与蔡厚示教授还是更为熟悉些。

那还是全国第三届全国中华诗词研讨会于 1990 年在洛阳召开时，我有幸结识了蔡教授，并在心里留下了非常深刻的印象。第二次相见，是 1993 年在江西上饶的“海内外纪念毛泽东诞辰 100 周年学术研讨会”上。当时，会议安排我在开幕式上作了题为《诗词，该如何对待毛泽东》的发言，引起与会代表的热烈反响，蔡教授会后还在来信中表扬我“在会议上造成了一次轰动效应”。这些鼓励，当然成为我后来继续进步的重要动力。1994 年，当蔡教授郑重委托我将其《独柳居诗词》收入“新纪元中华诗词艺术书库”第二辑中出版时，我曾经写了一首《度词·忆洛城》，来表达自己对他的仰慕之情：

疏影暗香，竹风兰韵，气度争说雍容。绛帐云旌，萍痕雅迹，初识长忆洛城。赏牡丹，更香山伊水少林踪。忘年缔友盟。山门从此入，额手拜诗翁。　　把万般情谊寄飞鸿。武夷遥望中。信江畔，再相逢；说李杜，论毛公。灵犀一点通。促膝倾谈，纵无茶无酒也春风。吟坛居独柳，艺海傲群龙。

多少年过去了，每次重读这首习作，心头就会不由自主地腾起一种亲切之感。

而今，《双柳居诗词》要出版了。从《独柳居诗词》到《双柳居诗词》，其本身的艺术价值和出版意义当然是无须赘言的。蔡、刘两位教授在本书即将出版之际，嘱我一定要为本书写序。仔细想想，才悟出这是老师给学生提供了一次绝好的学习机会，于是便不揣浅陋地接受了任务。至于序文所写是否准确、到位，我倒真是有着“丑媳妇不怕见公婆”的思想准备。但有一点可以肯定的是：若干年之后，必会有人再来研究20世纪末、21世纪初这个特殊历史转折时期的中华诗词。那么，这些研究者就一定会发现：《双柳居诗词》为这个时期的诗词创作与发展，无疑增加了一种非常情感化的色彩，增添了一段美丽的爱情传奇。而更可以预料的是：中华诗词的当代创作，必将因此再添光彩；两位教授的诗词创作，也必将因此掀开新的一页！

是为序。

壬午年大雪之日完稿于中州知时斋

丙申年大暑后三日修订于中州知时斋

令人惊讶不已的《丑牛集》

——读郑欣淼作品《丑牛集》

2010年5月,我到北京蟹岛参加中华诗词学会第三次全国会员代表大会。甫一放下行囊,就接到时任故宫博物院院长郑欣淼先生的电话,邀我到他会议下榻的房间一下。见了面,就送我一本他刚刚出版的诗集《丑牛集》,并要我帮他将这本新书代送给一些与会诗友。

这是一本异形细长的16开仿线装诗集,色彩凝重简洁,装帧朴素大方。虽然只有百十来页,却挡不住淡淡的书香伴着古朴典雅之气扑面而来。从短短的弁言中可知,这本《丑牛集》只收录了作者2009(丑牛)年的87首诗词作品。一年之中创作了87首诗词?这让我惊讶了半天!要知道,这意味着平均4天就有一首作品诞生,而作者可是堂堂的故宫博物院院长,是一位著名的学者。他的时间和精力从哪里来呢?

翻开书前目录,看到郑院长按"诗"与"词"的形式把作品分为两类,每一类又以创作的时间先后排序。这又让我惊讶了:这不是郑院长在一年之中诗化了的工作、生活日记吗?这种"以诗为记"的方式,看似简单却实在不简单:若没有相当的诗词功夫和文化功底,那根本是不可能做到的!

回到房间,当进一步拜读《丑牛集》时,我更为其作品惊讶了。就在2009年这一年,为了海峡两岸故宫博物院的项目合作,他率北京故宫博物院代表团两赴台湾,取得了巨大的成功。第一次赴台,从3月1日到3月4日,他连续创作了一组16首绝句,平均每天4首有余;第二次赴台,从10月5日到10月10日,他又连续创作了一组20首绝句,平均每天3首要多！

那么，郑院长在作品中都写了什么内容呢？

如10月8日下午，郑院长在台湾远流出版公司为其新著《故宫与故宫学》举办发布会之后，专程到台北诚品书店购书。流连至晚，让这家全天24小时营业的书店收获了这样一首绝句：

琅函宝籍播斯文，一店临街洗俗尘。
最是夜阑风助雨，匆匆犹有购书人。

次日，郑院长应邀到台湾政治大学发表演讲，比约定时间早到了半个小时。他对文学院的周院长说："到早了。"周院长说："不早不早，已经晚了六十年。"于是，郑院长的一首绝句即兴而出：

直似桃源世外天，秋云翠麓小河潺。
一声答问心头暖，今我迟来六十年。

读到这里，我不禁为郑院长这些作品暗暗赞叹！再看其他作品，如词作《贺新郎·纪念改革开放三十年》《减字木兰花·故宫午门法国卡地亚珍宝艺术展示》《浣溪沙·贺马凯同志〈心声集〉出版》等，纷纷展示了作者深厚的艺术功力、宽阔的学术视界、紧张的工作节奏及广博的社会影响。于是我想：这样一位身为高级领导的学者，这样一位著名的学者兼专家，要是能来领导中华诗词学会不是非常合适吗？

哈哈，有一句话叫心想事成！这次会议的结果，郑院长还真是被推选为新一届的中华诗词学会会长。你说，这样一本既没有书号也没有"内资号"的、一共才印刷了100册的《丑牛集》，是不是比一些既有书号又印量较大的图书于我更具珍藏意义呢？

2016年3月6日于中州知时斋

爱国情怀军旅意，正声雅韵最悠扬

——略论李文朝将军诗词风格

在中华诗词的当代发展史上，毛泽东、周恩来、朱德、董必武、叶剑英、陈毅、张爱萍等一个个伟大的名字，伴随着艰苦卓绝的革命斗争生活，与一首首脍炙人口的诗词佳作相联系，形成了一个十分特殊的“将帅诗词”文化现象。自改革开放以来，新一代将军诗人的身影时时活跃在中华诗词又一个波澜起伏的振兴时期。2005 年 5 月，“李文朝将军手稿著作捐赠仪式暨作品讨论会”在中国现代文学馆隆重举行，一大批军队和地方的领导、诗人、作家、新闻工作者参加了这个捐赠仪式——李文朝将军从此便以诗人的形象走进了我们的视野。

也许正是因为将军这样的特殊身份，决定了他诗词中“透露着一种军人特有的刚毅、豁达的气质，张扬着一种大家风度，弥漫着一种铁血精神”（峭岩《大气·酣畅·意远·情长》）。如“高原雪域连云哨，大漠沙洲守卡人。海浪千重歌奉献，边关万里颂军魂”（《世纪初年走边关》）、“利刃犹存诸侯血，霜锋尚驻战国风”（《赏剑答友人》）等诗句，字里行间所充满的“爱军之情、爱民之意、爱国之心”，读之不禁令人精神为之一振！

评论家张同吾先生在评价文朝将军的爱国情愫时这样表述：“黄河的涛声，黄山的松影，雁荡山的奇崛，龙庆峡的深邃，瘦西湖的月下清幽，西子湖的丽姿倩影，蓬莱阁的优美传说，橘子洲的枫林滴翠，都包容着深沉的爱意，表现出中国人崇高的美学品位和人格精神。”而袁守芳上将则在《站在时代高度坚持与时俱进》一文中评价道：“从他的创作道路和他的成果来看，我觉得他确实是站在时代的高度，来讴歌颂扬我们伟大的时代,用古体诗词写出时代的精神,反映当代伟大的成就,讴歌我们的军队、讴歌我们的党、讴歌我们的人民、讴歌我们祖国的大好河山。”如《满江红·长征》《沁园春·国庆大阅兵》《七律·观海战演习》和《七古·赠战友徐洪刚》等,都以一种悲壮的情怀表现出了一种革命英雄主义的崇高感。

文朝将军的爱国情怀,还表现在一些山水诗、赠答诗和其他作品中。如“蓝天澈透悬明镜,碧水清澄托玉盘”(《高原抒怀》)、“锦绣乾坤唐韵绕,光辉日月楚云留”(《敬和马凯同志〈贺中华诗词学会成立二十周年〉》、“脱缰破锁腾云起,直上重霄舞彩虹”(《神龙颂》)、“神到玄中觅,人在画中游“(《水调歌头·黄鹤楼》)等,都自然而然地融入了将军对祖国锦绣河山的无限热爱之情。而尤其能够代表将军爱国情怀的作品,还应该是他的组词《沁园春·四季画屏》。将军在这组词的小序中写道:“一个晴空万里的日子,余登高远望,观改革开放后的中华大地,蓝天丽日,林茂粮丰。遂思绪奔涌,勾勒出一幅锦绣山川景物的《四季画屏》,以献给伟大的祖国。”所谓的“四季画屏”,一般来说是在丹青绘画中才能够体现的。而文朝将军却用一组“沁园春”展现了他心目中的祖国四季:春来时“赏碧枝树上,莺歌燕舞,芳菲丛里,蝶恋蜂拥”,夏至时“雨过天晴,彩虹飞架,带露荷花多样红”,秋天里“枫树更妆,菊花正旺,万里丛林舞彩裳”,冬日间“玉岭竹直,蜡峰梅俏,绝壁悬崖松挺腰”……在将军的笔下,无论是什么情况、什么环境,总能够从积极的方面表现出一种昂扬的斗志和向上的精神——而这种斗志和精神,不正是我们祖国在发展进程中所特别需要的吗?

文朝将军的作品,已形成了自己明显的艺术风格。而在他的“爱国情怀军旅韵”中,我认为其“正声雅意最悠扬”。究其本质,都是由将军自身所具有的气度、胸怀、精神、品格决定的!

说 鉴赏

之所以被深深震撼，是因为作者简洁地道出了天下古今多少儿女心中所有而笔下所无的真情心语；之所以过目不忘，是因为作品以非常浅近的语言表达了多少艰涩雅言所无法表达的丰富内容。

倾听地震中诗歌的声音

——感读《让我们不要遗忘》及其他地震诗文

戊子初夏,举国上下沉浸在汶川地震的巨大悲痛中,十万军民奋战在抗震救灾第一线。多少电视频道不间断地进行抗震直播,多少报纸版面及时报道救灾者和遭难者共同创造的生命奇迹……也有多少网站专辟了抗震救灾栏目。如中国度词新词网,不仅及时发表了《致四川灾区人民的慰问信》,又在举国哀悼日期间专设了“汶川地震祭拜堂”。而来自全国各地的网友,多数选用诗歌的形式来表达自己对灾区人民的一腔慰问之情。

2008 年 7 月,河南文艺出版社及时出版了由郑州市文联组织的一本纪念汶川大地震的诗歌散文集——《让我们不要遗忘》。手捧这本白底蓝字的新书,我强抑自己澎湃的心潮,泪水却不禁潸然而下。“面对灾难,我想我们看到了一个令人欣慰的答案。世界的各个角落都有光亮,人心的最深处有无边大爱。”丁世显先生序中的这段文字,一语道出了多少人心中要说的话!

该书的卷一为《山之上　国有殇》,首先立足于“汶川大地震哀悼日”,从整体角度表现了中华民族献给汶川灾区人民的“无边大爱”。“汽笛在哭/喇叭在咽/巨大的悲声/连成一片/响彻了/祖国的天空。”赵立功在《悲怆》中白描的景象,就像一尊巨大而沉重的雕塑,必将永远立于全国人民的心头。如果说郑胜玲在《亲人,牵着手上路吧》一诗中,为千千万万遇难同胞铺就了一条非常人性的“通天之路”,那么王剑冰则在《汶川地震笔记》中非常准确地记录了亿万人民在面对大灾大难之际共同的所见、所感、所想、所痛。

历史，就这样被文学家们记录了下来！

在卷二《亲爱的小孩》中，诗人把情愫集中到非常独特而又非常感人的孩子们身上。如陈建峰的《孩子，不哭》、程应峰的《敬礼的孩子》、柯云路的《生命的重建》和何立伟的《亲爱的小孩》，分别从不同视角表现了大灾大难面前不同的孩子形象和母爱的高尚无私。可歌可泣，这才真正是可歌可泣啊！

今天，我低下头，不是为了哭泣
只为亲吻那破碎的土地
只为再作一次心灵和废墟之间的寻觅
寻觅婴儿的哭泣
寻觅老人的喘息
吸吮他们伤口的血迹
催生下一个生命的奇迹

其实，没有收入本书的好诗还很多。如梁东先生在《下半旗——写在汶川大地震哀悼日》中的诗句，用一个老诗人颤抖的心灵抒发了自己诚挚心声！有一首《孩子快抓紧妈妈的手》的新诗，以一对遇难母子的口气来表现灾难之中的人间真情，令人震撼，迅即引起了许多网友和媒体的注意："孩子/快抓紧妈妈的手/去天堂的路/太黑了/妈妈怕你/碰了头/快抓紧妈妈的手/让妈妈陪你走……"著名作家郑彦英先生素以小说和散文闻名，其间他也在网上发表了一首题为《汶川震感》的新诗："地球母亲，我真的爱你/你让断裂的地层/证明了中华儿女血肉相连、永不断裂的质底/你用塌陷的建筑/验证了汉语言的临危不惧、迎难而上、自强不息/你用连续的余震/把上下左右的华人，团结成一个坚不可摧的整体/你用极端的灾难/把中国和世界连接得更加紧密。"理智的思考，从另一个方面表达了中国人民坚不可摧的团结与意志。

我们还记得1976年的天安门事件吧？无数的诗歌成了当时反抗“四人帮”政治高压的投枪匕首。而在今天的抗震救灾中，诗歌再一次成为国人慰问灾区、悼念同胞的最佳艺术形式，而诗词则更显示了她快捷、凝练、易记、易诵的艺术特色。著名诗人杨逸明在七律《泣看汶川地震电视新闻感赋》中写道：

天公忽降考题难，面试中华到汶川。
检测尘寰爱存否？激扬民众志昂然。
行行热泪揪心写，字字真情带血填。
答卷可歌兼可泣，长留翠岭白云间！

他还在短序中说明：“天本无情，人很无奈。天以地球万物为本，只有人才以人为本。天降考题，五花八门，而人也只有正确面对，才是我们应有的态度。”

有感于此，笔者当即写了一首“步韵之作”：

答题面试有何难？十万军民集四川。
千古爱心犹健在，八方浩气自巍然。
废墟呕血天能补，绝处当歌海可填。
知否中华同骨肉，长擎日月在人间！

作为一介书生，在汶川大难之际，因自己不能直接为国家分忧解难而惭愧万分。这首诗，也只能算自己一份心情的别样表达吧！青年诗人黄灏，更是一口气写下了五首七律《汶川地震》。如“经灾一国识人性，抗祸全民出赈资。从此四川留故事，中华处处尽无私”，如“降旗聊慰泪中梦，汽笛长鸣成国殇”等，均可谓性灵之作。

最令人感动的是，当地震灾难不期降临之际，我们的温家宝总理在第一时间赶到灾区指挥抢险工作，胡锦涛总书记也赶赴灾区慰问灾区群众。诗人闫震在网上贴出作品之后还连续修改七次之多。如他在《震灾后痛定感时而作》中写道："温公热泪岂非真，四海赈捐休细论。但期十亿心灯驻，光萦华夏万年春！"著名诗人熊东遨在《哀汶川》这首七律中奋笔写道：

彼苍何忍滥相吞？一夕生灵恸覆盆。
百里颓垣声惨淡，五更残月影蒙昏。
多灾国已倾全力，未死人皆是幸存。
屏外几回揩泪眼，难民堆里认胡温。

他们的这些诗句，代表了全国人民的真诚心声啊！还有很多精彩诗句，也表达了作者相同的挚爱情感。如郭彦全的"三军浩气惊魔震，十亿炎黄筑巨城"（《汶川地震二首》），如李永乐的"挺起脊梁齐勠力，家园重建慰英灵"（《汶川抗震战歌》），等等，都是他们心声的自然表达和真挚表述啊！

让我们继续展读《让我们不要遗忘》：在本书卷三《摘下我的翅膀送给你飞翔》中，诗人们高擎着《心灵的圣火》，使用《穿透废墟的词语》，表达着国人《五月的牵挂》，尽情地让《爱在废墟中绽放》。卷四的题名为《说好了风雨同舟》，把王怀让、吉狄马加、吴小妮、苗得雨等著名诗人的作品，细细地砌成一个《太阳会照样升起》的信念，传达着《我的心和你们同在》的力量，用《好好活着》的决心为我们表现了一种共同的《震撼》！

最令人难忘的是卷五《在震撼中永生》。王斌在文章中所阐述的不仅仅是"生对死的敬畏"，也不仅仅是令人敬仰的"唐山老兵""汉中'的爷'""坦克少校"及那些"深情的眼神"，更重要的还是他自己的深刻感悟："我突然领悟了什么叫作永生。""在震撼中逝去的，将得到永生。""在震撼中活着的，将得到永生。""我的永生原来一直就在我自己的手中！"

"天有不测兮震汶川,生灵涂炭兮顷刻间……血浓于水兮情相牵,一方有难兮八方援。五月十二兮国之殇,举国哀悼兮恸未央……愈挫愈勇兮中国人,重建家园兮慰安魂。"笔者十分欣赏王守国先生的这首《国之殇》,同时也撰写了一首《度词·国殇赋》:

苍天老矣,昏聩兼乖误!岁逢戊子雪灾临,冰封南国春归路,车程望断电程阻。又"藏独"荒唐弄妖雾。雨骤风狂,骚乱西疆魔乱舞。更闻大难蒙巴蜀。　　汶川震,神州黯;家山坼,人民哭;生灵血,谁能数?激情笔走国殇赋。华夏同哀,哀乐达天府。热泪潸然人默默,大爱无声情笃笃。血浓于水,禹甸何须天佑护?　　顶压泰山腰不弯,爱心且把伤心补。圣火熊熊,照珠峰万米旌旗树,领百年奥运重写新高度。雄心在,中华莫要哭,中华会挺住!

有网友评论说:"作者一腔愤懑之情,不仅指斥'苍天老矣',更直接指斥苍天'昏聩兼乖误',情之至矣……'血浓于水,禹甸何须天佑护?'问得好啊!堂堂中华,数千年来经历了多少天灾人祸都没有被压垮吓倒,难道今天还需要'天佑中华'吗?善良的人啊,苍天何曾'佑中华'?我们需要的不是这无力和无奈的祈祷,而是要'顶压泰山腰不弯,爱心且把伤心补'的坚强啊!"

感谢这位网友,感谢这个网站,同时也感谢《让我们不要遗忘》的作者们!

行走在官员和诗人之间

——热荐尹宏隽诗词和他的《寸心集》

尹宏隽先生原来是一位官员，但却始终保持着一种诗人气质和诗人胸怀。在繁忙的政务之余，他坚持怀瑾抱玉、行吟不辍，既充分表现了他深厚的诗词素养，又无声塑造了他不同凡俗的德操与人格。戊子之秋，当他的诗词作品集《寸心集》在河南文艺出版社成功出版之际，时任中原出版传媒集团副总裁的阎德才称："《寸心集》可谓是由当代官员创作出版的一个心灵读本。"笔者十分赞同这个评语，而且也确实从《寸心集》中读到了诗人非常真诚的心灵独语。

多情者，乃诗人之本色也，亦乃作者的唯我独有之情也。如"我问芳园何日老，芳园问我几时闲"（《小园》），表面是一种休闲之情，于作者却是一种政务之余"忙里偷闲"的难得境界。如"放入阳台勤养护，清香分送到邻家"（《种花》），正是作者与人分香情愫的自然流露。如"利名羞计一心赤，富贵无求两袖寒。未许豪情逐岁老，为民甘作吐丝蚕"（《半生感怀》），则是作者对名利的淡泊和对豪情壮志的强化与升华。至于作者在《回乡扫墓》中所写的"但愿生儿休似我，卸职方去送冥钱"之句，更表现了作者数十年为国奉献之"忠"和对父母之"孝"的特殊情感的特殊理解。诸多的人之常情，更折射出这位官员诗人爱岗敬业、以人为本、勤政爱民的丰富情感，实在令人钦羡不已！

善感者，乃诗人之本性也，实乃作者的家国公众之情也。如：

华宴笙歌夜已深，哓哓犹自斗杯巡。
倩谁分取樽中酒，去解愁肠到筚门。

当这首《酒楼有感》在2008年第1期《中华诗词》发表时，主编张结把其列入“本期佳作”并亲自作了点评：“这是一首清新自然、沛然有仁者之思的好诗……虽然有对眼前灯红酒绿、狂欢不息的批评，但更多的是对仍然存在的弱势群体的同情、关怀和希望。后二句可以说是对前面两句的升华，使其不仅仅表达了一般的揭露和感慨，而且读来也十分自然，起到了使人深思和具有同感的效果。”稍加品味，就可看出，本诗与郑板桥的“衙斋卧听萧萧竹，疑似民间疾苦声”相比，具有更为显著的自觉为民和爱民意识。

在当下的我国社会，国民经济已十分繁荣，人民生活已十分富足，但也不可否认尚有部分生活在贫困线以下者。于是，诗人在《观宠物犬就医有感》中吟出了“犬人如若能兼爱，应少寒门难就医”之句。这并不是对现实生活的否定，而是一种难得的辩证的“兼爱”思想，也是范仲淹“先天下之忧而忧，后天下之乐而乐”博大情怀在新的历史时期的另一种恰切表现。

碧叶银花分外娇，一尘不染亦堪豪。
人间阅尽诸颜色，唯有青白品位高。

在我国传统的文化意义上，菊花本来就是清高、傲骨、脱俗的象征，而作者在这里更从“白菊花”的自然颜色巧妙地升华到人生的“青白”品格，进而极好地成了诗人自身乃至优秀共产党员形象的最好写照。又如绝句《明镜》：“如实公正照媸妍，纵有权钱亦枉然。倘使官官明似镜，和谐构建有何难？”诗人从一面普通的镜子中，从传统的“明镜高悬”中，不仅看到了构建和谐社会的必要性，同时也看到了构建和谐社会的必然性。

“平生所幸惟一事，日净灵台少染尘。”诗人尹宏隽在《述怀》中所说的“灵台”，与我们大家各自的心灵应该是“心有灵犀一点通”的！

因此,笔者乐意向广大读者推荐尹宏隽先生的作品,同时也认为像《寸心集》这样具有心灵净化功能和艺术创造价值的诗词创作,应该是我们大力倡导和努力学习的。

今古满江“第一红”
——序路尚挺先生专题唱和集《满江红》

己丑之春，在安阳参加“红旗渠杯”全国散文大赛启动仪式期间，拜见了朱现魁、路尚挺、刘臻仲等各位老师并诗友。尚挺兄谈到他正准备出版用同一词牌“满江红”填写的《满江红》专集，并热情地邀我作序。有幸先睹为快，心中能不高兴？

谈到“满江红”，大家耳熟能详的两首著名词作便不得不提。一首是宋代岳飞的：

怒发冲冠，凭栏处、潇潇雨歇。抬望眼，仰天长啸，壮怀激烈。三十功名尘与土，八千里路云和月。莫等闲，白了少年头，空悲切。
靖康耻，犹未雪；臣子恨，何时灭。驾长车踏破、贺兰山缺。壮志饥餐胡虏肉，笑谈渴饮匈奴血。待从头、收拾旧山河，朝天阙。

另一首是当代毛泽东的：

小小寰球，有几个苍蝇碰壁。嗡嗡叫，几声凄厉，几声抽泣。蚂蚁缘槐夸大国，蚍蜉撼树谈何易。正西风落叶下长安，飞鸣镝。　　多少事，从来急；天地转，光阴迫。一万年太久，只争朝夕。四海翻腾云水怒，五洲震荡风雷激。要扫除一切害人虫，全无敌。

在传统意义上，“满江红”这个词牌宜于表现一些慷慨激昂、高亢雄放、豪放悲壮之类的情感内容。那么，尚挺兄一气填写了一百首的

《满江红》，其效果到底如何呢？待全部拜读了他的作品之后，我觉得这本书具有两大特点：

首先，尚挺兄不仅主要继承而且大大丰富了“满江红”这个词牌的表现内容。举凡当代社会的各种体裁，如咏史、颂赞、忆旧、酬唱、山水、登临、贬斥、恭贺、悼祭及读后感、观后感等，无不得心应手地随手拿来入词，而且写得颇有韵味。

如他写于1990年的《满江红·扁担精神赞》：

叠嶂重峦，峥嵘势、崖如刀切。石板岩、直插天际，刺穿仙阙。万仞高峰禽绝影，千年深谷人踪灭。欲登攀、恰似上青天，难逾越。
货郎鼓，声不歇；靴踏破，山磨缺。冷暖送村寨，万家欢悦。脚板丈量山与水，扁担迎送星和月。解民忧、汗雨洒千山，心灵洁。

在这首作品中，全词不仅充满了一种昂扬向上、动人心魄的激越之气，而且很有感情、恰切深刻地表现了石板岩乡供销社工作人员数十年跋山涉水为山区人民送货到村到寨的高尚精神——即当时传遍全国的“石板岩精神”，至今读来犹能令人激情澎湃。

再如表现我国“嫦娥一号”卫星发射成功的《满江红·祝贺“嫦娥奔月”成功》：

滚滚风雷，呼啸处、烟尘急烈。抬望眼，仰天欢笑，情怀激切。神箭欢歌升玉宇，嫦娥曼舞奔仙阙。喜今朝、赤县再扬威，龙腾跃。
中兴梦，谁能灭；宏图展，开新业。破浪乘风起，扬帆跨越。家国同兴鹏翼举，天人共舞乾坤燮。愿炎黄、屹立民族林，千仇雪。

仔细的读者应该可以从中看出词人对岳飞《满江红》某些词句的借鉴。尽管两词所表现的都是爱国主义，但尚挺兄在作品中表现的内容却是全然一新的，所体现出的时代精神更是不可同日而语的。岳飞填词的当年，正是山河破碎、家国蒙耻之时，他一腔“雪耻灭恨”无处发泄的愤懑之情尤其振聋发聩、激动人心。而尚挺兄填词的今天，却是山河一统、家国兴旺、奋发进取之时，所以他在词中所表现的壮美之情、腾跃之举，也是岳飞所不可能有的——即所谓此一时彼一时也！

同时，尚挺兄在他这个《满江红》专集里，除原创了一百首《满江红》词外，还改写了一部分他人包括名人的作品。在当今文坛，尽管把小说改编为电影、电视剧的情况非常普遍，但是把他人的诗词作品改成一种新的诗词形式者却还比较鲜见。

那么，尚挺兄的这种改写尝试如何呢？

大江东去，浪淘尽，千古风流人物。故垒西边，人道是，三国周郎赤壁。乱石穿空，惊涛拍岸，卷起千堆雪。江山如画，一时多少豪杰。

遥想公瑾当年，小乔初嫁了，雄姿英发。羽扇纶巾，谈笑间，樯橹灰飞烟灭。故国神游，多情应笑我，早生华发。人间如梦，一樽还酹江月。

如苏轼的这首《念奴娇·赤壁怀古》，尚挺兄就改成了一首《满江红·大江东去》：

滚滚长江，东逝水、川流不息。浪淘尽、千秋万代，风流人物。乱石穿空涛拍岸，周郎赤壁波堆雪。人道是、如画好江山，多豪杰！
遥想瑾，青春丽；乔初嫁，多如意。举手投足间，布兵如弈。谈笑风生摇扇舞，雄姿英发舟船灭。人如梦、笑我发生华，樽酬月。

一般而言，历史上经典性的艺术作品，是不可复制、不可超越的。经过千百年的文化沉淀，这些作品已完全定型定性在人们的记忆之中。尽管尚挺兄在改写中又增加了一些信息和内容，但总体来看与大师的作品相比还不能讲有多少超越之处。其他改写当代诗人之作，因没有与原作进行对比，所以也无法进行盲目的艺术判断。

艺术创新是需要胆识和勇气的。当我初次听到尚挺兄的这个艺术壮举时，立刻感到这在古今无数诗人词家中当是一种另辟蹊径的首创，并即时想到一句话："今古满江第一红。"但由于个人水平之限，在尚挺兄的如此壮举面前不敢发表更多的陋见。好在尚挺兄已有自序，读者诸位则可从中寻绎解读的密码。

如有不当之处，尚请尚挺兄多加谅解了！

2009年5月28日于中州知时斋

序《诗路花雨》

毛先生者,我曾经的同事兼领导也。庚寅之冬,当其新著《诗路花雨》行将付梓之际,毛先生邀我为之作序,敢不乐于从命乎?

毛先生者,毛整岁先生是也。其少年有志,从学于濮上;携笔从戎,入伍于空军。惜乎身体有恙,壮志未酬,遂转业到河南省新华一厂,再后至省新闻出版局、省统计局、省人事厅。数十年来,毛先生辛苦于本职岗位,勤恳于人事专业,功成于平凡工作,亦堪称仕途之通达人物也。

毛先生者,倜傥风流,身材颀美,面慈心善,笑容可掬,既有诗人之气质,亦具儒雅之情怀。在忙碌的学习、工作之暇,其于枯燥中留存钟情,于生活中独存真情,于社交中珍存友情,着意用笔记录了他自己的一部诗意成长史、个人生活发展史乃至社会变迁史。把日常生活诗意化,将家国风云入囊中——通读《诗路花雨》,其以重要的生命转折为标志并划分出不同篇章者,即此之谓乎?尤其一些图片的合理配用,不仅可以见出毛先生的基本生活轨迹,而且还能见出基本的时代风云,洋洋四百多页之巨著,可谓处处诗情洋溢、字字真情扑面矣!

毛先生者,真手笔也。《诗路花雨》不仅收录了他自己不同时期的185首诗词作品,而且遍邀全国书法名家进行了第二次艺术创作;不仅展示了他事业之外的艺术才华,而且展示了他才华之外的人脉资源——真乃事业与艺术之完美结合矣!当我们看到这部诗书合璧、典雅大方、文图并茂、墨香浓郁、别具风格的皇皇巨著时,能不为其重要收获而感到高兴与骄傲吗?

略感遗憾的是,当年毛先生在新闻出版局工作之时,我却丝毫不知其对诗词有如此之爱好，更不知其爱好时间如此之长、痴迷如此之深。否则，能不早就邀其参加河南诗词学会工作并发挥重要作用？但从另一方面而言，这也恰恰体现了老领导谦逊谨慎、不事张扬、勤恳内敛的可贵作风与美德。而今，毛先生已经功成身退，开始专注于河南博士后队伍的研究与建设。如要提出建议的话，那就是请毛先生在日后作品的平仄、声韵方面进一步严谨些、规范些，使诗词这种传统形式在承载当代内容的良好基础上更趋完美一些。

若有不妥，敬希见谅！是为序！

2010年12月25日于中州知时斋

序《鹿岗花雨》

戊子暮秋,周新志、陈法营、杨长兴等乡贤驾临郑州。畅叙乡情之余,几位留下两本即将付梓的诗集邀我作序。本人乃一介书生,也一直在文艺出版岗位工作,多年来总想为家乡的文化建设做些工作,但每囿于有心无力而不得如愿。这一次,既然乡贤登门邀序,我当然是义不容辞了。

近些年来,家乡的文风日盛,诗风日盛,大有重新崛起之势。而周新志乡贤的《鹿岗花雨》,就正是在这个背景之下即将出版的。在这本共 200 多首的诗词集中,类分为“历史文化”“山川秀丽”“亲情友情”“耐驰兴发”“自乐晚年”和“生活百态”六个部分。仅此,我们就可看出这本诗集在内容上的丰富与亲切。

如作者收入集中的《游泰山诗(其一)》一诗:

登上泰山东岳顶,伸手摸天似有声。
青苔漫步云雾里,霞光万道日将升。

“天”原本是虚无缥缈的太空,但作者不仅从形容“天”的伸手可“摸”反衬出泰山之高,而且更以“似有声”三字赋予“天”以声音,表现手法上与唐人李白所使用的艺术手法堪有异曲同工之妙:“夜宿峰顶寺,举手扪星辰。不敢高声语,恐惊天上人。”(《题峰顶寺》)在这里,周乡贤的诗人气质和奇异想象已表现得极为充分。

再如《故里古槐》一诗:

白鹿岗畔白鹿村，村中古槐资历深。
曾听爷说爷辈讲，儿时玩耍藏树身。
历经沧桑岁月久，老皮做药枝叶新。
而今老翁发鬓白，此树年轮谁道真？

这是一首十分难得的七言叙事诗。诗中的“白鹿岗”，就是《鹿岗花雨》中的“鹿岗”，也是家乡尉氏县境内的一处风景所在。作者把书名定为《鹿岗花雨》，就足见他对自己生长的故乡的热爱。也许，关于这棵古槐，可以在散文家的笔下写出一篇洋洋万言的文化散文，也可以在小说家的笔下写成一部数十万言的长篇小说。但作者仅用短短五十六个字，就形象地表现了这棵古槐十分久远而又非常美丽的成长故事——言简而言丰，生动而感人。在这里，所谓的“格律”规则已经失去了存在的意义。

家乡尉氏历史上乃文化底蕴丰厚、诗歌名家辈出之地。众所周知的阮籍、阮咸叔侄，蔡邕、蔡文姬父女等，都曾经是尉氏文学的光彩与骄傲。2003 年春天，当尉氏县诗词协会挂牌成立之时，我专程带着一首七律回乡祝贺：

流光今日是何辰？杨柳妖娆贾鲁滨。
芳草萋萋秦汉月，桃花灼灼晋唐春。
胡笳一曲文姬泪，诗赋千秋阮氏琴。
敢树吟旌风骨再，华章重写纪元新。

作为河南诗词学会会员、开封梁苑诗社社员和尉氏诗词协会常务理事的周乡贤，尽管已年近古稀，却无任何老气横秋之象。如在《放风筝》中，他有“蝴蝶翩翩雄鹰展，童心随我到碧空”之意；在《陪孙玩雪》中，他又有“万籁无声酷寂静，陪孙玩雪似少郎”之情；再如在整个诗集中，他更有多首尝试创作的“度词”“新词”之章……而诗中所表现出来的这些精神,都是一些未老先衰、故作老成或故步自封者所绝不具备的!

此前,我与周乡贤只有一面之缘,未及了解到他的更多情况,这里也只能就诗论诗了。在祝周乡贤艺术之树常青的同时,我想提的一点建议是:我们既然喜欢使用格律的形式写诗,我们既然已是格律诗词学(协)会会员,那么就应当在格律方面再下一番功夫。周乡贤已具备了一个优秀诗人的基本素质,相信有一天会在格律运用方面"游刃而有余"的!

不当之处,请予谅知。是为序。

戊子新冬于中州知时斋

序《悟金集》

“悟金”者何？醒悟为金也。初见到这个词语，吾不禁为之击节也。

“悟金”者谁？吾尉氏洧川老乡也。他号“桑野居士”，毕业于尉氏三中，从过教，务过农，在军旅报国二十春秋，至今乃诗歌之友也。

《悟金集》者，“桑野居士”之新著也。

“桑野乡韵”乃其新诗之作，虽不能说字字珠玑，但却可谓篇篇佳章。如《野菜（三首）》，借野菜之形象写出了发生在土地上的变化，也写出了一个时代的变化。又如《串亲路上三部曲》，通过祖孙三代人串亲工具的不同，反映了农村翻天覆地的新风貌。

“征程歌吟”乃其表现部队生活之作，倒也带着那个时代的特征。

“古韵新唱”乃其试写旧体新诗，该是作者的本色之作。

“溱洧散记”最能引吾同感，使我想起诸多家乡的风物、人物、名胜和亲情，读之韵味无穷矣。

《悟金集》所主要表现者，乃吾考取河南大学之前的所居之地，乃吾走出乡村、走向文学之地，亦乃吾生命中之重要所在也。吾家在洧川东南不过八里之遥，从儿童时期就往洧川赶会、串亲、访友，后来又在洧川镇的尉氏三中求学。故此，我特别为《悟金集》之出版而高兴万分。

记得2003年尉氏三中（现在的洧川校区）百年庆典之时，吾曾赋《骚歌·溱洧泱泱》一阕：

彼溱洧之泱泱兮双洎长，喜母校之百年兮美名扬。

心挑达之悠悠兮城东阙，报琼瑶之三秋兮归四方。
彼溱洧之涣涣兮泽家邦，滋兰蕙之中原兮树栋梁。
撷桃花之灼灼兮妆万里，舞卿云之灿烂兮图国强。
彼溱洧之滔滔兮一苇航，将川上之梅春兮赠他乡。
望学友之莘莘兮鹏程远，愿妙笔之生辉兮谱华章。

“悟金”者，《悟金集》所告读者之嘉言也。愿各位读者能够从中“悟”出各自生活之“金玉良言”也。是为序。

2008 年 12 月 28 日于中州知时斋

序宗礼兄《曹雨诗文选》

辛卯夏月，宗礼兄专程从登封来郑以其新著《曹雨诗文选》校样示我，并盛邀为之作序。细细拜读之后，心中不觉欣喜有加。

欣喜之一：宗礼兄真多才也。

翻开《曹雨诗文选》，我们首先从目录中了解到：这本诗文选共分为“五言律诗”“五言古风”“七言绝句”“七言律诗”“长短句”“对联”“诗论”“诗词欣赏”“序言”“游记及其他”和“赋文”等十一个大类。客观而言，在当下十分庞大的诗词创作队伍中，曾经身居大型国企副总之位的宗礼兄，竟能够如此多才多艺，竟能够“十八般武艺”样样能行，不得不令人肃然起敬！

欣喜之二：宗礼兄真诗人也。

恕我直言，在当下的诗词创作队伍中，懂得基本格律也能写得几首作品的诗词爱好者众，而能够真正称得上诗人者寡。何以如此言之？“诗人”称号原本是十分神圣的，这个桂冠并不是谁都能“戴”到头上的。尤其是那些用金钱换取来的所谓“明星诗人”“桂冠诗人”，简直就是对诗人称号的极大讽刺。只有那些真正以自己人品支撑着自己诗品者，才有资格当得起“诗人”的称号。宗礼兄无论在实际生活中还是在诗词作品中，都以自己心灵的真实表现着生活的真实。如他在《缅怀郑玉昆先生》中所写的“人品高时画品高”“大写忠诚做达人”。其实，这何尝不是宗礼兄自己“人品高时诗品高”在无意间的真实写照？

欣喜之三：宗礼兄真兄弟也。

新世纪甲申年夏日某一天，一个陌生电话打到我的手机（其实当时还是小灵通)上，说要编辑一套有关任长霞的图书，并专程从登封驱车到出版社来找我。尽管那次合作因故没有成功，但我却从此记住了曹宗礼这位仁兄，记住了他敦厚的形象、亲切的话语，之后又记住了他“登封市诗联学会会长”的身份。

戊子之春，中原诗坛发生了一场不该发生的“八级地震”，而我却身不由己地成了“震中”。一时之间，什么真假、美丑、善恶全被无情地颠覆了。我则从一个默默为诗坛服务二十余年的“耕耘者”，忽然被变成一个“孜孜热衷于名利的淘金者”。自己近二十年编辑《中州诗词》的长期付出，也都成了自己百思不得其解的“切肤之痛”——我到底在干什么？我到底要干什么？我到底能干什么？连我自己也被搞得一头雾水、无所能答了。而个别诗人的“非诗人”作为，使我这个早就逃离官场的诗坛“守望者”，在无奈体会“门前冷落车马稀”的同时，也深刻理解了“隔岸观火”甚或“落井下石”的含义。

恰在此时，宗礼兄从登封打电话来，用真诚给我以理解和支持；恰在此时，宗礼兄特邀我到登封去，用真诚给我以安慰和鼓励；恰在此时，宗礼兄真诚的言行化为我心中真诚的牵挂……说实话，我历来是相信缘分的，尤其相信诗人之间那份纯真无瑕的情谊与缘分。也许，有人认为我还在痴人说梦，在当下这个物欲横流、集体近视、全民向钱、诗也铜臭化的社会，刚从噩梦中醒来还在说什么“纯真无瑕”。但在宗礼兄这里，却恰恰印证了我对于缘分的相信、对于真诚的执着！

人言“人品重于诗品”——信然！

当此序完稿之日，已是初秋季节。我不觉又想起宗礼兄到郑州来时在爱晚亭酒家留下的一首五律《夏月，于爱晚亭酒家而作》：

爱晚亭前唱，文章累古今。
人从诗上老，句在岁中深。
少小知时节，三余惜秒阴。
问身何错舛，欲诉不能禁。

这首诗中已包括了宗礼兄的一切言语、所有心情。于是，我在《元玉答宗礼兄〈夏月，于爱晚亭酒家而作〉》一诗中写道：

溱洧泱泱去，清波渺古今。
水从心上浅，月向影中深。
好雨知时节，童年忆岁阴。
弟兄如有待，高谊谁能禁？

再过数日，吾即将迈入整整五十周岁行列。当此之时，我且以此向宗礼兄表示出版之贺并也作为自己的生辰之礼吧！

2011 年 8 月 26 日于中州知时斋

序《半空斋吟草》

前些日子,郭文轩老兄发来个信息,说给我发来了他的电子版诗集,并希望我给他写个序——这让我很是意外。此前,我只知道他是位十分著名的经济学家,业余时间是个颇有造诣的书法家,后来还是一所大学里的著名教授,可从没听说过他还写诗啊!

待打开电脑邮箱一看,我就更加吃惊:原来郭老兄从 20 世纪 50 年代就开始写诗了。他这本名为《半空斋诗草》的诗集,竟然从 400 多首作品中选录了 300 多首。

自 1983 年我从河南大学毕业分配到河南省计委经济研究所工作,至今认识他已有 30 多年,而且我俩还曾经是苹果园家属院一座楼四楼上的对门邻居,但我竟然不知道他写诗。虽然我后来又调动到出版社工作,但彼此经常联系——由此可见,我该是多么愚钝!

诗人们都说:"想要写好诗,先要做好人。"郭老兄首先是一位好人,是我的一位好老兄,所以他写的诗肯定错不了。如第一部分"心事浩茫"中,收录了 34 首表现数十年来自己特殊心境的作品。他在《自勉》一诗中写道:

勤奋二字破万难,文学高峰亦可攀。
春光一刻千金贵,莫教寸阴付流泉。

这首写于 1962 年的作品,表现了他少年之时已经开始的"文学梦"。如此来说,他能够写下这么多的诗歌原来没有什么值得惊讶了。在同年的另一首《夜读》中,他还写下了"字从炯炯眼前过,理向深深脑中储”的诗句。其他如“分秒当比黄金贵，切莫空唱明日歌”（《发奋篇》）、“菜根常嚼存真朴，诗书闲吟自潇洒”（《从教硕导答友人》）等，无不表现了他的聪慧、机敏、惜时、好学、善思与积极向上的人生态度。

诗集第二部分“大爱无言”，收录了32首作品，集中表现了作者在自己家中与父母、子女、儿孙等亲人之间，在送别、节日、读信、生日乃至悼念等特殊情况下的各种真挚情感。而这种情感，也是我们每一个人都有的普世情感，所以读来就显得特别能够感同身受。如他写于1960年八月十五日的《中秋独吟》，尤其感人至深。其中一首这样写道：

八月中秋明月夜，往年阖家共赏月。
而今亲人各一方，月儿虽圆心里缺。

这是一首仄韵诗，既在实际上写出了这年中秋节一个人的孤独，也在艺术上写出了他别具特色的创造。中秋团圆是人之常情，但由于这样那样的原因一家人不能团圆也是常有之事。第一句起写铺叙；第二句承忆“往年”；第三句笔锋一转，说“而今亲人各一方”；第四句语出新意：“月儿虽圆心里缺。”短短的一首诗中，作者的感情起码在两层的强烈对比中得以形象表现。一层是“往年”与“而今”的对比，一层是“月儿圆”与“心里缺”的对比。如果说第一层对比相对大众化一些的话，那么第二层对比在古今诗人的笔下却是较为少见的。

什么是好诗？像这样“人人心中有，却又人人笔下无”的作品就是好诗！

“高山流水”“江山如画”“枝叶关情”“于无声处”“荒唐岁月”和“人间如梦”，分别是这部诗集的第三、四、五、六、七、八部分。仅从这些目录的类分中，读者就已能基本看出这本诗集的大致内容与作者经历。如他1961年写于开封一高的《饿感偶吟》，就带有那个时代的鲜明标记：

每逢第四堂，饥饿揪断肠。
何日得温饱？夜深路正长。

这首诗首句中的"第四堂"，当是指高中生活中的第四堂课。正值青春年华的作者，每到上午的第四堂课就感到"饥饿揪断肠"。其时正值我国的三年困难时期，以诗歌形式记录下这种"饿感"，本身就是一种真实的历史记忆。但是，作为一名高中生，在对知识如饥似渴的追求之外，还要承受这种最不该有的饥饿煎熬，该是怎样一种心灵与身体的双重摧残？第三、四两句，是作者在饥饿摧残之下的一种心灵探寻："何日得温饱？夜深路正长。"是啊，一位年纪轻轻的高中生，肯定还无法回答这样的问题。但是这样的思考出现在一位高中生身上，却不能不非常令人惊叹了。

值得一读的，还有《兰考"文革"即景》这类的作品："兰考城里炮声隆，'文革'浪潮正汹涌。缅怀裕禄添壮志，怒向'黑帮'挥利锋。街巷墙满大字报，县府人围不透风。两派争称'真造反'，一家'卫焦'一'卫东'。"在已经50年后的今天，我们再读这类关于"文革"的作品，不是很能引起一种深刻的思考吗？！

在这本诗集中，不仅有古体诗（尽管并不是严格意义上的格律诗），而且还有不少的新体诗。对于出生于兰考大地的作者来说，他同样对"县委书记的好榜样"焦裕禄同志给予了热情歌颂。在焦裕禄逝世两年后的1966年4月，作者就写了一首新诗《焦裕禄赞歌》：

焦裕禄呵，焦书记，/我是多么崇敬你。/你那感人的事迹，/每天都在我耳边传诵；/你那光辉的形象，/永远在我心中矗立……

而这样的歌颂，不仅是作者那个时候发自内心的真诚歌颂，而且是那个时代呼唤英雄、创造英雄、赞美英雄的真实写照。

这样的诗歌，过去我们还很少读到。而郭老兄这本诗集中尤其令人感到可贵的，是对往日岁月一种原汁原味的呈现。除基本的技术加工外，并没有进行任何的内容修饰。也许，这样的作品恰恰具有一种信史的价值。当然，郭老兄不是专业诗人，更不是专业的格律诗人，所以其作品在形象性方面肯定还是有待提高的。而对于“文革”类作品，若是能以今日的视角进行一些反思性加工，其意义也许会比现在更大一些！

当然，从严格意义上讲，郭老兄的诗还不是真正的格律诗。但是，格律仅仅是一种形式，正如人在一定的场合要求穿上“正装”，而这样的“正装”与着衣之人内在的学识、素质、品行等却是没有直接联系的！而且，对于一个经济学家来说，若再要求他精于格律则是一些额外要求了。不过，只要诗好，一切形式是可以忽略不计的！

从20世纪50年代，到今天的2016年，这本诗集在时间上整整跨越了一个甲子。当年我认识时就被称为“老郭”的郭老兄，虽然已经过了“人生七十古来稀”的年纪，但现在看来并没有怎么老——他依然是那样的随和、快乐、年轻！借此机会，我祝福他健康长寿，在创作上“更上一层楼”吧！

是为序。

2016年5月20日于中州知时斋

旧体新声解意多

——赏读陈廷佑先生绝句《看爹娘遗像》

爹娘是我眼中佛，朝霭春晖报未多。

千里烧香寻古庙，何如敬此两弥陀！

第一次读这首诗，我就被深深地震撼而且就记住了。

之所以被深深震撼，是因为作者简洁地道出了天下古今多少儿女心中所有而笔下所无的真情心语；之所以过目不忘，是因为作品以非常浅近的语言表达了多少艰涩雅言所无法表达的丰富内容。

作为一首七言绝句，《看爹娘遗像》从形式上使用了新声韵，而在内容上更是创造了前所未有的新意。

在古今中外诗人的笔下，不知道已有多少首表现"父母"这一主题的诗歌作品。古罗马的贺拉斯说："父母的美德是一笔巨大的财富。"英国的萨克雷说："在孩子的嘴上和心中，母亲就是上帝。"而陈廷佑先生的起句就已出语不凡："爹娘是我眼中佛。"只此一句，便已直抵读者内心，便已表达出父母在作者眼中至高无上的地位与无与伦比的分量。承句"朝霭春晖报未多"，暗用孟郊"谁言寸草心，报得三春晖"之典，真诚地表达了作者"报答未多"的遗憾。其实，对于每个儿女来说，谁能够说自己已经报答了父母的养育恩情了呢？因为父母之恩是一生一世也无法真正报答的！

让我们再品一品转、结两句："千里烧香寻古庙，何如敬此两弥陀！"作者将笔触突然转向那些经常到寺庙烧香拜佛并为父母祈求健康平安的社会现象，言不重而意重，理不深而解深，语不惊而心惊！这样一首采用新声韵的绝句，但在表达内容上，却表现了作者陈廷佑先生充满创意的新思想、新意象、新内涵。而这样的“旧瓶新酒”式的作品，也正是广大读者非常需要的！

在表面上波澜壮阔的当代诗词创作中，各种各样的体裁、题材都在被运用着。不过，像廷佑兄这样的作品，才是值得肯定和点赞的真正好作品。2015 年 3 月，在第二届天下诗人大会上，这首绝句被我“钦点”为首届的“状元”作品。究其原因，主要还是作者在作品中所表现出的对于自己母亲的真诚之爱，也还是由于作品中所传达出的振聋发聩的劝诫之情！

追梦，我们共同的人生目标

——序孔祥敬先生最新诗集《追梦》

2008 年，我作为责编有幸为孔祥敬先生编辑出版了他的报告文学集《找党，昨天与今天的红色记忆》；2013 年，我作为责编有幸又为孔祥敬先生编辑出版了他的诗集《追梦》。当再次应邀为其作序之际，我真可谓是感慨万千！

感慨之一：作为一名国家公务员，孔祥敬先生对于文学创作有着极其真诚的热爱和坚决执着的追求。五年以来，他不仅在《人民日报》《文艺报》《河南日报》《诗选刊》等报刊上频频发表新作，不仅举办过各种形式的诗歌朗诵会，而且在五年之内连续出版了三本文学作品集，这让许多专业的文学工作者颇感汗颜。

感慨之二：孔祥敬先生是一个天生的诗人。他做事感情充沛，为人热情奔放，创作激情澎湃。他似乎随时随地都能从平凡的事件中发现诗意，似乎随时随地都能驾轻就熟地表现诗情。尤其是他作品的内容，站位高，角度新，视域广，感情真，充分表现了一个诗人所应有的气度与胸怀，也让那些斤斤计较于个人情感的小家子诗人自愧不如。尤其是在当下这个物欲横流、铜臭熏天的社会，他的这种热情和激情，更是令人感到可敬、可爱与可贵！

感慨三：作为一名非专业诗人，孔祥敬先生却拥有令人不可思议的许多专家级粉丝。如本书序一的作者廖奔先生，是中国作家协会的副主席，博士生导师；如序二的作者何向阳先生，是著名的文学评论家，现为中国作家协会创研部副主任。再如本书附录中文章的作者吴思敬先生、孙广举先生、马新朝先生、王钢先生、单占生先生、邓万鹏先生、张鲜明先生等，都是省内外著名的作家、评论家，也不是随便都下笔写评论的。而这些名家，无一不在文章中对孔祥敬的作品给予高度的艺术评价。

关于诗集《追梦》中的作品，已经有那么多的评论家进行评论，作为责编就不必要多余置喙了。我特别想说的是——

人，都是有梦的。正因为有了梦，才有了人生真正的精彩！

梦，并非是一样的。正因为梦的不同，才有了各自精彩的人生！

而追梦，恰恰是我们共同的人生目标。

孔祥敬先生的梦，并不仅仅是他一个人的梦。他的梦是与中原人的梦联系在一起的，也是与中国人的梦联系在一起的。正因为如此，他的《追梦》才更具有了别样的精彩与分量！

2013 年 12 月于中州知时斋

我想和朋友一起行走

——序张僧诗集《十月的行走》

己丑十月，一个金色的十月。正是在这个收获金色的十月，一个诗人步履匆匆地行走在中原诗歌的大地上，并悄然收获了自己播种的许多吨诗之稻、歌之谷。于孤独中咀嚼喜悦，在执着里感受坚定——这个人，就是张僧。

张僧是我诗坛上的吟友。2008 年七一建党节前夕，我们认识在《找党，昨天与今天的红色记忆》的讨论会上——他是这个会议的主持人，我是这本书的责任编辑。

张僧虽然年轻，但却是个名人。在 13 岁(1998 年)时，他就被《青少年日记》选为实力派青少年作家隆重推介并选作封面人物。2005 年 6 月，因个人捐款人民币 100 万元被《河南日报》、河南电视台、河南省慈善总会等单位评为首届“河南省十大慈善新闻人物”之一。2007 年 1 月，又被中国文学艺术基金会等单位评为和谐中国·2006 年度十大功勋企业家。而今，他不仅已出版了诗集《风尘中的麦芒》《固体的姿态》《村土与飞翔》《葡萄架下的天堂》等多种著作，而且担任着河南省青少年作家协会主席、河南省青年书法家协会常务副主席兼常务秘书长等重要职务。

张僧写的是新诗，而且崇尚后现代主义。我从写新诗发端，20 多年来主要写格律诗，而且一直坚持进行格律诗基础上的新的诗体的探索。但这并不妨碍我们对诗歌的各自理解与共同追求——于是，我们就成了十分投缘的诗友。

张僧还是我网络上的博友。博客太好了，被每个开博者亲切地称为“我的家园”。我原来在雅虎开博,近来刚刚在新浪开博(溱洧泱泱),迫不及待地把他加为我的好友,目的就是能随时进入他的博客,访问“他的家园”,感受他的心语。而他也会不断来到“我的家园”做客、浏览或批评。有时候虽然无言,但在心里也会为朋友的到来感到温暖!

张僧说过,他很长时间以来坚持每天写诗,并且把所写作品搬进博客。张僧给我的印象是谦诚干练、朴质精明且值得信任——处于当下这个浮躁无助、物欲横流的社会,尤其是在年轻一代,这可是很不容易做到的!虽然相信他的话都是真的,但我还是悄悄地打了个折扣:像他这样一个名人、忙人,能有那么多的时间和精力坚持每天写诗吗?但自从把他加为博友,我就不得不彻底地折服了:他不仅坚持每天写诗,而且往往每天写两首、三首甚至一组数十首。如这次邀我作序,他就打个电话说:“我的诗都在博客里,你自己看吧。”说句实话,他能坚持天天写诗,很多人却无法坚持天天读诗。所以,我只好用整整一天的时间把他在今年十月里所写的诗作全部从他的博客里下载下来,以便完成这个写序的任务。

张僧更是我生活上的朋友,而且是一位超越年龄、行业、身份界限的朋友。在我们相识的一年多里,他丝毫没有表现出年龄的张扬、行业的隔阂或名人身份的高傲。不仅如此,他在其他不同年龄层次的朋友们之间,也同样获得了相同的赞誉。这些年来,他在自己企业的繁重业务、协会的日常工作与个人的诗歌写作之间,得心应手地切换着身份,步履坚定地坚持着行走,笑意盎然地播种着希望,喜不自禁地检点着收获。笔者不才,但自觉还有一点长处,那就是尚记得孔子所说的“见贤思齐焉”(《论语·里仁篇》),也记得司马迁所说的“虽不能至,然心向往之”(《史记·孔子世家》)……

张僧邀我写序,我本当把他在整个十月里所写的作品全部认真地拜读一遍,然后才能取得这个“写序的权利”。但恰恰不巧的是,本书付印在即,我却因为某种原因而无法安静地坐下来细细地欣赏。这是我的损失,我一定会在之后把这个损失弥补回来,然后再来与广大诗友们一起分享。

在这里,我只想表达心中十分强烈的愿望:张僧是我的朋友,我想与朋友一起行走!

2009 年 12 月 12 日于中州知时斋

《河南当代诗词选》导读

从2010年第四季度开始，在时任河南诗词学会会长李学斌的主持下，《河南当代诗词选》一书的编选工作正式开始，其后整整持续了一年时间。为确保质量，河南诗词学会专门成立了本书的编辑委员会。编委会聘请林从龙、孙广举为艺术顾问，本人有幸担任了执行主编之一。其他的副主编和编委会委员，也都是学会的副会长或骨干。编委会的全体成员，各司其职，各尽所能，先后做了大量艰苦细致的征稿、遴选和编辑出版工作。郭友琴、牛蕴、郭玉琨、闫震、朱现魁等同志，受学会委托参加了本书具体的编辑工作。而其他成员，则以各种形式参与了本书的书稿讨论，提出了许多很好的意见和建议。从2010年11月到2011年12月，李学斌会长前后7次主持召开会长办公会议，专门研究本书编辑出版过程中所遇到的各种问题。李学斌会长与河南省文学院院长何弘，分别为本书写了一篇客观确当、富有见地、感情真挚、热情洋溢的序文。因此，本书的编选和出版，可谓是河南诗词学会集体的劳动成果和智慧结晶。

为了使本书做到包容百家、精华荟萃，在具体的编选过程中，编委会尽量以海纳百川的胸怀，兼收并蓄。除选取思想性和艺术性结合得较好的作品外，对一些内容上颇具特色而思想上健康无害的作品也酌情选录，力求在艺术方面百花齐放。但对那些没有基本章法、缺少艺术形象、满篇标语口号的作品，即便是思想性较强也不予选录。而对于明显存在思想内容问题的作品，则坚决不予录选。同时，我们还甄别和标识了一些使用“新声韵”的作品，以体现“倡今知古，双轨并行”的当代诗词创作方针，进而使本书作品各显所长。

经会长办公会研究,本书对于诗人的排列,一律以年庚为序。作者简介,以其在诗词界的身份和在诗词创作方面的成果为主。一些缺少地址、缺少生年的作者,因为无法排序而只能割爱。鉴于全书规模所限,每位作者以自己提供作品为主,入选数量最少 1 篇,最多 8 篇。已逝诗人的作品,乃通过各种渠道搜集所得。所以,本书一定难免还有遗珠之憾。

整体而言,本书的主要特点是——

第一,规模前所未有,资料弥足珍贵。经编委会认真地披沙拣金、优中选优,本书一共选录了 480 多位诗人的 1400 多篇优秀作品。入选作者以活跃在当代河南诗坛上的诗词骨干和优秀诗人为主,兼收少数新中国成立之后健在的现代诗人词家、曾在河南工作的外地诗人和寓居外地的豫籍诗人及一些网络诗人或独立诗人。其中最年长的作者出生于 1869 年,最年幼的作者出生于 1989 年,在时空上跨越了一个多世纪。可以说,本书基本囊括了河南百多年来不同时期、不同阶段、不同阶层、不同流派、不同风格诗人的优秀诗词作品,填补了河南文学史上的一个空白。同时,由于本书按照年庚排序,所以读者可以从中看出百多年来河南诗词发展的一些基本脉络。据了解,从 20 世纪至今,像本书这样时间跨度长、涵盖作者广、内容规模大的一部全省性当代诗词选集,不仅是河南诗词学会成立 20 多年来所仅有,而且也是河南省在新中国成立以来所仅见的,因而具有重要的文学意义和出版价值。

本书资料价值的珍贵性,主要体现在一些老诗人的作品上。由于时间的流逝,他们的诗词作品多已被尘封在历史之中。而本书的出版,则尽可能地弥补了这一遗憾。如出生于 1896 年的中国同盟会会员任芝铭先生,河南新蔡人,1929 年创办"今是中学",曾先后为革命输送 374 名进步青年,其中包括他最小的女儿。如河南罗山人张轸先生,出生于 1894 年,曾参加过台儿庄战役、武汉外围保卫战,后来又率部入缅作战,在诗词艺术上与任芝铭并有"中原名诗人"之誉。其他如汲县的嵇文甫，开封的萧劳，滑县的于安澜，黄埔军校第五期毕业生王奇，河南大学教授华钟彦、高文，著名学者龚依群，早年华侨骆鹤，以及郑州大学教授何均地，等等。读者从其作品中所感受到的，不仅是作品本身具有的娴熟的诗词艺术，更重要的是他们用诗词这一传统文学形式记录下了中国现代史的一部分。

第二，作者范围广泛，形式诸体皆备。除上述部分老诗人外，本书中的大多数作者活跃在新中国成立之后的河南诗坛。其中既有副国家级的领导人，也有党、政、军战线上的各级领导干部；既有河南诗词学会的中坚力量及离退休的老同志，也有风华正茂、年富力强的在职中青年和未出茅庐的在校大学生。

在诗体形式上，本书也体现了我党历来倡导的百花齐放的文艺方针，不仅收录了常见的五言律绝、七言律绝、依声长调，而且收录了古风古绝、套曲小令、骚体歌行、仿诗经体和正在积极实践中的创新体作品——度词、新词。从作品风格而言，既有婉约之唱，也有豪放之歌；既有刚健之风、典雅之作、清丽之篇，也有自然之吟、空灵之声、沉郁之章。以上这些体裁、这些风格的作品在本书中均有体现，读来不禁令人陶醉其中。

第三，题材丰富多彩，内容积极健康。收入本书的作品，具有强烈的时代感和浓郁的生活气息，能够较好地言时代之志，抒人民之情，是对我们国家当代政治、经济、社会发展的生动表现和形象记录。如对重大政治事件的及时反映，对社会进步的积极赞颂，对经济发展成就的热情讴歌，对山川胜迹的生动摹写，对历史的反思、人生的感悟，以及对某些丑恶现象的揭露鞭挞，作者都能把自己的深刻思考、真挚情感，以其最佳的艺术笔触进行生动的表达。李学斌会长在学会办公会讨论选诗标准问题的发言中强调指出："一首好诗，应该立意高远、寓意深刻……就是在思想内容上境界要高，要有与时代合拍的健康的思想内容，而这些思想内容还要蕴含在诗的境界之中。""无论什么形式、什么内容、什么风格，情感必须贯穿其中。当然，这种情感应该是阳光的、健康的、向上的、真挚的。”现在看来，本书所选作品在内容方面基本上达到了这个标准。

请允许我引用何弘之序的一段话来评价本书的价值：“这个选本从现实方面讲，将为中华传统诗词爱好者提供一个优秀的读本；从文学研究或文学史的意义上看，将成为河南旧体诗词百多年来创作的总结，无疑具有重要的资料价值和研究价值，因而不仅具有重要的现实意义，同时具有深远的历史意义。”

当这本选集最后竣稿之时，笔者专门为之写了一首《新词·老酒香》：

一卷编成意气昂，双肩日月对明堂。三才四季歌鸿鹄，百岁风云万韵藏。平仄声声，新区楚楚，酿骚坛文化滴滴老酒香。看中原精彩理新妆。　　仰山高，眺水长；关冷暖，咏家邦。兴观群怨，挽人间正义滑坡道德欲沦丧。给力羽帆沧海济，滔滔河水续云航。吟风吹网络，溱洧正泱泱。

2011 年 12 月 29 日

说创新

『当代诗词六君子』蔡厚示、周笃文、林从龙等，在合著的《天风集》序言中预言：中华诗词将在『新旧诗的相抗衡中，互补互长，逐渐融合。也许这一趋势，在不久的将来会导致一种全新主流诗体的形成』。

度词：为“自度曲”正名的最佳选择

——度词新词问题答疑系列之一

在当代的诗词创作中，创新已是海内外诗友们的共识！作为诗体创新形式之一的“度词”，已为越来越多的诗友们所认同、所实践、所推崇！不仅有许多刊物发表“度词”作品，而且有多家刊物专辟“度词”专栏，推出了不少“度词”佳作！河南固始等地成立的“度词研究小组”，多年来已经编选出版了多辑《度词作品选》；由郑彦英、李稚农二人主编的《春风着意出阳关——关于度词新词的创新实践与理论探讨》由河南文艺出版社正式出版；中华诗词创新研究会2013年在郑州成立；专门的创新诗刊《大家度词》（后更名《天下诗林》）于2014年8月在郑州创办；一年一度的“中华诗词创新高峰论坛”2015年开始在郑州正式举行……所有这一切表明：经过多年的培育和发展，“度词”这株创新之花，已在理论和实践两个层面上取得了丰硕成果！

但是，也还有不少的诗友，对什么是“度词”不甚了解，以致常常将“度词”与“自度曲”混为一谈，或者说“自度曲”不是可以“乱度”的！更有甚者，将那些既非律绝又非词曲的作品一律称为“度词”——这是一种极大的误会和曲解！

我首先想告诉大家的是：“度词”不是“自度曲”；“度词”更不是“收容站”！

何谓“度词”？要完成这个概念的定义，现在为时尚早。因为一种新的理论、一种新的诗体形式，并不是朝夕之间就能够完成的，它需要许多人甚至几代人的共同努力！但其内涵的几个方面，却还是十分明确的：必须符合中华诗词传统的语言规范和修辞习惯，基本符合中华诗词的平仄规律，必须注重作品内在的声情与神韵。而其形式，则是自由的自制长短句——句式组合自由，体式长短自由，用韵宽严自由；不受律诗句式之局限，没有词曲谱调之约束，但却有词的潇洒与灵活。要而言之：似词又不是词，形似而神益似。

事实上，“度词”这种形式早已为古代的诗人词家们实践和运用着，只是并未形成普及的、独立的文学样式，以至于有人习惯而笼统地称之为“自度曲”。然而，“度词”与“自度曲”是什么关系呢？或者说“词”与“曲”之间在这里有哪些区别呢？

笔者认为：词之始度者，有词而无谱也；曲之自度者，创词而破谱也。所谓谱者，后人亦步亦趋之铁则也，不意却演化为自我约束之牢笼也。从原则上来讲，“词”的谱调、句式一般是固定不变的，读之抑扬顿挫，长短相间，语感典雅，韵味醇厚；而“曲”的谱调、句式，则可以加进衬字，随意变化，通俗耐读，颇似俚曲。

从文学史的发展进程而言，“自度曲”又有一个自身的演进、变化过程。古人所谓的“自度曲”，实际上就是摆脱固定词谱而自行创制的另体新词，而“曲”仅仅是乐曲意义上的“曲调”。准确地说，在这个意义上的“自度曲”，应该如“敦煌曲子词”一样称之为“自度曲子词”。但今人所谓的“自度曲”，则几乎完全是无谱的、与“曲调”无关的纯文本创制词作。它们的共同之处在于，都是另行自创的无谱词作，均非“散曲”意义上的“曲”；而应该注意到的不同之处是，古人的“自度”之作刻意于“曲”，今人的“自度”之作无意于“曲”。因而，以古人之创作模式来衡量今人之创作现状，或者以今人之创作现状套古人之创作模式，不亦偏颇乎！

无论古人之标准抑或今人之形式，其本身都不重要。重要的是是否产生了优秀之作！比如就自汉魏、隋唐以来的作品而言，所有与近体诗、词、曲相对而言的乐府、杂言、歌行等诗体，似乎都可归属于“自度”的范畴——因为其特点都是不拘形式、不受约束、没有局限，给作者展现才华与表达情感以充分的自主和自觉。以盛唐为例，几乎所有的著名诗人,都运用过这些“自度”形式并留下了大量的著名作品。如浪漫主义艺术典范李白,其豪迈奔放的诗情,借助于流转自由的诗体,相映成趣,相得益彰,产生了苍凉雄奇、瑰丽峥嵘的《蜀道难》,产生了酣畅淋漓、豪情悲壮的《将进酒》,产生了志向高远、感慨沉痛的《行路难》,也产生了潇洒流丽、变幻奇谲的《梦游天姥吟留别》,等等;如现实主义艺术大师杜甫,虽然擅长律绝,创作谨严,但也给后人留下了振聋发聩、怆绝千古的《兵车行》,留下了富丽明艳、讥刺入骨的《丽人行》,留下了幽默诙谐、纵逸旷达的《饮中八仙歌》,留下了感情炽烈、忧国忧民的《茅屋为秋风所破歌》,等等;另一位现实主义艺术大师白居易,倡导新乐府,为民众而歌,更创作了《上阳白发人》《杜陵叟》《卖炭翁》等“新乐府”五十首。其他如陈子昂的《登幽州台歌》,李贺的《苦昼短》《将进酒》,等等,也都是脍炙人口、流传千古的名篇。

当然,从数量上讲,这些形式是无法与律绝形式相比的,这与当时的社会时尚和创作习惯有着必然的联系;但就质量而言,这些篇章却有着举足轻重的作用!我们不能想象:假如没有这些篇章,那么在唐代诗歌史上的李白、杜甫等,是否还会具有“诗仙”“诗圣”的光辉?

时至宋代,随着词的兴盛与发展,虽然形式上更为丰富,但文学家们仍在填词、作诗之同时,创作了大量的杂言、歌行等篇章,如欧阳修的《明妃曲和王介甫》(二首),徐积的《李太白杂言》,苏轼的《王维吴道子画》《李思训画长江绝岛图》,黄庭坚的《送王郎》,晁冲之的《夷门行赠秦夷仲》,周紫芝的《五禽言》(五首),薛季宣的《春愁诗效玉川子》,等等。同时,所谓原创意义上的“自度曲”也开始渐渐出现,并作为一种特殊的文体传用至今。如众所周知的柳永、周邦彦、姜夔、吴文英、张炎等,都是“自度曲”的行家里手。

综观中华诗词数千年的发展史,文学形式总是在不断的变化中行进,每个时代总有这个时代的代表性文学形式。从严格意义上讲,哪一种谱式的词牌,其初始之时不具有“自度”的性质呢?那么,时代发展到两个千年后的今天,我们这个时代诗词的代表形式又将是什么呢？为什么不能从“自度”入手以进行创新探索呢？

1990年的全国第三届中华诗词研讨会上，笔者在会议上宣读的论文《中华诗词当代创作之我见》中，首次提出了“度词”这一概念，并立即得到了李汝伦、蔡厚示等专家的认同。在此之后，笔者又读到张智深先生的论文《浅论自度词》，他是承袭“自度曲”的传统称谓而改称之为“自度词”的。当然，还有一些其他的提法，但也多是“一家之言”。那么，在“自度曲”“自度词”与“度词”这三种形式之间，我为什么还是认为“度词”比较合适呢？

一、“自度曲”本是古人相对于有牌有谱的定型词曲而言的另“度”新“词”。想当年，就那些谙熟音律的词家们来说，既是得心应手之举，更是形式创新之措。但是，随着时代的发展，不仅“曲”已逐渐失去了“歌唱”“音乐”的存在意义，而且在后来实际创作的“自度”过程中，也早已与“音律”两相揖别了！因此，以至当代所谓的“自度曲”，实际上多半已经名不副实，所以才有了一些人“自度曲”是否应该“乱度”之议。

二、若仅从称谓而言，“自度曲”与“散曲”是比较容易混淆的，而“自度词”与“自度曲”也并不易分清，或者更为令人迷惑不解：“词”与“曲”毕竟不是一个概念，那么到底应该是“词”还是“曲”呢？

三、“度”字本身即含有“自度”之意，如某首“度词”作品的作者署名为张某，读者必不再会认为是李某“自度”或“代度”。因此，“自”字完全可以略而不计了。

四、“度”者，审题材之时、度体裁之势也。作为一种适于当代创作的新诗体，“度词”之称不仅简洁明快、准确响亮、名正言顺，而且完全避免了因历史演进而造成的称谓上名不副实、混淆不清的概念混乱，并且也早已成为广受欢迎的实际存在！

那么，“度词”在当代诗词创作中理论与实践的基础如何呢？

首先，诗词的发展和创新势在必行。由于时代的前进和语言的演化，一种新的诗体必将诞生，这已是海内外诗人们的共识。“当代诗词六君子”蔡厚示、周笃文、林从龙等，在合著的《天风集》序言中预言：中华诗词将在“新旧诗的相抗衡中，互补互长，逐渐融合。也许这一趋势，在不久的将来会导致一种全新主流诗体的形成”。针对这一观点，林从龙先生又具体阐述道：“这一新的诗体，既要有新诗的通俗和流畅，又要有旧诗的严谨与典雅；既不是新诗语言上的随心所欲，又不是旧诗形式上的墨守成规；既可表现时代生活的缤纷多彩，又能体现传统诗词的古色古香……实际上，它已在为很多诗人探索着。”这一论断，在很大程度上代表性地概括了当代诗词的创作现状和发展趋势。

其次，经过近些年来的讨论与探索，以李汝伦、丁芒等著名诗人为主导的诗人们，已经创作了大量为读者所接受的“自度”性作品。尤其是丁芒先生旗帜鲜明的“自由曲”，更产生了不少的成功之作，只不过“自由曲”更偏重于“散曲”而已。但是在创新的形式和意义乃至创作方式上，与“度词”却是异曲同工的！虽然李汝伦先生并未直接标明诗体形式，但其实质却仍是“自度”而并非其他。

再次，经过近 30 年的持续发展，经过固始、项城、开封、永城、洛阳、安阳、承德等地度词新词小组（研究会）成员的长期创作，经过连续四届全国度词新词大赛的作品遴选，已经创作出一大批优秀的度词新词作品。虽然还有一些其他同类的探索，但并没有形成统一的称谓。这一方面给当代的诗词发展造成了某些理论上的混乱，另一方面也正意味着一个概念全新、内蕴丰富、众所认同的新诗体必将应运而生！

有鉴于此，在经过多年的理论探索和创作实践之后，我们郑重地向广大诗友建议：以后各地诗刊在发表这一类的新体诗时，是否可以将之统一归属到“度词”的旗帜下？既然称“词”，当然可以自命“词牌”，只是不再与“曲调”有必然的联系，而必须与内容密切相关。可以以词牌做标题，也可以另加具体的副题——这也是传统之词所要求所允许的。

当然，要进行“度词”创作，首先必须具备一定的文学功底和诗词修养，只有在懂平仄、懂对仗、熟悉原来词韵的基础之上，才能创作出声情并茂、音韵俱佳、为人喜爱的“度词”来。那些既不讲平仄又不讲声韵，也毫不讲诗词规则的随意之作绝不是“度词”。因为没有基本的“建筑”基础，是无论如何也无法建成“金字塔”的，那样反倒会败坏了“度词”乃至诗词的声誉。至于“度词”的具体创作方法，在目前的情况下，我们不能也不必要为之设置这样那样的条条框框，还是让它在自身的实践发展中逐步选择最佳的“结构方案”吧！

（本文乃1992年全国首届中华诗词表现艺术研讨会暨海南行吟会宣读论文，原题为《度词——一种值得倡导的新诗体》；2000年5月30日重新修改；2009年8月、2016年7月至10月分别再次修订）

度词：当代诗词创新中的技术革命

——度词新词问题答疑系列之二

诗词必须创新,这一点人们早已达成共识。但究竟如何创新？大家却依然众说纷纭。近些年来,对于创新这个问题,我们多在平仄、音韵、词语等枝节问题上争论不休,殊不知却忽略了一个简单而关键的问题——诗词创新的“技巧”与“技术”问题。

何均地教授生前曾说:“诗词的创新,只能在继承传统的基础上有所发展,而不能对传统形式本身进行改革。”这句话一语中的,道出了其间的本质与关键。

在我们看来,诸如平仄、音韵、词语等格律方面的问题,是中华诗词赖以生存的艺术基础,也是与其他艺术形式相区别的重要标志。它们共同构成了中华诗词艺术能够得以生存和发展的综合因素。诗、词、曲等诸种具体形式,虽然各具自身固有的艺术规律,但无一不是综合因素共同作用的结果。如欲试改其中之一,必然使之不伦不类。因而,仅仅对某种因素进行单一性的“改革”,只能是一些枝节性的“技巧”问题,非但不能起到应有的效果,反倒可能弄巧成拙,从而破坏其本来形式的自身规律以致造成不必要的混乱(参见拙文《关于古诗注音问题的几点思考》)。而在保证这些综合因素基础之上所进行的诗体形式探索,则是一次在继承前提下的本质创新,是一次带有根本性的技术革命！

那么,新的诗体形式的产生为什么必须以中华诗词而不以当代白话新诗为主要基础呢？

首先,这是由我们所讨论的对象决定的,我们研究的前提就是中华诗词而不是当代新诗。其次，中华诗词是中华民族历经数千年来产生、发展并积淀而成的文化瑰宝和文学精华，是汉语言文学最佳的文学表现形式之一，是任何一种汉语言文学形式或民族文学形式都难以比拟与替代的。再次，中华诗词在其数千年、当代新诗在其近百年的发展进程中，均表现出自身的优势与弊端。优劣互见，当然还是中华诗词树大根深，长多弊少。而我们进行诗体创新的目的，就是要取长补短、扬长避短！所以，这种新的诗体就只能是区别于二者但又以中华诗词为主要基础的新的诗歌形式。

当然，新的诗体的出现，绝不是对旧的诗体的否定与反动，而恰恰意味着诗歌家族的递嬗与繁衍。比如篆、隶、楷、行、草等各种书体，新体与旧体都是一脉相承的关系，都有一种不断继承、衍化和发展的血缘亲情。纵观中国诗歌发展史，也正是由于种种"新诗体"的不断出现，与相对的"旧诗体"一起，才构成了诗骚、乐府、律绝、词曲等中华诗词艺术的源远流长和辉煌成就，从未因为律绝等"新诗体"的出现而废止乐府等"旧诗体"。相反，各种"新诗体"的出现，恰恰正是对"旧诗体"进行"技术革新"或"旧诗体"自身发展嬗变的必然结果。正是它们的"各领风骚数百年"，才给我们今天的创新讨论，提供了最权威、最可靠、最有说服力的典范例证和理论依据！

那么，在社会生活、语言音韵、交通信息、活动空间等条件都产生了巨大变化的今天，在文学形式发达、文化内容多元的今天，我们仅仅能够（或必须）对旧有的形式进行技巧性"改革"吗？难道就不能从技术上为我们的时代创造出一种更为适宜的新的诗体吗？

答案当然是肯定的！中华诗词学会前会长孙轶青先生曾说："从诗词发展来看，随着时代不同而引起各方面条件的变化，不断出现新诗体是必然的，是不可避免的。"他还为《度词作品选（之二）》题词曰："吟苑开新时代路，悠悠诗国自天涯。"实际上，这种有益的探索已经在各地进行多年，只是还缺乏必要的引导和规范。当前，各地进行诗体探索的作者们，各自有着大同小异的称谓。就律绝意义而言，以贺敬之为代表的“新古体”影响较大。在词曲方面，则有“自度曲”“自由曲”“自度词”“当代曲”“新自度曲”“曲子词”“新长短句”等较多形式——虽然各有所长，却也各有所短。但在强调“思想新，感情新，语言新”（臧克家语）和创作自由等方面，却都是不谋而合的！那么，我们为什么认为只有“度词”更科学、更恰当呢？

其一，以发展的眼光来看，所谓“今”及“当代”等时间概念都是相对而言的，都具有很大的历史局限性。比如律绝，曾相对于古风被称为“近（今）体诗”，但却早就有人建议改称为“唐体诗”，其原因就在于实际上它早已不“近（今）”了。

其二，从现在的创作实践来看，这些探索性作品，除律绝不属于本文的讨论范围外，大致可以分为“词”“曲”两类，但毕竟是“词”在数量和质量上占有优势。就创作趋势而言，似乎也是在“词”的基础上进行探索，代表着未来发展的方向。这也是大家有目共睹的！

其三，多音多义、内涵丰富，是汉语言文字的一个明显特点。比如“演义”，乃一种由讲史话本发展而成的章回体文学形式。但“演”字也还具有“演说”“演奏”“演化”等意义，人们并未因此而混淆“讲演”“导演”“表演”等概念。而“度”字除在旧称“自度曲”中所含有的“作曲”和“依曲而唱”等特殊意义之外，还具有“揣度（duó）”“裁度（duó）”“尺度”“气度”“度量”等更常用、更广泛的意义。这不仅不会影响人们对多音多义词语的准确理解，反可因此使“度词”二字更增加其丰富的内涵。

其四，从承旧为新、自我裁度的意义出发，审时度势、审题度句、谋篇成词，我们将这一新的诗体命名为“度词”，不是很顺理成章吗？其读法，无论是从度（duó）曲的意义，或者是度（dù）量的意义，都不影响在本质意义上的形式创新。也就是说，无论读“duó 词”还是读“dù 词”，都应该是可以的。

其五，亦即最主要的一点，就是“度词”将宋词的平仄协调、句法有序、音韵有度、可以分片等基本因素，与新诗的语言灵活、章法自由等主要特质，进行了一次恰切、成功的艺术嫁接，完成了一次艺术跨越的技术革命！而且，作品可以分片、可以另命词牌的特点，既保证了宋词在篇章结构上的明显标志，又摆脱了宋词按谱填写的形式羁绊。

其六，关于词牌的命名，原创者应从本作品中选取凝练并能够蕴含中心意义的词语，对作品中的原词则进行“下加注重点”以示原创。如果属于唱和或步韵作品，就不必“下加注重点”了。

继承创新而绝非食古不化，脱胎换骨且保证优势基因——这就是“度词”之所以取得成功的“秘密”所在！

综上所述，让我们试为“度词”作一理论上的进一步界定：度词，就是适用于具备一定诗词修养的诗人进行文学实践的一种新型诗体。其形式揣度自由灵活，其平仄裁度自然有序，其语言运用长短交错，其声韵调度自行和谐。在继承中华诗词基本要素的基础上，它既不同于格律旧体，也有别于自由新诗；既需进行语言、语义上的推敲与锤炼，又能随意挥洒作者不同之思想感情，乃一种“似词又不是词，形似而神益似”的诗体文学新形式。说它“似词”，是因其语言、音韵、分片等在形式上与词无异；说它“不是词”，是因其平仄、词牌、章法等在实质上与按谱填写的宋词有别。

而更重要的是，度词倡导每一首作品都具有形式上的独创性，都要有区别于其他作品的唯一性，都能够做到文本意义和思想内容方面不落窠臼。当然，我们并不反对像过去那样“按谱填词”般对度词倚调唱和。但是，我们倡导并鼓励每一首度词都有创新。

在新诗与旧诗的“接轨工程”中，在新诗与旧诗的交汇合流中，这一应运而生的“度词”，既要借鉴中华诗词在词语、音韵、平仄等方面的传统优势，也要学习当代新诗在语言、意象、技巧等方面的时代特色，它承担着新诗与旧诗之间的发展、扬弃、合龙等重大的历史任务。至于新体、旧体和新诗、旧诗之间的相互消长与不断更新，则是艺术新陈代谢的自然法则，不存在人为的彼此否定。娴于旧体者，可以于格律中游刃有余；愿写新体者，不妨借度词而一展才华。二者之间，是一种互为兄弟、共存共荣的关系，而绝不存在非此即彼的对立矛盾。

“度词”的出现，是适应时代生活的产物，也是历史发展的必然，但它并不妨碍原有诗体形式的自身规律和继续存在；而原有的诗体形式，也只有保持其固有的自身规律和艺术完整，才能具有永久的艺术魅力和审美意义。从艺术的意义而言，削古人之足以适今人之履和以今人之首而着古人之冠，同样是可笑而可悲的。

（本文乃1993年全国首届中华青年诗词研讨会宣读论文，原题为《再论度词与创新》；2000年8月10日重新修改；2009年8月、2016年7月至10月分别再次修订）

新词：一步到位的当代诗词新品牌

——度词新词问题答疑系列之三

什么是“新词”？“新词”是“度词”的一个新品种，是由当代诗人使用新声韵创作出来的一步到位的当代诗词新品牌。什么是“新声韵”？“新声韵”就是以普通话为基础的当代诗词新韵法。广东中华诗词学会受中华诗词学会之委托，经多年努力编写出来并由河南文艺出版社出版的《中华新韵府》，集各种当代韵法之大成，是比较权威的、值得信赖的最新韵法，可以作为我们创作“新词”的重要用韵依据。

诗词需要创新，艺术呼唤创新——这早已是时代的共识。多少年来，我们曾经就如何进行诗词创新的问题开展过长期的讨论和实践。但在实际上，成效并不明显。

就现有情况而言，有人是在完全的旧形式上放宽用韵标准，正好像对一座旧阁楼进行风格不同的外观修补——表面上原来格局并未大变，实际上原有风韵已基本荡然无存；有人是在纯粹的旧基础上试用新声平仄，又好像在用新材料改建一座老城墙——既已非“老城”旧貌，也不是“新墙”特色，只能使原有的诗词规范面目全非；也有人一直恪守旧制，坚持使用“旧瓶”装“新酒”，但最多只能算是一种艺术临摹——尽管高手也能写成出神入化之作，但多数作者总是难免亦步亦趋……当然，我们不能也不可能否定这些创作方法各自具有一定的艺术生命力。但是，它们无论如何也不符合艺术创作新陈代谢的根本法则。在几乎一切都已发生重大变化的今天，假如我们能够找到一种可以使“语言形式”“声韵平仄”和“思想感情”形成“三位一体”的全新方案，岂不是势之所趋？

刘勰早就说过："通变无方，数必酌于新声。"(《文心雕龙·通变》)数千年诗骚、乐府、唐诗、宋词、元曲的发展历史，说明我们的前人并不缺乏这种通变能力。但我们却怎么也难以理解：为什么某些当代诗人如此缺乏文学创作最重要、最必需、最珍贵的创新意识？难道我们就不能创造出一种与时俱进的、适应社会的当代诗词新形式吗？

当然，我们并不简单地反对使用旧形式、旧声韵。为什么？因为这首先是我国诗歌历史积淀、悠久传承的结果，是应该尊重、继承、发展并且是不能随意割断的！从传统到创新，需要一个逐渐过渡的阶段！因此，在当前和今后一个相当长的过渡阶段之内，还会有相当数量的作者使用旧形式、旧声韵进行诗词创作——这既是客观现实不能否认，也属于创作自由不能干涉！由此看来，坚持"恪守旧制"之说确实是有道理、有根据的。即便是使用一些相对陈旧的语言，只要能够在作品中重新组合，创造出意象、境界、思想上的新意，也应该是一种十分可贵的"推陈出新"。然而，有的作者仅仅使用旧语言、利用旧形式，创作出充满旧意象、旧心理、旧情感的"古董作品"——在这些"旧瓶"中装出来的"古董作品"，是没有任何艺术价值可言的。而最不伦不类的，是在一首作品中混用声韵、平仄的"新"与"旧"。不过，在使用旧声韵的基础上，给一些作者提供一种相对创新的表现形式，则好像仿用老城墙上的旧砖瓦来构筑一座现代化的新楼房——虽然形式上是仿旧的，但在设计上却是全新的。从多年以来的创作实践来看，这样反倒可以取得意想不到的艺术效果！这不仅是过渡阶段中必要和现实的及时选择，而且也完全具备一定的可行性。于是，这就为"度词"的初步成功提供了客观的历史可能。

然而，"度词"毕竟只局限于旧声韵(主要是指词韵)。这既与推广和普及普通话的时代潮流不协调，也不适应社会语言发展的现实。针对这个问题，中华诗词学会前会长孙轶青先生曾当面一语中的地向笔者指出："诗词创新宜从长远考虑，从全局着眼。你搞的这个'度词'，还需要再进一步。在用韵问题上，能不能考虑从理论和实践上

‘一步到位’？只有彻底解决了新声韵的使用问题，创新才能具有真正的历史意义和真正的艺术价值。”孙轶青会长这具有战略意义的重要指示，更促使笔者坚定了继续提高“度词”质量、积极倡导推广“新词”的决心。

自笔者于1997年正式提出“新词”概念以来，这种形式已经得到许多诗友的热情响应和积极实践。尤其是在固始“度词研究小组”，大家对于“新词”的实践热情甚至超过了对“度词”的关注，因为他们认为“新词”创作比“度词”更易掌握、更有意义、更贴近现实。我国现代文学史上的新诗首倡者胡适博士曾说：“文学者，随时代而变迁者也。一时代有一时代之文学：周秦有周秦之文学，汉魏有汉魏之文学，唐宋元明有唐宋元明之文学。此非吾一人之私言，乃文明进化之公理也。”（《文学改良刍议》，见《回眸〈新青年〉·语言文学卷》）我国当代的诗歌评论家谢冕先生也说：“文学发展的基本规律，乃是无间歇地寻求新的创造……这对于一切常态发展的文学艺术来说，几乎是无一例外的规律。”（《文学的绿色革命》）那么，到底“新词”与“度词”的区别何在？新词具有什么样的艺术特点呢？“新词”是否能够成为当代诗词创新中使用新声韵进行创作的最佳选择呢？

首先，“新词”与“度词”在创作方法上是基本一致的：句式组合自由，体式长短自由，用韵宽严自由；不受律诗之局限，没有词曲之约束，但却有词的潇洒与灵活；在语言运用上，主要是以当代词汇表现当代思想为主——是一种真正由作者自己“随心所欲”从事创作的诗歌新形式。当然，这种“自由”和运用现代语法语言的白话新诗还有着本质的区别。

其次，就用韵而言，“度词”采用旧声韵，而“新词”则采用新声韵。换而言之：当作者得心应手于旧声韵时，他创作的作品就是“度词”；当作者胸有成竹于新声韵时，他创作的作品就是“新词”。从读者来说，当他在欣赏“度词”之时，自然能够意识到作者使用的是旧声韵；当他在欣赏“新词”之时，也能立即联想到作者使用的是新声韵——完全不必再为作品声韵的“新”或“旧”而增加欣赏意义之外的任何负担。至于何时采用何种韵法，这就由作者根据感觉和方便自主决定了。同时，假如作者原本准备创作“度词”却惮于“因辞害义”时，完全可以随时调整用韵而改为创作“新词”。反之亦然。如此一来，用韵问题就真正成了作者“随手拈来着意高”的创作工具，而不再是一种约束创作的镣铐。但作者特别需要注意的，仍然是必须避免旧声韵和新声韵在同一首作品中的混用。

再次，是平仄问题。这既是与白话新诗不讲平仄的一个本质区别，也同用韵一样有着一个相对一致的原则。所谓“用韵”，是特指作品韵位所用韵字的韵法选择；而所谓“平仄”，则是指每首作品中包括韵位韵字在内的每一句、每个字的平仄声调。在诗词创新过程中，尤其需要将平仄问题和用韵问题准确区分并一致使用。就“度词”和“新词”的平仄而言，当作者在创作“度词”之时，即需要采用相应的旧韵平仄（平上去入）；当作者在创作“新词”之时，也必须采用相应的新韵平仄（阴阳上去）。与不能混用“新”“旧”声韵一样，也不能在“度词”或“新词”中混用“新”“旧”两种平仄。

需要特别说明的是：所谓“新词”之“新”，并不仅仅是时间意义上相对于“旧”的“新”，而是诗体概念上相对于固定牌谱的另创“新”体，是每一首作品都具“新”思想、“新”内容、“新”情感意义，是在理论上倡导的每一首都要“推陈出新”的“新意义”。当然，所有“声韵”“平仄”“句式”“体式”等问题，也都仅仅是诗人借以抒情达意的载体或工具。而借用这些载体或工具创作出精彩、成功的作品，才是我们真正的目的！如果说一首作品仅仅在“声韵”等形式方面焕然一新，却没有任何新内容、新形象、新思想、新境界，那么这首作品仍然是文字垃圾甚至是文化污染。于是，能否更好地表达当代的而非古代的、今人的而非古人的、自己的而非他人的思想感情，就成了作品是否成功的关键。

“塞北梅花羌笛吹，淮南桂树小山词。请君莫奏前朝曲，听唱新翻杨柳枝。”当我们重读唐代诗人刘禹锡的这首《杨柳枝》之后，是否已经重新体悟到一种“诗文随世运，无日不趋新”的精神？我国当代著名的文艺理论家周扬先生也说：“文学艺术创作的每一个新的突破就是一个里程碑，可以作为划分文学艺术史上每一时代的标志。”(《按照人民的意志和艺术科学的标准来评判作品》)对于不仅意识到而且已经能将“语言形式”“声韵平仄”和“思想感情”这三位进行一体创新的“新词”来讲，是否可以成为目前诗词创新运动中第一个“一步到位”的新收获？这还需要时间和实践的双重检验。诚心而言，我们特别希望它仅仅是“第一”而不是“唯一”，希望有更多、更好的新形式早日出现。然而在当前，在各种形式竞相探索的今天，“新词”最起码应该属于“诗歌百花园”中的一朵鲜花吧。

“其实地上本没有路，走的人多了，也便成了路。”(《故乡》)鲁迅先生的这句话，曾经在许多时间、许多地方产生了重要影响，也许它仍然能够在度词新词的创新中继续产生出积极的指导意义。但愿广大的度词新词爱好者能够以此共勉！

(本文专为“答疑系列”而写，2001 年 2 月 1 日零时终稿于中州知时斋；2009 年 8 月、2016 年 7 月至 10 月分别再次修订)

衣宽终不悔，精彩理新妆

——序宋斌先生《衣宽堂诗联书印》

宋斌老师的《衣宽堂诗联书印》就要付梓出版了。若单从诗词的意义来说,这是国内第一部以新词作品为主的个人诗词集,是他辛勤而执着的艺术探索结晶,怎能不令人感到欣喜而振奋?

我与宋老师相识当有十多年了。在我的印象中,他一直在“继承传统”和“勇于创新”两面艺术旗帜的引领下勤奋创作,至今已有近百首的新词、自由曲和传统格律诗词,实在是难能可贵。无论是《中州诗词》杂志,还是近些年出版的《中州诗词精华》《春风着意出阳关》《河南当代诗词选》等诗词作品集,都选录了他的不少新词佳作。

在我看来,宋老师的新词作品不仅是在形式上的创新,而且更是在内容、思想和语言上的创新。

首先,宋老师一反一些诗人陶醉于风花雪月或寄情于纯粹山水的创作状态,在作品中紧扣现实生活,诸如国际风云、国计民生、自然灾害、沧桑巨变等内容,都自然地融会于自己的作品之中。如表现香港回归的《新词·儿将归》、赞扬神舟飞船上天的《新词·飞天梦》、反映玉树地震中彰显大爱的《新词·手》等。更有一批描写祖国沧桑巨变的系列作品,从衣、食、住、行、乐诸方面,多角度而不是概念化地展示出当代社会所取得的巨大成就。

南宋词人蒋捷曾有一首著名的《虞美人·听雨》:“少年听雨歌楼上,红烛昏罗帐。壮年听雨客舟中,江阔云低断雁叫西风。　而今听雨僧庐下,鬓已星星也。悲欢离合总无情,一任阶前点滴到天明。”词人通过自己不同年龄阶段不同的“听雨”情景描写,生动地表现了当时的时代风云变

迁。宋老师的《新词·听戏》,也是从自己不同年龄阶段不同的“听戏”情景写起,但他笔下所表现的时代风云变迁却是大不相同了:

儿时听戏月光溶。爷爷哼今古,拍手做梆声。忍饥挨累叹寒冬。北风紧,九天冰。　　壮年听戏村头坪。剧团送红灯,银幕唱包公。晚风习习爽心中。笑声朗,灿星明。　　老来听戏对荧屏。遥控随心选,常对儿孙评。年年春晚畅心胸。鞭炮密,礼花红。

还有他的《新词·灯》:“幼时家破陋无灯,点罢月亮点星星。”新中国成立后是“拦洪发电挂新灯,亮似皇宫不夜城”,而现在则是“今装环保节能灯,光明留下寄深情”。宋老师通过自己家庭灯具的变化,形象而生动地讴歌了伟大祖国数十年来的巨大变化。

谈到宋老师作品的语言新,很多读者都会给予高度认同。他善于使用口语入诗,读起来平白如话,亲切得像拉家常,但作品读起来情真意切,妙趣横生,诗味甚浓。如他在《新词·老伴》中这样写道:

刀子嘴,豆腐心。咬牙切齿假嗔嗔。说过鼻子又说脸,恨有多深爱多深。　　冰雪脸,火炉心。七腔八调唠纷纷。冬挂冷来夏牵热,唠叨几分甜几分。　　麻辣烫,香在心。相依相携意殷殷。春风迎罢迎秋雨,风风雨雨满头银。

这是他从琐碎生活中汲取而得的鲜活语言,是将生活口语入诗的重要成果,其中生动的镜头是多么感人。他提倡雅化俚语,反对泥古不化,效果甚佳。如《新词·草地》:“绿荫浓,阳光灿,婆丫学步手儿牵。丫腿软,婆蹒跚,忽儿丫倒婆亦翻。丫也滚团,婆也滚团。　　蝶追舞,莺啼乱,翁孙同把泥巴玩。爷添水,孙搅拌,赖娃猛踩泥浆溅。孙也花脸,爷也花脸。”作者将此景、此情、此趣、此味熔于一炉,迸发出多么欢快、多么自然、多么灿烂的生活火花。

从内容而言,宋老师的作品大多充满着积极向上的、困难面前不低头甚至是愈挫愈奋的顽强精神。想当年,在度词新词不被理解、走入低谷之际,他不仅在商丘秋韵诗社成立了一个新词研究小组,而且创办了一张彩印小报,使新词创作反而逆势地出现一个创作高峰。如他在《新词·春笋·贺新词小组成立》中所写:“雪消冰化画图裁。山青水碧,艳桃红染腮。谁能挡,雁南来。　　春笋尖尖志满怀。巨石压顶,齐心掀也开。擎天立,遍山排。”表现出一种乐观向上和无私无畏的艺术创造精神。

宋老师在新词的形式创新上,善于吸收《诗经》中一唱三叹、往复回环的艺术手法,自然融入了元代散曲的通俗风味,并且吸收了白话新诗的语言优势,从而使他的新词作品显得更加活泼。同时,宋老师还善于以物寓理,以景明理,以情融理,善于在作品中给人以启迪,给人以力量。如他在《新词·山路弯弯》中所写:“人生恰似云中路,千回百转入云烟……险峰勇拓云霄路,昆仑俯首任吾攀……抬头惊叹云间路,蜿蜒更上九重天。”从弯弯山路的攀登中,积极地悟出了人生的不同境界。如《新词·登黄山》等作品,也具有相同的艺术效果。其实,这又何尝不是当代新词创新之路的生动写照呢?

现在看来,宋老师斋号“衣宽堂”的取义也许是从柳永《蝶恋花》中的“衣带渐宽终不悔,为伊消得人憔悴”而来?当然,新词是一种诞生时间不长、创作实践不久的艺术形式,还处于刚刚起步的艺术探索初期,在作品的谋篇布局、自调平仄、声韵使用等方面还有待进一步完善和成熟。即便这样,宋老师能够在自己的创新探索中取得目前这样的艺术成绩,也显得非常难能可贵!

还有没有继续改进的地方呢?当然有。如进一步加强直曲结合、进一步锤炼诗家之语,如何更好地解决图解式作品等,对于包括笔者在内的许多当代诗人来说,也都是任重而道远啊!

2012年4月24日于中州知时斋

诗词创新：自编“教材”第一人

——序刘鸿岐先生《学习诗词快捷门》

这是一本具有鲜明创新色彩的学习诗词的入门书。

在本书封面上，作者特意浓缩了“新思维、新理念、新方法”和“创新的教材、自学的良师、入门的助手”两条提示语。前者，总结了本书的三大理论特点；后者，概括了本书的三大实用特色。

所谓“新思维”，就是“走进唐诗宋词学经典，走出唐诗宋词习创新”。

所谓“新理念”，就是“一步到位写新词”。

所谓“新方法”，就是“吟着唱着学写诗”“诵着唱着学填词”。

所谓“创新的教材”，道出了本书“教材”的创新本质。

所谓“自学的良师”，说明了这本“教材”的适用者及学习方法。

所谓“入门的助手”，定位了这本“教材”在自学时的角色。

创新还表现在本书的方方面面。比如书前的《五七言律、绝格式图》，是其他同类图书上很少见过的；比如作者创造性提出的“四个首句要记全”“抓住首句是关键”“三条法则记心间”及“律、绝公式速记法”，简单、易懂、准确；比如作者改编创作的两首歌《我学格律诗》与《学格律诗并不难》，是他人从来没有尝试过的学习方法；由作者自己探索设计的一套“扑克牌”，更是前无古人地将创作的抽象变成了扑克的形象，将学习的枯燥变成了趣味性娱乐，将诗词的创新变成了愉快的创造。

这本书的作者刘鸿岐先生，原来是尉氏三中的一位物理老师。因为数理化学得不好，我在尉氏三中读书时被分在了文科班，因而错过了听他授课的机会。但让我没有想到的是,他的诗词创作才华在退休以后担任尉氏诗词学会秘书长时得到了充分发挥,先后出版了《江山集》《江山集(续)》两本诗词作品集——其中,《江山集》就由我荣幸作序。我更没有想到的是,他在担任开封梁苑诗社副社长之后,对于度词新词创作和理论的研究热情犹如火山爆发。最出乎意料的,是他亲自动手编写了这本充满趣味、充满创意的自学"教材"——《学习诗词快捷门》。也就是说,这本"教材"完全诞生于他在梁苑诗社的讲课课堂上。经过多年的授课实践证明:他这种具有自己鲜明特点的创新理论,受到了数百名诗友的热情鼓励和热烈欢迎。

当然,与那些专业化人士、专家性作者的同类"教材"相比,本书的理论化程度差了些,体例的完整性弱了些,专业的严谨性还不太好。但是,作为一个完全靠自学的、非专业化的高中物理教师而言,鸿岐老师为此所付出的艰辛和心血,则是可想而知甚至根本就是我们不可想象的。

"实践是检验真理的唯一标准。"我相信:这本已被多年实践所证明了的自学诗词创新教材,肯定会受到更多读者欢迎的!

正因为本书编写和出版动机的非功利性,更值得我们肃然起敬!

也许,这就是我们的师生缘分!作为当年未曾听他一堂课的学生,我自己摸索和首倡了度词新词的理论与实践;作为当年未曾教我一堂课的老师,他自己探索和编写了第一本有关度词新词的创新"教材"。在这本"教材"中,他出于对学生的偏爱,引用了我一些不成熟的新词作品。我在感到幸福之外,更感到一些莫名的压力——假如,当年在中学时有机会聆听他的创造性教学,我或许会更有出息一些?!

借此机会,请允许我郑重地呼唤并问候一声:"鸿岐老师,您好!您本身就是一面创新的'红旗',谢谢您了!"

是为序!

甲午年立夏日后一天于中州知时斋

关于新词是否“去格律化”问题给齐遂林先生的复函

尊敬的遂林兄：

您好！在今年的第二届中华诗词创新高峰论坛上，有幸聆听到诸位方家关于度词新词及诗词创新的高论，颇受教益。由于时间关系，当时未能及时答复先生现场提出的相关问题，深感遗憾。现借回复您的邮函之机，谨据顺序一一答复如下：

第一，非常同意您关于“‘新词’已在国内同好中产生了很大影响”的说法。如中华诗词创新研究会，就是在各地原来“度词新词研究小组”基础上成立的。研究会成立多年以来，已连续成功地召开了三次“天下诗林大会”，成功举办了两届“中华诗词创新高峰论坛”、两次“天下诗人拜诗圣”活动。同时，研究会还以“仙客来坊度假园区”为依托，创造性地建设了专门由诗人植树并进行诗歌创作的“天下诗林”。而今，“天下诗林”已经陆续开辟了“奠基林”“甲午林”“乙未林”“丙申林”“京华林”“状元林”“仙客林”“春晚林”等专题林区，以供不同时间、不同群体甚至不同区域的诗人植树写诗。此后，我们还将陆续开辟“度词林”“新词林”“新诗林”，以进一步彰显“诗词创新”的特色。

第二，关于“新词彻底打破平仄”的建议，其实就是一个中华诗词“去格律化”的问题。对于“新词”来说，虽不是您首先提出来的，但确实也代表了一部分诗友的意见。就这个问题，我多年前在《度词：当代诗词创新中的技术革命——度词新词问题答疑系列之二》中已进行了阐述：“首先，这是由我们所讨论的对象决定的，我们研究的前提就是中华诗词而不是当代新诗。其次,中华诗词是中华民族历经数千年来产生、发展并积淀而成的文化瑰宝和文学精华,是汉语言文学最佳的文学表现形式之一,是任何一种汉语言文学形式或民族文学形式都难以比拟与替代的。再次,中华诗词在其数千年、当代新诗在其近百年的发展进程中,均表现出自身的优势与弊端。优劣互见,当然还是中华诗词树大根深,长多弊少。而我们进行诗体创新的目的,就是要取长补短、扬长避短!所以,这种新的诗体就只能是区别于二者但又以中华诗词为主要基础的新的诗歌形式。”这里所说的“区别于二者”,就是”句法上体现平仄”与“章法上彰显自由”。

从您的来邮中可知,您之所以“不论平仄”的理由,原来是“在欣赏文学代替声乐文学的今天,人们欣赏的要求已远远大于声律”,“‘倚声填词’这个铁的定则也应该在‘新词’中被打破”的观念。遂林兄请注意:“新词”创作的本身就是为打破这个“铁则”而诞生的创作方式!而您所提出的只是一个打破程度的问题:是全盘否定还是有所保留?

作为老朋友,我请问遂林兄:如果没有了“平仄”这样一个最基本的艺术特征,那么中华诗词不是又要走上新诗“去格律化”的道路?而新诗“去格律化”的种种弊端,恐怕您的心里很清楚。您肯定不希望这些已经被实践证明了的弊端再出现在我们的“新词”中吧?

第三,“‘新词’诞生伊始就完全脱离宋词词牌而进入独立创作,会不会像当年‘文革’中的小靳庄诗歌那样,变成一种新的民歌体?”遂林兄的这种担心是可以理解的,但却又完全是多余的。小靳庄诗歌的产生,在内容上首先是在当时特殊政治、文化背景之下产生的,而这种背景永远也不会再有了——此其一。其二,当时那种特殊“民歌体”的产生,也恰恰是一种在艺术上“去格律化”创作的必然结果。其三,所谓“民歌体的小靳庄诗歌”,首先是一种句式整齐的“诗”,而不是句式参差的“词”。如果说您所担心的是“概念化、口号化、夸张化”等现象,那么这种现象是所有诗歌形式都有可能出现的情况,只能寄希望于诗人艺术素质的逐步提高，而不是“新词”的去格律化。

第四，您所说的“‘新词’是否要分两个阶段走”的问题，属于个体作者在学习“新词”创作过程中的方式、方法范畴。在这里，我得代表这些作者谢谢您，因为您为大家明确指出了一个进行“新词”创作的学习阶段，而且我相信也是一种切实可行的学习方法。

第五，“宋词”只是相对于“唐诗”或“元曲”而言的文化概念，而不是如“诗”“词”“曲”“绝句”“古风”这样的文体概念。“词”诞生于隋朝的“曲子词”，兴盛于宋而延续至今。所以，在表现“词”的文体意义时，是不能以“宋词”或“新宋词”等文化意义来代替的。

实际上，我早已注意到您提出的“新宋词”概念及作品，也很欣赏您的创新意识与创新勇气，而您的“新宋词”其实就是不论平仄的。以我个人之见，“新宋词”之所以不论平仄，是因为您只感到了平仄有些“束缚”的一面，还没有意识到平仄无与伦比的艺术魅力。所以，我建议您稍微下点儿功夫研究一下平仄，您的作品就是非常之好的“新词”作品。希望您早日加入到“新词”创作的队伍中来。

第六，关于对“新词”最好使用“一次性词牌”的说法，是相对于“按谱填词”并“倡导每一首新词都有所创新”的意义而言，谁也没说过不允许“后人按词牌填词”。根据我的理解，词牌的作用除后人可以“按谱填词”外，首先是作为体裁意义的必备要素而存在的。按照一般说法，仅现有的古代词牌约有两千个之多，而常用词牌其实也就是几十个，从没有人因此提出“词牌何用”的质疑。

写到这里，我倒是想请教遂林兄：你前面提出要打破“按谱填词”的铁则，这里却又考虑后人“按谱填词”的需要，是否这本身就存在一种矛盾心理呢？

以上浅陋之复，不知道是否可以为先生释疑？

国钦

2016 年 5 月 16 日于中州知时斋

说
入史

当代诗坛应该有一个『新旧繁荣、和谐共存、科学创新、持续发展』的整体文化思考……泱泱多元化的中国文化，更是一种大胸怀、大包容的文化；滔滔而漫长的中国诗歌史，也是一种多形式、大并存的诗歌历史。

试论“诗词入史”及与新诗的和谐发展
——兼与钱理群、王富仁、王泽龙、陈国恩等教授商榷
（修订稿）

在中国现当代文学史上，曾经有一个非常特殊的文学现象，就是当代诗词与白话新诗此消彼长、同时并存的现象。相当一段时期内，二者还存在有相互轻视甚至相互敌视的情况。而当代诗词与白话新诗是否能够并存发展，主要表现在“诗词是否可以进入当代文学史”这样一个焦点问题上。讨论由来已久，至今莫衷一是。

2016年恰逢白话新诗诞生100周年。就当代诗词与白话新诗的和谐发展问题进行深入讨论，对促进二者的并荣共生无疑具有重要的建设性意义。

“现代文学性”论者如是说……

自《诗经》迄清，数千年中国文学的成长史在本质上主要就是中华诗词的发展史。其间，五言兴而四言不废，七言兴而五言犹盛，杂言兴而多言并存。正是这多言形式、多种诗体和谐共存的客观实际，才共同形成了中国诗歌的诗运长久与源远流长。20世纪以来的新诗兴起、旧诗式微，不过是“文学随世运，无日不趋新”①的正常现象而已。

王泽龙教授在《关于现代旧体诗词的入史问题》一文中认为：“中国现代文学与中国古代文学根本的不同，是‘五四’开始的现代文学具有了古代文学不具备的现代性特征。文学的现代性不仅是文学的思想内容、精神特征的现代性，而且是包括了文学语言、文体样式、文学

思维等文学本体形式的现代性特征的。就诗歌而言，主要体现为诗歌语言、诗歌体式、诗歌音节、诗歌意象、诗歌诗思等方面的现代性特征，这些是构成现代诗歌区别于古代旧体诗歌的不同诗质性因素。”② 陈国恩教授也有相类似的看法。③

笔者不敢苟同两位教授的观点，理由有三：(一)所谓的“现代”与“古代”之分，主要是基于历史学因素而人为界定的时间概念，其原本意义与文学自身并无必然联系。(二)作品是否属于“文学”范畴，不能将文本形式作为主要的判别标准。笔者认为，应该把王教授的论点颠而倒之才更合情理：“文学的现代性不仅表现为语言、样式、思维等文学本体形式的现代性，而且更应表现为作品在思想内容、精神特征上的现代性。”(三)无论“新诗”或“旧诗”，其本质首先都是“诗”。语言、形式、音节、韵脚等外在因素，都是被用来为表现作品内容服务的。如果说只有使用散文化的语言分行排列才算“现代”、才算“文学”，只要采用格律化排列形式就“古代”、就“非诗”了，本人认为是没有道理的！

葬我于高山之上兮，望我大陆。大陆不可见兮，只有痛哭。
葬我于高山之上兮，望我故乡。故乡不可见兮，永不能忘。
天苍苍，野茫茫；山之上，国有殇。

以上这首《望大陆》，是国民党元老于右任先生的临终绝唱。这样的一种“骚体”形式，既可分段展示亦可分行排列，不知将会被王教授归入“现代文学”抑或“古代文学”？而无论归入何“代”文学，是否能对作品自身的内容、思想或意境产生些微的影响作用？

钱理群教授曾这样认为：“所谓‘现代文学’，即是用现代文学语言与文学形式，表达现代中国人的思想、感情、心理的文学。”④ 那么请问：难道中国作家表现外国人在中国生活的思想、感情、心理的作品就是外国文学了？难道现代作家表现古代人在当时生活的思想、感情、心理的作品就是古代文学了？难道科幻作家表现未来人生活、思想、感情、心理的作品就是未来文学了？如此定义“中国的现代文学”，何其滑稽也哉！

“文学经典”论者如是说……

王泽龙教授十分明确地表示：“文学史应该是文学经典化的历史，是后人对既往文学的不断选择与淘汰。具有文学史意义，在一定阶段的文学历史上发生过影响，对后世文学具有先导性与启发性意义的作品，才是文学史主要研究的对象。经典化原则是文学史演进的必然要求。在这个意义上，我认为20世纪的旧体诗词，也包括20世纪的文言小说、文言散文，在20世纪的文学历史中不具有经典性意义，可以不纳入文学史研究的范畴。”⑤

作为一个著名大学的一位著名学者，王教授应十分熟悉鲁迅先生的《自嘲》和《自题小像》，不知其中的“横眉冷对千夫指，俯首甘为孺子牛”与“寄意寒星荃不察，我以我血荐轩辕”是否经典？毛泽东1945年在重庆《新民报·晚刊》发表的《沁园春·雪》，曾否具有重要的历史意义和文学价值？

聂绀弩诗词早就被评论界称为“绀弩体”，其作品中寓庄于谐的智慧、化丑为美的深刻和随手拈来的功力，至今恐亦无人能出其右矣。如其《挑水》：

这头高便那头低，片木能平桶面漪。
一担乾坤肩上下，双悬日月臂东西。
汲前古镜人留影，行后征鸿爪印泥。
任重途修坡又陡，鹧鸪偏向井边啼。

难道王教授不认为这些作品具有现代性和经典性吗？当然，王教授肯定非常熟悉胡适先生，也一定还记得他的《尝试集》和他自序中的那阕《沁园春·誓诗》[6]吧：

更不伤春，更不悲秋，以此誓诗。任花开也好，花飞也好；月圆固好，日落何悲？我闻之曰："从天而颂，孰与制天而用之？"更安用，为苍天歌哭，作彼奴为！　　文章革命何疑！且准备搴旗作健儿。要前空千古，下开百世；收他臭腐，还我神奇！为大中华，造新文学，此业吾曹欲让谁？诗材料，有簇新世界，供我驱驰！

中国"新诗之父"的《尝试集》是否经典？而《尝试集》中的新诗作品到底有几首堪称经典？以上这一阕《沁园春·誓诗》当属于现代文学或是古代文学？胡适在这里使用了传统的词的形式而不是新诗的形式来"誓诗"，其深意何在？又说明了什么呢？

"语体形式"论者如是说……

"它（现代新诗文体）包括了四个方面的主要诗质性因素。一是自由的诗体，二是白话的诗语，三是自然的音节，四是现代的诗思。""现代汉语是与现代自由诗体相生相融的诗质性因素，很难与古代诗歌文体形成有机性的互融。"[7]王泽龙教授的这些观点，确实概括了白话新诗的基本特性。但新诗所具有的艺术特性如果就能作为旧诗不能入史的理由，不亦荒唐乎？！"新月社"主要成员闻一多先生，晚年曾有一首非常著名的《检讨》：

六载观摩傍九夷，吟成鴂舌总猜疑。
唐贤读破三千纸，勒马回缰写旧诗。

臧克家先生则表示："我是一个两面派，新诗旧诗我都爱。"他在

《八十抒怀》中写道："自沐朝晖意蓊茏，休凭白发便呼翁。狂来欲碎玻璃镜，还我青春火样红。"又在《寄陶钝同志》中写道：

碧野桥东陶令身，长红小白作芳邻。
秋来不用登高去，自有黄花俯就人。

王教授不以为这些作品的音节很自然、诗思很现代吗？不以为这些作品中现代汉语与古代诗歌文体的有机性互融很成功吗？如果在文学史中仅谈臧克家先生的新诗而回避其旧诗，那还能完整地呈现并了解臧克家先生的诗歌艺术创作吗？

笔者认为：以散文化语言排列的新诗，为中国的现代文学注入了西方文化的因素并成为一种时尚的诗歌体裁，正是中国文学海纳百川、有容乃大的最好表现。比如元曲，最初就是以北方少数民族的通俗俚语进入中原诗坛而发展兴盛的。但当元曲成长为主流诗体之后，却从未排斥唐诗、宋词的正常发展。正是以包括四言、五言、七言、杂言形式为代表的，以唐诗、宋词、元曲为主的诗词曲作品，才整体形成了符合中国人欣赏习惯的、具有中国特色的诗歌形式和经典代表。这正如西装在中国的流行，恰恰说明了中国人适应时代、与时俱进的情怀；正因为只有唐装（旗袍）才毫无疑义地代表着中国的特色文化，尽管今已不再流行，也依然别无选择地成了 2001 年上海 APEC 峰会上代表中国的东方服饰。新诗与旧诗之道理，也正如西装与唐装（旗袍）的道理一样。我们从未听人怀疑过唐装（旗袍）的经典性与文化价值，王教授们却为何独对旧诗如此苛刻或不释呢？

鲁迅先生当年在讨论如何使木刻艺术得到发展时说过："现在的文学也一样，有地方色彩的，倒容易成为世界的……"[⑧]后人普遍把这话理解为"只有民族的，才是世界的"，想来鲁迅先生也不会太反对的。通过鲁迅先生的这些话，我们倒是值得进行一些必要的反思：我们中国真正被世界文学所承认、所欣赏的诗歌形式到底是什么？是本土生长的旧体抑或西方移植的新体？以毛泽东诗词为例，在《毛泽东诗词鉴赏》（增订二版）附录二的最后，主编臧克家先生专门收入了翻译家王丽娜同志的文章《毛泽东诗词在国外》，系统介绍了数十年来毛泽东诗词被国外翻译介绍的情况："海外学人一致公认，毛泽东是当之无愧的'中国的伟大诗人'，在现代诗坛具有特殊的地位。他的诗词是中国传统文化和现代社会政治融为一体的独特的艺术珍品，他的诗词不仅揭示了现代中国的历史进程，而且也展示了现代诗歌风貌的一个侧面。"[9]毛泽东诗词在世界诗坛上的影响，不知旧诗或新诗中有几人能够与其比肩？

"学术压迫"论者如是说……

唐弢教授曾明确表示："我们在'五四'精神哺育下成长起来的人，现在怎能提倡写旧体诗？不应该走回头路。所以，许多文学史完全没有必要把旧体诗放在里面做一个部分来讲。"[10]此论使人颇感奇怪——谁如果一写旧体诗，好像谁就在"走回头路"。

其实，恰恰正是"20世纪之初的新文化运动，在反对封建文化的大潮中，由于对'传统文化'的偏颇认识和过激行动，'把洗澡水和孩子一起泼掉了'（列宁），致使中华诗词的正常发展，受到了非正常的严重冲击"。20世纪90年代初期，笔者在"新纪元中华诗词艺术书库"总序中谈到的这个问题，曾为许多的学者、诗人所认同。而唐教授却以这个问题进行"反证"，并将新诗、旧诗如此刻意对立而论，不亦太"个性"乎？

退而言之，胡适、鲁迅、闻一多们是不是"在'五四'精神哺育下成长起来的人"？胡适当年就曾在《新青年》杂志上发表过7阕旧体形式的"白话词"，而《尝试集》三编中的第一编，也收入了他的旧体作品——笔者不知唐教授对此如何理解。就当时的主要诗人而言，除胡适、郭沫若、郁达夫、陈迩冬等新诗、旧诗都写外，鲁迅先生更是以旧体诗为主要形式进行诗歌创作。而曾写出了《十四行诗集》这样新诗杰作的冯至先生,在20世纪50年代之后也开始向旧体诗靠拢。那么请问:当年这些五四运动的健将们,是不是从一开始就在“走回头路”?那么他们为什么要“走回头路”呢?

笔者知道,王泽龙教授也注意到了“有的新诗人后期或晚年转向旧体诗歌创作”这一现象,并分析“是有着一些社会、文化等方面原因的,不是一个简单的对自由体诗歌的自我否定的问题”。我们且不说毛泽东关于“用白话写诗,几十年来迄无成功”的观点,臧克家先生自己就有一段话,或许可以作为他和部分新诗人晚年更喜欢旧诗的一个注解吧:“几十年来,新诗的散文化倾向是严重的。抽象的说教,直白的道情,使诗失去了鲜明的形象,减却了引人入胜的魅力。”[11]

其实,唐弢教授的论点还算比较委婉,而王富仁教授的论点则更是毫无掩饰:“作为个人的研究活动,把它(指旧体诗词)作为研究对象本无不可。但我不同意写入中国现代文学史,不同意给它们与现代白话文学同等的文学地位。这里有一种文化压迫的意味,这种压迫是中国新文学为自己的发展所不能不采取的文化策略。这里的问题不是一个具体作品与另一个具体作品的评价问题,而是一个引导现代中国人在哪个领域发挥自己的创造才能的问题。也不是它(旧体诗词)还存在不存在的问题,而是一个它在现当代中国存在的意义与价值的问题。”[12]此前,笔者从未料到有人会故意打压旧体诗词。而今如此看来,我确太天真了,某些学人确实是“蓄意为之”了。

关于这一点,刘梦芙先生的一段话,已给王富仁教授以有力的回复:“身为学人的王先生,公然宣扬以一种文化压迫另一种文化的论调,美其名曰‘文化战略’,语气如此专横霸道,这哪里有半点‘五四’精神中自由、民主、平等、科学的气味!新文学不以合理的方式健康发展,不以本身的创作实绩去接受历史的检验,却用排斥旧体诗词写入现代文学史的‘战略’(实为专制的手段)来保持唯我独尊的地位,这与胡适、陈独秀们要打倒的封建主义在本质上有何区别?在思想解放、文化多元的今天,真是不可以理喻了。”⑬

笔者认为:作为著名学者的王富仁教授,把对旧体诗词的“压迫”提升到一个“不能不采取的文化策略”的高度,原本是要以自己的高压手段让旧体诗词“知难而退”,但无意间却充分表现了新诗的“色厉内荏”——如此“现代”“经典”和“不可替代”的新诗,不是已经沦落到以“压迫旧诗”来换取自身生存价值的可怜之境了吗?

“不宜提倡”论者如是说……

陈国恩教授称:“虽然这些现代的诗人,都说过青年人不宜学写古体诗词,他们当然更不会主张要把这些今人写的古体诗词纳入现代文学史……”⑭

所谓“不宜提倡”,其实就是毛泽东在当年写给臧克家的信中之言:“这些东西,我历来不愿意正式发表。因为是旧体,怕谬种流传,贻误青年……”又说:“旧诗可以写一些,但不宜在青年中提倡。因为这种体裁束缚思想,又不易学。”⑮这仅仅是诗人之间的一封私人通信,也仅仅是毛泽东式的个人谦逊,但绝不是他作为国家领袖所倡导的文艺政策。任何的断章取义或者片面理解,都不可能得出一个正确的结论。20世纪90年代初,笔者在《诗词:该如何对待毛泽东?》一文中曾经充分说明自己的观点,这里就不再赘述。

毛泽东曾当面对梅白说:“另一方面,旧体诗词源远流长,不仅像我们这样的老年人喜欢,而且像你们这样的中年人也喜欢。我冒叫一声:旧体诗词要发展,要改造,一万年也打不倒。因为这种东西最能反映中华民族和中国人民的特性和风尚,可以兴观群怨嘛!怨而不伤,温柔敦厚嘛!”他甚至还说:“谁看那个新诗?除非给我一万元大洋。”⑯

客观而言,毛泽东关于“一万元大洋”的话对新诗人来说肯定是过于刺激了,但无疑却是他的内心话。尽管如此,旧体诗人都知道这是毛泽东的个人好恶,是不必认真计较的。

“死亡之旅”论者如是说……

所谓的诗词为“夕阳文学”论,在诗词界几乎无人在意。因为诗词这片文学的“夕阳”,不仅益呈“满目青山夕照明”之势,并且显得越来越光亮、越来越辉煌了。也许是陈教授们颇有“戚戚然”之感,所以就更加明白地断定:“我不得不坦率地说,那也仅仅是展现这种古典诗词在现代文学史上的死亡之旅!”更有甚者,陈教授在表示“越往后会写的人越少”之后说:“这不是展现古典诗词这一形式在中国现代文学史上的死亡又是什么?”[17]对当代诗词发展状况如此陌生,却敢下如此肯定之“结论”——笔者很为陈教授这种闭门造车的“书斋”精神和刻舟求剑的治学态度而“感动”。

且不论现当代文学史上马一浮、谢无量、柳亚子、刘永济、汪辟疆、陈寅恪、吴宓、夏承焘、俞平伯、张伯驹、唐圭璋、龙榆生、詹安泰、缪钺、施蛰存、吴世昌、钱仲联、钱锺书、程千帆、沈祖棻、饶宗颐、周策纵、周汝昌、霍松林、叶嘉莹、寇梦碧等名师大家们所取得的艺术成就,即便从中华诗词学会于1987年6月在北京成立近30年来,全国各地诗词事业的发展风起云涌,形势空前喜人,各种性质的诗词社团也如雨后春笋般在全国八方开花、全面成长。据粗略估计,全国各地的诗词爱好者当有300万之众,中华诗词学会更是以将近10万会员的实力成为全国遥遥领先的民间社团之首。其中的年轻会员不在少数,各种形式的全国青年诗词研讨活动更是连续不断。

久蛰思高举,同怀捧日心。
曾教鳞爪露,终乏水云深。
天鼓挝南国,春旗荡邓林。
者番堪破壁,昂首上千寻。

1992年6月至8月，首届中华诗词大赛在北京隆重举行，参赛者达两万多人，地域遍及国内所有省区、海外16个国家和地区，参赛作品达10万余首。以上这首《壬申春日观北海九龙壁有作》，就是王巨农先生在这次大赛中取得一等奖第一名的作品[18]。

让我们顺便盘点一下当代诗词的部分优秀之作。如袁第锐的《赠蛇口工业区》：

明珠缀海实堪夸，改革征程未有涯。
泯却零丁千古泪，要从蛇口看中华。

如林锴的《初乘羊皮筏》：

九曲飞流千折波，每将慈母拟黄河。
百年乳哺惭无报，还卧摇篮听母歌。

如吴北如的《高尔夫球场感怀》：

万顷良田建草场，牛羊不见绿茵香。
飞杆一击千金掷，便是平民百日粮。

如刘庆霖的《冬天打背柴》：

一把镰刀一丈绳，河边打草雪兼冰。
捆星背月归来晚，踩响荒村犬吠声。

再如杨逸明的《忆初恋》：

与汝相亲始惹痴，至今心醉卜邻时。
小窗人对初弦月，高树风吟仲夏诗。
梦好难追罗曼蒂，情深可上吉尼斯。
浮生百味都如水，只有童年酒一卮。

除在形式上采用格律形式外，这些作品哪一首没有使用当代语言来表现当代生活？笔者可否请问陈教授：以上这些活动或作品，都是在“展现这种古典诗词在现代文学史上的死亡之旅”吗？果若如此，笔者也真无言矣！

“不能替代”论者如是说……

陈国恩教授认为：“它（指古典诗词）不能取代现代诗的地位，代替现代诗来表达现代人所要表达的东西。”[19]这个论点简直是匪夷所思！何时何地何人要用古典诗词来代替现代诗的地位了？

在谈到新诗与旧诗的关系时，臧克家先生曾说：“新诗，是潮流所趋；而旧体诗则是潜流，若断若续。”[20]作为一个终生从事诗歌创作的著名诗人，其态度、其观念不值得我们某些学者认真学习吗？但笔者认为：旧体诗还不仅仅是一个“若断若续”的问题，而是即将复兴、正在繁荣的问题。在多数文学刊物整体效益欠佳、印数普遍下滑的情况下，创办于1996年的《中华诗词》杂志却异军突起，自然印刷发行量已稳步攀升达50000册以上。在许久不再增批新刊号的背景下，中宣部却于2015年批准《中华辞赋》公开出版发行……而各地的诗词类报刊有近千家之多。至于在专业网站、一般网站或个人博客上发表诗词的数量，更是不可计数。

在2008年的北京奥运会开幕式上，“和”的传统理念借助于现代科技得以完美体现、完美表达。国家无论贫富，项目无论大小，人种无论黑白，统统可以同台竞技、一比高下，胜者可以平等地获得相应项目的金牌。笔者认为：在新诗与旧诗之间，地位只有相对的“主流”“非主流”之分，不应该有“入史”“不入史”之论。作品只有相对的“多”与“少”、“优”与“劣”之别，不应该有“新”与“旧”、“高”与“低”之说。其命运也许会有“幸”与“悲”、“好”与“差”之判，岂能进行一些人为的甚至是故意限制与压迫？

笔者部分同意钱理群教授的意见：一是旧诗在表达现代人（现代文人）的思绪、情感等方面并非无能为力，甚至在某些方面还占有一定的优势。这就决定了旧诗词在现代社会不会消亡，仍然保有相当的发展天地。二是旧诗词的表现功能又是有一定限度的，不必回避这一点：在表达超出了特定‘情感圈’的现代人的更为复杂、紧张、变化节奏更快的某些思绪、情感方面，旧诗词的表现力比之现代新诗是相形见绌的。因此，旧诗词的发展余地也是有一定限度的。这也就决定了新诗与旧诗是只能互补而不能相互替代的。[21]如此，才真正见出了这些著名学者的公允和部分言权者的风范！

“艺术歧视”论者如是说……

在全国各地的文联、作家协会，能够以诗人词家身份加入者恐怕是凤毛麟角、寥若晨星。在有的地方，诗人词家也许根本就是一种不能入会的标签。在一般的文学刊物上，发表一首诗词作品也是那么的不容易！惜之者，这并不是个别地方的个别现象，而是多数地方的普遍情况；悲之者，一些学者竟在客观上为之呐喊助威！

某年某月，某地举办了一个跨省区的“文化行”大型活动，当地诗词学会应约挑选了数十位诗人的数十首诗词作品，由当地的书画家进行书画再创作后参加了这次活动。在活动结集出书之时，参加活动的书画家无一遗漏地刊登了照片和简介，唯独不予刊登诗人词家的简介与照片，甚至连诗词学会所做的种种工作都只字未提……

在这里，诗人词家们的艺术尊严被完全忽略了！

或许,对于这种在全国范围内普遍存在的现象,大家已经司空见惯了。但笔者认为:这并不仅仅是某个人或某些人的艺术偏见,而是一种由来已久、不折不扣的“艺术歧视”! 不准诗词入史者,正是种种“艺术歧视”现象的表现形式之一。而这种现象,则是比其他任何形式都更为可悲的“歧视”!

当然,我们必须承认:现在的社会早已不是唐诗宋词的鼎盛时代。社会的多元化、文学的多元化和社会历史的各种原因,已使诗词从文学的主角地位退居为配角地位,任何人没有能力也没有必要恢复诗词昔日的辉煌。但是,我们需要得到应有的艺术尊重!

“和谐共存”论者如是说……

在我国的现当代诗坛上,曾有过两个同时涉及新体旧体翻译的事件,颇耐寻味——

其一,对匈牙利著名诗人裴多菲的著名诗篇《自由与爱情》,有过殷夫、孙用、茅盾、兴万生等多人的汉译版本。如孙用的白话译诗是:

自由,爱情!/我要的就是这两样。/为了爱情,/我牺牲我的生命;/为了自由,/我又将爱情牺牲。

兴万生的译诗是:

自由与爱情!/我都为之倾心。/为了爱情,/我宁愿牺牲生命;/为了自由,/我宁愿牺牲爱情。

而殷夫的五言译诗是:

生命诚可贵,爱情价更高。

若为自由故，二者皆可抛。

其二，是对鲁迅七绝《无题》的白话翻译。原诗是：

万家墨面没蒿莱，敢有歌吟动地哀。
心事浩茫连广宇，于无声处听惊雷。

1961年10月，毛泽东把鲁迅的这首七绝赠送给以黑田寿男为团长的日本友好代表团，郭沫若与臧克家等新诗名家都曾作过白话翻译。郭沫若的翻译是：

到处的田园都荒芜了，/普天下的人都面黄肌瘦。/但是，谁个敢咳一声嗽？/失望的情绪到了极点，/怨气充满了整个宇宙。/谁说这真是万籁俱寂呢？/听，有雷霆的声音在怒吼！

臧克家的翻译是：

全国的人民受着熬煎，/求生不得像囚犯一般。/悲惨的景象充满双眼，/可是啊，那般歌吟却动地感天！/我心里真是感慨万端，/像广阔的大野茫茫无边。/群众噤口像火山默缄，/苏生的惊雷已响在耳间。

以上同一首作品的不同表现形式，到底哪一种更具有诗的本质性艺术水平呢？还需要说明吗？笔者相信读者自有公论。

曾以《古典诗词曲与现当代新诗》蜚声学界的杨景龙教授，在接受记者采访时，连用五个“有利于”解读了“中国古典诗学与20世纪新诗”这个课题的深刻内涵：

（一）有利于树立中国诗歌史和文学发展演变史的整体概念。

(二)有利于加强中国古典诗学研究的当代性。

(三)有利于理清现当代新诗的诗学背景和诗艺渊源,从而对古典诗歌的现代价值和现当代新诗的艺术成就作出较为准确公正的评估。

(四)有利于打破古典诗学研究相对保守的局面。

(五)有利于加强当代白话新诗和旧体诗词之间的互相学习交流,共同促进民族诗歌的再度繁荣。

杨教授这些高屋建瓴的解读,不仅有利于新旧诗歌的和谐发展,而且将使新诗、旧诗的取长补短、继承弘扬成为一种现实的可能,成为一种历史的必然。

笔者认为:当代诗坛应该有一个“新旧繁荣、和谐共存、科学创新、持续发展”的整体文化思考。新诗虽然自觉借鉴于西方诗歌的散文化形式,但它毕竟要在中国文化的土壤里健康成长,为何不能从旧诗的悠久传统中汲取优秀营养以弥补本身的先天不足?旧诗虽然年高德劭于悠久的文化传统,但也需要向新诗的语言、意象及手法学习以弥补本身的后天不足。那种以己之长攻人之短的“讨论”,其实就是一种不公道、不厚道的表现。

悠悠数千年的中国历史,就是一部多民族、大融合的历史;泱泱多元化的中国文化,更是一种大胸怀、大包容的文化;滔滔而漫长的中国诗歌史,也是一种多形式、大并存的诗歌历史。有鉴于此,这样一首作品《度词·赏秋光》就于1987年10月在古城开封诞生了:

万人空巷,赏秋光,菊占鳌头。菊花仙子,菊海腾龙,菊色入群楼。户户阳台飞霞瀑,家家庭院落彩绸。倩古都、丰姿世绝伦,更菊城,鸣关鸠。　　鸣关鸠,更好逑;携竹侣,结兰俦。经霜傲雪玉骨香,人间自是第一流。走出东篱归原野,天高地远共自由。乘长风、映日竞芳容,举云旌,志未休。

2012年10月,又有这样一首《新词·赏梅兰·纪念辛亥革命100

周年》诞生在郑州：

百年回首，越时空痛饮屠龙酒。义举武昌，血洒羊城，忆当年霜败宫墙柳。扫落叶，挥铁帚。　　党人赳赳，仰先烈精神已不朽。战为民权，死为民生，为民主国人胆如斗。公天下，在胸口。　　白云苍狗。见黑白猫鼠满街走。声号弥陀，意在官仓，奈英魂自赏梅兰藕。隔海望，再携手。

以上两首作品是笔者的拙作，不知读者会给予什么样的评价。您可以点赞，也可以批评，但是请您不要拒绝。她既不是传统意义上的格律诗词，也不是当代意义上的白话新诗，而是由笔者首倡并践行近三十年的一种“新体诗”。她的每一句句法上都有其格律平仄，每一首作品的章法则都像白话诗一样自由。可以押平声韵也可以押仄声韵，而内容、形象、语言、思想却完全是当代的。

像这样一种破土而出的“新诗体”，是否也可以有一个与格律诗词、白话新诗相互并存、和谐发展的空间呢？笔者期待着各位学者、各位专家、各位诗人的批评与指导！

说明：本文中“旧诗”与“新诗”、“古体诗”与“新体诗”、“古典诗词”与“现代新诗”、“中华诗词”与“白话新诗”、“格律诗词”与“白话新诗”等称谓，概念其实一也。论中采用了多位原作者的称谓，读者幸勿混淆之。

注：

①清·赵翼：《论诗》。

②⑤⑦见《文学评论》2007年第5期。

③⑭⑰⑲陈国恩：《时势变迁与现代人的古典诗词入史》，《博览群书》2009年第5期。

④钱理群、温儒敏、吴福辉等：《中国现代文学三十年·前言》，北京大学

出版社 1998 年版。

⑥胡适:《我为什么要做白话诗》,见《回眸〈新青年〉·语言文学卷》,河南文艺出版社 1998 年版。

⑧鲁迅:《1934 年 4 月 19 日致陈烟桥》,见《鲁迅全集》第 13 卷,人民文学出版社 2005 年版。

⑨王丽娜:《毛泽东诗词在国外》,见《毛泽东诗词鉴赏》(增订二版),河南文艺出版社 2003 年版。

⑩转引自钱理群:《返观与重构——文学史的研究与写作》,上海教育出版社 2000 年版。

⑪臧克家:《毛泽东同志与诗》,见《毛泽东诗词鉴赏》(增订二版),河南文艺出版社 2003 年版。

⑫王富仁:《现代文学研究丛刊》1996 年第 2 期。

⑬刘梦芙:《20 世纪诗词理当写入文学史》,见《诗词界(壹)》,河南文艺出版社 2009 年版。

⑮毛泽东:《致臧克家等》,见《毛泽东诗词鉴赏》(增订二版),河南文艺出版社 2003 年版。

⑯梅白:《回忆毛泽东论诗》,转引自《守望者说》之《诗词:该如何对待毛泽东》,大象出版社 2004 年版。

⑱见《金榜集》,学苑出版社 1993 年版。

⑳转引自文言:《格律诗词热了,新诗怎么办?》,见 2007 年 6 月 18 日《人民日报》(海外版)。

㉑钱理群:《一个有待开拓的研究领域》,见《二十世纪诗词评注》,广西师范大学出版社 2005 年版。

2009 年 7 月 10 日初稿

2016 年 4 月 28 日修订

2016 年 8 月 30 日重新修订

大名穿越来千古，广厦当归老杜魂

——“诗圣杯”纪念杜甫诞生1300周年海内外诗词大赛筹备、征稿、评选工作报告

各位领导，各位学者，各位诗友：

“诗圣杯”纪念杜甫诞生1300周年海内外诗词大赛（以下简称“‘诗圣杯’诗词大赛”），即将落下帷幕。当此之时，我们对中华民族值得为之骄傲与光荣的伟大诗圣——杜甫，尤其表示深切的怀念与无比的敬意！在中原经济区建设被提升至国家层面和大力促进社会主义文化大发展、大繁荣的历史背景之下，本次的“诗圣杯”诗词大赛，从2011年12月到2012年12月，无论是大赛的筹备工作、活动组织，还是大赛的影响范围、整体水平，都取得了有目共睹的成果。受本次大赛组委会与河南诗词学会的委托，现将有关的筹备、评选情况报告如下：

第一，筹备工作扎实认真。

本次的“诗圣杯”诗词大赛活动，开始启动于2011年12月的常务理事会。会长李学斌在大会上郑重提出：开展“诗圣杯”诗词大赛是我会2012年的一项重要工作。2012年元旦刚过，河南诗词学会就正式开始了本次大赛的筹备工作。在此后3个月的时间里，经有关领导同志的热心协调和参与筹备人员的积极努力，先后克服了许多始料未及的困难，终于完成了大赛的筹备工作。尤其是中华诗词学会、中华诗词研究院、诗刊社、中华诗词论坛、河南省文联及中原诗词网等单位，对大赛的筹备工作给予了高度重视、充分理解和大力支持！中华诗词学会郑欣淼会长，多次亲自听取汇报，并且提出建议，对我们的工作给

予了极大的指导与帮助!

本次大赛的筹备工作,有一个特别值得称赞的举措,就是组委会全部主办、协办单位14家中的12家,在大赛策划书上欣然加盖了单位公章。这不仅象征着主办、协办单位的庄重承诺,同时也代表了河南诗词学会对本次大赛活动的重视和筹备工作的深入与扎实。因故未能盖章的两个单位,则免费全文刊登了大赛的征稿启事,从实际行动上履行了他们的承诺与义务。

2012年3月30日,本次大赛的新闻发布会在河南报业大厦隆重举行。中华诗词学会常务副会长李文朝,专程来郑参加发布会并发表了热情洋溢的讲话。河南省人大常委会副主任王菊梅等有关领导同志参加了这次发布会。大赛组委会作了题为《办好纪念杜甫诗赛,维护杜甫诗圣形象,弘扬杜甫诗歌精神》的筹备报告。《河南日报》《大河报》《郑州日报》等主流媒体,新浪河南、大河网、中原手机报等网络媒体,郑州电视台、河南交通台等主流广电媒体等20多家多形态的媒体应邀参加并进行了大量报道。中原诗词网不仅进行了现场报道,而且具体承办了这次发布会。早在大赛筹备工作开始的同时,征稿启事就从中华诗词论坛“大河之南”版提前挂网并进行固顶,随后在中华诗词学会网及《中华诗词》《中华诗词通讯》《中州诗词》《河南诗词通讯》《中华楹联报》《杜甫》等媒体、报刊先后发出。在发布会召开之后,全国数十家纸媒、网媒更予以大量报道和转载。百度可搜索信息38800条,谷歌可搜索信息1790条,搜狐网可搜索信息394条。筹备工作的积极开展,在海内外产生了广泛的积极影响,为本次大赛的成功举办奠定了良好的基础。

鉴于以上原因,我谨代表河南诗词学会,对所有参与本次大赛主办、网络主办、承办及协办单位的大力支持,向王改正秘书长为促成本次大赛一年以来所付出的辛苦操劳,一并表示衷心感谢!

第二,活动组织严谨有序。

本次大赛的组织工作,在开始就提出了比较完整的策划方案,在新闻发布会之后又统一归属于组委会的领导之下。

为保证大赛统计工作的准确无误,组委会在征稿即将结束时,就专门成立了纸质稿件和电子稿件两个统计小组并指定专人负责。统计小组按照统一设计的登记表格进行逐一统计,并将每一份来稿区分为A卷、B卷——A为存档卷,B为评审卷,从而充分保证了后续评选工作的有序进行。根据征稿启事,来稿作品为1至3首。对于超过3首的来稿,只认可前3首为有效稿件。在大赛于6月30日截稿之后,又延期至7月10日,以保证纸质稿件的完全到稿。

关于本次大赛评委会的组成,组委会主要掌握了两个基本原则。一是评委会成员组成的阶段性:不提前确定和公布成员名单,在大赛进行到各个评审阶段之前,由组委会专门研究并邀请有关人员组成相应的初评、复评、终评评委会,不仅有效避免了评选过程中的人情因素,而且大大加强了评选工作的保密性。二是参与评选人员的代表性:初评由杜甫故里诗词学会与河南诗词学会的11名在郑人员共同组成并各有侧重;复评由全省范围的河南诗词学会与全国各地的7位著名诗人共同组成并协力进行;终评主要由中华诗词学会、中华诗词研究院等单位的7位著名诗人合力组成。郑欣淼、郑伯农、周笃文、李文朝、周兴俊、蔡世平等中华诗词学会与中华诗词研究院的主要领导,亲自担任大赛评委,对终评作品进行了认真而严谨的评选。

按照以上严格的评审程序,在7月12日至7月26日来稿统计工作全部完成之后,所有有效稿件由统计工作人员移交给初评评委。

7月28日至8月15日,初评工作全部完成,从全部8000多位参赛者的近20000首有效稿件中,遴选出1123首作品进入复评。

8月18日至8月30日,复评工作全部完成,从1123首作品中遴选出312首作品进入终评。

9月2日至9月12日,终评工作全部完成,从312首作品中最后遴选出130首获奖作品。评选工作结束后,由统计人员对获奖作品进行了作者信息的最后认定。9月15日,评选结果中的一、二、三等奖作品交付《诗刊》刊登公布。

《诗刊》作为大赛协办单位，其副主编商震先生不仅一开始就对大赛给予了关注和支持，而且积极主动地留出珍贵版面，免费刊登大赛评选结果。《诗刊》这种以实际行动支持诗词大赛的举动，让广大诗友深深地感受到一种心灵的温暖。

从2012年4月18日至2012年12月11日，在组委会主任李学斌和组委会秘书长尹宏隽的联合主持或分别主持下，组委会先后召开有关协调会议20多次，对大赛的组织工作产生了重要的领导和指导作用。自大赛结果在中华诗词学会网、中华诗词论坛和《诗刊》杂志公布至今，从组委会收到的反馈信息来看，广大读者对本次评选结果的公正性给予了充分肯定，对获奖作品给予了高度评价。

鉴于以上所取得的工作成绩，我谨代表组委会，向本次大赛的评委会成员和所有组织工作的参与单位和参与者，表示衷心的感谢！同时对本次大赛中各个奖项的获得者，表示诚挚的祝贺！

第三，海内海外影响广泛。

根据大赛的来稿登记可知：本次大赛的来稿范围涉及了我国大陆所有的行政省区，涉及了我国港、澳、台地区，同时涉及了美国、瑞典、新加坡等20多个地区和国家，而应征参赛人员也几乎涵盖了所有的常规分类人群。

据悉：在本次大赛之前或者同时，还有香港、四川、北京等地举办了主题相同或相近的诗圣纪念活动或诗词征稿大赛。但是，无论在主办规格、持续时间、来稿范围、应征数量、评奖数量等任何方面，还没有比我们本次大赛更高、更长、更广、更多者。

因此，我们完全有理由自豪地说：作为杜甫的诗歌传人，作为诗圣的故乡诗人，在全国各地、各界领导和海内外诗友的大力支持及参与下，以河南诗词学会为主要支撑的大赛组委会，为纪念诗圣诞生1300周年尽心尽力地圆满完成了一件功德无量的文化盛举！

第四，困难重重，迎难而上。

回首整整一年的大赛筹备、组织、评选之路,我们的心中可谓是感慨良多。在当下这个以发展经济为首要任务的社会,尽管促进文化大发展、大繁荣的口号已越来越响亮,但对于纪念杜甫这样的重要文化活动,却依然存在这样那样的观念和意识上的差距及误区。

我们认为:杜甫不仅是中华民族的诗圣,而且是世界的文化名人;纪念诗圣诞生1300周年这个活动本身,就是对优秀传统文化的最好继承,就是对当代诗歌文化创新的有力促进,在河南而言也就是对华夏文明传承创新区建设的一种大力支持。但也有人认为:诗词创作不能直接转化为经济效益,纪念杜甫诞生与经济创收不仅没有任何关系,而且还需要进行一定的经济投入,属于出力不讨好之举。所以,在本次大赛的所有困难中,最主要的困难就是认识的差异和资金的匮乏。正因为如此,我们的筹备工作才进行了3个月之久;正因为如此,我们在10月中旬评选结束之后至12月中旬才举办这次颁奖活动;正因为如此,我们才无法对在大赛中付出艰辛劳动的参与者支付必要的劳动报酬。在这里,我们对期待已久的大赛参与者、大赛获奖者、大赛关注者真诚道一声:抱歉了,请理解!

尽管如此,我们依然力所能及地完成甚至完善着本次大赛。

举一个简单的例子:根据征稿启事,本次大赛设一等奖1名,二等奖3名,三等奖6名,优秀奖若干名。但在终评按分数统计出结果之后发现,最高分579分竟然有两个。怎么办?若按照原来的征稿启事执行,这两个最高分如何取舍?但按照实际情况,则意味着将要产生两个一等奖——这对于资金原本就非常困难的组织者而言,无疑是难上加难。在9月15日的组委会会议上,组委会主任李学斌充分听取大家意见之后决定:两个最高分作品是经评委会反复评选产生的,我们应尊重评委会的意见,资金问题再想办法解决。同时,考虑到本次大赛来稿多、好稿多的实际情况,建议二等奖和三等奖也各增加1名。在征得中华诗词学会、中华诗词研究院等主要主办单位同意之后,组委会毅然公布了本次大赛一等奖2名、二等奖4名、三等奖7名、优秀奖117名的最后结果。

当然,由于本次大赛稿源多、质量高,总共130名的名额毕竟有限,因此一定存在不可避免的遗珠之憾。在这里,还要向未能获奖的广大诗友真诚地道一声:对于你们的理解与支持,我们谢谢了!

“诗圣杯”诗词大赛即将圆满结束,而我们学习和弘扬杜甫诗歌精神的路还很长、很远。什么是杜甫的诗歌精神?该如何弘扬杜甫的诗歌精神?又该如何把弘扬杜甫的诗歌精神与当代文化的大发展、大繁荣最好地对接起来?如何把弘扬杜甫精神与社会主义精神文明建设更好地结合起来?这是本次大赛之后我们需要认真思考的课题。

好雨知时润物新,筑坛迓圣豁胸襟。
大名穿越来千古,热泪吟成济万民。
且喜春光鸣翠柳,还惊酒肉臭朱门。
碑高三吏兼三别,广厦当归老杜魂。

2012年4月12日,巩义杜甫纪念馆在诗圣故里正式开馆。遥对颠簸一生、困顿一生的诗圣,这个纪念馆的建成,终于让我们感到一种心灵上的欣慰。在出席开馆仪式之际,本人怀着激动的心情创作了这首宽韵七律。诗中暗嵌“喜迓老杜,圣魂归来”八个字,希望能够表达我们对诗圣身后1300年终于有了一个纪念馆的无比喜悦之情,也希望能够表达无数诗友呼唤诗圣、伟大时代呼唤诗圣、广大人民思念杜甫的迫切心情。在此,请允许我以此七律作为本次报告的结语,并诚恳地期待着获得大家的批评与指正!

谢谢大家!

2012年12月16日

说诗话

我忽然想起：在当下这个极其浮躁的社会，在而今这个物欲横流的现实中，竟然还有这样一群人在真诚地读诗、写诗、爱诗，竟然还有这样一群人无私地生活在旧诗、新诗、散文诗的世界！

让当代诗词更具艺术尊严

2010年5月31日至6月2日，中华诗词学会第三次全国会员代表大会在北京隆重举行。李长春在给大会发来的贺信中指出："中华诗词是中华民族文化的精髓，有着悠久而辉煌的历史。新时期以来，广大诗人词家继承优秀的民族诗歌传统，创作出许多具有民族风格、脍炙人口、催人奋进的诗词作品，为中国文学增添了灿烂篇章。中华诗词学会团结广大诗人词家，不断探索旧体诗词与时代相结合的新途径，培养诗词人才，开展诗词研讨和对外交流，在满足人民群众精神文化需求、构建和谐社会、建设先进文化方面作出了积极贡献。"刘云山也写来贺信表示祝贺。马凯、陈奎元、布赫、杨汝岱、孙孚凌等出席了开幕式。中国作协党组书记、副主席李冰同志在代表中国作协发表的讲话中，向全国诗人提出了四点希望：第一，希望积极反映当今的时代。第二，希望倾心锤炼诗词精品。第三，希望大力推动海内外交流。第四，希望认真学习新诗的优长。如此之多的领导以各种形式来表达对于这次会议召开的祝贺，已充分体现了党和国家领导人对于当代诗词事业的高度重视和支持！

改革开放30多年来，我国诗词事业的复兴、发展是空前的，所取得的成就也是有目共睹的。不过，在我们现实的文学生活中，却还存在一个十分奇怪的文化现象：各地的文联、作协，真正把诗人词家吸纳为会员者可谓寥若晨星，而文联、作协把对诗词学会的管理纳入自己工作范围者更是凤毛麟角。有的地方，诗人词家或许就是一种不能加入文联、作协的标签。在一般公开发行的文学报刊上发表一首诗词作品，恐怕也不那么容易！遗憾的是，这并不是个别地方的个别情况，而是多数地方的普遍现象。

某年某月，某地举办一个跨省区的“文化行”大型活动，当地诗词学会挑选数十位诗人词家的数十首诗词作品，并由当地的书画家进行书画再创作后参加了这次活动。这本来是一个融合多种艺术形式的大型文化活动，也取得了非常好的社会效果。但在最后结集出书时，无一遗漏地刊登了参加活动的书画家的照片和简介，唯独诗人词家的简介与照片均被有意无意地忽略了，甚至连诗词学会所做的种种工作都只字未提。这些诗人在这次活动中所受到的“待遇”，在一些人看来却是十分“正常”的。然而，这不能不说是对诗词界的严重轻视！

尽管历史在变化，社会在发展，我们所处的今天已不是当年“唐诗宋词元曲”的辉煌时代，文学形式的多元化、科学技术的生活化及语言的演绎变化等因素，都极大地局限了诗词这种形式在今天的普及与发展，但诗词毕竟是真正具有中国特色的语言艺术形式，毕竟有着数千年的优秀传统。作为中华诗词的传承者和发展者，我们既要清醒地意识到诗词良好的群众基础和义不容辞的责任，也要清醒地认识到诗词在一部分人心目中的位置。且不说诗词在中国“诗书画”文化传统中的“老大”地位，且不说上述列举的活动诗人词家是被邀请参加的，起码这些书画家的作品完全是在诗词作品的基础上进行的艺术再创作。在这种情况下诗人词家被“忽略”则是更加不妥的。

2010 年 3 月 5 日上午，温家宝总理在第十一届全国人民代表大会第三次会议上的政府工作报告中说：“我们所做的一切都是要让人民生活得更加幸福、更有尊严，让社会更加公正、更加和谐。”“尊严”二字首次被写入政府工作报告，这是一个很了不起的社会进步，也是总理给全体国民的一个庄严承诺。那么，今天的诗人词家们是否也有必要为自己争取到应有的艺术尊严呢？我们又如何为自己争取到应有的“艺术尊严”呢？

其一，继续开展并主动参与各种有益的社会活动。自中华诗词学会成立以来，在钱昌照、周谷城、孙轶青三位会长的分别带领下，全国各地的诗人词家们积极参与各种社会活动并取得了相当的成就。而今的中华诗词学会，不仅已有一千多万元的诗词基金，拥有自己公开出版的刊物《中华诗词》和一层办公楼，而且早已成为全国人数最多、规模最大的民间社团，全国各地每年举办的各种各样的诗词活动接连不断。但是，这还远远不够，中华诗词的影响还仅仅局限在一个较小的范围内，领导的参与也还仅仅属于个人的爱好性支持。比如全国最具权威的政府图书奖、"五个一工程"奖乃至诗歌单项奖，还都没有把诗词纳入应有的评奖视野。近年来，其虽然被纳入了鲁迅文学奖的评选序列，但也只是从白话新诗的原有名额中匀给了一个。这还远远不够，还需要诗人词家的积极参与和评奖名额的相应增加。只有诗词界主动参与到比如奥运会、世博会、拜祖活动和更加广泛的经济文化活动中，让各界、各阶层人士都能充分领略到诗词的无尽艺术魅力和神奇的社会功能，都自觉地呼吁、支持并参加到诗词活动中来，起码让文联、作协这些单位把诗词界的活动归属到自己的范畴并加以真正的支持，才能使诗词彻底摆脱被边缘、被漠视的尴尬地位。

其二，让诗词承担起应有的社会功能。五四运动以来，白话新诗兴起之后逐渐代替了诗词的主流地位——这既是一种社会发展的必然，也是一种历史选择的错误。谓其"必然"，是因为新诗及时适应了社会语言的发展变化，是因为胡适等一批留学者人为地推动了新文学运动的迅猛发展；谓其"错误"，是因为新文学运动采取了一种矫枉过正的畸形发展方式，是白话诗忽略了自身因结构松散、没有规范而导致的语言欠凝练、缺乏音乐感的先天不足——而新诗的这种不足却恰恰是诗词得天独厚的优势！

时至今日，诗词如要获得自己应有的尊严，应尽快自觉地从一些作品无病呻吟、风花雪月、无关痛痒、炫技斗韵的"自虐式"写作中清醒过来，也应该承担起白居易所说"文章合为时而著，歌诗合为事而作"的社会责任。就一部分人而言，写诗填词或许就是他们人生当中的一种娱乐方式。如果说古代的娱乐方式比较简单贫乏的话，当代的娱乐方式则可谓层出不穷，如电影、电视、游戏等，很多人不再把自己的精力放在诗词的格律、押韵和对仗上；同时，当代人更为讲究一些实际的功利，似乎更无必要把时间“浪费”在这种无名无利无任何实际效用的“出力不讨好”上！所以，当代人数不知比古代多出多少倍，而实际上能够写诗填词的人数与之相较却是完全不成比例。从另一个方面来看，尽管当代诗人词家的相对数字较小，但与古代能够写诗的绝对数字比较，今天的队伍却也是相当惊人的。如果当代的诗词界能够实实在在地成长出李白、杜甫、白居易、李商隐，如能成就出当代的《蜀道难》《茅屋为秋风所破歌》《卖炭翁》《琵琶行》和《安定城楼》，那么有谁还会边缘、轻视或者漠视诗人词家吗？作为我国第一个伟大的浪漫主义诗人，屈原他最神奇、最主要、最伟大的作品《离骚》，在本质上不还是“长太息以掩涕兮，哀民生之多艰”吗？不还是“路曼曼其修远兮，吾将上下而求索”吗？所以笔者认为：一个仅仅懂得格律、词谱、平水韵而不懂作品内容与社会息息相关的诗人，是永远不会赢得社会尊重的！

其三，真正打造当代的诗词精品。关于打造当代诗词精品的问题，中华诗词学会已提出多年，也已进行过无数次的讨论。但什么是精品？精品的标准是什么？精品的意义何在？却无人能够给出一个明确的答案，或者说无人进行过深入的思考。比如我们现在认识唐诗主要有两个渠道：一个是《全唐诗》，另一个是《唐诗三百首》。《全唐诗》从清康熙四十四年（1705）开始至四十五年（1706），由曹寅主持，由赋闲江南的在籍翰林官彭定求、沈三曾、杨中讷、潘从律、汪士鋐、徐树本、车鼎晋、汪绎、查嗣瑮、俞梅等十人参加编选而成——其特点是以数量多、作品全、部头大取胜。按照日本学者平冈武夫的准确统计，全书共计900卷，收录了2873位诗人的49403首作品和1555条诗句。就在数十年之后，蘅塘退士则以个人之力又编选一本《唐诗三百首》，选录了唐代77家诗人的311首作品。其中五言古诗33首，五绝29首，七古28首，七绝51首，代表诗人有李白、杜甫、王维、孟浩然、韦应物、韩愈、王昌龄、刘长卿、李商隐、杜牧、罗隐、刘禹锡等——其特点是以数量少、好诗多、部头小取胜。而正是他这本个人编选的《唐诗三百首》,最终却成了在众多唐诗选本中作品最好、影响最大、妇孺皆宜、雅俗共赏的经典选本。如此来说,这本《唐诗三百首》便可谓唐代不折不扣的精品诗集了。

在笔者看来,《全唐诗》和《唐诗三百首》是不可缺一的。前者代表着唐代诗歌兴盛的数量,后者标志着唐代诗歌兴盛的质量。没有一定的数量,就不可能有一定的质量;而一定的质量,则必须在一定数量的基础上产生。如若仅仅从数量而言,近十万名的中华诗词学会会员,也许每天就能写出一本当代的"全唐诗";但若从质量而言,则还非常期待当代的"唐诗三百首"能够早日产生!多年以前,我们也曾编选出版过《当代诗词三百首》,其中也确实选出了一定数量的好诗妙词,但是,没有一个良好的社会氛围和一定的社会地位,这些好诗妙词也只能无声无息地淹没在当代社会繁杂的浮躁肆声之中。所以,欲让当代诗词取得一定的社会地位,首先必须在社会上赢得一定的艺术尊重!如若我们获得了一定的艺术尊重,在当代社会宽松良好的文学环境下,在全国诗人万众一心的共同努力下,我们当代的诗词精品力作也肯定会越来越多的!

“推敲”元旦

好久没工夫写诗了，31 日晚上为一首《丙戌辞岁》“自残”到零点以后才睡。元旦上午近 10 时朦胧醒来，打开手机只听得一片短信的“嘀嗒”之声。浏览一过，多是些批发转手的短信问候。但在其中，却有固始诗友张庆凯的两首新作《元日当值二绝》：

其一

当值逢元日，公堂我把门。

奈无来访者，谁与话寒温？

其二

端坐浑无事，杯茶且自温。

来仪欣有凤，元日不空门。

这位仁兄今天在单位值班，不免有些寂寞了，那我就凑个热闹吧。遂回复《元旦当家步庆凯兄元玉》二首以和：

其一

元旦非元日，当家未闭门。

往来皆短信，一笑试茶温。

其二

敲韵过元旦，水寒心自温。

有朋无远近，今夜扫柴门。

庆凯兄收到我的和诗,迟迟回说:“好,元旦好,那就用元旦吧。”我一看,知道他并未理解我的本意,所以才显得如此勉强了些。忽想起郑州诗友伍从墨兄多日不见,便将这两首和诗转发给了他。这位老兄历来快人快语,动作麻利,果然在一分钟之内回复曰:“好诗,拜读。”只是又附上三个字“伤病中”。哈哈,我说他怎么如此耐得住寂寞,原来是“龙体欠安”了。于是,立即发去一首绝句进行慰问:

元日问候从墨兄

今日过元旦,缘何入病门?
我邀南北客,把酒且温存。

稍后,我将《丙戌辞岁》草稿完成并发给庆凯兄请他指正:

犬声渐远猪渐临,甲子轮回喜不禁。
眷里云鸡天下舞,望中丁亥路边吟。
辑书码字布衣乐,敲韵观花柳色新。
岁月如歌流水去,山高昂首更千寻。

下午,妻埋怨说:“你也不给女儿写一首!大过年的,她还留在清冷的校园里,写首诗慰问慰问吧。”其实,给女儿的诗昨天已经写好,我立即遵命把这首七律《元旦致女儿》定稿发出:

青春正值好年华,把酒当歌豪气加。
学海舟横祖生楫,书山笔绘赤城霞。
自强自爱轻功利,屯水屯沙种豆瓜。
我寄衷言应记取,悔棋莫待夕阳斜。

晚上,庆凯兄发短信来,说《丙戌辞岁》首句中的两个“渐”字当平。我当即打电话给他,说将原句改为“犬声渐远渐猪临”。他连连称“好”,并说正在“打油”一首,明日发我。

2 日早上 7 点,手机就响起一阵短信提示之声。原来是从墨兄凑热闹来了——《接庆凯、国钦元日诗,续貂之》:

其一

公侯原有种,进退果无门。
错寞迎元日,金蕉手自温。

其二

吴市哪堪寄,卧思归鹿门。
提壶花影里,风雨自寒温。

一看他如此心境,遂回复道:“从墨兄贵体如何?已无恙乎?”想到他与庆凯兄同犯一个毛病,顺便指出:“‘元旦’特指公历 1 月 1 日,而‘元日’则为夏历一月一日之旧称,兄以为如何?”

很显然,从墨兄理解了我的意思,很快回道:“对,一时不察,我错了。”

我赶忙回复:“其实,这是一个很容易失察的地方。庆凯兄昨天就错了,所以才有了我和诗中的首句‘元旦非元日’。”

从墨:“对,习惯性错误。”

我:“哈,我就经常犯错误。这是一个职业性毛病,改也改不掉的。”

从墨:“‘元旦’原来也是夏历的大年初一,只是民国时期才转过来的。”

我:“这对,问题是今天与旧时的这个区别有必要加以区分。”

从墨:“嗯,以习惯为准。有法依法,无法依例……”

上午 11 时左右,庆凯兄发来一首《元旦接〈丙戌辞岁〉次韵戏国钦》:

渐远犬声猪未临，欲回甲子力难禁。
且随雪片忽悠转，一任诗人胡乱吟。
元旦本从洋节过，初阳偏被老天阴。
时辰不到休超越，长路漫漫宜细寻。

哦？庆凯兄给我出难题了，这可需要认真“对付”。构思良久，苦无佳句，只得暂时搁置。下午外出，继续推敲，终给庆凯回复《次前韵答庆凯兄戏赠》：

知否凯兄猪渐临？轮回甲子力难禁。
眼前岁月匆匆过，望里时光速速吟。
元旦虽作洋节秀，初阳还是旧年新。
尚余一月非超越，犬吠之声莫逆寻。

一夜无话，但我知道庆凯兄会有答复的。果不其然，今天上午9时许，他终于发来短信说：“哈，你算报一箭之仇了。”

我：“哈哈哈哈哈哈哈欠，君子有情不记仇。”

庆凯：“方伟（罗山诗友）把我们的诗发到‘中华诗坛网’上了，他还和了一首《猪八戒》。”

一听他说这，我连忙重看拙作，并请庆凯兄帮助找毛病。匆忙戏作，如传到网上不真的是“谬种流传”了吗？随后，庆凯兄连续发来这样几条短信：

“你确实认真，我不过玩玩而已。”

“颈联要改‘作’字。”

“‘作’字不能平读吧？”

这位仁兄还说只是“玩玩”，其实他不仅是一个很容易较真儿的汉子，而且还很长于循循善诱呢。我很感动，于是乎苦思冥想……终于，当我将一首重新改过的七律发给他的时候，心里也同时“嗵嗵”地跳了起来：

知否凯兄猪渐临？轮回甲子力难禁。
眼前岁月匆匆过，望里时光速速吟。
元旦烟熏洋节土，初阳霞照旧年新。
尚余一月非超越，犬吠之声莫逆寻。

俄顷，短信铃声再次响起，内容只有两个字：“大好！”

晨雾已散，阳光灿烂地照耀在窗外的梧桐树上，给这个元旦假日带来了些许的温情。只是方伟兄的大作《猪八戒》一直没有发来，也只能留待来日欣赏了。

明日已该上班，我这个元旦几乎是在“推敲”中度过的。天气有些清冷，但却也很有些意思的。

2007 年 1 月 3 日夜于中州知时斋

戊子桃花诗话

岁逢戊子，季临仲春，日届周六。早上8点，乘一辆豪华大巴准时出城，顺机场高速南驰。今天，我们是应尉氏诗友之邀前往赏桃花的。

天笼薄雾，日尚未出。刚出郑州市区，窗外就不断闪出片片桃林，立刻使人想起许多唐宋诗人有关桃花的诗篇来。尉氏是我的家乡，近年开发有万亩桃花园。2003年春尉氏县诗词协会成立之时，诗友曾邀我回家祝贺并赏桃花。

流光今日是何辰？杨柳妖娆贾鲁滨。
芳草萋萋秦汉月，桃花灼灼晋唐春。
胡笳一曲文姬泪，诗赋千秋阮氏琴。
敢树吟旌风骨再，华章重写纪元新。

后来，我专门请中华诗词学会会长、著名书法家孙轶青先生，把这首贺诗写成条幅并交家乡诗友珍藏，也算是我对家乡感情的一种特殊表达吧！

关于桃花，古今有多少诗人写出了多少作品，真是难以计数，而大家对白居易的《大林寺桃花》、崔护的《题城南庄》和刘禹锡的《玄都观桃花》《再游玄都观》可是耳熟能详。也许，未必人人都有“人面不知何处去”“种桃道士归何处”的惆怅，但肯定有过“无人不道看花回”“桃花依旧笑春风”的兴奋。

本次的尉氏赏花之行，诗友们每人都贡献了各自的得意之作。快手黄飞鹏，在中午宴会上最早亮出了他的《尉氏赏桃花席上有赠诸君》：

我是桃花谪后身，三生无觅武陵春。
偶然又醉红云里，方识他乡有故人。

飞鹏是个名副其实的“桃花诗人”，曾有数十首桃花诗在诗友中流传。他今天把尉氏的“桃花园”喻为当日陶渊明笔下的“桃花源”，看来真是对桃花情有独钟啊！

一般认为，“雾里看花”是个最佳、最美的赏花境界，可友琴兄的《周末尉氏雾里赏桃花》却表达了他觉得美中不足的遗憾：

十里云霞万里风，一花得气百园红。
苍天不解诗家意，独揽春光薄雾中。

是啊！没有阳光的桃花似乎缺少了一点儿亮色，“独揽春光”的苍天也只有在播撒光明之际才最能赢得诗人的称颂。但是，同样的情景在不同的诗人眼里却是不同的。比如在贾惠军的《咏桃花》中，万亩桃花园依然是一幅姹紫嫣红的可爱景象：

绿阵红云谁个栽？桃花粉面笑迎怀。
虬枝嫩叶随风舞，百媚千娇入画来。

昔日的“桃花源”曾经是农人的避秦所在，而今日的“桃花园”却已是农人致富的渠道。尽管今日的农人早已不是昔日的农人，但立功兄的《桃花绝句》却表现了他身在桃园、心系农民的情怀：

万亩桃园醒酒身，尉州城外武陵春。
三千锦帐红云里，一年果事问农人。

无论在何时何地，真正的诗人皆乃性情中人，诚哉斯言！

春光春雨润田畴，卷地红云不胜收。
花气有无凭自在，粉装浓淡任优游。
平川十里画成景，嫩蕊千枝幻亦羞。
不擅人前夸颜色，沃原五月看风流。

文治兄的这首《尉氏桃花节感赋》，不仅写出了他本次赏花的真切感受，应该还是别有寄托的。但凭"不擅人前夸颜色，沃原五月看风流"两句，就足以表达诗人自己的功力、志向与心声了。

周本度先生是位军旅诗人，但却同我一样不胜酒力。中午的酒宴上，他成了唯一一个醉酒者。他在绝句《尉氏赏桃花》中这样写道：

薄雾红云翠柳拥，新楼隐隐绿丛中。
乡情独使吾先醉，醉赏桃花喜气浓。

几位陪同赏花的诗友也诗兴大发，纷纷一展才华，迭出佳句。比如超杰兄在《赏桃花步飞鹏韵》中写道：

笑语纷飞花满身，诗人兴会尉州春。
豪情荡漾红云里，把酒桃园景醉人。

允献先生的《和飞鹏尉氏赏桃花》是这样写的：

你我均为谪后人，桃园已似杏花村。
千秋最赏红云灿，犹念竹林第一人。

这里所说的"竹林第一人"，就是魏晋时期排名"竹林七贤"第一的著名诗人阮籍，也是尉氏引为自豪的历史名人，当然一直也是被人纪念的。所以，陈法营先生就直接以一首《登尉氏啸台》来寄托自己赏花、登台的感慨：

高台杨柳映红莲，二月东湖云走天。
盛世犹思阮公啸，赋诗亮嗓唱丰年。

阮籍啸台位居今天的尉氏县城，我们在出城前就专门进行了拜谒。为便于游客登高远望，抒发感慨，照相留念，万亩桃花园中心还专设有一处观景台。已是二次赏花的我，就在《登尉氏万亩桃花园观景台得句》中献丑了：

其一
万亩桃园落彩云，桃花人面两逢春。
何来一片妖娆色，夜雨无声润旧林。
其二
韶光流影未惊心，归去来兮总是春。
且劝刘郎身后客，摘桃莫忘种桃人。
其三
从来沃野远红尘，处处桃花处处真。
休道长安多紫陌，心中自有武陵春。

当晚，我做了一个梦，梦见自己在万亩桃花园搭建了一个草庵，为家乡做了一个义务看桃人。

2008 年 3 月 29 日于中州知时斋

春风又绿大河南

——特别关注："大河之南"论坛倡导"大河诗风"

2011年5月5日，中华诗词论坛坛主渔艇丽人（包德珍大姐）及其丈夫杨立山先生抵郑。已在论坛安家一周年的"大河之南"版，专门为之举行了一个欢迎会。版主幽梦逸韵、高伯甘、薯棚叟、石枰、碧山、乡风野草、雷雨、寒溪幽兰、孙宜卿等，分别从商丘、南阳、焦作、安阳、洛阳和郑州专程前来参加了这个欢迎会。"北京瑞知堂"版首席版主山水悟道、湖北网友岭梅及其学生同惬天涯，河南网友流泉飞瀑（牛蕴）、诚斋主人、中一等，也应邀参加了这个欢迎会。

渔艇丽人与河南诗人早已是老朋友了。近些年来，她不仅曾为郑彦英、李稚农主编的《春风着意出阳关》一书写序，并且专门为改版后的《中州诗词》写了一封热情洋溢、诚恳支持的来信。而《中州诗词》新开办的《网络诗风》栏目，更是在其大力支持下开办的。

欢迎会在轻松、热烈、愉快的气氛中开始。受河南诗词学会副会长尹宏隽和《中州诗词》主编李稚农的委托，溱洧泱泱（王国钦）和流泉飞瀑一同代表河南诗词学会和《中州诗词》向渔艇丽人及各位来宾表示热烈欢迎。各位版主和网友，先后当场朗读了自己或早已备好或即兴而写的欢迎之作。

在现场热烈气氛的感染之下，渔艇丽人即席发表了热情洋溢的讲话。她强调指出，凡论坛各位网友，都要倡道德、讲修养、做善事，要具有一种无私的奉献精神；同时，她提出了如何提高网站作品质量、各个版如何办出自己特色等问题，特别指出：在中华诗词论坛上，"大河之南"的《度词新词》栏目很有特色，是论坛三个特色明显的栏目之一。

希望我们《度词新词》这个栏目能够多出精品，越办越好！

在渔艇丽人坛主讲话的鼓励之下，作为"大河之南"的首席版主，溱洧泱泱借此机会提出了他关于倡导"大河诗风"的理论思考。在阐述为何要提出"大河诗风"问题时，溱洧泱泱认为：(一)自河南诗词学会甚至中华诗词学会成立以来，诗词创作已经十分繁荣；(二)创作的繁荣必将需要理论的规范和指导，而当代的诗词理论基本尚未创建，现在创建正当其时；(三)实际上，我们的中原诗人和我们的"大河之南"的网友们，早已表现出来一种非常明显的思想特色与艺术风格。就"大河诗风"的基本内涵问题，溱洧泱泱具体论述道：

第一是"主流意识"。黄河不仅仅是一条地域之河，更重要的是一条母亲之河，是一条民族文化之河。我们的各版从正式命名开始，就已经具有了一种自觉的文化担当责任，就已经具有了一种自觉的文化主流意识——这是从作品的主要思想内容而言的！

第二是"砥柱意识"。从作品的社会作用而言，我们的诗词并不是花花草草、隔靴搔痒甚至可有可无的。我们要自觉地继承诗词优秀的"兴观群怨"传统，努力使自己的作品具有一种思想高度、文化深度、历史厚度和一定的艺术特色，要争取在当代的中华诗词创作发展中占据一定的艺术地位并发挥一定的历史作用。

第三是"先进意识"。无论何时何地，所有的思想都有进步与落后、先进与腐朽、偏激与中庸、开放与保守之分。而我们的诗词艺术，则必须具有一种自觉的先进意识。毛泽东同志曾在《纪念白求恩》一文中指出："白求恩同志毫不利已专门利人的精神，表现在他对工作的极端的负责任，对同志对人民的极端的热忱……一个人能力有大小，但只要有这点精神，就是一个高尚的人，一个纯粹的人，一个有道德的人，一个脱离了低级趣味的人，一个有益于人民的人。"我们在这里所强调的"先进意识"，就来自毛泽东同志的这些基本论述，来自现在物欲横流社会现状下我们更需要白求恩的这种"先进精神"！

第四是"民生意识"。唐代诗人白居易曾响亮地提出了"文章合为时而著，歌诗合为事而作”的创作口号。其实，这正是我国历代文人富于历史使命感的一种集中概括。对我们来说，其实就意味着诗人对时代和对现实社会的一种关注与关切，意味着诗人对改造社会弊端、促进社会进步的一种责任和使命。而我们“大河之南”的网友作品，就是要时时关注社会，处处关注百姓，事事关注民生。

第五是“建设意识”。这里所谓的建设意识，就是指以文化建设促进经济建设。具体到河南诗人，就是要以建设“中原文化群”为己任，从而间接地为“中原经济区”建设贡献自己的绵薄之力。

第六是“创新意识”。这里所谓的创新意识，不仅仅是指在形式上的创新，也是指在内容、语言、题材、观念、思维方式上的创新。马凯同志最近提出的“求正容变”，其实质也就是“在继承的基础上的创新”。

第七是“和谐意识”。中国文化一个主要的内容就是“和”，而当代社会特别需要提倡的也正是“和谐意识”。家庭需要和谐，生活需要和谐，社会需要和谐。即便是人与自然之间、国家之间，也只有和谐才能够更好地并存！

通许一醉

癸巳年小雪之日，应邀参加河南省散文诗学会第四届年会。虽没喝酒，但我醉了。

在河南大学读书时，我曾写过新诗，并联合其他同窗好友发起创办了"羽帆诗社"。今年恰好是"羽帆诗社"成立三十周年的纪念之年，所以又让我回忆起"恰同学少年，风华正茂；书生意气，挥斥方遒"的诗意当年。毕业三十年来，我主要转向"白日依山尽，黄河入海流""俱往矣，数风流人物，还看今朝"一类的格律诗词，几乎天天沉浸在"雅颂重辉千古事，风骚更上一层楼""守望当知舟逆水，歌吟务要树藏云"的状态中。尽管也拜读过许多大家的散文诗篇章，但我对散文诗并不懂，也没有真正创作过散文诗。今年邀请我参加散文诗学会的年会，既出乎我的意料，也让我深感荣幸。旧诗新诗散文诗，说到本质都是诗！何况散文诗学会的会长王幅明是我的老领导，这对我而言更是一次难得的学习、交流机会。如此，格律诗作者能够参加散文诗的年会，这本身就有了些特殊的诗意。到会才知，河南省散文诗队伍的年轻化程度是比较高的。除省内诗人外，还有湖州、成都的名流大家远道而来，可见近年来中原散文诗影响之广、之深。本次年会选择在通许召开，而会期两天里的蒙蒙细雨，更为通许大地增添了诗情与画意。所以，尽管不会喝酒，但我人已陶醉。

通许属豫东，是古代汴京通往许都的交通要道，也是一个人文荟萃的地方，曾经养育了王拱辰、娄良、胡汝麟、侯连瀛等历史名人。县城向西约 25 公里就是尉氏，那里则是我的故乡。通许与尉氏两地，风俗相近，乡音几同。从这里遥望故乡，我不禁浮想联翩、心旌摇荡，想起了自己网名“溱洧泱泱”中的溱水与洧水，想起了蔡邕、蔡文姬、阮籍等诸多文化乡贤。“少小离家老大回，乡音无改鬓毛衰。儿童相见不相识，笑问客从何处来。”心中默诵着贺知章先生的这首《回乡偶书》，我的理解不由得更进一层。再细加揣摩，本次年会的主题是“散文诗如何表现乡土”，恰恰与我此时的心境有些许相合。所以，尽管不会喝酒，但我情已陶醉。

通许又是曹植七步成诗的地方，在数千年中国诗坛上带有一种特殊的符号意义。“煮豆燃豆萁，豆在釜中泣。本是同根生，相煎何太急？”无论哪一位诗人，来到这里都会跃跃欲试并展示其诗歌捷才。但是，自己天生愚笨，从来羞于人前献拙。加之曾到过曹植墓前，所以当天没有随大家前往看望曹植他老先生。一个人在酒店，一天下来完成了著名诗人张鲜明诗歌新著《诗说中原》的编稿工作，则是我在办公室里无论如何做不到的一个收获。曹植先生有知，当会原谅我的！

在晚饭后的诗歌朗诵会上，主持人突然点名要我表演节目。我并不认识主持人，所以也不便拒绝。但因为没有任何准备，只好随手从桌子上拿起散文诗人刘海潮的新著仓促登场，朗诵他的那首《找个理由去西藏》：

找个理由，咱们去西藏吧……看看可可西里藏羚羊、神秘的布达拉……看看那美丽的雪山、美丽的雪莲花……想让西藏这块人世间最后的净土给我平常、平淡的日子献上一条圣洁的哈达。

读着读着，就情不自禁地融入诗人的作品中去。突然觉得：这个刘海潮，你怎么知道我一直没有去过西藏呢？你怎么知道我一直想去西藏呢？你这不是在代我表达内心的真切心情吗？

散文诗啊，我崇拜你！

朗诵之后，带着一种说不出的兴奋，竟然很快完成了两首小绝。马上用手机发给几位朋友征求意见，以便在次日的研讨会上阐明自己

的一种观点。不想,著名记者奚同发收到即“泄密”,倒让主持人提前公布了:

其一

豫东名县称通许,许愿三江更九州。
欲借诗家一支笔,再凭妙手绘千秋。

其二

旧韵新声话豆萁,花开一树散文诗。
灵光七步追曹子,锦绣中原踏雪泥。

诗乃即兴,说不上好。虽然说不上好,但也确实是即兴。

朗诵会在热烈地进行,与会者人人兴奋异常。我忽然想起:在当下这个极其浮躁的社会,在而今这个物欲横流的现实中,竟然还有这样一群人在真诚地读诗、写诗、爱诗,竟然还有这样一群人无私地生活在旧诗、新诗、散文诗的世界!哈,这不仅是曹植先生们应当欣慰的,更应该是诗人们自己值得骄傲的。今天,我来到了通许,在这里又感受到了久违的诗意。所以,尽管没有喝酒,但我心已陶醉!

如果有一天,真能“找个理由去西藏”看看,也不枉一个“诗人”的称呼了!不,到西藏还需要理由吗?到人间净土还需要理由吗?

附:

从“我”到“心”

——《通许一醉》赏析

陈心想

我喜欢王国钦先生的散文诗《通许一醉》,这要从三个方面说起。

一醉通“三境界”，这是第一点。题目中有“一”醉，为什么不是直接用“醉”，或者将题目改为“通许醉记”？王先生的解释是：“一醉”有“一醉方休”之意，也有一以贯之的情感流动。但情感是逐步深入的，从开头的“我醉了”，到中间遥想本地文人雅士后“我情已陶醉”，这是第二次“醉”，深入了一层，是“情”。在临近结尾，为朗诵会写了两首诗之后，是作者第三次“醉”，这次是“我心已陶醉”，进入了富有禅意的“心”境界。这种一醉方休、层层递进的“醉”境，一唱三叹的表现笔法，颇有雅颂之风。

第二个给人印象深刻之处，不仅在于曹植故地怀念子建的两首诗，更在于此诗自然巧妙地以“煮豆燃豆萁”来比喻新诗和旧诗两派之间的抵牾。我最喜欢第二首中的“旧韵新声话豆萁，花开一树散文诗”。是否，旧韵新声一起成就了散文诗的灿烂光辉？

最后一点，就是结尾的力度，几近“天问”。上面说到该文的禅意风格，但是，作者朗诵刘海潮的《找个理由去西藏》，雪山、雪莲、哈达等，更把这种朝圣之情烘托到高原圣洁的意境。本首诗的结尾是：

如果有一天，真能“找个理由去西藏”看看，也不枉一个“诗人”的称呼了！不，到西藏还需要理由吗？到人间净土还需要理由吗？

这种把自己的意愿做一否定，之后再次反问的语气，把回归自然的性灵之“心”、空灵意境给追问出来了。“到人间净土还需要理由吗？”确实，对高尚灵魂的追寻，是不需要理由的。

佛家追求“无我”，作者开头是“我”醉的境界；到最后是

"心"醉，已经"无我"了。大概这一问，也许"心醉"一念也没有了！

最后敷衍一笔，以散文诗的"诗"意和散文"形散神不散"的意境来看此文，这不正是一首非常精彩的"散文诗"吗?!

2013 年 12 月 7 日于美国密西西比州立大学

以诗歌的名义记住今天

对于具有数千年历史传统的中华诗歌来说，今天是个好日子。因为中州大地曾经春花烂漫，春风得意，春光无限。这里曾是《诗经》中周南、召南、王风、郑风、邶风、鄘风、卫风、陈风、桧风的故乡，占了全部15种土风歌谣中的9种。对于唐诗、宋词、元曲三座艺术高峰来说，今天是个好日子，因为中州大地曾经星光闪烁，星云飘荡，星空璀璨，不仅诞生了刘禹锡、白居易、韩愈、李贺、杜牧、李商隐，更重要的是诞生了诗圣杜甫，而宋词也正是在古都开封迎来了她鼎盛的艺术年华。在近现代诗歌的艺术河流中，这里也曾经出现了张伯驹、师陀、苏金伞、青勃、李季、王绶青、王怀让、陈有才、马新朝等著名诗家。中原热土是一片诗歌的土地，是中华民族诗歌的故乡！因此，我谨代表中原大地的所有诗人，向世界汉诗协会的两位会长表示热烈的欢迎和真诚的感谢，向今天会议的成功致以诗歌的敬礼与真诚的祝福！

由于历史的原因，在当代的中国诗坛上，一直活跃着两支诗人队伍——格律诗词的坚守者和白话新诗的追寻者。多少年来，这两支队伍壁垒分明，各自为战。但在我看来，这是毫无必要的！因为无论诗歌的形式如何，它们在本质上都是一样的——二者都是来自诗人心灵的天籁之音。

1300多年前，唐代诗人王之涣写过一首非常著名的《登鹳雀楼》：

白日依山尽，黄河入海流。
欲穷千里目，更上一层楼。

现代著名诗人卞之琳曾写过这样一首《断章》：

你站在桥上看风景，/看风景的人在楼上看你。/明月装饰了你的窗子，/你装饰了别人的梦。

各位诗友：仅仅从欣赏的角度而言，你能在艺术上区别出王之涣的五绝和卞之琳的新诗有什么高下吗？我看二者给我们带来的都是一种独特的艺术感受。如果要说二者的区别，不过是语言方式和语言规范的不同。这正如西装与唐装的不同，各有各的审美、各有各的情趣而已。客观地说，新诗与旧诗之间多年的隔阂，在中原的诗坛上基本是不存在的。无论你写新诗还是写旧诗，大家都是诗人，同时也都是朋友。我们今天刚刚成立的世界汉诗协会河南分会，就是由新诗人和旧诗人共同组成的。这是我们这个协会的艺术个性，也是我们这个协会的艺术追求。我们不要轻看了这种友好的组合，在全体诗友的共同努力之下，它必将为中原诗坛甚至全国诗坛带来一种全新的格局、全新的成果，也必将带来一种全新的气象。

其实，无论新诗或者旧诗，都在寻求一种新的艺术上的发展与突破。互相借鉴、互相学习，也已经成为大家的一种共识。20多年来，就有一部分诗人执着而坚定地要在新诗与旧诗之间找到一种嫁接、接轨、沟通、交流的形式，这种形式既借鉴格律旧诗的平仄规范，也倡导自由新诗的清新流畅。而世界汉诗协会河南分会的成立，就恰恰为这种方式搭建了一个非常及时、非常便利的交流平台。

1997年7月1日，当香港回归祖国之际，本人就以一首《度词·春风着意》表达了自己一种即时的欣喜之情与更新的愿景展望：

港岛归航热泪潸，春风着意挂云帆。红星喜伴紫荆舞，两制金瓯分外圆。扯旗山上米旗落——米旗落，落寒烟。　　十二亿人同一庆，扬眉雪耻共婵娟。举杯痛饮黄河水，慈母怀中梦也甜。神州更向瀛洲望——瀛洲望,望台湾。

而这种度词(新词)形式,就是我们所执着探索的新形式。艺术是需要创新的,同时也是非常个性化的。至于什么时候采用一种什么形式,那是诗人自己的艺术自由。但是,我们的学会既然成立了,我们不仅有各自创作的自由,也有了一种共同创新的责任。这是艺术发展的自身规律,也是历史进步的必然选择。

为了世界汉诗协会河南分会的成立,我撰写了一副对联:

崛起中原,汉唐气韵,踏歌云写千秋赋;
和谐世界,人物风流,际会图开万里春。

同时,我也写了一首绝句《世界汉诗协会河南分会成立口占赠周拥军会长》:

中州又见雪花飘,引得诗人竞折腰。
溱洧泱泱嵩岳壮,丹心一片共霞烧。

2009年7月,我有幸参加了中原出版传媒集团组织的MBA核心课程进修班。在进修班的结业典礼上,应同学们的要求创作了一首朗诵诗《中原出版传媒之歌》。诗的结尾是这样的:

朋友,看啊,崛起的中原,正描画着十万里山高水长……

要想作好诗,先要做好人!我提议:让我们以诗歌的名义记住今天。谢谢大家!

2009年11月29日于郑州

《河南诗人》周岁华诞纪念

《河南诗人》是一个纯净、纯粹而又纯正的民间诗刊，是由民营企业家杨炳麟先生自己主编主办的。在当下经济发达、物欲横流的社会状态下，这个刊物的诞生就像是千里沙漠之中的一泓清凉泉水，给行旅中人以解生命之渴；又像是炎热酷暑之中的拂面清风，给晕涨头脑以醍醐灌顶之爽。

《河南诗人》是一个高雅、大气、精致、新潮的民间诗刊，是一个兼容并包、文图并茂、特行独立的民间诗刊，不仅容纳了自由新诗、格律旧诗、新古体诗等多种体裁作品和论诗、解诗、讲堂等多种的论诗形式，而且提倡当代诗人的“在场”意识，通过丰富内容和博大胸怀演绎出河南诗人那魁伟、坚定而坚实的形象。其专业的程度和严谨的精神，足以让一些专业的诗刊也深感自愧不如。

《河南诗人》是一个字正腔圆、歌声嘹亮的民间诗刊，通过《诗歌表情》《时代诗颂》《方家时态》《青春诗会》《长诗原创》《新诗讲堂》等栏目，灵活表现出当代河南诗人的行走方阵，及时描画出当代河南诗人关心社会、关注社会、关爱社会的心灵之声和笔耕成就，更重要的是传达出当代社会真正的百姓操守和深刻的社会责任。而这种操守和责任，恰恰是这个当代诗人所与生俱来的，也是一个民营企业家所尤其难能可贵的！

本次周岁华诞纪念会议的一个最大亮点，是郑重提出了“大诗歌观”和“在场写作”、“操守意识”和“责任意识”，本人深表敬佩和支持！在一切向钱看、粗俗化、娱乐化的当下社会，这些议题的提出充分表现了主编自觉的社会责任感和参与性。在刚刚出版的 2011 年第 2 期

《中州诗词》上,《网络诗风》栏目刊登了一篇《特别关注:“大河之南”倡导“大河诗风”》的文章。中华诗词论坛坛主渔艇丽人郑重提出了“凡论坛各位网友,都要倡道德、讲修养、做善事,要具有一种无私的奉献精神”。“大河之南”首席版主溱洧泱泱,也特别提出了在大河之南要倡导“大河诗风”的理论思考:第一是“主流意识”,第二是“砥柱意识”,第三是“先进意识”,第四是“民生意识”,第五是“建设意识”,第六是“创新意识”,第七是“和谐意识”。而这里的七个意识,与《河南诗人》在今天会议上所提倡的几个观念,在本质上应该是非常一致的和十分异曲同工的。因此,我本人对《河南诗人》杂志和主编杨炳麟先生,也特别表示深深的敬意和感谢!

“天意君须会,人间要好诗。”而真正的好诗,恰恰就来自我们可亲可敬的人民中间。作为一个河南诗人,我为《河南诗人》的诞生而骄傲,为《河南诗人》的成长而自豪,也为《河南诗人》的创办者杨炳麟先生而深深地感动着!在此《河南诗人》创办一周年之际,请允许我用一首律诗来表达我的心情——

《河南诗人》周岁华诞纪念

旗帜张扬号角雄,大河九曲水流东。
梅荷竹菊千张画,赤绿黄蓝百丈虹。
高韵情牵庙堂外,华章意就玉壶中。
诗家一管生花笔,自与人民写大同。

座谈会中,聆听了来自省内外著名诗人、理论家有关当代诗歌的高论,并感慨于杨炳麟先生在企业创建中的魄力和在诗歌建设中的贡献,感慨于各位诗家关于当代诗歌关于“在场”的见解,不禁情从中来,“在场”得句如下——

《河南诗人》创刊周年座谈会在场赠杨炳麟兄

大河南岸说诗人，天地之中养炳麟。
文业煌煌创时代，华章烨烨守天真。
情怀在场成方阵，驿站讲堂闻正音。
沧海横流谁本色？一条汉子显精神。

注："文业"指由杨炳麟独立创办的河南省大河文业有限公司；"情怀"指企业家的文化情怀，"在场""方阵""驿站""讲堂"等，分别为《河南诗人》主要栏目名。

2011 年 6 月 19 日于郑州

胸怀·胆识·眼光

今天——2012 年 5 月 18 日,注定是要进入河南当代诗歌史的!

这是因为一个会议:中原诗群高峰论坛暨第二届河南诗人联谊会。

这是因为一群诗人:来自全省、全国各地的老中青诗人。

这是为了一个诗人:河南省大河文业有限公司董事长、《河南诗人》主编、河南省诗歌学会副会长、著名诗人杨炳麟。

正是为了这样一个会议,省会的老中青诗人来了,全省的老中青诗人来了,全国各地的老中青诗人也来了。

正是为了这样一个会议,写白话诗的朋友来了,写格律诗的朋友来了,写散文诗的朋友也来了。

正是这样一个会议,大家应邀——应杨炳麟之邀而来;大家乘兴——乘诗人群之兴而来,大家荣幸——荣联谊会之幸而来。

谢冕、杨匡汉、吴思敬、程光炜、韩作荣、商震、唐晓渡、耿占春、何向阳、王家新、杨志学、陆建、王远洋、马新朝、王绶青、林从龙、王幅明、爱菲儿、邓万鹏、高治军、高旭旺、吴元成、曹天等一个个鼎鼎大名的诗人,都约聚郑州参加了这个会议。

大家不仅来了,而且更加敬佩一个震动诗坛的活动:为首届“河南诗人年度奖”获得者举行隆重的颁奖仪式。

而这样一个奖项,在全国范围内都将产生一次强力空前的冲击波。因为这个奖项并不是仅仅向白话诗人颁奖,不仅仅是向格律诗人颁奖,也不仅仅是向散文诗人颁奖,而是同时向从事三种诗歌形式的多位诗人颁奖。

请问：在此之前，有哪一个个人、哪一个单位、哪一个组织向三种诗歌形式的诗人同时颁奖吗？没有！

请问：是有什么个人、什么单位、什么组织要求甚至强迫杨炳麟来颁这个奖项吗？据我所知，这完全是杨炳麟个人自觉自愿的文化行为！

那么，杨炳麟为什么要自觉自愿地来颁这个奖项呢？也许还没有人这样想过，也许没有人能够回答这个问题。

那么，杨炳麟是一个什么样的诗人呢？他是一个酷爱诗歌、已经出版三本诗集的诗人，也是一个非常成功的民营企业家。

不仅如此，杨炳麟还把这次会议设在了郑州的兴亚建国饭店——他绝不是在故弄玄虚、炫耀能力，而是为我们当代的诗歌找到了一个适当的位置，而是为我们的当代诗歌找回了本应该有的尊严！！！

所以，我们不能不对杨炳麟表示欣赏、叫好和尊敬！！！

首先，杨炳麟表现了一种海洋般宽阔的诗人胸怀；

其次，杨炳麟表现了一种不同凡俗的诗人胆识；

再次，杨炳麟表现了一种超越常人的诗人眼光……

今天，这个会议已是第二届，体现了河南诗人的大团结，也对“白话诗、格律诗与散文诗和平共处、和谐发展”的理念，有了一个最好的行动阐释。

今天，这个奖项却是第一次颁发，更体现了杨炳麟在理论与行动两个方面的同步与前卫。

今天，我无意间记住了另一个女诗人的名字——刘絮冰。刘絮冰是杨炳麟的爱人。她默默地支持着杨炳麟。假如没有她的理解与支持，那么杨炳麟所有的胸怀、胆识与眼光都是要大打折扣的。

所以，我说刘絮冰比杨炳麟更加令人敬佩！

所以，刘絮冰和杨炳麟都是注定要进入河南当代诗歌史的！

诗人和诗

（一）诗是世界的精华。诗人先是一首诗，然后才配做诗人。

诗是星光，不仅点缀夜空，首先是尽量为路人照明。诗是蜂蜜，由各种花卉的芬芳来陶醉生活。诗是山泉，为沙滩解饮，为大地沐浴，帮助森林照镜子。诗是医师的眼睛，为生命开拓着自由之路。诗是建筑工，在油毡房里造大楼，在废墟堆上砌幸福，在自己的艰辛旁微笑着看别人微笑。

（二）诗是诗人心中的歌，它不能没有自己的谱。任何对别人的抄袭、因循和改装，都不能属于真正的诗，都不能属于诗人的诗。诗是我自己的，必须由我自己唱出来，由我把它献给世界。诗人都是创业者。

（三）有人说“诗如其人”，这话是对一些真诗人的褒奖，更是衡量某些伪诗人的标尺。只是在诗中写得极好，但在生活中毫无境界和胸怀的诗人，就不能说是“诗如其人”。那样的诗人与他的诗是分裂的，是不配被称为“诗人”的！

优秀男人在手中

乙酉之冬某日，大书法家周俊杰师招余至其家中议事。余与周师乃忘年老友，与周夫人韩榕鹭女士自然也很熟悉。事毕，天色向晚。恰逢其女儿周小男自京回家，周夫人便邀余在其家中共进晚餐。

周老师夫妇数十年伉俪情深、唱随欢洽，早已在文化界传为美谈。席间，谈及著名评论家孙广举近况，周老师忽然援笔写下一首诗来：

赠榕鹭——周夫人嫂妹一璨

亭亭玉立女队中，
从容笑看须眉横。
不作而派称嫂妹，
风筝高手服周公。
可怜俊杰从一终。
——乙酉仲夏广举戏作

余接纸展读，不禁与周公会心大笑：哈哈哈哈……笑未竟，岂料周夫人随即接上一句：

优秀男人在手中。

莺燕语罢，但觉满室春风乍起，又觉耳畔银瓶乍破，只见其二人畅怀嬉笑，幸福之情溢于言表——此情此意，真真令人钦羡矣！细细揣味"优秀男人在手中"这句戏言，不禁为周夫人的生活智慧而暗挑拇指！假如,生活中多些周夫人这样的“风筝高手”,那么该会有多少家庭更加和睦与和谐?!

之后,《大河报》《中州诗词》等报刊先后刊登了这则诗话,使周老师与其夫人的这段美谈为二人的和谐生活更添一些雅趣。

说 诗法

《毛诗序》阐述曰：『诗者，志之所之也。在心为志，发言为诗。情动于中而形于言，言之不足故嗟叹之，嗟叹之不足故永歌之，永歌之不足，不知手之舞之足之蹈之也。』

“诗词”与“书画”
——说写诗

人说:中国乃诗之国度。诗者何也?

《尚书·尧典》对此作出了最早、最简明的回答:“诗言志,歌永言。”《毛诗序》阐述曰:“诗者,志之所之也。在心为志,发言为诗。情动于中而形于言,言之不足故嗟叹之,嗟叹之不足故永歌之,永歌之不足,不知手之舞之足之蹈之也。”

《诗经》是我国最早的一部诗歌总集,同时又是我国文学的滥觞。自此以还,楚辞、乐府、唐诗、宋词、元曲,诗歌一直是贯穿中国文学的主要艺术形式,并且影响到社会生活的方方面面。孔子曰:“不学《诗》,无以言。”这位老圣人的六个字,不仅一语道出了诗歌的重要性,而且还使诗刊社在千年之后由此而成立了一个“子曰诗社”。就以诸种文学形式而言,从先秦诸子开始,即表现出谈诗、论诗、言诗、写诗、引诗的社会风尚。此后古典小说之开篇或结尾,必有一首引以为证的诗或词;而古代戏剧中的唱词,每一句、每一段,都是一句或一首可咏可诵的诗。古代之官府,深深地懂得诗歌的这一特性,不仅专门设有“采风”以观民情、识风俗之乐府机构,后来更把吟诗作为科举取士之重要手段。凡此种种,均表明了诗在古代社会中不可取代的特殊作用。

时至20世纪,波澜壮阔的新文化运动,在反对封建思想、封建礼教的同时,把古典诗词这一优秀的民族文化传统也一起反掉了。被称作文化旗手的鲁迅先生也曾说过,好诗已被唐宋的诗人们作尽了;要想作出超过唐人的好诗,除非有孙悟空翻出如来佛手心的本领。然而，恰恰是鲁迅先生本人的诗作，证明了他自己这一“断言”的错误。譬如“我以我血荐轩辕”“于无声处听惊雷”“横眉冷对千夫指，俯首甘为孺子牛”等诗句，不仅在诗意、诗境上超越了唐人，而且又成为民族传统中新的文化积淀。另一位现代文学史上的伟人毛泽东，曾因一封《致臧克家同志》信中的谦辞“谬种”二字，给本已式微的诗词意外地加了一层“雪上之霜”；但又恰恰是毛泽东本人，以自己五十多首公开发表的诗词，创造了一座崭新的诗词艺术高峰！

正是由于五四运动中诞生的散文化白话诗歌，才使中国诗歌有了“新”“旧”之分。而新诗后来居上，大有罢黜旧诗、独霸诗坛之势。但事实是：新诗未能独霸，自身之发展至今反已走到前程未卜的境地；而旧诗虽遭不幸，其强大之艺术生命却又使其焕发出新的青春！十一届三中全会以来，尤其是1987年中华诗词学会在北京成立以来，诗词复兴运动在海内外掀起一个前所未有的浪潮。近些年来迅猛发展之诗词社团、会员、诗刊、作者、读者等，恰如雨后春笋般涌现，并在社会主义精神文明建设中发挥着日益重要的作用。1993年开始由中州古籍出版社陆续出版的6辑60卷“新纪元中华诗词艺术书库”，为总结、引导和推动这一运动的发展，产生了不可低估的积极作用。2011年9月，由国务院参事室主管的中华诗词研究院在北京钓鱼台成立，宣告了几千年来由政府主导的第一个诗歌研究机构正式诞生。鉴于此，已故当代诗人王自成在其《论诗》中吟道：“风华文采各千秋，骚客迁人咏不休。唐宋未将诗作尽，何妨更上一层楼！”

说写诗，其实这里是特指写格律（旧）诗。更准确地说是写“中华诗词”，因为今人已将其正式如此命名并获得海内外之公认。

写诗并不是某一部分人的专利，而某一部分人却应该会写诗！诗书同源，书画同源，于是乎“诗书画”就成了三位一体的综合艺术。

在古代，似乎没有哪一个大诗人不会书法，又似乎很少有大书法家不会吟诗的。苏东坡、黄庭坚、欧阳修、岳鹏举、郑板桥等，不仅诗成一派，而且书成一家；诗书如双峰并峙，一般人自难企及。在当代，能够达到诗书双佳者少了,但绝不是不可以达到,而且有不少人已取得了相当的成就,如毛泽东、启功、林锴、王镛、林岫等!

试想之:一首如泣如诉的诗歌,以行云流水般的书法表现出来,两种艺术水乳交融,相得益彰,不更是一种极致艺术的双重享受吗!

再试想之:作为一个书法家,每日只是抄写他人的诗词作品与每日展示自己的诗词作品,其情其景乃至心情与境界自然不可同日而语。同理,苏轼在评论王维的诗画作品时有两句话:"味摩诘之诗,诗中有画;观摩诘之画,画中有诗。"大家一定知道,历史上有许多脍炙人口的题画诗,也有许多精彩绝伦的诗意画。所以,当代的书画家肯定都懂这其中之奥妙。

其实,写诗并不难,难的是没有信心!只要愿意学,就没有学不会的道理。学书画的年轻朋友写诗,也许会更容易一些。其理由是:

其一:艺术是相通的,而诗词与书画诸种艺术似乎自古就是共生共存的;

其二:学书画者,大多愿意或者已经具备诗词的艺术素质,动力大,毅力强,信心足;

其三:学诗词主要无非是过平仄关、格律关、押韵关,而要掌握平仄、格律和押韵也是有章可循的。

“三大要素”与“一诗两制”

——说平仄之一

一般来说，平仄、声韵与格律，乃组成中华（传统）诗词的三大要素。三者缺一，就不是严格意义上的中华诗词。

何为平仄？平仄就是每个汉字的音调。

就我们汉语而言，每一个汉字，都有其约定俗成或统一规定的读音。每个字音的轻重、缓急、清浊，就是这个汉字的音调。而这里所说的音调，也就是中华诗词“平仄”的主要组成部分。

平仄并没有特别的神秘之处。凡是会说汉语的人，都能够掌握这种平仄。只要略加体味，大家便可轻而易举地发现和运用其规律。汉语在一定的程度上具有天然的对应规律，使人在运用时颇能操作自如。如“风”（平）与“雨”（仄）、“天”（平）与“地”（仄）、“新”（平）与“旧”（仄）、“走路”（仄仄）与“行船”（平平）、“千军万马”（平平仄仄）与“绿水青山”（仄仄平平）等，这不仅在音调上给人以极大的运用之便，而且在实际上创造了对仗的基本条件。

但应该说明的是：第一，因为地域的广阔，中国各地的语言及音调具有明显的区域性差异；第二，由于政府管理的需要，除各地方言外，还有大家所熟知的“官话”。

在中国历史上，“官话”的形成有四个最重要的节点：其一是秦始皇的统一文字；其二是隋代开始的“科举”考试；其三是20世纪之初的新文化运动；其四是新中国成立之后的推广普通话。

就诗词创作而言，以1919年的五四运动为限，汉语又分为古代和现代两个语言系统。在古代，当音调（四声）被南朝人沈约发现之前，中华诗词这一规律的运用尚处于无意识阶段；而当音调被沈约发现之后，中华诗词才开始自觉地运用它并随之产生了格律严谨的近（今）体诗，乃至相继形成了唐诗、宋词、元曲等不同形式的辉煌。五四运动之后，随着新文化运动的深入和白话新诗的出现，这种平仄的自觉运用则被人为地中止了。不过，汉语的平仄并不因为你不使用它而自行消失，而它还会对你的"背信弃义"给予无声的惩罚。正是由于白话诗主要移植于西方诗歌的散文化形式，完全脱离了我国古典诗歌的格律特征以至于先天不足，"几十年来，迄无成功"（毛泽东语）。至中华人民共和国成立，以北方方言为基础的普通话得以广泛普及，原来通用的汉语平仄也便出现了古今之别——这又给诗词运动的正常发展增添了一种莫衷一是的麻烦。

笔者认为：古汉语和普通话之间，是一种父子般的基因传承关系。二者音调既有相同之处又有不同之处。相同者，是都将音调分为四声；不同者，是四声的分法又各成一体。具体来说，古汉语之四声分为平、上、去、入——平声为"平"，其余为"仄"；普通话之四声分为阴、阳、上、去——阴平、阳平为"平"，上声、去声为"仄"。

就当前的创作现状而言，或主张仍以古汉语分平仄，或坚持以普通话分平仄，或综而合之曰：不妨实行"一诗两制"。

笔者赞成并倡导实行"一诗两制"。

"一诗"：就是中华诗词这一种诗歌形式。

"两制"：就是古汉语与普通话两种平仄机制和"文言诗词"与"白话诗歌"两种诗词（歌）写作系统。

为什么一定要非此即彼呢？古汉语积淀了数千年的文化因素，但语音与我们的现实生活毕竟相距太远，过于抱"残"守"缺"则无疑是故步自封，其结果只能使更多的人对之望而却步；普通话乃今日流行之官方语言，但它与传统而广泛的区域语言毕竟未臻统一，在诗歌上过于标"新"立"异"则可能数典忘祖,致使我国悠久的诗歌文化发生断层。

实行"一诗两制",既可使作者各臻所长、自由发展,又能使创作取长补短、共图繁荣,何乐而不为之?

当然,从总的发展趋势而言,"古汉语"终将为"普通话"所取代。但在当前这种特殊的发展阶段,我们提请大家应在以下三个方面予以充分注意:(一)格律诗词是汉语的特产,它正是千百年来人们在发现、总结和运用汉语语音规律的过程中产生和凝成的诗歌形式。它充分地借助汉语四声的音乐性,并定型为规范的平仄句式,又将一定的平仄字音运用在规定的诗句句尾形成韵脚,有意识地使作品产生抑扬顿挫、回环往复的音节效果和听觉美感,从而具有了复合因素的艺术魅力。因此,它最能发挥汉语音调和声韵的最佳特性,大家若写诗就请学写"格律诗"。(二)无论你采用古汉语还是普通话,只要创作格律诗就必须识音调、讲平仄,这就是毛泽东所说的"不讲平仄,即非律诗"。只是请采用普通话平仄者,一定要在作品的标题之后标明"新声韵"以示与古汉语平仄之区别,也免却了读者对作品是否讲平仄的误会。(三)无论采用哪种平仄,写格律诗者似乎都要懂得一些古汉语知识。这一方面可从中吸取和弘扬古汉语的功能性精华,将有益于对古人诗词内容的艺术欣赏和创作技巧的直接借鉴,同时也需要为更好、更准确地继承与欣赏古人的优秀诗词作品而具备最基本的知识及能力。

“平上去入”与“阴阳上去”

——说平仄之二

毛泽东所说的“不讲平仄，即非律诗”，并非单指律诗而言，其实也包括了绝句、词曲等多种格律诗歌形式。

为什么一定要讲平仄呢？其一，平仄乃汉字本身所特有的音乐性声调规律；其二，古代之诗是可吟的，词是可唱的，曲是可以表演的，作品结构上的平仄交替或特殊安排，则可使内容与形式的统一得以充分体现，可使作品产生抑扬顿挫、回环往复的韵律美感；其三，在讲究平仄的过程中，作者通过自觉的炼字炼句炼意，可通过语言的凝练使作品在艺术上精益求精。

朋友且不要为难，也不要一见平仄就望而生畏。所谓“平仄”，来自中国汉语的四声；所谓“四声”，即汉字读音之四种声调也。每一个小学生都已懂得：四声即阴平、阳平、上声和去声。

阴、阳、上、去是现代汉语对普通话声调的读声规范。现行的任何一本《新华字（词）典》，对每一个汉字都标注有读音和声调。四声如何读呢？这里有一个口诀可供参考：

> 高而平者是阴平（一）；向上滑升是阳平（/）；
> 先降后升声为上（✓）；直冲而下是去声（\）。

根据四声发音声调的高低和音质的清浊，就可将之进一步区分为“平仄”：阴、阳为平，上、去为仄。以“啊”字为例，我们可以明显地体悟出声调不同所表达感情之不同：

安静谐和读阴平(ā);半信半疑读阳平(á);
大惑不解读上声(ǎ);恍然大悟读去声(à)。

如果以一个简单的高度示意图来表示四声声高的话,它们的读声情况就是这样的:

一声阴平:(ā)属高平调(55 调)
二声阳平:(á)属中升调(35 调)
} 平声

三声上声:(ǎ)属降升调(214 调)
四声去声:(à)属高降调(51 调)
} 仄声

说明:这里所说的声调,是汉语专家为读音设定的一种标示方法。具体来说,阴平就是从高度"5"到高度"5"的水平发音;阳平就是从高度"3"到高度"5"的渐升发声;上声就是从高度"2"到高度"1"再到高度"4"的先降后升式发声;去声就是先"5"后"1"的突降式发声。也有人用"一声平,二声扬,三声拐弯,四声降"的口诀,来描述普通话四声的读声方法。

我们认识了四声,就可以根据不同的读音反复进行练习,以逐步加强对四声和平仄的分辨能力。如妈(mā)、麻(má)、马(mǎ)、骂(mà)和分(fēn)、坟(fén)、粉(fěn)、奋(fèn)等同声训练,如风(fēng)、雷(léi)、雨(yǔ)、电(diàn)和英(yīng)、明(míng)、果(guǒ)、断(duàn)等异声训练。只有多读多练多写,才能够得心应手,才能够熟中生巧,才能够游刃有余。

我国汉语有现代汉语与古代汉语之分。现代汉语和古代汉语之间,是一种延续发展的传承关系,二者之平仄具有一定的对应关系。先弄懂了现代汉语的四声与平仄,再通过二者之间的这种对应关系,便能够掌握古代汉语的四声与平仄。

(1)古代汉语之平声，在现代汉语中被分为阴平、阳平，即所谓“平分阴阳”；但在实际运用上，阴、阳仍被统称为平声。

(2)古代汉语之入声，在现代汉语中已不存在，并被分别归入平、上、去三声之中，即所谓“入派三声”。

(3)关于入声，在南方多数区域和北方少数区域的生活语言中，至今仍然存在着。而北方多数生活语言中已无入声地区的诗人，应在创作实践中逐步认识和掌握之。

古代汉语之四声不标调号，它们的读法也有一首口诀可以帮助读者提高分辨、记忆能力：

平声平道莫低昂，上声高呼用力强。
去声分明哀远道，入声短促急收藏。

古人就此打了一个十分形象的比喻：

譬之击鼓，以木槌轻击鼓之中心，其声为“东”，是为平声；再击鼓面之四周，则其声为“董”，是为上声；若更在鼓之中心，以木槌重击之，则其声为“冻”，是为去声；若以一手扪鼓面，一手重击之，则其声为“笃”，是为入声。(刘坡公《学诗百法》)如下表：

声别	读法	发声	尾音
(平)东	随口平读	声平和	尾音长
(上)董	向上高读	声响亮	尾音无
(去)冻	向下重读	声哀远	尾音短
(入)笃	向直急读	声木实	尾音无

古人还就四声的发音练习，提供了一个颇为有效的方法：“以右手食指作势，读平声时以指搁于桌之左边，徐徐向右移去，移至右边尽处为止，声亦随之而止(桌之阔大约以二尺为度)。读上声时，以指搁于桌边正中向上一挑，约离桌面一尺高，而声顿止。读去声时，以指离桌

而下重重一指，约离桌面一尺低，而声乃止。读入声时，以指向对面一指，约离身一尺远，而声即止。”（刘坡公《学诗百法》）此法可否，朋友们不妨以上面四字为例反复训练之。

现代四声和古代四声还有一个重要的区别，即张进义先生在《格律诗词启蒙》中指出的：现代四声强调声调的高度，朗诵时注重抑扬顿挫；古代四声强调声调的长度，吟唱时注意平仄长短。

在四声的实际操作中，一般人无须深究其细处区别，只要能将字的平仄分清并准确运用即可。但有一点却是大家需要注意的：在古代汉语和现代汉语中，都有一些多音多义字，在不同的组词方式或词组结构中，其平仄则是有区别的。有的字可平可仄尚无大碍，如“将”“作”“看”等，因为音调的细微区别并不影响对意义的理解；而有的则平仄不可混用，如“行动”和“银行”、“官长”和“长短”等，因为字同音不同、调不同而其字义也产生了巨大的区别，尤其需要注意和牢记。

“声韵”与“押韵”

——说声韵之一

何谓“声韵”？声者，汉字四声也；韵者，同声押韵也。

关于四声，我们已在“说平仄”时讲过。在诗词语句中，一般以两字为一音顿单位，“平平”与“仄仄”间互使用。刘勰在《文心雕龙·声律》中指出：“异音相从谓之和，同声相应谓之韵。”也就是说，两个或两个以上的同韵母单字在诗文中前后呼应的规则性运用即谓之押韵。如我国古代的诗骚、文赋、词曲、戏曲等诸种文体无不押韵，故习惯上统称为韵文。

押韵是诗词最基本、最突出的特征，诗词也便因之具有了回环往复、朗朗动听、韵味悠远、声情谐和的神奇功能。“床前明月光，疑是地上霜。举头望明月，低头思故乡。”诗仙李白的这首《静夜思》，假如没有了“光”(guāng)、“霜”(shuāng)、“乡”(xiāng)三个同韵母字的自然运用，恐也很难成为千古绝唱的！

押韵可以使诗致美，但并非凡押韵者皆好诗。因为韵的运用毕竟属于形式、技巧范畴，而且自有一套完整的方式方法。张之先生说：“初，诗之有韵，出于自然，但与唇吻偕适罢了，无韵书为之规矩也。”(《旧体诗用韵浅议》)言之有理矣。反观我国诗史，从《诗经》首篇《关雎》之始，就已存在诗人有意识的顺口押韵：“关关雎鸠，在河之洲。窈窕淑女，君子好逑。”当时尚处于不知四声、没有韵书的纯自然状态，即已具备了易记、易诵、易歌、易唱的音乐美感，可见音韵也是汉字所固有的一种审美特质。

时至魏晋南北朝，始有李登的《声类》、吕静的《韵集》、夏侯咏的

《韵略》等韵书相继出现。但这些韵书还可能是语言音韵学意义上的学术类著作，也无人要求诗家必须依之而行。至隋，陆法言的《切韵》问世，才对诗坛产生了诗学意义上的重大影响。此后又有据此修订的《唐韵》《广韵》《集韵》等，并成为当时朝廷科举考试时士子必备的韵书。南宋平水(今属山西临汾)人刘渊，又在《切韵》的基础上奉诏校订了《增修礼部韵略》，其分类被称为“平水韵”而沿用至今。

“平水韵”依据平、上、去、入四声，把我国汉字区分为30部共107韵(后又减为106韵)。由于词韵的运用与平水韵并不一致，所以平水韵一般也就为写诗所独依；又由于写诗一般只押平声韵，所以初学者只需掌握其平声部分即可。

平声韵共有30个韵目，其中上平声和下平声各占15个。其实，将此30个韵目背诵下来，就是一首并无任何内容意义的平声诗韵歌诀。依此再对各个韵目的韵字进一步熟悉，我们就能随心所欲地进行格律诗的创作(押韵)了。

其歌诀是：

东冬江支微，鱼虞齐佳灰，真文元寒删(上平声)；
先萧肴豪歌，麻阳庚青蒸，尤侵覃盐咸(下平声)。

在实际的创作过程中，人们往往容易把声与韵混为一谈。声即四声，是指全篇作品中包括韵字在内的每一个字的声调；而韵则特指句尾押韵韵字的读音及韵部。搞清它们的联系和区别，将有益于诗词的实践和创新。

就诗与词的产生而言，诗为兄而词为弟，所以诗韵也年长于词韵。就二者的韵书来说，诗韵来源于创作实践而后指导了近体诗的自觉创立与发展；而词韵则滞后于宋词之辉煌，至清代才由戈载的《词林正韵》一统词坛。就诗韵与词韵的运用相比，诗韵名严实宽，而词韵则似宽却严——诗多押平韵，且一韵到底，但其位置固定在双句句尾，简单易记;词韵可平仄混押、通押,可换韵、转韵,而且每一词牌都各不相同,不仅韵字位置变化多端,而且平仄韵要求颇严,尤其押入声韵者更是不可稍改。所以,诗与词的历史上也各自产生了别成一格的诗人或词家。比如杜甫之于律诗、东坡之于乐府(词),李煜之于哀怨、稼轩之于悲壮,等等。明乎此,则我们须知自己作品之特性、风格,也好扬长以避短、取长而补短,为早日创作出更好的诗篇词章而少走弯路。

“新华诗韵”已呼之欲出

——说声韵之二

前在“说平仄”之时，我们曾提出了“一诗两制”的问题。而以普通话平仄写诗，则自需以现代汉语字典为押韵之依据。

现在比较流行的《诗韵新编》一书，是1965年由中华书局上海编辑所参照《中华新韵》并归纳现代汉语为十八个韵部而尝试出版的。该书在《出版说明》中指出：“诗韵不可能是一成不变的东西。它应该随语言的发展而不断改进，不断增加新的血液，否则诗歌就跟不上时代。”该书最大的特点，就是在所分的十八个韵部中，先将平声分为阴、阳，将仄声分为上、去，并将入声单列于后。这样一来，不同的作者对新旧平仄的不同分类一目了然，比较适用于当代诗词创作中新旧交替、新旧并存的现状。因而该书以其独具一格的“双轨制”，自问世以来就受到了广大诗词爱好者的广泛欢迎。

1978年，《诗韵新编》在修订重印时，又于凡例中增加了一个《通押后的十八韵与十三辙对照表》，指出某几个韵部是可以通押的。于是，原来的十八个韵部实际上又缩减成了十三个韵部。

然而，在以现代汉语进行创作的实践中，有的韵部却仍然存在明显的不合理差异。比如二波与三歌，虽然两者在读音上有些接近，但歌韵全由单韵母“e”组成，波韵则由单韵母“o”和复韵母“uo”组成，而且两个韵部的韵字都比较多，实际上并不存在通押的必要；又如五支与七齐，只是因为在由不同声母拼读时产生了微小差异，但两者的韵母却都是“i”，似乎合二为一是较符合情理的选择；再如十姑与十一鱼，二者韵母在现代汉语的书写和口语中均已区分为“u”和“ü”，读音也有了明显区别,那么还有什么理由进行通押呢?

要制定切实可行的当代诗韵,就应该完全依据1958年2月11日由第一届全国人民代表大会第五次会议批准的《汉语拼音方案》中的《韵母表》归纳执行。依笔者拙见,根据现行《新华字(词)典》的惯例,将此诗韵称为"新华诗韵"是比较妥当的;而根据上述《韵母表》中35个韵母进行合理的归并,只需要列出18个韵部就可以了。而各个韵部的名称,就直接以《韵母表》中的韵字和顺序排列,则无须另选韵字代替了:

啊	喔	鹅	耶	衣	乌	迂				
ɑ	o	e	ie	i	u	ü				
哀	欸	熬	欧	安	恩	因	昂	英	亨的韵母	轰的韵母
ɑi	ei	ɑo	ou	ɑn	en	in	ɑng	ing	eng	ong

应该加以说明的是:在原来表里的35个韵母中,有6个单韵母是必须具列的。在29个复韵母中,有9个是作为直呼单音韵母使用的,另20个是由可做声母的"i""u""ü"与其他相关韵母拼读而成的;而此20个复韵母,除"ie=ie(耶)""ien=in(因)"和"ieng=ing(英)"外,其余都是以与之相拼韵母的读音为近似读音的,如"iɑ=iɑ(呀)""uei=uei(威)""üɑn=üɑn(冤)"等。

这样一来,我们从35个韵母中,选取6个单韵母和12个直呼单音复韵母一共18个韵母作为韵部,不仅基本包容了现代汉语中所有汉字读音,而且也解决了由于历史演化所造成的读音或书写方面的差异。

当然,一种诗韵的可行与否,并不是以某人的主观意志为转移的,而是在长期的创作实践中形成并被大家所接受的。"新华诗韵"之可行与否,这里率先作为一种设想提出来,不知诸位诗友以为然否?

“入韵”“不入韵”的四种句式

——说律绝之一

所谓律绝，这里特指相对于古体诗而言的近(今)体五、七言律诗和绝句。一般泛称格律诗。

律诗每首八句，以每句五言或七言又分为五律和七律。五律每首四十个字，七律每首五十六个字——多一个字或少一个字皆非律诗。无论五律或七律，每首八句又可分为四联：一、二两句称首联；三、四两句称颔联；五、六两句称颈联；七、八两句称尾联。再就每联而言，单数一、三、五、七句为出句，偶数二、四、六、八句为对句。

一般而言，对律诗要求的基本表述是：

一是“篇有定句”，即每首诗都有固定的句数。(八句)

二是“句有定字”，即篇中每一句都有固定的字数。(五言或七言)

三是“字有定声”，即句中每一字位的平仄都有明确规定。

四是“韵有定位”，即每首诗必须押韵，押韵的位置和要求有明确规定。

五是“律有定对”，即作为五律或七律，除首、尾两联可以对仗也可以不对仗外，中间两联的出句与对句务必讲究对仗。

格律诗是一种要求甚严的程式化诗体，而最能体现这种谨严规范的标志仍属平仄。每首诗以第一句第二个字的平仄为坐标，以下各句都依据入韵、不入韵及相对、相粘的原则而次第变化。所谓相对，是因本联出句与对句中字的平仄必须相对而存在；所谓相粘，是指上联对句与下联出句中七言前四（五言前二）字的平仄因一致而相粘。

在七律和五律中，各有四种最基本的平仄句式。以此四种句式分别作为一首诗的第一句，便有了四种平仄连锁变化的律诗。所以说，律诗看来要求甚严，但依据以上所述，五言和七言也不过各有四种样式而已。以七律为例，让我们对此四种样式逐一举例学习。（这里以平水韵为据，“平”代表“平声”，“(平)”代表当平可仄；“仄”代表“仄声”，“(仄)”代表当仄可平。）

（一）首句平起入韵式：

首联（相对）	平平仄仄仄平平	红军不怕远征难，（出句）	
	仄仄平平仄仄平	万水千山只等闲。（对句）	相粘
颔联（相对）	仄仄平平平仄仄	五岭逶迤腾细浪，（出句）	
	平平(仄)仄仄平平	乌蒙磅礴走泥丸。（对句）	相粘
颈联（相对）	平平仄仄平平仄	金沙水拍云崖暖，（出句）	
	仄仄平平仄仄平	大渡桥横铁索寒。（对句）	相粘
尾联（相对）	仄仄平平平仄仄	更喜岷山千里雪，（出句）	
	平平仄仄仄平平	三军过后尽开颜。（对句）	

——毛泽东《七律·长征》

格律诗中所谓的平起、仄起，乃根据“一、三、五不论，二、四、六分明”的一般原则而说。如第二个字是平声的为平起（如上诗首句第二个字“军”），第二个字是仄声的为仄起。首句押韵称“入韵”（如上诗首句第七个字“难”），首句不押韵称“不入韵”。以下同此。

（二）首句平起不入韵式：

首联（相对）	(平)平(仄)仄平平仄	去年花里逢君别，（出句）	
	(仄)仄平平仄仄平	今日花开已一年。（对句）	相粘
颔联（相对）	仄仄平平平仄仄	世事茫茫难自料，（出句）	
	平平仄仄仄平平	春愁黯黯独成眠。（对句）	相粘
颈联（相对）	平平仄仄平平仄	身多疾病思田里，（出句）	
	仄仄平平仄仄平	邑有流亡愧俸钱。（对句）	相粘
尾联（相对）	(仄)仄(平)平平仄仄	闻道欲来相问讯，（出句）	
	平平仄仄仄平平	西楼望月几回圆。（对句）	

——韦应物《寄李儋元锡》

（三）首句仄起入韵式：

首联（相对）	(仄)仄平平(仄)仄平	风急天高猿啸哀，（出句）	
	(平)平(仄)仄仄平平	渚清沙白鸟飞回。（对句）	相粘
颔联（相对）	平平仄仄平平仄	无边落木萧萧下，（出句）	
	仄仄平平仄仄平	不尽长江滚滚来。（对句）	相粘
颈联（相对）	仄仄平平平仄仄	万里悲秋常作客，（出句）	
	(平)平(仄)仄仄平平	百年多病独登台。（对句）	相粘
尾联（相对）	平平仄仄平平仄	艰难苦恨繁霜鬓，（出句）	
	(仄)仄平平仄仄平	潦倒新停浊酒杯。（对句）	

——杜甫《登高》

（四）首句仄起不入韵式：

联	平仄	诗句	
首联（相对）	仄仄平平平仄仄	剑外忽传收蓟北，（出句）	
	平平仄仄仄平平	初闻涕泪满衣裳。（对句）	相粘
颔联（相对）	(平)平(仄)仄平平仄	却看妻子愁何在，（出句）	
	仄仄平平仄仄平	漫卷诗书喜欲狂。（对句）	相粘
颈联（相对）	仄仄(平)平平仄仄	白日放歌须纵酒，（出句）	
	平平仄仄仄平平	青春作伴好还乡。（对句）	相粘
尾联（相对）	平平(仄)仄平平仄	即从巴峡穿巫峡，（出句）	
	仄仄平平仄仄平	便下襄阳向洛阳。（对句）	

——杜甫《闻官军收河南河北》

五律的平仄格式与此基本一致。把七律每句的前两字裁去便是五律，只不过平起式或仄起式相应变化为仄起式或平起式而已。

依以上七律格式，截取后的五律平仄格式依次如下：

（一）首句仄起入韵式：

联	平仄	诗句	
首联（相对）	(仄)仄仄平平	城阙辅三秦，（出句）	
	平平仄仄平	风烟望五津。（对句）	相粘
颔联（相对）	(平)平平仄仄	与君离别意，（出句）	
	(仄)仄仄平平	同是宦游人。（对句）	相粘
颈联（相对）	仄仄平平仄	海内存知己，（出句）	
	平平仄仄平	天涯若比邻。（对句）	相粘
尾联（相对）	平平仄平仄	无为在歧路，（出句）	
	(仄)仄仄平平	儿女共沾巾。（对句）	

——王勃《送杜少府之任蜀州》

说明：本诗尾联出句为一特殊句式，即当出句在颔、颈、尾联时，其三字尾平仄“平仄仄”，允许以“仄平仄”的形式出现。七律同此。

（二）首句仄起不入韵式：

联	平仄	诗句	
首联（相对）	仄仄平平仄	客路青山下，（出句）	
	平平仄仄平	行舟绿水前。（对句）	相粘
颔联（相对）	平平仄仄仄	潮平两岸阔，（出句）	
	(仄)仄仄平平	风正一帆悬。（对句）	相粘
颈联（相对）	仄仄平平仄	海日生残夜，（出句）	
	平平仄仄平	江春入旧年。（对句）	相粘
尾联（相对）	平平仄平仄	乡书何处达？（出句）	
	(仄)仄仄平平	归雁洛阳边。（对句）	

——王湾《次北固山下》

说明：本诗颔联出句中的第三字“两”，按律当平。

（三）首句平起入韵式：

联	平仄	诗句	
首联（相对）	平平仄仄平	客路青山下，（出句）	
	(仄)仄仄平平	行舟绿水前。（对句）	相粘
颔联（相对）	(仄)仄平平仄	潮平两岸阔，（出句）	
	平平仄仄平	风正一帆悬。（对句）	相粘
颈联（相对）	(平)平平仄仄	海日生残夜，（出句）	
	(仄)仄仄平平	江春入旧年。（对句）	相粘
尾联（相对）	仄仄平平仄	乡书何处达？（出句）	
	平平仄仄平	归雁洛阳边。（对句）	

——李商隐《晚晴》

(四)首句平起不入韵式:

首联(相对)	平平平仄仄	青山横北郭,(出句)	
	仄仄仄平平	白水绕东城。(对句)	相粘
颔联(相对)	仄仄仄平仄	此地一为别,(出句)	
	平平仄仄平	孤蓬万里征。(对句)	相粘
颈联(相对)	平平平仄仄	浮云游子意,(出句)	
	仄仄仄平平	落日故人情。(对句)	相粘
尾联(相对)	(仄)仄平平仄	挥手从兹去,(出句)	
	平平平仄平	萧萧班马鸣。(对句)	

——李白《送友人》

从律到绝的四种“截取”句式

——说律绝之二

格律诗对平仄、用韵等要求较严,其对仗也有明确规定:首、尾两联可对可不对,颔、颈两联则必须严格对仗(另章详谈)。律诗八句,绝句四句。绝者,截也,绝句实际上就是从律诗上“截”取而来,故而又称“截句”。依据律诗的对仗原则,绝句也可以分为四种基本类型。

(一)截取律诗首、尾两联型(四句两联不对仗):

山中相送罢,日暮掩柴扉。
春草年年绿,王孙归不归。

——王维《送别》

少小离家老大回,乡音无改鬓毛衰。
儿童相见不相识,笑问客从何处来。

——贺知章《回乡偶书》

以上类型绝句,两联只讲平仄不讲对仗,显得比较灵活和自由一些,所以作者、作品也比较多。

(二)截取律诗首、颔两联型(第三、四句对仗):

移舟泊烟渚,日暮客愁新。
(对仗)野旷天低树,江清月近人。

——孟浩然《宿建德江》

毕竟西湖六月中，风光不与四时同。

（对仗）接天莲叶无穷碧，映日荷花别样红。

——杨万里《晓出净慈寺送林子方》

以上绝句，第一联不对仗第二联对仗，平仄要求相同。

（三）截取律诗颔、颈两联型（四句两联都对仗）：

（对仗）白日依山尽，黄河入海流。

（对仗）欲穷千里目，更上一层楼。

——王之涣《登鹳雀楼》

（对仗）两个黄鹂鸣翠柳，一行白鹭上青天。

（对仗）窗含西岭千秋雪，门泊东吴万里船。

——杜甫《绝句》

绝句两联都对仗较不容易，而且要全部工对则愈显其难。不过，这种类型的绝句倒是能够见出作者更高的功力来。

（四）截取律诗颈、尾两联型（第一、二两句对仗）：

（对仗）功盖三分国，名成八阵图。

江流石不转，遗恨失吞吴。

——杜甫《八阵图》

（对仗）回乐峰前沙似雪，受降城外月如霜。

不知何处吹芦管，一夜征人尽望乡。

——李益《夜上受降城闻笛》

此类型作者作品也较多。第一联对仗第二联不对仗，使作者能够较容易地写好结句。

律绝的规定较多，要求较严，这是大家都知道的。但这也不是绝对的。比如押韵，一般来说都要求押平声韵，但押仄声韵的五言绝句也不少，而且有许多都是脍炙人口的名篇。

如王维的五绝《鹿柴》（平起首句不入韵）和《竹里馆》（仄起首句不入韵）：

空山不见人，但闻人语响。
返影入深林，复照青苔上。

独坐幽篁里，弹琴复长啸。
深林人不知，明月来相照。

又如孟浩然的《春晓》（平起首句入韵）和柳宗元的《江雪》（平起首句入韵）：

春眠不觉晓，处处闻啼鸟。
夜来风雨声，花落知多少。

千山鸟飞绝，万径人踪灭。
孤舟蓑笠翁，独钓寒江雪。

这些绝句不仅不合一般律绝押平声韵的要求，既押仄声韵也未必符合律绝的“粘”“对”原则，有人称其为“古绝”或变体。不过，它们却又被收入《唐诗三百首》的“五言绝句”之中。由此可见，好诗毕竟是好诗，尽管它并不符合一般律绝的标准！即便在近体诗确立并盛行的唐代，优秀诗人也不是把格律视为唯一准绳的！

但是,这些脍炙人口的诗篇,却又不是写律诗可以不计平仄或者干脆不懂平仄的证明——因为这些作者首先都是格律诗词写作的高手。在掌握并能够熟练运用格律前提之下的不愿因辞害义,与略通或者根本不懂格律前提之下的不合平仄,是绝对不能混为一谈的两回事儿！所以,要写好格律诗,就必须首先弄通弄懂平仄。

当然,确有好诗,则另当别论。

学习七律(绝),有一个“一、三、五不论,二、四、六分明”的原则,五律(绝)则为“一、三不论,二、四分明”。就律绝(包括五言和七言)的每一句而言,除一般的双平双仄间互变化外,第一、第三(和第五)个字可平可仄,不必计较;但在节奏点上的第二、第四(和第六)个字,则须平仄分明,不可不遵。所以说,古今整首作品平仄全部循规蹈矩的例子反倒不多,而依此原则平仄相应变通的却不少。这反使作者显出其运用自如的功力和作品摇曳多姿的奇妙。

"变通""拗救"及"避忌"

——说律绝之三

七律(绝)"一、三、五不论,二、四、六分明"〔五律(绝)为"一、三不论,二、四分明"〕的变通原则并不是万能的。在律绝的某些句型中,它就是根本行不通的。

其一,五言"平平仄仄平"句型中的第一个字和七言"仄仄平平仄仄平"句型中的第三个字,就不允许由平变仄。否则,句中除韵脚外只剩下一个平声字,就犯了"孤平"之忌。但是,"孤平"之忌仅限于这种入韵句型,而在其他句型中却又是允许的。

其二,五言"仄仄仄平平"句型中的第三个字和七言"平平仄仄仄平平"句型中的第五个字,就不允许由仄变平。否则,句尾连续出现三个平声字,就犯了"三平调"之忌。"三平调"是古风才允许出现的句式。

其三,五言"平平平仄仄"句型中的第三个字和七言"仄仄平平平仄仄"句型中的第五个字,就不允许由平变仄。否则,句尾连续出现三个仄声字,就犯了"三仄脚"之忌。"三仄脚"也是古风才允许出现的句式。

以上三种情况,除其一外,其二和其三是律绝中严格规定不准出现的大忌。一旦出现平仄不合的状况,那么这个不合平仄的字就是"拗字",这个不合格律的句子就是"拗句"平平"拗"即不顺也。有"拗"必须有"救",有"救"则不为病。这种协和音节、调整平仄的过程就是所谓的"拗救"。

必须有拗有救的情况主要分为两种。

第一,孤平拗救:在遇到上述“其一”情况时,即五言“平平仄仄平”句型的第一个字和七言“仄仄平平仄仄平”句型的第三个字应平拗仄时,则将五言中的第三个字或七言中的第五个字由仄改平,这就成了拗句“仄平平仄平”(五言)和“仄仄仄平平仄平”(七言)。其实,孤平拗救也就是本句自救。

第二,大拗必救:所谓大拗,是指五言出句“仄仄平平仄”的第四个字或七言出句“平平仄仄平平仄”的第六个字应平拗仄时,必须把五言对句的第三个字或七言对句的第五个字由仄改平以救,这就成了拗句“仄仄平仄仄,平平平仄平”(五言)或“平平仄仄平仄仄,仄仄平平平仄平”(七言)。

所谓“拗救”,实际上只是平拗仄救,也就是在该平而仄的情况下相应地将仄改平以救,而对于该仄却平的情况是不太计较的。除以上两种情况,至于其一、其二、其三三项大忌之外允许“一、三(、五)不论”的拗句,可以本句自救或在对句相应的位置上相救,也可以不救。

笔者认为:只有在不得已的情况下,才出现以上的“拗救”情况。最好的“救”,就是“不拗”!

学习律绝写作,也应懂得一些其他方面的避忌,否则还会出现这样那样的毛病。

一要避出韵。律绝押韵,只能在相同的韵部中相押,否则就叫出韵或落韵。如元稹《行宫》诗中“寥落古行宫,宫花寂寞红。白头宫女在,闲坐说玄宗”一诗,按平水韵“宫”“红”二字属一东韵,而“宗”为二冬韵,这就是出韵。至于有的作者另以“通韵”或“宽韵”进行创作,那则另当别论了。

二要避重韵。在每首律绝中,只能用相同韵部里不同的韵字相押,不能让同一个韵字重复相押。否则就叫重韵。

三要避险韵。险韵就是以韵字很少或很生僻的字来押韵。古人有以卖弄学识而争奇斗险(韵)者,极少有好的作品,多不可取。

四要避倒韵。为了押韵,刻意将原有的词序加以倒置叫倒韵。倒韵在有的情况下是允许的，如刘长卿《逢雪宿芙蓉山主人》诗中“日暮苍山远，天寒白屋贫。柴门闻犬吠，风雪夜归人”的“夜归人”三字，原本应该是“人夜归”，但作者在倒置之后，协调了平仄，又押了韵，更达到了一种强调夜归、烘托气氛的艺术效果，不仅允许，而且应该学习作者这种炼字炼意的技能。但仅仅为押韵而强凑的倒置，则是蹩脚和不允许的，如把“高下”倒置为“下高”，把“左右”倒置为“右左”，把“乾坤”倒置为“坤乾”，等等，既有悖常情，又毫无意义，只能使诗句显得不伦不类、语意皆非。

五要避重字。重字虽说不是什么律绝的大忌，但它毕竟反映了作者基本的技巧、学识和才情。以七律为例，一共才五十六个字，却出现几个或很多音、义相重的字，会给人一种单调、重复、浅陋的难堪。不过，作者因诗意必须或有意安排的重字另当别论。如王昌龄的诗句“秦时明月汉时关”（《出塞·其一》）。

六要避失粘。上联对句与下联出句的平仄相粘，是律绝的基本要求，失粘将被人讥为不懂格律。就相粘而言，五言主要要求每句的前两个字平仄相同，而七言主要要求前四个字平仄相同。至于所谓的“折腰体”，则不足为学矣。

七要避失对。失对就是没有对仗。相对在律绝中有两重含义：一是说每联的上、下两句要意义相关、词性相同，二是说每联的上、下两句要平仄相对（相反）。而这里所强调的，首先是指要平仄相对。当然，相对的同时还要注意平仄变通的原则及拗救时的平仄调整。

常见的“语法”与“修辞”

——说对仗之一

所谓对仗,原本取自古代宫廷仪仗的双双相对之意。在近体诗中,对仗则已成为每联上下句之间格律要求的专用名词了。如果说平仄主要从音调、音韵方面体现了律诗内在特征的话,对仗则从语法和修辞上展示了律诗形式方面的艺术风采。

对仗又称对偶,其主要位置是颔联与颈联。无论在何种情况下,此二联都必须讲究对仗(以下做加粗处理),单独独立出来就是一副对联。如王维的五律《山居秋暝》:

空山新雨后,天气晚来秋。
明月松间照,清泉石上流。
竹喧归浣女,莲动下渔舟。
随意春芳歇,王孙自可留。

而李白的五律《送友人》则是首、颔、颈三联对仗:

青山横北郭,白水绕东城。
此地一为别,孤蓬万里征。
浮云游子意,落日故人情。
挥手从兹去,萧萧班马鸣。

也有颔、颈、尾三联相对的,如杜甫的七律《闻官军收河南河北》:

剑外忽传收蓟北，初闻涕泪满衣裳。
却看妻子愁何在，漫卷诗书喜欲狂。
白日放歌须纵酒，青春作伴好还乡。
即从巴峡穿巫峡，便下襄阳向洛阳。

全诗四联对仗的作品比较少，但却还是有不少诗人进行此类创作。如笔者多年以前的一首《辛未端阳赴桂林第四届诗词研讨会抒感》，全诗就采用了四联对仗的形式：

八方词客桂林行，五月榴花翠鸟鸣。
诗届端阳怀屈子，人逢盛会聚吟旌。
云笼绿水云犹绿，雨洗青山雨更青。
烟色空蒙江色碧，骚魂萦绕梦魂惊。

具体而言，律诗的对仗有以下几方面的要求：

（一）从语法上讲，每联上、下句之间的句子成分（如主语与主语、谓语与谓语、定语与定语、宾语与宾语、补语与补语、状语与状语等）必须相应一致。如“青山横北郭，白水绕东城”一联，“青山”与“白水”是（偏正结构的）主语对（偏正结构的）主语，“横”与“绕”是动词谓语对动词谓语，“北郭”与“东城”是（偏正结构的）宾语对（偏正结构的）宾语。又如“却看妻子愁何在，漫卷诗书喜欲狂”一联，“却”与“漫”是状语对状语，“看”与“卷”是谓语对谓语，“妻子”与“诗书”是宾语对宾语，“愁何在”与“喜欲狂”是补语对补语，而主语“我”在本联中是被省略了。

（二）从修辞上讲，每联上、下句之间的词性（即名词与名词、动词与动词、副词与副词、代词与代词、实词与实词、虚词与虚词、介词与介词、形容词与形容词、数量词与数量词、方位词与方位词及叠词与叠词、连词与连词等）要求相应一致。如“明月松间照，清泉石上流”一联，“明”与“清”是形容词相对，“月”与“泉”、“松”与“石”是名词相对，“间”与“上”是方位词相对，“照”与“流”是动词相对。又如“无边落木萧萧下，不尽长江滚滚来”一联，“无边”与“不尽”是副词相对，“落木”与“长江”是偏正名词词组相对，“萧萧”与“滚滚”是叠词相对，“下”与“来”是动词相对。又如“云笼绿水云犹绿，雨洗青山雨更青”，不仅“云”和“雨”、“绿”和“青”在本句中分别重复、叠用，在对句中对偶出现，而且因为“犹”和“更”两个副词的使用，让第二个“绿”和“青”的意义分别比第一个“绿”和“青”的意义递进一层。

一副对联对仗的工与宽，主要是从成分与词性对仗的工与宽来判断的。所谓工对，就是二者的成分与词性完全相同，精细工整；所谓宽对，就是二者的成分与词性基本相同，相对宽泛。要使对仗达到工对的效果，必须在长期的创作实践中逐渐摸索进行，不可能一蹴而就，初学者是允许相对宽泛一些的。“文章本天成，妙手偶得之。”工对固佳，但刻意为之则不一定就能称佳矣！

另外，既然是对联，那么上、下句字数相等，平仄相对，出句落仄、对句落平等基本要求是必须遵守的。在古代，学习律诗最基本的启蒙手段就是首先练习作对联，因为这是写好律诗的基本功。

特殊的“形式”与“避忌”

——说对仗之二

除一般的工对和宽对外，对仗还有如下几种特殊形式：

借对——或称为假对，也就是借音、借义、借喻、借代的意思，实际上也是宽对的一种。如白居易的“翠黛不须留五马，皇恩只许住三年”（《西湖留别》），“皇”字分明是借“黄”字之音以与“翠”字在色彩上相对；如刘长卿的“寄身且喜沧洲近，顾影无如白发何”（《江州重别薛六柳八二员外》），“沧”字也是借“苍”字之音以与“白”字作色彩上的对仗；如李商隐的“汉苑风烟吹客梦，云台洞穴接郊扉”（《令狐八拾遗见招》），“汉”字既指汉朝，又假借其“星汉”之意以与“云台”相对；如李商隐的“春蚕到死丝方尽，蜡炬成灰泪始干”（《无题》），“丝”字既指春蚕吐“丝”，又谐音借喻和代指相“思”之意，以与因相思而所流之“泪”对仗。

自对——自对又称本句对，也就是某些词语在一句之中自成对偶。如李商隐的“密迩平阳接上兰，秦楼鸳瓦汉宫盘”，其中如“秦楼”对“汉宫”，“瓦”对“盘”；同首诗中的“但觉游蜂绕舞蝶，岂知孤凤忆离鸾”中，“游蜂”对“舞蝶”，“孤凤”对“离鸾”等，也是自对。

倒装对——也就是在语法意义上将个别词语加以颠倒，以使两联平仄达到意义相对的目的。如杜甫的“红豆啄余鹦鹉粒，碧梧栖老凤凰枝”（《秋兴》之八），两联的语法顺序本应为“鹦鹉啄余红豆粒，凤凰栖老碧梧枝”。这一情况在诗词创作中不仅是允许的，而且还产生了一种特殊的艺术效果，使“鹦鹉粒”和“凤凰枝”成了一种别有韵味的意象。当倒装出现在对联中时，虽然语法上似乎不可思议，但在艺术上却同样是允许的，如刘禹锡的“千寻铁锁沉江底，一片降幡出石头”(《西塞山怀古》)等，“沉”和“江底”是直接的动宾结构，但“出”与“石头”二者却是介词结构：降幡(从)石头城(上打出)。所以，倒装的技巧在对仗方面的运用还是很重要的。

流水对——这是用两句话来表现一个意义连贯的内容，也是一种很常用的对仗方法。如杜甫的“露从今夜白，月是故乡明”(《月夜忆舍弟》)和“即从巴峡穿巫峡，便下襄阳向洛阳”(《闻官军收河南河北》)，如王维的“山中一夜雨，树杪百重泉”(《送梓州李使君》)，如毛泽东的“为有牺牲多壮志，敢教日月换新天”(《到韶山》)等，都是著名的流水对典范。

错综对——这种对仗不拘字词的位置，相对的词语处于错综交叉的情况。如中唐诗人李群玉《杜丞相悰筵中赠美人》诗：“裙拖六幅湘江水，鬓耸巫山一段云。”其中的“六幅”与“一段”错位对仗，“湘江”与“巫山”也错位对仗。对仗的位置虽然不同，但两句在平仄和意义上明显属于对仗，便属于错综对。

扇面对——宋代胡仔在《苕溪渔隐丛话前集·杜少陵四》中写道：“律诗有扇对格，第一与第三句对，第二与第四对。如少陵《哭台州郑司户苏少监》诗云：‘得罪台州去，时危弃硕儒。移官蓬阁后，谷贵殁潜夫。’”再如白居易《夜闻筝中弹潇湘送神曲感旧》诗：“缥缈巫山女，归来七八年。殷勤湘水曲，留在十三弦。苦调吟还出，深情咽不传。万重云水思，今夜月明前。”第一、三句为对，第二、四句为对。但这种扇面对中的最后一个字，却不是平仄相对，而是平对平、仄对仄。所以，并不能说是严格意义上的对仗。

对仗是对联的基本规则，但对仗并不就等于一副好对联。因而，在平仄意义上的符合之外，对仗在律诗中运用时还有一些避忌不可不知。主要有如下几种：

一忌意义合掌。在同一副联中，出句与对句意义完全相同或基本相同的现象称为合掌，此为诗家大忌，绝不可犯。王夫之在《姜斋诗话》中说："近体中二联，一景一情，法也。"其意思说明了律诗对仗两联避免合掌的技巧，初学者宜切记之。

二忌结构雷同。雷同在这里主要是指一首诗各联之间在形式上的句法呆板和相同。律绝七字或五字，其音节上的活泼变化，全通过句法上的灵活多样来体现，所以说一定要注意不能使律诗出现结构雷同的毛病。

三忌句中重字。除个别在修辞意义上有意识的叠字、叠词外，律绝全诗不仅不允许同一个字重复出现，更不能在对仗中出现重字，尤其不能在上下联中相对的位置上重字。这一点也需要特别注意。

为了培养和训练对仗这一基本功，古人在长期的创作实践中总结和整理了《声律启蒙》《时古类对》等大量的蒙读性韵书，数百年来流布广泛，颇受欢迎。试引《声律启蒙》一东韵一段如下：

云对雨，雪对风，晚照对晴空。来鸿对去燕，宿鸟对鸣虫。三尺剑，六钧弓，岭北对江东。人间清暑殿，天上广寒宫。两岸晓烟杨柳绿，一园春雨杏花红。两鬓风霜，途次早行之客；一蓑烟雨，溪边晚钓之翁。

这一歌诀，不仅从平仄、词性、物类、数目、方位、人伦等方面均已明加区分，而且每韵二歌，易记易诵，生动形象，为初学者提供了一个难得的学习版本。若能将此歌诀熟记，学诗者入门有何难乎？

“古绝”“古风”与“歌行”

——说古诗

所谓古诗，相对于在唐代形成的近（今）体律绝而言，原本没有平仄、粘对、对仗等格律方面的要求，押韵也可以几句一转、平仄互转，实际上就是古代创作的自由诗。从《诗经》《离骚》到汉代的乐府，古诗由四言、五言、六言、七言逐渐固定为五言、七言及相对灵活的杂言形式，如东汉后期的五言《古诗十九首》和汉武帝与群臣联句的七言《柏梁诗》等，都是古诗在当时的艺术杰作。

近体之后的古诗，名称上有了古绝与古风之分。古绝之说，早在南朝的《玉台新咏》中就收有《古绝句四首》，可能就是五、七言古绝的早期雏形。唐人把非律绝的五、七言四句诗歌袭称为古绝，而把非排律的六言、八言、十言乃至百句以上诗歌统称为古风，多言相间者则又称为杂言古风。

由于近体律绝的影响，此后的古诗已在形式上发生了较大的变化，并逐渐约定俗成地演化为另一种章法格局：

1.押韵可平可仄并可相互转韵，不避重字、重韵，甚至可以句句押韵，一韵到底。

2.句式由律绝的必须双平双仄相间，区别为可以单平单仄、叠平叠仄。

3.句尾三字由律绝的“仄平平”“仄仄平”或“平平仄”，区别为可以“平仄平”“平平平”“仄平仄”或“仄仄仄”。

4.不讲粘对。

5.对仗可有可无，不求工巧，反求古拙。

6.古风在内容上强调“首、腹、尾”：“击首尾应，击尾首应，击腹则首尾俱应。”

五言平韵古绝如王维的《鸟鸣涧》：

人闲桂花落，夜静春山空。
平平仄平仄　仄仄平平平
月出惊山鸟，时鸣春涧中。
仄仄平平仄　平平平仄平

首句二、四两字叠平，以“仄平仄”收尾；次句以“平平平”收尾；四句以“平仄平”收尾；只第三句为律句句式。全诗“春”“山”二字各重一次。

五言仄韵古绝如王维的《杂诗》：

君自故乡来，应知故乡事。
平仄仄平平　仄平仄平仄
来日绮窗前，寒梅著花未？
平仄仄平平　平平仄平仄

首句、三句为律句；次句、四句以“仄平仄”收尾；各句不对不粘；“故乡”词重一次。

七言平韵古绝如《金缕衣》：

劝君莫惜金缕衣，劝君惜取少年时。
仄平仄仄平仄平　仄平仄仄仄平平
花开堪折直须折，莫待无花空折枝。
平平平仄仄平仄　仄仄平平平仄平

首句四、六字叠仄，以“平仄平”收尾；次句与首句平仄不对；三句与次句相粘，以“仄平仄”收尾；四句以“平仄平”收尾；多字相重。

七言仄韵古绝如杜甫的《三绝句·之二》：

二十一家同入蜀，惟残一人出骆谷。
仄仄仄平平仄仄　平平仄平仄仄仄
自说二女啮臂时，回头却向秦云哭。
仄仄仄仄仄仄平　平平仄仄平平仄

首句为律句；次句二、四字叠平，以“仄仄仄”收尾；三句除韵脚一字全仄；四句为律句出句句式，然全诗非律绝即古绝也。

四句杂言古风如陈子昂的《登幽州台歌》：

前不见古人，后不见来者。
念天地之悠悠，独怆然而涕下！

该诗虽然只有四句，但它五言、六言相间，句式有长短，音节多变化，故为杂言古风。

六句五言古风如李白的《春思》：

燕草如碧丝，秦桑低绿枝。
平仄平仄平　平平平仄平
当君怀归日，是妾断肠时。
平平平平仄　仄仄仄平平
春风不相识，何事入罗帏？
平平仄平仄　平仄仄平平

八句七言古风如王勃的《滕王阁》：

滕王高阁临江渚，佩玉鸣鸾罢歌舞。
平平平仄平平仄 仄仄平平仄平仄
画栋朝飞南浦云，珠帘暮卷西山雨。
仄仄平平平仄平 平平仄仄平平仄
闲云潭影日悠悠，物换星移几度秋。
平平平仄仄平平 仄仄平平仄仄平
阁中帝子今何在？槛外长江空自流。
仄平仄仄平平仄 仄仄平平平仄平

古风在十句之上者有许多名篇，如李白的《月下独酌》、杜甫的《饮中八仙歌》、张若虚的《春江花月夜》等。杂言古风在唐代亦被称为"歌行"或"乐府"，如李白的《蜀道难》《梦游天姥吟留别》，杜甫的《兵车行》、"三吏"、"三别"，等等。杂言古风是历代诗人喜用的一种诗歌形式，唐宋之后至今代有名作问世，已经形成一种优秀的艺术传统。

古风在今天，仍然是颇受欢迎的一种艺术形式，如"李杜杯"中华诗词大赛的一、二、三等奖作品中，有相当数量的作品皆为古风形式。但古风在今天的创作实践中，一部分人把它当作不懂平仄前提下的终南捷径，却是一种大大的误解。古风相对律绝而言，虽然有不少便于掌握和易于接受之处，但它却并非任何不求甚解者轻而易举就能写好的！尤其是古风那种朴雅、古拙的艺术风格，更非浅尝辄止者所能企及！所以，作为一种学习中华诗词的入门形式，古风可以为初学者提供练习之便。但若想写好古风，却是需要作者认真练习、慎重对待的！

“词牌”“词谱”与“填词”
——说诗余

诗余者，词也。宋人认为词乃诗之余绪流脉，故将词称为“诗余”，同时也说明词乃由诗而来的一种变体。

词最早产生于隋唐、五代时期，在当时被人称为“曲子词”——曲乃乐曲，词则歌词，如现存于敦煌石窟的500余首作品，就通称为“敦煌曲子词”。曲子词原产于民间，乃依曲配词而成。后来由于一些文人的参与，曲子词的功能渐渐地发生了变化——乐曲失传，歌词独立，最后终于演变成为一种特殊的诗歌形式——词。

词虽脱离了乐曲，但却保留了它原本的固定字数、平仄格式。不同作者或不同时期而依相同的格式创作，也就形成了一定的谱式，这便产生了流传至今的“词谱”。现存最早的词谱，当是明代张綖所编的《诗余图谱》。据清代陈廷敬等奉旨合编的《钦定词谱》载，唐、宋、元历代相传词谱有826调、2306体，可谓最为完备。至于后来姜夔等人独创之自度曲，已非曲子词原来意义之范畴了。每一个词谱，一般都有一个相对固定的词牌。而每一个词牌的命名，则又有其各自不同的情况：

其一，作者直接从前人名作或自己佳作中选字而成。如《忆秦娥》，相传就来自李白首创之作中的“秦娥梦断秦楼月”；如《忆江南》，则是白居易在填制时，据自己“能不忆江南”之句将原名《谢秋娘》改为此并沿用至今的。

其二，直接袭用唐代教坊乐曲名称，如《浪淘沙》《西江月》《蝶恋花》《虞美人》等，而这些乐曲最初多是由教坊从民间、边疆或异域采集、吸纳、引进的。

其三，直接将所写对象或作品标题借用为词牌，如《鹊桥仙》就是用以专写牛郎织女鹊桥相会故事的，《昭君怨》原本就是怜惜王昭君远嫁时所歌，《渔歌子》也是首创者张志和歌咏渔人之歌。

其四，选取多组乐曲中的一段或增删其他词牌而成，如《水调歌头》即截取隋炀帝开凿汴河时的大曲《水调歌》之头，《摊破浣溪沙》是在《浣溪沙》原作双片之后各增一句三字，《减字木兰花》乃在原《木兰花》之单句中各减三字。

其五，在后来的长期创作实践中，作者如仍写词牌原来表达的内容，多在词牌下注明“本义”二字。但是更多的作者则仅仅是套用格式而与其本义毫不相干了，如《念奴娇》之于念奴，《贺新郎》之于新郎，《洞仙歌》之于洞仙，等等。

除此之外，同调异名的情况也很多，还请习之者注意鉴别，如《十六字令》又名《苍梧谣》《归字谣》，《忆秦娥》又名《秦楼月》《双荷叶》《碧云深》，《念奴娇》又名《大江东去》《酹江月》等，它们也多是后人根据某种情况为之易名而成的！

词谱虽然有 2000 多个，但最常用者也只有 100 多个。依其字数，词谱通常被约定俗成地分为小令、中调和慢词三种：58 字以内者为小令；59 至 90 字者为中调；91 字以上者为慢词。依其段落，词谱有每首一段（又称阕、片、叠）、双片、三阕或四叠之分。学习填词，首先要了解词牌字数和段落的多少，然后要尽量与所表现的内容相适应，才能写出长短相宜、繁简得当、凝练充实的好作品来。

按谱填词。由于各个词牌的不同，词谱也便规定了各个词牌不同的平仄、句式、对仗、押韵位置等。词的平仄一般仍以律句的双平双仄间互使用为主，但词牌规定的平仄则不必拘此；词的句式从一字句、二字句到十一字句都有；词的对仗或有或无，位置就每个词牌而言是固定的，但就各种词牌而言又是不确定的；词韵从诗韵合并而来，其押韵可平可仄也可平仄转换。

与律诗相比而言，词的句式显得灵活多样了些；但就词谱本身而言，它的操作规程则是固定而不能改变的。举例如下：

山，快马加鞭未下鞍。惊回首，离天三尺三。

——毛泽东《十六字令》

这是一首全词字数最少的小令：16 个字，共 4 句，句式分别有一言、七言、三言、五言 4 种；三平韵皆在句尾；无对仗。

平林漠漠烟如织，寒山一带伤心碧。暝色入高楼，有人楼上愁。玉阶空伫立，宿鸟归飞急。何处是归程？长亭更短亭。

——李白《菩萨蛮》

这首词共 44 字，分两片，仍属小令；8 句分七言和五言两种；尾韵为平仄互押，两句一转韵；无对仗。

莫听穿林打叶声，何妨吟啸且徐行。竹杖芒鞋轻胜马，谁怕？一蓑烟雨任平生。　料峭春风吹酒醒，微冷，山头斜照却相迎。回首向来萧瑟处，归去，也无风雨也无晴。

——苏轼《定风波》

本词双片 62 字已属中调，句式有二言和七言两种；但尾韵却平仄 6 次转换互押，是词牌中较为特殊的代表者；上片一、二两句可对可不对。

倚危亭，恨如芳草，萋萋刬尽还生。念柳外青骢别后，水边红袂分时，怆然暗惊。　无端天与娉婷。夜月一帘幽梦，春风十里柔情。怎奈向、欢娱渐随流水，素弦声断，翠绡香减，那堪片片飞花弄晚，蒙蒙残雨笼晴。正销凝，黄鹂又啼数声。

——秦观《八六子》

本词双片88字，也是中调，句式有三言、四言、七言、八言但以六言为主；全用平韵，韵位灵活；上片第四、五句以一去声字领六言对仗；下片第二、三句为六言对仗，六、七句为四言对仗，八、九句以二字领六言对仗。

柳荫直，烟里丝丝弄碧。隋堤上、曾见几番，拂水飘绵送行色。登临望故国，谁识？京华倦客。长亭路，年去年来，应折柔条过千尺。闲寻旧踪迹。又酒趁哀弦，灯照离席。梨花榆火催寒食。愁一箭风快，半篙波暖，回头迢递便数驿。望人在天北。凄恻！恨堆积。渐别浦萦回，津堠岑寂。斜阳冉冉春无极。念月榭携手，露桥闻笛。沉思前事，似梦里，泪暗滴。

——周邦彦《兰陵王》

本词3叠共130字，属长调慢词，二、三、四、五、六、七言句式混用；全用仄韵，韵位有句句押、隔句押和多句押。而如“谁识？京华倦客”和“凄恻！恨堆积”两例，实际上各是“谁识京华倦客”的六言句和“凄恻恨堆积”的五言句，“谁识”和“凄恻”则属阅读意义中句顿的句中韵。上片无对仗；中片二、三句为一去声领四言对仗，五、六句同此；下片三、四句和六、七句也为一去声领四言对仗。

应该说明的是，词与诗的对仗稍有不同：①既可平仄相对，也可平平、仄仄相对；②联尾未必上平下仄，允许上仄下平、上平下平或上仄下仄；③上下联不避重字；④要求对的位置必须对，未要求对的位置可对可不对。

词的句式中，有一些比较特殊的情况。

一字句：它独立存在的时候不多，但作为领字在阅读时一字逗的时候很多，这个领字多用虚词“但”“应”“甚”“更”“正”“纵”“恰”“渐”或动词“对”“料”“把”“恨”“记”“料”“怅”“算”等。

二字句担负领字功能的也很普遍,如“漫道”“岂奈”“却又”“那堪”“试问”“况是”“乍向”“无端”“倩谁”等。

三字句单独出现的频率相对而言已较多,但具有领字作用时,常用的有“当此际”“怎禁得”“况而今”“倩何人”“都应是”“空负了”“似这般”“君知否”等惯用语。

四字句为词的基本句式之一,一般都是二二式或上一下三式。

五字句一般为五言律句式。

六字句多是二二二式、三三式,上二下四和上四下二式也常用。

七字句一般是七言律句。

八字句以上至十一字句的句式就比较少见了,其基本构成为两个短句的复合。

初学填词,除以上常识必须掌握外,尤其还要懂得:不能仅仅依照词谱凑字数,不能忽视入声字表情达意的特殊作用,不可混淆不同词牌适宜表现内容的功能。如《满江红》《忆秦娥》等宜于表现慷慨、激越、悲壮的感情;《沁园春》《念奴娇》等宜于表达昂扬、豪迈、放达的内容;《千秋岁》和《贺新郎》原为忧伤悲切之词,不能用来贺春祝寿;而《一剪梅》《江城子》则难以反映悱恻缠绵、怅惘感伤之外的题材……清人沈谦曾就填词作法这样概括道:“小调要言短意长,忌尖弱;中调要骨肉停匀,忌平板;长调要操纵自如,忌粗率。能于豪爽中著一二精致语,绵婉中著一二激励语,尤为错综。”(《填词杂说》)

当然,除了必要的理论,学诗填词最主要的是要“多读勤写善悟精改,炼字炼句炼意炼篇”。

词至当代,已由本人倡导兴起一种新的形式:度词与新词。度词采用旧声韵,新词采用新声韵,但二者在创作的方式、方法上则基本相同。具体理论见本书“说创新”部分,具体作品见本人即将由河南人民出版社出版的《知诗斋诗赋 · 创新卷》。

附录

……所聊以自慰者：风雪虽狂，蹄尚稳健，牛角终于昂扬坚韧；土虽贫瘠，草还茂盛，牛奶毕竟绿色食品；途虽曲折，志犹执着，傻牛也知笨鸟先飞。

雅颂重辉千古事，风骚更上一层楼

——"新纪元中华诗词艺术书库"总序

王国钦

巍巍哉中国文化辉煌灿烂,泱泱乎中华诗词源远流长。煌煌几千年的中国文学发展史,在很大程度上就是中华诗词的发展史。从诗骚、乐府、古风,到唐诗、宋词、元曲以至明清诗歌,中华诗词以其谨严规范的形式美、凝练工稳的语言美、抑扬顿挫的音乐美、声情并茂的韵律美和造象奇妙的境界美,通过数不胜数的美篇佳构,铸就了独一无二的艺术之树,郁郁苍苍,枝繁叶茂,在深深地根植于丰厚的民族文化沃土的同时,也高高地耸立于丰富的世界文化之林。每一个炎黄子孙,无不为我们曾经拥有过屈原、李白、杜甫、苏轼、陆游、龚自珍、毛泽东等伟大的诗人词家而自豪！中华诗词艺术,是我国真正的传统文化之瑰宝、民族文学之精华！

然而,20 世纪之初的新文化运动,在反对封建文化的大潮中,由于对"传统文化"的偏颇认识和过激行动,"把洗澡水和孩子一起泼掉了"(列宁),致使中华诗词的正常发展,也受到了非正常的严重冲击。而自此时兴起并逐渐发展成为主流诗歌的白话诗,主要移植于西方诗歌的散文化形式,完全脱离了我国古典诗歌的格律特征,以致先天不足,"几十年来,迄无成功"(毛泽东)。新中国成立之后,一部分人对毛泽东几封谈诗信的片面理解,更使得中华诗词艺术继续走向了衰落。这不能不是一种民族的遗憾和一种文化的悲哀！

值得庆幸的是,1978 年党的十一届三中全会以来,"实践是检验真理的唯一标准”的大讨论，不仅在我国政治、经济、文化等各方面开始了历史性的拨乱反正，而且使诗词界“左”的禁锢也逐渐融化并开始了艰难的复苏和振兴。1987年端阳诗人节，中华诗词学会在北京正式成立，并给古典诗词正式定名为“中华诗词”，这已成为中华诗词事业开始全面发展的重要标志。诗者，所以抒情、言志、感时、述怀、达情、扬善、惩恶也。而中华诗词艺术，正是我们祖国汉语言文字最佳的文学表现形式之一，具有千古不衰的艺术魅力和绵绵不绝的艺术生命。截至目前，中华诗词学会会员已达四千余人，全国各地的诗词社团已有一千多个。而它们所拥有的各地会员已达数万之众，各地创办的诗词刊物也不少于一千家。这一“沉舟侧畔千帆过，病树前头万木春”（刘禹锡）的景象，不正是中华诗词艺术生命的象征吗？

近些年来，有关中华诗词艺术方面的各种活动更是接连不断。如每年一届的全国诗词研讨会，不拘形式的诗词创作交流会，如以1992年首届中华诗词大赛为代表的诸多赛事等，正在形成一种十分令人振奋的特殊文化景观。仅1992年8月至1993年5月不到一年的时间里，就有福建南安的首届中华诗词吟诵会、江西白鹿洞的首届中华女子诗词研讨会、海南海口的首届中华诗词表现艺术研讨会和河南郑州的首届中华青年诗词研讨会等多次重要的大型诗词活动相继举行……因此，我们有充分的理由预测：一个中华诗词艺术发展振兴的新纪元，必将为中国文学文化的发展，重新添上辉煌的一笔！

当然，我们还必须辩证地、客观地看待这个问题，既无须妄自菲薄，也不可盲目乐观。当代社会的艺术多元化、生活快节奏和经济高速度，又对中华诗词艺术的生存与发展，提出了严峻的挑战。因此，如何在现有的基础上总结经验，实事求是，继往开来，力求创新，并争取与白话新诗交流融合，共图发展，将是我们这代跨世纪诗人的重要使命。

“新纪元中华诗词艺术书库”正是在这一大的文化背景之下诞生的。那么，我们创设这套书库的意义何在呢？

（一）根据党的“二为”方向和“双百”方针，以“继承优秀文化传统、弘扬中华诗词艺术”为宗旨，本书库将就新时期以来中华诗词在创作和理论等方面所取得的成就，进行客观上的实绩展示、轨迹描绘和经验总结，为其进一步的发展进行积极的引导并提供参考与借鉴。这既是一种继承又是一种发展，既是一种固守也是一种升华。旧瓶装新酒的目的，在于使这一古老的艺术之花，焕发出更加璀璨的时代之光！

（二）根据当前出版界的实际情况，作为出版中华诗词丛书的一种尝试，本书库将为广大诗词作者提供一个集中展示创作成果的良好机会，缓解出书难、出诗更难的矛盾，并力图为祖国文化的积累、改革开放的深入和社会经济的发展，作出有益的贡献！

（三）本着对作者、对读者、对诗词负责的原则，本书库将对每卷作品进行严格的筛选和严谨的把关。每卷内容，必须具备一定的思想水平和艺术价值：味厚情真，美刺得度；歌咏感怀，言之有物；不讲平仄、图解概念和严重口号化的作品，不在收选范围。我们要发现和推出更多的“真诗”，以求得到社会更多的承认和重视，澄清一些人由于种种原因而造成的种种误解，进一步扩大诗词的功能影响，还诗词以真正的本来面貌！

最后，我要衷心地感谢慨然出任本书库名誉主编、编审顾问的各位诗词方家，感谢欣然“入库”的各地诗坛好手，感谢中州古籍出版社的领导和责编，以及封面与版式设计者为本书库所付出的艰辛劳动！任何个人的能力都是极其有限的。若没有各位诗人和同道们的共同努力，要出版这样一套大型书库，则是完全不可能的！所以，历史是不会忘记他们的！

1993 年 7 月 18 日竣稿于中州知时斋

“知时斋丛稿”自序

王国钦

本人属牛，乃豫东尉氏农家之牛也。

体瘦身轻，一羸牛也；反应迟钝，一笨牛也；智浅识薄，一呆牛也。身居青螺之室，乃蜗牛也；肩负凋漆之轭，乃耕牛也。历几多载风雨未误稼穑，虽三五番教训无怨无悔。或曰：“此傻牛也！”虽如此，本人仍以“牵犁奋颈好耕田，总把丹诚扛在肩。跋涉春秋冬复夏，路遥我自更加鞭”自勉自励——“虽不能至，心向往之”也。

序至甲申，年已逾不惑又三。室虽无充栋之书，而伏虎之志仍如初生之犊；知前路坎坷尚多，企对琴之情总有一日堪听！尤其自加入出版人行列至今，耕云播雨，何曾拷问收获？传火积薪，敢不引吭高吟！屈指二十年来，俯首甘与孺子同行，知履艰而必为；拉车常携风马为伴，料不及而自乐。飞针走线，常年只做他人嫁；燃炬养蚕，唯独难织老牛衣……夜半扪心，也曾思庖丁之解，如望云霓；世事难料，徒然有鬼神之咒，一似泥牛。所聊以自慰者：风雪虽狂，蹄尚稳健，牛角终于昂扬坚韧；土虽贫瘠，草还茂盛，牛奶毕竟绿色食品；途虽曲折，志犹执着，傻牛也知笨鸟先飞。至某日，经友人反复催促，这才如梦方醒，想起已到出嫁之日。于是乎翻箱倒柜，检点行囊，匆匆然自做嫁裳！好在职责之余，未尝懈怠；偶有所得，悉心呵护；积少也成多，敝帚却自珍。若问嫁裳如何，捉襟未必见肘。因不及精工细做，当难免尺短寸长。既如此，且使牛声高歌，牛尾猛甩，任傻牛自赏孤芳、自我喝彩也。

路曼曼其修远兮，吾将上下而求索。

知否？杜工部有诗曰："好雨知时节，当春乃发生。随风潜入夜，润物细无声。"缘其句甚合吾少年之心，遂自河南大学以"好雨"为笔名至今。后接受刘彦钊老师建议，将蜗居名之为"知时斋"，并由著名书法家孙轶青、林锴先后题写匾牌……付梓之前，更由张胜兄为取"知时斋丛稿"之名，也甚合吾老牛之心也。唐人朱庆馀诗曰：

洞房昨夜停红烛，待晓堂前拜舅姑。
妆罢低声问夫婿，画眉深浅入时无？

不过，著名诗人刘征前辈曾为熊东遨、周燕婷二人合集《画眉深浅》题词曰："画眉惟自适，哪管入时无？"借来一用，颇觉有趣。故此，虽嫁裳乃出己手，且丝毫未曾画眉，但丑媳妇也要见公婆——权当小试牛刀耳！

知否？本人也曾有句云："两肩道义从龙首，一片冰心化乳香。""守望当知舟逆水，歌吟务要树藏云。"守望者，诗词纵横、品诗论书、序影跋踪、文化观察、星座访谈、书生之见、任人评说，所谓文论、文心、文化也；歌吟者，诗之卷、词之卷、专题卷、创新卷、楹联卷、羽帆卷、新诗卷、散文卷、访谈卷，所谓心情、心声、心画也！

至因才疏学浅之故造成的宫商未稳、格律未工、文字未当、议论未切等，皆不及细加推敲。除略予筛选、淘汰、订正和类分外，一仍其原生之态，或许能存些学诗从艺之踪迹也。以此呈于方家、大家法眼——质虽未必高，牛性却保真——诚愿各位赐教、指正！

甲申仲秋自序于中州知时斋

《羽帆诗选》序

王国钦

1983年3月10日，在河南师范大学(1984年恢复河南大学校名)中文系党总支的领导下和系团总支的指导下，以当时中文系五位学生王国钦、王吉波、刘庆喜、赵向毅、邓艾芬为主，组织创办了河南大学历史上第一个以诗歌创作为主的学生社团——羽帆诗社。在当天晚上的诗社成立大会上，笔者曾经激情致辞："三月的春风，在我们祖国的大地上荡漾；四化的步伐，敲击着我们伟大的理想。一片雅洁的羽帆起飞了，她带着我们大学生的拳拳赤心；一片希望的风帆开航了，她向着太阳升起的东方。"(《愿我们的"羽帆"高高地飞翔》)许多人还清楚地记得，自己当时就充满向往地对参加成立大会的诗友们说："若干年之后，如果能够有一位、两位、三位诗友从我们的羽帆诗社走出来，成为河南乃至全国的著名诗人，那就是我们最大的骄傲与自豪。"

俗话说"三十而立"。而今，当我们站在2013年回望历史、回首往事之际，蓦然发现一个令人惊异不已的现象：自羽帆诗社成立那天起，她已经成为中原文坛的一面诗歌旗帜，成为中原大地的一种诗歌力量，也成了河大万千学子诗歌之梦的向往。整整三十年了，我们的国家先后经历了改革开放、市场大潮、经济腾飞、股票投资、通货膨胀、信息爆炸、极贫极富、反腐倡廉等不同的社会阶段或社会现象。但无论在什么样的情况下，"羽帆"的诗歌旗帜片刻也没有停止飘扬。屈指数来，如张鲜明、李暄、杨吉哲、李霞、冯团彬、高金光、萍子、董林、吴元成、刘静沙、刘昌武、西屿、白战海、白书庄、心地荒凉、宁智沛直至现任社长……是“羽帆”为他们提供了最初的艺术创作之家，但他们却为“羽帆”增添了沉甸甸、光灿灿的艺术含量……那一颗颗代表当代中原诗歌之星的名字，都是羽帆诗社三十年蓬勃发展的艺术界桩啊。

尤为可贵的是，羽帆诗社从成立开始就创办了墙报版、油印版的《羽帆》诗刊，后来曾更名为《黄河风》诗刊。再后来，羽帆诗社又获得了全国十大优秀社团等荣誉……有些诗友，在全国的诗歌创作界也是颇具艺术分量的——这完全是成立之初没有料到的！“羽帆”为什么能够如此？为什么能够如此生生不息、薪火相传？这或许是我们原本无意而为之的“羽帆”精神吧——我们为“羽帆”的这种精神而骄傲、而自豪！

羽帆诗社是一个以新诗创作为主的在校学生诗歌创作社团，从其中成长起来的诗人或诗评家多数也是以创作新诗为主。粗略统计，三十年来从羽帆诗社走出来的“羽帆”诗友先后该有数千名了。尽管笔者在新诗创作上早已落后于其他诗友，而自己毕业之后所钟情的诗词创作也早已是“非主流文体”，但每当我见到羽帆诗社的某一位诗友，每当我读到某位“羽帆”诗友的新作，一种无比的自豪之感便不禁油然而生。或当某位“羽帆”诗友称我一声“诗兄”之际，内心便会为自己“创始社长”的身份感到几分窃喜与得意。

按照开始的设想，《羽帆诗选》这套书将尽可能全、尽可能多地收录三十年来历届“羽帆”诗友们的诗歌作品。但是，毕竟三十年了，部分诗友因星散到全国甚至世界各地而不便联系，部分诗友因生活、工作之故而不再进行写作。尽管我们上从 1983 届向下顺序征稿，又从在校的 2013 届向上回溯征稿，但结果依然不甚理想。所以，我们的设想也经历了从“尽可能全部出版”到“尽可能每届不断”再到“征集多少是多少”三个阶段。目前，征集到的稿件规模分为十卷。前八卷为羽帆诗社诗友的诗歌，后两卷为羽帆诗社诗友的诗评。诗集的多样性表明他们不仅耕耘于诗歌创作，而且关注于诗歌评论。本套书虽然尚不能全部容纳所有诗友的优秀作品——这当然是个遗憾，但其出版意义却远远地大于遗憾:“羽帆”毕竟三十年了,“羽帆”诗友毕竟第一次出版《羽帆诗选》。三十年的“羽帆”诗歌现象,毕竟是由我们这些人创造出来的。同时,羽帆诗社也毕竟对河南大学的校园文化建设作出了三十年持续不断的贡献。

“伟大的诗人反映伟大的时代,伟大的时代造就伟大的诗人。我们的祖国,正在改革中振兴;我们的事业,正在振兴中起飞。我们有着一个坚实的大地,我们有着无限宽阔的天空。社员们,共同努力吧!让洁白的‘羽帆’带着我们对祖国和人民的祝愿,带着我们一代人的理想,在我们民族的蓝天上自豪地飞翔吧!”(《愿我们的“羽帆”高高地飞翔》)

三十年了,光阴如梭。为了这套《羽帆诗选》的问世,我们等待了太长的时间。仰望着“羽帆”高高飘扬的旗帜,我们不能不再次追忆起当年与“羽帆”相关的许多老师。时任中文系党总支书记的苏文魁老师,被诗友们形象地称为“羽帆”的催生婆;羽帆诗社首届顾问、《开封日报》副刊部的李允久老师,被诗友们亲切地称为“羽帆”的好保姆;时任中文系团总支书记的夏林老师、当年中文系现代文学教研室的周启祥老师、《中岳》杂志编辑部的诗歌编辑孔令更老师等,分别给羽帆诗社的成立与成长以种种支持与帮助。还有为羽帆诗社题词的著名作家魏巍,为《羽帆》诗刊提供诗作的著名诗人牛汉,以及易殿选、高铁军、王剑冰、程光炜、刘根社等1977级、1978级的诸多“诗兄”、学兄,都是需要我们真诚地再道一声“感谢”的!

当年中文系的著名教授于安澜先生,为此专门创作了五言长诗《羽帆出刊作诗志贺》:

自古垂明训,语言是心声。发而为诗歌,语言之菁英。商周遗篇在,三百传葩经。古诗十九首,作者无姓名。建安出七子,曹氏有弟兄。唐诗超六代,李杜树典型。白诗重通俗,读与老妪听。迨我毛主席,振彩四海惊。胸怀高一世,健笔擅纵横。诸生承传统,结社抒性灵。名为羽帆社，编辑作嘤鸣。羽取凌霄汉，扬帆万里征。歌颂新事物，四化早完成。行贵洛阳纸，诗教益恢宏。老夫虽迟暮，喜闻雏凤清。

为了这套《羽帆诗选》的出版，我们还要特别感谢河南大学文学院的现任院长李伟昉先生。没有他的充分认可、多方协调与积极帮助，这套书的出版恐怕还得继续走在"计划"之路上。同时，母校有关领导的大力支持也是十分重要的。而母校出版社能够欣然接受这套《羽帆诗选》并在最短时间内予以出版，则使这套书更具有了特殊的文化价值与纪念意义。

在2012年河南大学百年校庆的日子里，受校党委书记关爱和先生之邀，笔者极为认真地创作一篇《河南大学赋》。在写到"夫校园之文化兮，绵延各呈精彩；看羽帆之旗帜兮，青春飘扬不停"时，笔者心中情感之激动可想而知。至于本书中所选作品是否适当、质量高低，那就由各位诗歌评论家们"评头论足"了！诗曰：

心中的"羽帆树"

把种子撒向天空，
三十年长成一片森林。
那一枝一花一叶，
都羽化为云一样的舞蹈。

把种子埋入海洋，
三十年长成一片森林。
那一枝一花一叶，
都航行着帆一样的姿态。

把种子播进心灵，

三十年长成一片森林。
那一枝一花一叶，
都开放作七彩虹的颜色。

三十年的今天，
羽帆在母校列队受阅。
那一枝一花一叶，
都灿烂成中原树的笑声。

是为序！

2013年10月1日国庆节于中州知时斋

羽帆诗社的擎旗者，度词新词的开创人
——20世纪80年代大学生诗歌运动参与者、羽帆诗社第一任社长王国钦访谈录

姜红伟

姜红伟（以下简称“姜”）：王老师，有人说“20世纪80年代是中国大学生诗歌的黄金时代”，您认同这个观点吗？

王国钦（以下简称“王”）：认同。当时，国家刚刚恢复高考，并且经过一场“实践是检验真理的唯一标准”的大讨论，全国人民的精神面貌真正是焕然一新。虽然一切都正处于百废待兴的阶段，但中国确实迎来了又一个政治上的春天。所以，那个时候的大学生，每个人都对祖国的未来充满了信心，充满了期待，充满了激情，同时也都充满了一种历史担当的责任感。这在客观上，便使我国大学生的诗歌进入了一个非常难得的、值得怀念的“黄金时代”。当然，那个时代社会上诗歌的繁荣对于大学校园诗歌的发展，也产生了重要的促进和影响。比如艾青、公刘、臧克家、邵燕祥、流沙河、白桦、牛汉、曾卓、蔡其矫、辛笛、陈敬容，再后来的舒婷、北岛、顾城、梁小斌、杨炼、江河、昌耀、食指、芒克、多多等。

姜：请您简要介绍一下您投身20世纪80年代大学生诗歌运动的“革命生涯”，包括在大学期间有关诗歌的创作、发表、获奖及其他情况。

王：哈哈，你“投身‘革命生涯’”这个说法很有意思。我本人于1979年进入河南大学中文系读书，属于“新三届”（即1977级、1978

级、1979 级三届）学生。当时，中文系学生最为关注的事情，主要是“看女排比赛”和“读诗写诗”。

中国女排在 1981 年首获世界冠军之后，分别于 1982 年、1984 年、1985 年、1986 年连续五次获得世界大赛冠军，为当时的国家带来一种顽强拼搏、不屈不挠、积极向上的“女排精神”。每逢女排大赛，整个大学简直就变成了一个激情燃烧的校园，几乎所有的学生都在观看比赛。对于中文系的学生来说，读诗、写诗恰好是大家挥洒激情、展示才华的一种最佳形式。尤其是《诗刊》大量刊登学生作品和此后《诗神》《星星》《飞天》诗刊的创办，为这个时期的大学生诗歌运动起到了锦上添花、推波助澜的重要作用。

1982 年暑假，我们 1979 级的部分同学，有幸参加了纪念河南大学成立七十周年的中文系系史整理工作，并从中了解到：董作宾、范文澜、冯友兰、冯景兰、郭绍虞、姜亮夫、嵇文甫、任访秋等一大批文史学者、著名授教，都曾在河南大学当时的文史系任教；如罗章龙、尹达、邓拓、王国权等革命家都曾在河南大学求学；不少前辈校友如白寿彝、魏巍、姚雪垠、周而复、吴强、马可、周鸿俊、孙荪、屈春山、王怀让等，都在文史研究或文学创作方面取得了卓著成就。中文系（原文史系）曾有过这么多优秀的校友，我们后来者不能太逊色于他们吧？带着这个问题，我与本年级的王吉波、刘庆喜、赵向毅、邓艾芬等喜欢诗歌创作的同学进行商议：我们是不是可以成立一个诗社，以追随前辈们的文学足迹？——这个建议立即得到了他们的一致赞同。经过一段时间的筹备，在系党总支书记苏文魁、团总支书记夏林、中文系周启祥教授、《开封日报》编辑李允久等人的大力支持下，我们的羽帆诗社在 1983 年 3 月 10 日晚上正式成立了。

姜：您是这个诗社的创始社长，请问，为什么要给诗社取名“羽帆”？

王：我们五个发起人中，数我年龄最小。在我们年级，我是第一个在校报发表散文作品的学生，此后又不断发表各类作品，相对说比较引人注目。同时,我也是成立诗社的倡议人,所以说他们就要我做社长。

在当天晚上的诗社成立大会上,我曾经激情致辞:“三月的春风,在我们祖国的大地上荡漾;四化的步伐,敲击着我们伟大的理想。一片雅洁的羽帆起飞了,她带着我们大学生的拳拳赤心;一片希望的风帆开航了,她向着太阳升起的东方。”——这是当时我们对于“羽帆”二字的理解。后来,中文系教授于安澜为《羽帆》诗刊题词:“羽取凌霄汉,扬帆万里征。”——这是当时老师们对于“羽帆”二字的阐释。时至今日,我还经常闭上眼睛,幸福地想象着这样一幅景象:在无垠而蔚蓝的大海之上,有一只勇敢小舟在向着遥远的地方行驶;在这只勇敢的小舟上,有一片鼓满东风的白帆在破浪前行;在大海和白帆之上,还有一片片洁白的羽毛在飘摇、在飞翔……

姜:是的,这确实是一幅非常优美的、充满诗情画意的景象。在羽帆诗社成立之际,你是一种什么样的心情?

王:我当然是非常激动的,所有参加诗社成立仪式的同学和老师也都非常激动。其实,我在诗社最初成立时的愿望比较简单。当时,我在成立大会上的致辞中只是充满向往地说:“若干年之后,如果能够有一位、两位、三位诗友从我们的羽帆诗社走出来,成为河南乃至全国的著名诗人,那就是我们最大的骄傲与自豪。”其实,后来的结果已经远远地超出了我们的预期。

姜:那么,后来的结果到底如何呢?

王:后来?那就不是两位三位了。在当今中原诗坛上比较活跃的诗人,从我们羽帆诗社走出来的超过了基本队伍的半壁江山。如张鲜明、李暄、杨吉哲、李霞、冯团彬、高金光、萍子、董林、吴元成、刘静沙、刘昌武、西屿、白战海、白书庄、心地荒凉等,他们中的有些人甚至在全国诗坛上也是比较活跃的。2013 年 12 月,为纪念羽帆诗社成立三十周年,在河南大学文学院的支持下,河南大学出版社出版了一套《羽帆诗选》。其中选录了历届数十位诗友的近千首诗歌作品,可谓是皇皇大观了。

姜:我们看到了由您参加主编的这套《羽帆诗选》,这与您当年倡议并创办羽帆诗社有着直接的关系。能介绍一下您个人在大学期间的诗歌创作、发表和获奖情况吗?

王:说来惭愧,本人的诗歌写得并不好,我至今都不过只是一个诗歌爱好者而已。当时的文学刊物,并不像后来那么多。加上自己还是有些"自知之明"的,并不经常向外面报刊投稿,正式发表或者获奖的作品并不多。所以,羽帆诗社有今天这样的发展规模,主要还是靠一届又一届"羽帆"诗友们的共同努力。如果从个人的角度说,自己觉得还算可以的在校作品,可能还是两首长诗《我是青年》和《丑小鸭的诉说》。这两首诗,因为我们年级普通话讲得最好的王笑波同学激情朗诵得好,所以取得了比较大的轰动效应。尤其是后一首作品,至今还被不少同学时时提起,这是我没有想到的。

姜:能介绍一下您这两首诗的创作过程吗?

王:当时,"新三届"同学的年龄普遍比较大。也许因为我是本年级年龄相对比较小的学生,当时有一种非常强烈的"我已长大"的心态。那个时候无比激励人的"女排精神",是我创作《我是青年》的一种直接动力。所以,这就有了后来获得河南大学七十周年校庆征文一等奖的《我是青年》。此前,作为大三年级的学兄,为迎接 1981 级新生,我专门创作了《丑小鸭的诉说》。这首诗的灵感来源于安徒生的童话《丑小鸭》。我是农民的儿子,对农民子弟在恶劣环境中拼搏、学习并最终考取大学的情况体会很深。在这首诗中,我通过一个"丑小鸭"变为"白天鹅"的故事,表现了农民子弟百折不挠、顽强拼搏的过程,所以引起了新生同学尤其是从农村入学新生的强烈共鸣。后来,我还应邀在一些学校的同学们面前朗诵这首诗,每一次都能赢得真诚而热烈的掌声。

姜:既然如此,我们能够欣赏一下吗?

王:那我就读一段《丑小鸭的诉说》给你听听吧,请多批评——

是风霜将我千番地锻造，
是冰雪把我万般地雕刻！
在一个春暖花开的早晨，
柔柔的和风，
为我脱去旧日的羽翮。
明媚的阳光，
召唤我奋起一搏！

啊，飞起来了，飞起来了——
一片惊天动地的欢呼，
簇拥我乘风而上，引颈高歌！
俯瞰那清澈如镜的湖水，
突然不见了往日的“丑小鸭”，
我已是一只漂亮的白天鹅！
——洁白的羽帆，春风鼓荡，
　　明亮的双眼，晶莹澄澈……
我茫然了——
茫茫然不知所措：
哪里去了——
无情的嘲笑，梦中的寂寞？
哪里去了——
泛滥的淫威，无数的折磨？
哭，我想哭；
笑，我要笑。
我要歌唱，我要诉说——
衔一朵吉祥的彩云，
连同一轮金色的太阳，
一起送给生我养我的

——家乡的小河。
飞向森林，飞向原野。
飞向山巅，飞向沙漠。
把希望撒遍天南海北，
把温暖送给天涯海角。
我要让世界上所有的“丑小鸭”，
都插上幸福的双翼，
自由地飞向——
理想的童话王国……

姜：我们已经许久没有读到这样激情澎湃、充满感情的作品了！现在，您这样的作品好像已经有些“过时”了。

王：岂止是过时，简直就是“老掉牙”了！不过，那些仅仅炫耀于技巧，仅仅雕琢于语言，仅仅拘泥于表现个人小情调、小恩怨的作品，我是从来不写的。

姜：您说的属于诗歌观、文学观的问题，可能有些诗人不一定赞同。你们的羽帆诗社出版有刊物吗？你们诗社举办过哪些诗歌活动啊？

王：当然，现在是一个思想多元化的时代，谁也不能勉强谁。但是，我也有坚持自己观点的自由嘛。

我们诗社创办有《羽帆》诗刊。在当时的条件下，内容是刻印的，刊物是油印的。在《羽帆》诗刊创办之前，我们还出版过两期的《羽帆》墙报。诗社正式成立前后，我们组织过在黄河北岸的诗会、在洛阳牡丹节上的诗会、在嵩山少林寺的诗会，与本校艺术系师生的诗配画活动及与本校外语系一个诗社的联合诗歌活动等，还曾邀请著名诗人牛汉、曾卓、蔡其矫等到校给诗友们作报告。

我们年级从诗社成立到毕业只有短短不到4个月的时间。所以，如果要是能有更长的时间，肯定还会有更多的活动。

姜:在 20 世纪 80 年代,大学生诗人们最热衷的一件事是“诗歌大串联”。您去过哪些高校吗?

王:80 年代初,大学校园里的学生诗社还比较少。记得当时与羽帆诗社同时存在的,只有华东师范大学的夏雨岛诗社。那时候还没有“诗歌大串联”的情况,所以我没有以交流诗歌的名义去过其他高校。但在毕业之后,不管是与哪个高校的师生交往,我首先想到的就是“这个学校有没有诗社”。

姜:您如何看待 20 世纪 80 年代大学生诗歌运动的意义和价值?

王:“诗言志。”这是我国古代文论家对诗歌本质特征最早、最真、最本质的认识。其实,诗歌并不是诗人自己的事情,她具有陶冶性情、抒发理想、强化素质、唤醒社会的责任与职能。从这个意义上说,包括五四运动在内的中国教育历史,还没有任何一个时期能够与 20 世纪 80 年代自觉、广泛的大学生诗歌运动相媲美。

中国历来被称为一个诗的国度,其原因就是中国的文人、知识分子们多具有“腹有诗书气自华”的气质,多具有通过诗歌创作进而影响社会的能力。如屈原、阮籍、李白、杜甫、高适、杜牧、龚自珍、鲁迅、毛泽东、艾青、臧克家等。而叶延滨、高伐林、徐敬亚、王小妮、王家新、韩东、张德强等活跃在 20 世纪 80 年代的这些诗人,大部分都继承了中国知识分子针砭时弊、唤醒社会、影响时代的传统,有许多作品至今仍然脍炙人口。大家一定还记得徐敬亚撰写的那篇论文《崛起的诗群》,文章的开头是这样的:“我郑重地请诗人和评论家们记住 1980 年(如同应该请社会学家记住 1979 年的思想解放运动一样)。这一年是我国新诗重要的探索期、艺术上的分化期。诗坛打破了建国以来单调平稳的一统局面,出现了多种风格、多种流派同时并存的趋势。在这一年,带着强烈的现代主义文学特色的新诗潮正式出现在中国诗坛,促进新诗在艺术上迈出了崛起性的一步,从而标志着我国诗歌全面生长的新开始。”所以,那个时期大学生诗歌运动的意义和价值,将会随着历史进程的发展而更加突显。

姜:目前,20 世纪 80 年代大学生诗歌运动这一现象,已经引起研究者的高度关注。请问,您对今后大学生诗歌运动历史的研究有什么好的意见和建议吗?

王:第一,希望每个大学的领导都能够充分认识到:大学生的诗歌创作并不仅仅是一种可有可无的兴趣,而是需要引导和支持的一种潜在的文学力量。第二,希望每一位写诗或者爱诗的大学生诗人,应该自觉地担当起自己作为一位诗人的社会责任,因为这并不是一种轻飘飘的"浪漫"。第三,希望每一位诗人、每一个诗社,都能够有意识地保留并珍藏自己的创作成就,不要让后来的研究者因为资料的缺失而使他们的研究工作困难重重。

姜:您原来是创作新诗的,后来为什么转写格律诗呢?

王:新诗与旧诗只不过是在形式上的差别,在本质上却都是诗!说实在的,我转写格律诗,最直接的是因为我看不懂当时的那些朦胧诗。后来,我着意请教了一些著名的新诗诗人,发现他们在许多情况下也读不懂,这才使我稍稍减轻了自己"愚钝"的压力。

姜:当年,您曾经拥有大量的读者。时隔多年后,能否谈谈您的近况?

王:我很怀恋当年写诗的大学生活。三十多年过去,我由一个懵懂青涩的学生变成了一个满头白发的已过知天命之人。尽管我还偶尔写新诗,但主要精力还是从事诗词的创作。从 1987 年开始至今,我一直在坚持着由自己提出和实践的度词新词创作。尽管,在当前这个社会,你爱诗、写诗本身就意味着耐得住寂寞、固守着贫穷,但是这种写作的习惯却从来没有中断过。今年的 5 月 18 日,我与几位朋友一起,在郑州发起成立了"中华诗词创新研究会",可以说是开启了中国数千年诗词创作体裁发展的新历程。

姜:那到底什么是度词新词呢?

王:度词新词,就是从过去"自度曲"创作中自觉规范和发展起来的一种新的诗歌体裁。它们既不同于原来格律诗的格式化,也不同于现在白话诗的自由化，而是在每一句中自我调整平仄，在每一篇中自我度量篇幅。有人说，这种诗体“是旧体诗中的自由体，也是白话诗中的格律诗”。如果说二者的区别呢，就是度词使用旧声平水韵，而新词则使用普通话新声韵。从1995年至今，在河南的固始、项城、洛阳、开封、商丘、永城、安阳等地，已纷纷成立了当地的度词新词研究小组。今年2月，这种研究小组已经超越省界落户到了河北省的承德。

如果从时间意义和已有成就来说，格律诗已在我国有了数千年的传统，而新诗至今也才接近百年的历史。所以，新诗的成就无论如何是无法与格律诗相提并论的。不过，新诗是随着时代的进步、社会的发展而诞生的白话诗体，我对其未来始终抱有充分的希望和信心。

2013年11月30日于郑州

后　记

2004 年 10 月在大象出版社出版《歌吟之旅》《守望者说》两书以来，至今刚好十二年了。我没想到再出书会间隔如此之久，更没想到又能在大象出版社出版。在拙著《知时斋说诗》即将付梓之际，我首先要特别感谢大象出版社的先后两任社长：耿相新社长和王刘纯社长。

十二年前，为了职称评审的需要，我向当时的相新社长表达了出书意向。因为是同行、是朋友，他十分爽快地安排了责编及相关事宜。后来，我正是凭着论文集《守望者说》通过了河南省正高级职称（编审）的评审。《歌吟之旅》先是在 2005 年 10 月获得了国际炎黄文化研究会颁发的第三届龙文化金奖（优秀作品奖），后在 2007 年 4 月获得了河南省人民政府颁发的"河南省第四届文学艺术优秀成果奖"。

十二年后，时任社长的刘纯老兄多次提醒我整理出版自己的作品。这使得我受宠若惊又犹豫不已：该出版一本什么样的书，才不辜负这位好老兄的美意，才能配得上"大象"的社名？

在对自己作品进行整理之后，我还是决定分出两本。一本《知时斋说诗》，主要收录十多年来的诗词评论文章；一本《知时斋诗赋》，主要收录十多年来的诗赋原创作品。

我首先整理相关的评论文章，是认为当代诗词的发展已经到了十分需要理论梳理与引导的阶段。自己尽管不是专业的理论工作者，但自认为近年来的一些"说诗"文章还是有些新意的。自己绝不敢要"引导"发展，但抛砖引玉的想法则是非常明确的。多年来，大象出版社陆续出版了许多有分量的理论著作，我能有机会在大象出版社出版《知时斋说诗》，对自己来说当然是一件非常荣耀之事！

即将到来的2017年，恰逢河南诗词学会成立30周年。学会经研究决定出版一套丛书，以纪念这个不平凡的年份。这样，《知时斋诗赋》就被列为“嵩岳诗丛五人行”并将在河南人民出版社出版了。

我要同时感谢的，是应邀为《知时斋说诗》作序的两位专业理论工作者：河南省文学院院长何弘与安阳师范学院教授杨景龙。他们二人的理论专业背景及对拙著的鼓励，使我这个业余作者稍稍有了一点儿“专业”自信。而杨匡汉、郑伯农、陈祖美、林从龙、丁国成、梦欣等著名学者的分别推荐，更多地体现了他们对后来者的鞭策或者是朋友间的友情。感谢，那是必须的！

刘征老是我非常敬仰的当代诗词大家之一。近年来他听力不好，视力下降。当我把自己出书并诚请他赐题书名的想法告诉他时，电话里传来他无比亲切的声音：“国钦同志，祝贺你！我马上写。”当我收到刘征老老伴快件寄来的墨宝时，心头一热，两眼潮润，不由得暗暗祷祝刘征老及其老伴吉祥、健康、长寿。

大象出版社编审王晓宁是我多年来的老兄、朋友，为拙著出版付出的许多辛劳自不待言。本书的年轻责编范倩，在编辑过程中所表现的严谨作风、认真态度、专业水平及敢于提出问题的学术精神，是值得我这个从业三十多年的老编辑好好学习的！大象出版社之所以能不断出版那么多的好书，我从范倩这里找到了一个很好的答案：所谓“名师出高徒”者，即此之谓也！

大象出版社美编的设计水平，确实是值得称道的。发行部的朋友，虽然并未涉及书稿内容，但他们即将为拙著付出的辛劳，也是值得期待并且需要作者真诚地感谢的！

时隔十二年再次在大象出版社出书，感慨万千是必然的。但我最大的希望，就是让拙著有一个较好的市场表现！

王国钦

2016年10月20日于中州知时斋